LA FILLE DU TRAIN

Paula Hawkins

LA FILLE DU TRAIN

Traduit de l'anglais
par Corinne Daniellot

SONATINE EDITIONS

Directeur de collection : Arnaud Hofmarcher
Coordination éditoriale : Marie Misandeau

Titre original : *The Girl on the Train*
Éditeur original : Doubleday (Transworld Publishers)
© Paula Hawkins, 2015

© Sonatine, 2015, pour la traduction française
Sonatine Éditions
21, rue Weber
75116 Paris
www.sonatine-editions.fr

Cher lecteur,

Nous sommes tous des voyeurs. Les gens qui prennent le train tous les jours pour se rendre au travail sont les mêmes partout dans le monde : chaque matin et chaque soir, nous sommes installés sur notre siège, à lire le journal ou écouter de la musique ; nous observons d'un œil absent les mêmes rues, les mêmes maisons et, de temps à autre, nous apercevons un éclair de la vie d'un inconnu. Alors on se tord le cou pour mieux voir.

Il y a quelque chose d'irrésistible dans ces bribes volées de la vie des autres, ces instants frustrants, trop brefs, et pourtant si révélateurs. Vous n'avez jamais rencontré les gens qui vivent dans l'appartement du dernier étage de l'immeuble situé à côté de votre avant-dernier arrêt. Vous ne les avez jamais rencontrés, vous n'avez pas la moindre idée de ce à quoi ils ressemblent, mais vous savez qu'ils ont un faible pour l'expressionnisme et le mobilier d'une grande marque scandinave, que leur fils voue un véritable culte à Ronaldo et que leur fille préfère les Arctic Monkeys aux One Direction.

Vous les connaissez. Vous les appréciez, même. Vous êtes presque sûr qu'ils vous apprécieraient, eux aussi. Vous pourriez être amis.

Tout comme les trajets en train, la solitude et la réclusion peuvent souvent être le lot des citadins – c'est le cas de Rachel, la protagoniste de *La Fille du train*. Sa chute a été soudaine : elle a brutalement basculé du bonheur au désespoir. Dans sa quête pour remplir le vide laissé par sa vie d'autrefois, elle commence à s'inventer une relation avec un couple qu'elle aperçoit tous les jours derrière la vitre du train. Ces inconnus lui deviennent si familiers qu'elle a le sentiment de les connaître, de les comprendre ; elle fabrique toute une histoire autour d'eux jusqu'à s'en faire des amis imaginaires.

En réalité, elle ne connaît rien de leur vie, et elle ignore dans quoi elle met les pieds lorsque, après avoir vu un événement inhabituel, choquant, elle prend la décision fatidique de franchir le pas : de spectatrice de leur histoire, elle va devenir actrice.

Mais elle va vite se rendre compte qu'il n'est plus possible de revenir en arrière.

J'espère que vous prendrez autant de plaisir à lire *La Fille du train* que j'en ai pris à l'écrire.

Paula Hawkins

Elle est enterrée sous un bouleau argenté, en bas, près de l'ancienne voie ferrée, sa tombe indiquée par un cairn. Ce n'est guère plus qu'une pile de cailloux, au fond. Je ne voulais pas attirer l'attention sur sa dernière demeure, mais je ne pouvais pas la laisser disparaître. Ici, elle dormira en paix, personne ne viendra la déranger, rien que le chant des oiseaux et le grondement des trains qui passent.

Passe, passe, passera, la dernière y restera. Je suis bloquée là, je n'arrive pas à aller plus loin. J'ai la tête lourde de bruits, la bouche lourde de sang. *La dernière y restera.* J'entends les hirondelles, elles rient, elles se moquent de moi de leurs pépiements tapageurs. Une marée d'oiseaux de mauvais augure. Je les vois maintenant, noires devant le soleil. Mais non, ce ne sont pas des hirondelles, c'est autre chose. Quelqu'un vient. Quelqu'un qui me parle. « Tu vois ? tu vois ce que tu me fais faire ? »

RACHEL

Vendredi 5 juillet 2013

Matin

Une pile de vêtements repose au bord de la voie ferrée. Un tissu bleu clair – une chemise, j'imagine – entortillé dans quelque chose d'un blanc sale. Ce sont probablement des vieux habits à jeter échappés d'un paquet balancé dans le petit bois miteux un peu plus haut, près de la berge. Peut-être que ce sont des ouvriers qui travaillent sur cette partie des rails qui les ont laissés là, ce ne serait pas la première fois. Peut-être que c'est autre chose. Ma mère répétait à l'envi que j'avais une imagination débordante. Tom aussi me le disait. Je ne peux pas m'en empêcher : dès que j'aperçois des haillons abandonnés, un T-shirt sale ou une chaussure isolée, je pense à l'autre chaussure et aux pieds qu'elles enveloppaient.

Un crissement strident puis le train s'ébranle et repart. La petite pile de vêtements disparaît de ma vue et nous roulons pesamment vers Londres, à la vitesse d'un joggeur bien entraîné. Quelqu'un dans le siège derrière le mien, irrité, pousse un soupir impuissant ; la lenteur du 8 h 04 qui va d'Ashbury à la gare d'Euston est capable de faire perdre patience au banlieusard le plus désabusé. En théorie, le voyage dure cinquante-quatre minutes. En pratique, c'est une autre histoire : cette portion de la voie de chemin de fer est une antiquité décrépie en perpétuel chantier, émaillée de feux de signalisation défectueux.

Au ralenti, le train passe en cahotant près d'entrepôts, de châteaux d'eau, de ponts et de cabanons, de modestes demeures victoriennes qui tournent fermement le dos aux rails.

La tête appuyée contre la vitre du train, je regarde défiler ces maisons, comme un travelling au cinéma. J'ai une perspective unique sur elles; même leurs habitants ne doivent jamais les voir sous cet angle. Deux fois par jour, je bénéficie d'une fenêtre sur d'autres vies, l'espace d'un instant. Il y a quelque chose de réconfortant à observer des inconnus à l'abri, chez eux.

Un téléphone sonne, une chansonnette incongrue, trop enjouée pour ce trajet. La personne met du temps à répondre et la sonnerie retentit longuement dans l'atmosphère. Autour de moi, mes compagnons de voyage remuent sur leur siège, froissent leur journal et pianotent sur leur clavier d'ordinateur. Le train fait une embardée et penche dans le virage avant de ralentir en approchant du feu rouge. J'essaie de ne pas lever les yeux, de me concentrer sur le quotidien gratuit qu'on m'a tendu alors que j'entrais dans la gare, mais les mots se brouillent devant moi et rien ne parvient à capter mon attention. Dans ma tête, je vois toujours cette petite pile de vêtements au bord des rails, abandonnée.

Soir

Mon gin tonic en canette frémit quand je le porte à mes lèvres pour en prendre une gorgée, fraîche et acidulée : le goût de mes toutes premières vacances avec Tom, dans un village de pêcheurs sur la côte basque, en 2005. Le matin, on nageait les sept cents mètres qui nous séparaient d'une petite île pour aller faire l'amour sur des plages secrètes; l'après-midi, on s'asseyait au bar et on buvait des gin tonics amers, très alcoolisés, en regardant des nuées de footballeurs du dimanche faire des parties à vingt-cinq contre vingt-cinq sur le sable mouillé.

Je prends une autre gorgée, puis une troisième ; la canette est déjà à moitié vide mais ce n'est pas grave, j'en ai trois autres dans le sac en plastique à mes pieds. C'est vendredi, alors je n'ai pas à culpabiliser de boire dans le train. Super, c'est le week-end. En route pour l'aventure.

D'ailleurs, à en croire la météo, ça va être un très beau week-end. Un soleil radieux dans un ciel sans nuages. Avant, on aurait peut-être pris la voiture jusqu'à la forêt de Corly avec un pique-nique et des journaux, et on aurait passé l'après-midi allongés sur une couverture à boire du vin, la peau tachetée par les rayons du soleil s'insinuant entre les feuilles des arbres. On aurait pu organiser un barbecue dans le jardin avec des amis, ou aller au Rose, sur les tables à l'extérieur, laisser la chaleur nous rougir le visage au fil des heures, on serait rentrés à pied en zigzaguant, bras dessus, bras dessous, avant de s'endormir sur le canapé.

Un soleil radieux dans un ciel sans nuages, personne à voir, rien à faire. Vivre comme je le fais, c'est plus difficile l'été, avec ces journées si longues, si peu d'obscurité où se dissimuler, alors que les gens sortent se promener, leur bonheur est si évident que c'en est presque agressif. C'est épuisant, et c'est à vous culpabiliser de ne pas vous y mettre, vous aussi.

Le week-end s'étire devant moi, quarante-huit longues heures à occuper. Je porte de nouveau la canette à mes lèvres, mais elle est déjà vide.

Lundi 8 juillet 2013

Matin

Quel soulagement d'être de retour dans le train de 8 h 04. Ce n'est pas que je sois particulièrement impatiente d'arriver à Londres pour commencer ma semaine – je n'ai même pas vraiment envie d'être à Londres du tout. Non, j'ai juste envie de me caler au fond du siège en velours doux, avec la tiédeur du soleil à travers la vitre, la voiture qui balance d'avant en arrière et d'arrière en avant, le rythme rassurant des roues sur les rails. Quand je suis là, à regarder les maisons qui bordent la voie, il n'y a presque nulle part où je préférerais être.

Sur ce tronçon, il y a un feu de signalisation défectueux, à la moitié du trajet. Enfin, j'imagine qu'il doit être défectueux, parce qu'il est presque toujours rouge ; on s'y arrête quasiment tous les jours, parfois quelques secondes, parfois plusieurs minutes d'affilée. Si je suis installée dans la voiture D (comme presque à chaque fois) et si le train s'arrête au feu (comme presque à chaque fois), j'ai une vue parfaite sur ma maison favorite près des rails : celle qui se trouve au numéro quinze.

Elle ressemble à toutes les autres maisons qui longent la voie : c'est une demeure victorienne mitoyenne à un étage, avec un étroit jardin bien entretenu qui s'étend sur six mètres jusqu'à un haut grillage. Un court *no man's land* sépare ce dernier des rails. Je connais cette maison par cœur. J'en connais chaque brique, la couleur des rideaux dans la chambre du premier (beige avec un motif bleu foncé), je sais que la peinture du cadre de la fenêtre de la salle de bains s'écaille et qu'il manque quatre tuiles sur une portion du toit, côté droit.

Je sais que, les chaudes soirées d'été, les habitants de cette maison, Jason et Jess, sortent parfois par la fenêtre à guillotine pour aller s'asseoir sur un balcon improvisé – un bout de toit qui avance là où ils ont fait agrandir la cuisine. C'est un couple parfait, un couple en or. Lui a des cheveux bruns et une carrure sportive, il est fort, protecteur et doux. Il a un rire contagieux. Elle, c'est une de ces femmes minuscules, une vraie beauté, très pâle, avec des cheveux blonds coupés courts. Elle a le visage qu'il faut pour ça, avec des pommettes saillantes parsemées de petites taches de rousseur et une mâchoire fine.

Pendant qu'on est coincés au feu, j'essaie de les repérer chez eux. Le matin, Jess est souvent dehors pour prendre son café, surtout l'été. Parfois, quand je l'aperçois, j'ai l'impression qu'elle peut me voir, elle aussi, qu'elle me regarde droit dans les yeux, et ça me donne envie de lui faire signe. Mais je n'oserais jamais. Je vois moins souvent Jason parce qu'il est régulièrement en déplacement pour le travail. Même quand ils ne sont pas là, je pense à ce qu'ils doivent être en train de faire. Peut-être que, ce matin, ils ont tous les deux un jour de congé et qu'elle fait la grasse matinée au lit pendant qu'il prépare le petit déjeuner, ou peut-être qu'ils sont allés courir ensemble, parce que c'est un couple à faire ce genre de choses (Tom et moi, on allait courir le dimanche, moi un peu plus vite qu'à l'accoutumée, et lui moitié moins, pour qu'on puisse rester côte à côte). Peut-être que Jess est à l'étage, dans la chambre d'amis, occupée à peindre, ou peut-être qu'ils prennent une douche ensemble, ses mains à elle appuyées contre le carrelage au mur, tandis que lui pose les siennes sur ses hanches.

Soir

Je tourne le dos au reste de la voiture et je me tourne légèrement vers la vitre pour ouvrir une des petites bouteilles de chenin blanc que j'ai achetées à la petite épicerie de la gare d'Euston. Il n'est pas frais, mais ça fera l'affaire. J'en verse dans un gobelet en plastique avant de revisser le bouchon et de ranger la bouteille dans mon sac à main. C'est mal vu de boire dans le train le lundi, à moins d'être accompagné, ce qui n'est pas mon cas.

Je retrouve souvent des visages familiers dans le train, des gens que je vois toutes les semaines, qui vont et qui viennent, eux aussi. Je les reconnais et j'imagine qu'ils me reconnaissent aussi. Cependant, je ne sais pas s'ils sont capables de savoir ce que je suis.

C'est une superbe soirée, l'air est chaud sans être étouffant, le soleil entame sa descente paresseuse vers l'horizon, les ombres s'agrandissent et la lumière commence tout juste à orner les arbres de traces dorées. Le train roule avec fracas, nous passons en un rien de temps devant chez Jason et Jess, ils se fondent dans un tourbillon de soleil couchant. Parfois, mais pas souvent, j'arrive à les voir de ce côté des rails aussi. S'il n'y a pas d'autre train sur la voie opposée, et si on avance assez lentement, je peux parfois les entrapercevoir dehors, sur leur balcon. Sinon, comme aujourd'hui, je les imagine. Jess est assise sur le balcon, les pieds sur la table et un verre de vin à la main, Jason derrière elle, les mains posées sur ses épaules. J'arrive à ressentir le poids de ses mains, rassurant, protecteur. Parfois, je me surprends à essayer de me souvenir de la dernière fois que j'ai eu un contact physique un tant soit peu significatif avec quelqu'un, la dernière fois qu'on m'a offert une simple étreinte ou qu'on m'a serré la main avec affection, et mon cœur se crispe.

Mardi 9 juillet 2013

Matin

La pile de vêtements de la semaine dernière est toujours là, plus poussiéreuse et mélancolique encore. J'ai lu quelque part que, quand on se fait écraser par un train, la simple force du choc peut vous arracher vos vêtements. Ce n'est pas une mort si inhabituelle, d'ailleurs. Deux à trois cents par an, il paraît, ce qui fait au moins une tous les deux jours. Je ne sais pas combien d'entre elles sont des accidents. Quand le train passe lentement près de la pile, j'examine attentivement les vêtements à la recherche d'une trace de sang, mais je ne repère rien.

Le train s'arrête au feu, comme à son habitude. Jess est debout sur la terrasse, devant la porte-fenêtre. Elle est pieds nus et elle porte une robe rose vif. Elle se retourne, vers l'intérieur de la maison. J'imagine qu'elle parle à Jason, qui doit être en train de préparer le petit déjeuner. Je garde les yeux fixés sur Jess et sa maison tandis que le train redémarre lourdement. Je ne veux pas voir les autres maisons, surtout pas celle qui est quatre portes plus loin, celle qui était la mienne, autrefois.

J'ai vécu cinq ans au numéro vingt-trois, Blenheim Road, éperdument heureuse et complètement misérable. Je ne peux plus la regarder. C'était ma première maison. Pas celle de mes parents, pas une colocation avec d'autres étudiants, mon premier chez-moi. Je suis incapable de la regarder. Enfin, si, j'en ai envie, mais je ne veux pas, j'essaie de me retenir. Chaque jour, je me dis de ne pas regarder et, chaque jour, je regarde. Je ne parviens pas à m'en empêcher, même s'il n'y a rien que j'aie envie de voir, même si ce que je risque de voir ne pourra que me faire du mal. Même si je me souviens encore clairement de ce que j'ai ressenti quand j'ai vu que les rideaux couleur crème dans la chambre du premier avaient disparu, remplacés par un tissu rose pâle ; même si je me rappelle encore la douleur qui m'a traversée quand j'ai vu Anna arroser les rosiers accolés à la barrière, dans le jardin, son T-shirt tendu au maximum sur son ventre rebondi. Je me suis mordu la lèvre si violemment qu'elle a saigné.

Je ferme bien fort les yeux et je compte jusqu'à dix, quinze, vingt. Voilà, c'est fini, plus rien à voir. Le train entre en gare de Witney puis repart, et prend de la vitesse tandis que la banlieue laisse place au nord crasseux de Londres, les rangées de maisons remplacées par des ponts taggués et des bâtiments vides aux fenêtres cassées. Plus on se rapproche d'Euston, plus je suis angoissée, la pression monte : comment se passera cette journée ? Il y a un affreux entrepôt en béton à droite des rails, à peu près cinq cents mètres avant d'entrer en gare. Sur le côté, quelqu'un a écrit : LA VIE N'EST PAS UN PARAGRAPHE. Je repense au paquet de vêtements au bord des rails et ma gorge se serre. La vie n'est pas un paragraphe et la mort n'est pas une parenthèse.

Soir

Le train que je prends le soir, celui de 17 h 56, est un peu plus lent que celui du matin. Le trajet prend une heure et une minute, sept minutes de plus que celui du matin alors qu'il ne marque aucun arrêt supplémentaire. Ça m'est égal parce que, si je ne suis pas franchement pressée d'arriver à Londres le matin, je ne suis pas plus pressée de rentrer à Ashbury le soir. Et ce n'est pas simplement parce que c'est Ashbury, même si ça peut suffire, en soi – c'est une ville nouvelle des années soixante qui s'est étalée comme un cancer au cœur du Buckinghamshire. Elle n'est ni mieux ni pire qu'une dizaine d'autres villes similaires : un centre-ville bourré de cafés, de boutiques de téléphones portables et de magasins d'articles de sport, quelques quartiers d'habitations périphériques et, au-delà, le royaume des complexes de cinémas et des hypermarchés gigantesques. J'habite dans un quartier élégant (si on veut), récent (si on veut), situé à la jonction entre le centre et la banlieue résidentielle, mais ce n'est pas chez moi. Chez moi, c'est la maison victorienne mitoyenne près de la voie ferrée, celle dont j'étais copropriétaire. À Ashbury, je ne suis pas propriétaire, je ne suis même pas locataire – je suis hébergée dans la seconde petite chambre du duplex insipide de Cathy, assujettie à sa bonne grâce.

Cathy et moi étions amies à l'université. Enfin, plus ou moins car, en réalité, nous n'avons jamais été très proches. Elle vivait dans la chambre en face de la mienne en première année, et nous avions les mêmes cours, nous sommes donc naturellement devenues alliées pour affronter l'épreuve de ces premières semaines de fac, avant de rencontrer des gens avec qui nous avions plus en commun. Nous ne nous sommes presque plus vues après la première année, et plus du tout une fois nos études terminées, sauf pour un mariage de temps à autre.

Mais, quand j'ai eu besoin d'aide, il s'est trouvé qu'elle avait une chambre à louer, et ça m'a paru logique. J'étais certaine que ça ne durerait pas plus de deux ou trois mois, six au maximum, et je ne savais pas quoi faire d'autre. Je n'avais jamais vécu toute seule – j'étais passée de mes parents à mes colocataires puis à Tom, et c'était une idée qui me terrifiait, alors j'ai accepté. C'était il y a près de deux ans, maintenant.

Ce n'est pas non plus affreux. Cathy est quelqu'un de gentil, mais elle tient à ce qu'on remarque sa gentillesse, du coup, elle en fait des tonnes : c'est le trait de caractère qui la définit, et elle a besoin de se l'entendre dire souvent, presque chaque jour, ce qui peut s'avérer fatigant. Mais ce n'est pas si mal, il y a pire défaut chez un colocataire. Non, ce n'est pas Cathy, ce n'est même pas Ashbury qui m'affecte le plus dans ma nouvelle situation (et je continue de dire « nouvelle » alors que cela fait presque deux ans). C'est la perte de tout contrôle. Dans l'appartement de Cathy, je me sens toujours comme une invitée qui ne serait pas loin de commencer à abuser de son hospitalité. Je le sens dans la cuisine, quand on se marche sur les pieds au moment de préparer le dîner. Je le sens dès que je m'assois à côté d'elle sur le canapé et que je lorgne sur la télécommande bien ancrée dans sa main. Le seul espace où je me sens vraiment chez moi, c'est dans ma minuscule chambre, dans laquelle on a entassé un lit deux places et un bureau, avec à peine de quoi circuler entre les deux. C'est plutôt confortable, mais ce n'est pas un endroit dans lequel on a envie de passer du temps, alors je traîne dans le salon ou la cuisine, mal à l'aise mais impuissante. J'ai perdu le contrôle d'absolument tout, même de ce qui se passe dans mon cerveau.

Mercredi 10 juillet 2013

Matin

La chaleur s'intensifie. Il est à peine huit heures et demie et l'atmosphère est déjà étouffante, trop humide. J'aimerais bien qu'on ait un orage, mais le ciel est d'un bleu pâle insolent. J'essuie la pellicule de transpiration sur ma lèvre supérieure. Si seulement je m'étais rappelé d'acheter une bouteille d'eau.

Je ne vois pas Jason ni Jess ce matin, et c'est une vive déception. C'est bête, je sais. Je scrute la maison mais il n'y a rien à voir. Les rideaux sont ouverts au rez-de-chaussée, mais la porte-fenêtre est fermée et le soleil se reflète sur la vitre. La fenêtre à guillotine du premier est fermée, elle aussi. Peut-être que Jason est en déplacement. Il est médecin, je crois, peut-être pour un grand organisme humanitaire international. Il est toujours de garde, avec un sac de voyage tout prêt rangé en haut de l'armoire ; s'il y a un tremblement de terre en Iran ou un tsunami en Asie, il laisse tout tomber, attrape son sac et, en quelques heures à peine, il est à l'aéroport de Heathrow, paré à embarquer pour aller sauver des vies.

Jess, avec ses imprimés fantaisistes et ses Converse, avec sa beauté, son allure, elle travaille dans la mode. Ou peut-être pour un label de musique, ou dans la publicité – elle pourrait être styliste ou photographe. Elle peint très bien aussi, elle a un excellent sens artistique. Je la vois dans la chambre d'amis, avec la musique à fond, la fenêtre ouverte, un pinceau à la main et une énorme toile appuyée contre le mur. Elle y reste jusqu'à minuit ; Jason évite de la déranger quand elle travaille.

Évidemment, je ne la vois pas. Je ne sais pas si elle peint, ou si Jason a un rire contagieux, ou si Jess a des pommettes saillantes. Je ne peux pas voir son visage d'ici et je n'ai jamais entendu la voix de Jason. Je ne les ai jamais vus de près, ils ne vivaient pas dans cette maison quand j'habitais plus bas dans la rue. Ils ont emménagé après mon départ, il y a deux ans, je ne sais pas quand exactement. Je crois que j'ai commencé à les remarquer au cours de l'année dernière et, peu à peu, les mois ont passé et ils sont devenus importants pour moi.

Je ne sais pas non plus comment ils s'appellent, alors j'ai dû les baptiser moi-même. Jason, parce qu'il est beau comme une star de cinéma britannique, pas un Johnny Depp ou un Brad Pitt, mais un Colin Firth ou un Jason Isaacs. Et Jess, ça va bien avec Jason, et ça va bien avec elle. C'est parfait pour elle, jolie et insouciante. Ils vont ensemble, ils sont faits l'un pour l'autre. Et ça se voit qu'ils sont heureux. Ils sont comme moi, avant, comme Tom et moi il y a cinq ans. Ils sont tout ce que j'ai perdu, tout ce que je voudrais être.

Soir

Mon chemisier est trop serré, les boutons sont tirés au maximum devant ma poitrine, et j'ai des auréoles de transpiration sous les bras. J'ai les yeux et la gorge irrités. Ce soir, je ne veux pas que le voyage s'éternise ; j'ai envie de rentrer, de me déshabiller et de sauter sous la douche, pour être là où personne ne me verra.

J'observe l'homme assis en face de moi. Il doit avoir à peu près mon âge, entre trente et trente-cinq ans, avec des cheveux bruns grisonnants. Il a le teint cireux. Il porte un costume mais a enlevé sa veste pour la poser sur le siège à côté de lui. Il a un MacBook tout fin ouvert devant lui. Il tape lentement. À son poignet droit est accrochée une montre argentée au large cadran – elle semble onéreuse, peut-être une Breitling. Il se mordille l'intérieur de la joue. Stressé, peut-être ? Ou alors il réfléchit profondément. Il rédige un e-mail important à un collègue de la branche de New York, ou il compose minutieusement un message de rupture pour sa petite amie. Il lève soudain les yeux et nos regards se croisent ; il m'étudie rapidement, s'arrête sur la petite bouteille de vin posée sur la tablette qui nous sépare. Il se détourne en faisant la moue, je crois qu'il est dégoûté. Il me trouve répugnante.

Je ne suis plus la fille que j'étais. Je ne suis plus désirable, je suis repoussante, il faut croire. Ce n'est pas seulement que j'ai pris du poids ou que mon visage est bouffi par l'alcool et le manque de sommeil ; c'est comme si les gens pouvaient lire sur moi les ravages de la vie, ils le décèlent sur mon visage, à la manière dont je me tiens, dont je me déplace.

Un soir, la semaine dernière, je suis sortie de ma chambre pour aller me chercher un verre d'eau et j'ai entendu Cathy parler à Damien, son petit ami, dans le salon. Je me suis arrêtée dans le couloir pour écouter.

— C'est la solitude, disait Cathy, je m'inquiète beaucoup pour elle. Et ça n'aide pas, de rester seule tout le temps.

Puis elle a ajouté :

— Tu ne pourrais pas trouver quelqu'un, au travail peut-être, ou dans ton club de rugby ?

Et Damien a répondu :

— Pour Rachel ? Je ne veux pas être méchant, Cathy, mais je ne suis pas sûr de connaître quelqu'un d'assez désespéré pour ça.

Jeudi 11 juillet 2013

Matin

Je tripote le pansement humide que j'ai sur l'index. Je l'ai mouillé en lavant ma tasse de café après le petit déjeuner ; il me paraît sale, mais il était encore propre ce matin. Je ne veux pas l'enlever, parce que la coupure en dessous est trop profonde. Cathy n'était pas là quand je suis rentrée hier, alors je suis sortie acheter deux bouteilles de vin. J'ai bu la première, et je me suis dit que j'allais profiter de l'absence de Cathy pour me préparer un steak aux oignons et manger ça avec une salade verte. Un bon repas équilibré. Je me suis coupé le haut du doigt en émincant les oignons. Je suis allée dans la salle de bains pour me nettoyer, et puis j'ai dû m'allonger et perdre la notion du temps, parce que je me suis réveillée en entendant les voix de Cathy et Damien, ils s'écriaient que c'était dégoûtant que je me permette de laisser la cuisine dans cet état. Cathy est montée me voir, elle a frappé doucement à ma porte et l'a entrouverte. Elle a passé la tête et m'a demandé si ça allait. Je me suis excusée sans être sûre de savoir de quoi je m'excusais. Elle a dit que ce n'était pas grave, mais est-ce que je voudrais bien aller ranger un peu ? Il y avait du sang sur la planche à découper, la pièce sentait la viande crue, le steak était toujours sur le plan de travail et il commençait à prendre une vilaine teinte grise. Damien ne m'a même pas saluée, il s'est contenté de secouer la tête en me voyant avant de monter dans la chambre de Cathy.

Quand ils sont partis se coucher, je me suis rappelé que je n'avais pas bu la seconde bouteille, alors je l'ai ouverte. Je me suis assise sur le canapé et j'ai allumé la télévision avec le son au minimum pour qu'ils ne l'entendent pas. Je ne me souviens pas de ce que j'ai regardé mais, à un moment, j'ai dû me sentir très seule, ou très contente, parce que j'ai eu envie de parler à quelqu'un. Ça a dû être un besoin irrépressible, mais je n'avais personne à appeler à part Tom.

Il n'y a personne à qui j'ai envie de parler à part Tom. Le journal d'appels de mon téléphone affiche que je l'ai appelé quatre fois : à 23h02, 23h12, 23h54 et 0h09. À en juger par la durée des appels, j'ai laissé deux messages. Il a peut-être même répondu, mais je ne me souviens pas de lui avoir parlé. Je me souviens du premier message, par contre : je crois que je lui ai simplement demandé de me rappeler. C'est peut-être ce que j'ai dit dans les deux, d'ailleurs, ce qui n'est pas si grave que ça.

Le train sursaute avant de s'arrêter au feu rouge et je lève les yeux. Jess est assise sur son balcon et boit une tasse de café. Les pieds appuyés contre le rebord de la table, elle a la tête en arrière pour prendre le soleil. Derrière elle, je crois voir une ombre, quelqu'un bouger : Jason. J'ai soudain envie de le voir, d'entrapercevoir son beau visage. J'ai envie qu'il sorte et qu'il vienne se mettre derrière elle, comme il fait d'habitude, et qu'il lui embrasse le haut du crâne.

Il ne sort pas, et elle baisse la tête. Il y a quelque chose dans sa manière de se mouvoir aujourd'hui qui semble différent : elle est plus lourde, comme accablée. J'essaie d'encourager Jason à la rejoindre par la force de mon esprit, mais, avec un soubresaut, le train repart et il n'est toujours pas apparu ; elle est seule. Et voilà que, sans y penser, je me retrouve à regarder ma maison, et je ne peux détourner les yeux. La porte coulissante est ouverte et la cuisine est baignée par la lumière du soleil. Je suis incapable, vraiment, incapable de savoir si j'assiste réellement à cette scène ou si je l'imagine : est-ce qu'elle est là, devant l'évier, à faire la vaisselle ? est-ce qu'il y a bien une petite fille assise dans un de ces transats pour bébé, posé sur la table de la cuisine ?

Je ferme les yeux et laisse les ténèbres m'envahir et grandir, puis se transformer ; la tristesse se change en quelque chose de pire : un souvenir, une vision d'hier. Je ne lui ai pas seulement demandé de me rappeler. Je me souviens, maintenant, je pleurais. Je lui ai dit que je l'aimais encore, que je l'aimerais toujours. « Je t'en prie, Tom, s'il te plaît, j'ai besoin de te parler. Tu me manques. » Non non non non non non non.

Mais il faut que je l'accepte, rien ne sert de vouloir repousser ce souvenir. Je vais me sentir mal toute la journée, ça viendra par vagues – d'abord de plus en plus fortes, puis plus calmes, puis plus fortes encore –, l'estomac qui se tord, l'angoisse de la honte, la chaleur qui me monte au visage, fermant les yeux, fort, comme si ça pouvait suffire à tout faire disparaître. Et je passerai la journée à me dire, ce n'est pas si grave, hein ? Ce n'est pas la pire des choses que j'ai faites, ce n'est pas comme si j'étais tombée en public, ou comme si j'avais crié sur un inconnu dans la rue. Ce n'est pas comme si j'avais humilié mon mari à un barbecue d'été en hurlant des insultes à la femme d'un de ses amis. Ce n'est pas comme si on s'était disputés un soir à la maison, que je l'avais attaqué avec un club de golf et que j'avais fait sauter un bout de plâtre sur le mur du couloir devant la chambre. Ce n'est pas comme revenir au travail après une pause-déjeuner de trois heures, de tituber dans les bureaux sous le regard de tout le monde, avec Martin Miles qui m'entraîne à l'écart : « Je crois que tu devrais rentrer chez toi, Rachel. » Un jour, j'ai lu le livre d'une ancienne alcoolique dans lequel elle raconte la fois où elle a fait une fellation à deux hommes, deux inconnus qu'elle venait de rencontrer dans un restaurant d'une rue animée de Londres. En le lisant, je me suis dit : « C'est bon, moi, je n'en suis pas là. »

On se rassure comme on peut.

Soir

Je n'ai pas cessé de penser à Jess de la journée. J'étais incapable de me concentrer sur quoi que ce soit à part ce que j'avais vu le matin. Qu'est-ce qui a pu me faire croire qu'il y avait un problème ? Je ne pouvais pas déceler son expression à une telle distance, mais, en la regardant, j'ai eu le sentiment qu'elle était seule. Plus que seule : abandonnée. C'est peut-être le cas – il est peut-être en déplacement dans un de ces pays exotiques où il se précipite pour sauver des vies. Et il lui manque, et elle s'inquiète, même si elle sait qu'il n'a pas le choix.

Bien sûr qu'il lui manque, il me manque même à moi. Il est doux et fort, comme un bon mari. Et ils forment une vraie équipe. J'en suis sûre, ça se voit. La force et ce côté protecteur qu'il dégage ne signifient pas pour autant qu'elle soit faible. Elle est forte à sa manière, elle fait des déductions logiques qui le laissent pantois d'admiration. Elle sait aller droit au cœur du problème, le disséquer et l'analyser en moins de temps qu'il n'en faut à d'autres pour dire bonjour. Quand ils sont de sortie, il lui prend souvent la main, pourtant cela fait des années qu'ils sont ensemble. Ils se respectent et ils ne se rabaissent jamais.

Ce soir, je suis épuisée. Je suis sobre, cent pour cent à jeun. Il y a des jours où je me sens tellement mal que j'ai besoin de boire ; d'autres où je me sens tellement mal que j'en suis incapable. Aujourd'hui, la simple idée de l'alcool me retourne l'estomac. Et c'est un défi d'affronter la sobriété dans le train du soir, surtout en ce moment, par cette chaleur. Une fine pellicule de transpiration recouvre chaque centimètre carré de ma peau, l'intérieur de la bouche me démange, et j'ai les yeux irrités, peut-être à cause du mascara qui a coulé dans les coins.

Mon téléphone se met à vibrer dans mon sac à main et je sursaute. Deux filles assises de l'autre côté de la voiture me regardent puis se tournent l'une vers l'autre pour échanger discrètement un sourire. Je ne sais pas ce qu'elles pensent de moi, mais je me doute que ce n'est pas très positif. J'ai le cœur qui bat à tout rompre au moment où j'attrape le téléphone. Je sais que, ça aussi, ça ne sera pas très positif : c'est peut-être Cathy qui va me demander – toujours avec une extrême gentillesse – si je veux bien laisser la bouteille de côté ce soir. Ou alors ma mère, pour m'annoncer qu'elle sera à Londres la semaine prochaine et me proposer de me rejoindre au bureau pour qu'on aille déjeuner. Je regarde l'écran. C'est Tom. Je n'hésite qu'une seconde avant de décrocher.

— Rachel ?

Pendant les cinq premières années où je l'ai connu, je n'ai jamais été « Rachel », seulement « Rach ». Parfois « Shelley », parce qu'il savait que je détestais ça, et ça le faisait rire de me voir m'agacer puis pouffer – je ne pouvais pas m'en empêcher, dès qu'il riait, je riais aussi.

— Rachel, c'est moi.

Il a la voix pesante, il paraît éreinté.

— Écoute, il faut que tu arrêtes ça, d'accord ?

Je ne réponds pas. Le train ralentit et nous sommes presque au niveau de la maison, de mon ancienne maison. J'ai envie de lui dire : « Sors, va te mettre sur la pelouse dans le jardin. Laisse-moi te voir. »

— S'il te plaît, Rachel, tu ne peux pas continuer à m'appeler comme ça en permanence. Il faut que tu te secoues.

J'ai une boule coincée dans la gorge, aussi dure qu'un caillou bien lisse. Je n'arrive pas à déglutir. Je n'arrive pas à parler.

— Rachel, tu m'entends ? Je sais que ça ne va pas très fort pour toi, et j'en suis désolé, vraiment, mais… Je ne peux pas t'aider, et tous ces appels commencent vraiment à contrarier Anna. D'accord ? Je ne peux plus t'aider. Va aux Alcooliques anonymes, je ne sais pas. S'il te plaît, Rachel. Vas-y ce soir, après le travail.

J'enlève le pansement dégoûtant du bout de mon doigt et j'observe la peau en dessous, pâle, ridée, et le sang séché écrasé

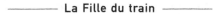

au bord de mon ongle. J'enfonce le pouce de ma main droite au centre de la coupure et je la sens se rouvrir avec une vive douleur, comme une brûlure. Je retiens mon souffle. Du sang commence à s'échapper de la plaie. De l'autre côté de la voiture, les filles me dévisagent, interdites.

MEGAN
UN AN PLUS TÔT

Mercredi 16 mai 2012

Matin

J'entends le train qui approche ; une musique que je connais par cœur. Il prend de la vitesse pour sortir de la gare de Northcote, puis, après avoir entamé le virage dans un bruit de ferraille, il commence à ralentir, passe d'un fracas à un grondement, avec parfois un crissement de freins pour s'arrêter au feu de signalisation, à une centaine de mètres de la maison. Sur la table, mon café a refroidi, mais je suis si bien là, au chaud, que je ne me décide pas à me lever pour m'en faire un autre.

Parfois, je ne regarde même pas passer les trains, je me contente de les écouter. Assise là le matin, les yeux fermés, quand le soleil n'est plus qu'une tache orange derrière mes paupières, je pourrais me croire n'importe où. Je pourrais me trouver dans le sud de l'Espagne, à la plage ; ou en Italie, aux Cinque Terre, au milieu de ces jolies maisons aux couleurs vives, avec le train qui emmène et ramène des flots de touristes. Je pourrais être de retour à Holkham, les cris des mouettes dans mes oreilles, le sel sur ma langue et un train fantôme qui emprunte la voie rouillée à moins d'un kilomètre de là.

Aujourd'hui, le train ne s'arrête pas et il passe lentement. J'entends les roues claquer sur les traverses, je le sens presque remuer. Je ne peux pas voir les visages des passagers et je sais que ce ne sont que des employés qui font la navette jusqu'à la gare d'Euston, à Londres, pour se rendre à leur bureau, mais j'ai bien le droit de rêver. Rêver à des excursions exotiques, des aventures qui attendent les voyageurs au terminus et au-delà. Dans ma tête, je ne cesse de revenir à Holkham ; c'est étrange que j'y pense encore, des matins comme celui-ci, avec tant d'affection, de regret même. Et pourtant. Le vent dans l'herbe, l'immense ciel couleur ardoise surplombant les dunes, la maison infestée de souris qui tombait en ruine, avec toutes ses bougies, sa crasse et sa musique. Maintenant, c'est comme un rêve, pour moi.

Je sens mon cœur battre un tout petit peu trop vite.

J'entends le bruit de ses pas dans l'escalier juste avant qu'il m'appelle :

— Tu veux un autre café, Megs ?

Le charme est rompu, je suis réveillée.

Soir

J'ai froid dans la brise, mais les deux doigts de vodka dans mon Martini me réchauffent. Je suis sortie sur le balcon et j'attends que Scott revienne du travail. Je vais le convaincre de m'emmener dîner chez l'italien de Kingly Road. Ça fait une éternité qu'on n'est pas sortis de ce trou.

Je n'ai pas fait grand-chose aujourd'hui. J'étais censée finir de remplir mon dossier d'inscription pour les cours sur les supports textiles à la Saint Martins' School, la prestigieuse école d'art de Londres. Et j'ai commencé, mais j'étais en train de travailler en bas, dans la cuisine, quand j'ai entendu une femme hurler, un bruit horrible, j'ai cru qu'on était en train de l'assassiner. Je suis sortie en courant dans le jardin, mais je n'ai rien vu.

Par contre, je l'entendais toujours, des cris affreux qui me transperçaient toute entière, une voix stridente, désespérée.

— Qu'est-ce que tu fais ? Qu'est-ce que tu lui veux ? Rends-la moi, rends-la moi !

Ça m'a semblé sans fin, mais ça n'a probablement duré que quelques secondes.

Je me suis précipitée à l'étage et j'ai grimpé sur le balcon. De là, à travers le feuillage des arbres, j'ai vu deux femmes près du grillage, quelques jardins après le mien. L'une d'elles pleurait – peut-être les deux – et on entendait aussi un bébé s'égosiller.

J'ai hésité à appeler la police, mais c'est alors que tout s'est calmé d'un coup. La femme qui avait crié est rentrée en courant dans la maison, l'enfant dans les bras. L'autre est restée dehors. Elle a couru vers la maison, elle a trébuché, mais s'est rattrapée, puis elle s'est mise à errer en cercles dans le jardin. Très bizarre. Dieu sait ce qui s'était passé. En tout cas, c'est le truc le plus excitant qui soit arrivé depuis des semaines.

Mes journées me paraissent vides maintenant que je n'ai plus la galerie pour m'occuper. Elle me manque. Et ça me manque de ne plus parler aux artistes. Même les jeunes mamans insupportables me manquent, celles qui, un café Starbucks à la main, venaient fixer les tableaux de leur regard morne en chuchotant à leurs copines que le petit Jessie faisait déjà de plus jolis dessins quand il n'était encore qu'à la maternelle.

Parfois, j'ai envie de voir si je n'arriverais pas à retrouver des potes d'avant, puis je me demande de quoi je pourrais leur parler, maintenant. Ils ne reconnaîtraient pas cette nouvelle Megan, heureuse en ménage, dans sa petite banlieue tranquille. De toute façon, je ne peux pas prendre le risque de retomber dans le passé, ce n'est jamais une bonne idée. Je vais attendre que l'été soit fini, et puis je chercherai du travail. Je trouve ça dommage de gâcher ces longues journées estivales. Je trouverai quelque chose, ici ou ailleurs, je finirai bien par trouver quelque chose.

Mardi 14 août 2012

Matin

Me voilà plantée devant mon armoire, à examiner pour la centième fois ma penderie pleine de jolis vêtements, la garde-robe parfaite de la gérante d'une galerie d'art petite mais branchée. Je n'ai toujours rien là-dedans qui fasse « nounou ». Putain, rien que ce mot me fiche la nausée. Comme les jours précédents, j'enfile un jean et un T-shirt, et je m'attache les cheveux. Je ne me maquille même pas. Franchement, quel intérêt d'être endimanchée pour aller passer la journée avec un bébé ?

Je descends l'escalier avec une désinvolture calculée, j'ai presque envie de provoquer une dispute. Scott prépare le café dans la cuisine. Il se tourne vers moi, souriant, et ça me rend ma bonne humeur en un clin d'œil. J'arrête de bouder et, souriante, je prends la tasse qu'il me tend avant de m'embrasser.

Je ne vais pas lui en vouloir, de toute façon, c'était mon idée. C'est moi qui me suis proposée pour aller m'occuper du bébé des gens au bout de la rue. Je me suis dit que ça pourrait être marrant. Mais c'était idiot, je devais être complètement folle. Morte d'ennui, folle, ou curieuse. Je voulais aller voir. Je crois que j'en ai eu l'idée après l'avoir entendue crier dans le jardin. Je voulais savoir ce qui se passait. Mais je ne leur ai jamais demandé, évidemment. Ce ne sont pas vraiment des choses qui se font, si ?

Scott m'a encouragée – il s'est montré très enthousiaste au début, quand je lui en ai parlé. Il pense que passer plus de temps avec des bébés va me mettre d'humeur pondeuse, moi aussi. En fait, ça a l'effet strictement inverse : quand je pars de là-bas, je cours jusqu'à chez moi tant je suis pressée d'enlever mes habits et de sauter sous la douche pour me débarrasser de l'odeur de bébé.

Je regrette mes journées à la galerie, où apprêtée, coiffée, je discutais avec d'autres adultes d'art, de films ou de rien du tout. Et rien du tout, voilà qui serait déjà mieux qu'une conversation avec Anna. La pauvre, elle est d'un ennui ! On a l'impression qu'elle avait peut-être des choses à dire, il y a bien longtemps, mais aujourd'hui tout tourne autour de son enfant : est-ce qu'elle a assez chaud ? est-ce qu'elle a trop chaud ? elle a bu quelle quantité de lait ? En plus, elle est toujours là, alors la plupart du temps j'ai l'impression d'être la cinquième roue du carrosse. Mon travail, c'est de surveiller le bébé pendant qu'Anna se repose, pour qu'elle puisse souffler un peu. Mais qu'est-ce qu'il y a de fatigant, là-dedans ? Et puis, elle est tout le temps stressée, c'est bizarre. Je la sens rôder en permanence autour de moi, tressaillir pour un rien. Elle flanche dès qu'un train passe et sursaute chaque fois que le téléphone sonne. C'est qu'ils sont si fragiles, à cet âge-là, m'explique-t-elle, et je ne peux qu'acquiescer.

Je sors et, les jambes lourdes, je parcours la cinquantaine de mètres qui sépare notre maison de la leur dans Blenheim Road. Pas vraiment d'humeur à gambader. Aujourd'hui, ce n'est pas elle qui m'ouvre la porte, c'est lui, son mari. Tom, en costume-cravate et chaussures vernies, sur le départ. Il est beau, dans son costume. Pas aussi beau que Scott – il est plus petit et plus pâle, et il a les yeux un peu trop rapprochés quand on le regarde de près –, mais pas mal. Il me fait son grand sourire à la Tom Cruise avant de disparaître et de nous laisser entre nous, moi, elle et le bébé.

Jeudi 16 août 2012

Après-midi

J'ai démissionné !

Je me sens tellement mieux, j'ai l'impression que tout est possible. Je suis libre !

Assise sur le balcon, j'attends la pluie. Au-dessus de moi, le ciel est d'un noir d'encre, les hirondelles tournent et plongent, l'air est étouffant d'humidité. Scott devrait être de retour dans une heure. Il va falloir que je le lui dise. Il ne restera pas fâché plus d'une minute ou deux, je saurai me faire pardonner. Et je ne compte pas passer mes journées à tourner en rond à la maison : j'ai bien réfléchi. Je pourrais prendre un cours de photographie, ou tenir un étalage au marché pour vendre des bijoux. Je pourrais apprendre à cuisiner.

Un jour, quand j'étais plus jeune, un de mes profs m'a dit que j'étais passée maîtresse dans l'art de me réinventer. À l'époque, je n'ai pas saisi de quoi il voulait parler, j'ai cru qu'il voulait faire son intéressant, mais, depuis, je me suis prise d'affection pour cette idée. Fugueuse, amante, épouse, serveuse, gérante d'une galerie, nounou, et que sais-je encore. Alors, qui aurai-je envie d'être, demain ?

Je n'avais pas prévu de démissionner, les mots sont sortis tout seuls. Nous étions installés autour de la table de la cuisine, Anna avec le bébé sur les genoux, et Tom, qui était repassé parce qu'il avait oublié quelque chose et qui était resté prendre un café. C'était tout à fait ridicule, comme situation, ma présence n'avait pas le moindre intérêt. Pire : j'étais mal à l'aise, comme si je dérangeais.

— J'ai trouvé un autre travail, ai-je dit sans réfléchir. Alors je ne vais plus pouvoir rester avec vous.

Anna m'a dévisagée, et je ne pense pas qu'elle m'ait cru. Elle a répondu « Oh, quel dommage », mais ça se voyait qu'elle n'était pas sincère. Elle avait l'air soulagé. Elle ne m'a même pas posé de questions sur ce nouvel emploi, et heureusement, parce que je n'avais même pas songé à préparer un mensonge crédible.

Tom a semblé légèrement surpris. Il a dit :
— Tu vas nous manquer.

Mais ça non plus, ce n'est pas vrai.

La seule personne qui sera vraiment déçue, c'est Scott, alors il faut que je me mette à la recherche d'une bonne excuse. Je vais peut-être lui dire que Tom me draguait, ça réglera le problème.

Jeudi 20 septembre 2012

Matin

Il est peu après sept heures, et il fait froid là, dehors, mais c'est tellement beau, comme ça, tous les jardins, ces bandes vertes bien collées les unes aux autres, qui attendent que les doigts des rayons de soleil surgissent de derrière la voie ferrée et viennent les réanimer. Ça fait des heures que je suis réveillée, je n'arrive pas à dormir. Je n'ai pas dormi depuis des jours. Il n'y a rien de pire au monde que l'insomnie, je déteste ça, rester là avec le cerveau qui égrène chaque seconde, tic, tac, tic, tac. Mon corps entier me démange. J'ai envie de me raser le crâne.

J'ai envie de m'enfuir. De partir en *road-trip* en décapotable, les cheveux au vent, et de rouler jusqu'à la côte – n'importe laquelle. J'ai envie de marcher sur une plage. Avec mon grand frère, on voulait passer notre vie sur les routes. On avait des projets géniaux, Ben et moi. Enfin, c'était surtout les projets de Ben, c'était un grand rêveur. On était censés descendre en moto de Paris à la Côte d'Azur, ou longer toute la côte pacifique des États-Unis, de Seattle à Los Angeles ; on voulait retracer le parcours de Che Guevara de Buenos Aires à Caracas. Si j'avais fait tout ça, peut-être que je ne me serais pas retrouvée ici, à ne pas savoir quoi faire du reste de ma vie. Mais, si j'avais fait tout ça, peut-être que je me serais retrouvée exactement au même endroit, et que j'en aurais été satisfaite. Mais bien sûr, je n'ai rien fait de tout ça, parce que Ben n'a jamais pu atteindre Paris, il n'a même pas pu atteindre Cambridge. Il est mort sur l'A10, entre Cambridge et Londres, le crâne écrasé sous les roues d'un semi-remorque.

Il me manque chaque jour. Plus que quiconque, je crois. C'est lui, le grand vide dans ma vie, le trou au beau milieu de mon âme. Ou peut-être n'en était-il que le commencement. Je ne sais pas. Je ne sais même pas si tout cela a vraiment à voir avec Ben, ou plutôt à voir avec tout ce qui s'est passé après ça, et tout ce qui s'est passé depuis. Tout ce que je sais, c'est que par moments tout roule, la vie est belle et je suis comblée, et en l'espace d'une seconde le monde bascule, je meurs d'envie de m'enfuir, je suis perdue et le sol semble se dérober sous mes pieds.

Alors je vais aller voir un psychologue ! Ça risque d'être un peu bizarre, mais ça sera peut-être marrant. J'ai toujours pensé que ça devait être pratique d'être catholique, de pouvoir aller à confesse pour se libérer de toute sa culpabilité, d'avoir quelqu'un qui vous dit que vous êtes pardonné, qui vous débarrasse de vos péchés et vous permet de repartir de zéro.

Mais évidemment, ce n'est pas la même chose. Je suis un peu nerveuse, mais je ne parviens pas à m'endormir depuis quelque temps, et Scott me harcèle pour que j'y aille. Je lui ai dit :

— Je trouve déjà assez difficile de parler de ces choses-là à des gens que je connais, j'arrive à peine à t'en parler, à toi.

Il m'a répondu :

— Justement, c'est le principe, on peut tout dire à un inconnu.

Sauf que ce n'est pas entièrement vrai. On ne peut pas TOUT dire. Pauvre Scott. Il n'a pas idée. Il m'aime si fort que ça me fait mal. Je ne sais pas comment il y arrive. À sa place, je deviendrais folle, avec quelqu'un comme moi.

Mais il faut bien que je fasse quelque chose et, au moins, ça me donne l'impression de me remuer. Toutes ces idées que j'avais – les cours de photo et de cuisine –, en fin de compte, ça me paraît assez vain. Comme si je jouais à la vie au lieu de vivre pour de vrai. Il faut que je trouve un truc qui me passionne réellement, un truc essentiel. Je ne peux pas n'être qu'une épouse, ce n'est pas moi. Je ne comprends pas comment les autres y arrivent ; il n'y a littéralement rien d'autre à faire qu'attendre. Attendre qu'un homme rentre à la maison et vous aime. Soit ça, soit partir à la recherche d'une distraction.

Soir

J'attends. J'avais rendez-vous il y a une demi-heure, et je suis encore là, dans la salle d'attente, à feuilleter un exemplaire de *Vogue* et à me demander si je ne devrais pas partir. Je sais qu'un rendez-vous chez le médecin peut souvent s'éterniser, mais chez le psy ? À force de regarder des films, je croyais qu'ils vous mettaient à la porte à l'instant même où vos trente minutes étaient écoulées. Mais j'imagine que ce ne sont pas les psys remboursés par la Sécu qu'on nous montre à Hollywood.

Alors que je m'apprête à me lever pour aller voir la réceptionniste et lui dire que j'ai suffisamment attendu, la porte du cabinet du docteur s'ouvre, et un homme grand et dégingandé en sort, l'air désolé, avant de me tendre la main.

— Madame Hipwell, je suis navré de vous avoir fait patienter si longtemps.

Je lui souris, je lui dis que ce n'est rien et, à ce moment précis, je le sens, oui, que ce n'est rien, que tout ira bien, parce que, même si ça ne fait qu'un instant que je suis en sa compagnie, je me sens déjà apaisée.

Je pense que c'est dû à sa voix. Douce et grave. Avec un léger accent, mais je m'y attendais, parce qu'il s'appelle Kamal Abdic. J'imagine qu'il doit avoir dépassé la trentaine, mais la couleur incroyable de sa peau – couleur miel foncé – lui donne l'air très jeune. Il a des mains que je peux imaginer me caresser, des doigts longs et délicats, je peux presque les sentir sur ma peau.

On ne parle de rien d'important, ce n'est qu'une séance d'introduction, pour « apprendre à se connaître » ; il me demande ce qui m'amène et je lui parle des crises d'angoisse, de mon insomnie, du fait que je reste réveillée la nuit dans mon lit par peur de m'endormir. Il veut approfondir, mais je ne suis pas encore prête. Il me demande si je prends de la drogue, si je bois. Je lui dis que, ces derniers temps, j'ai d'autres vices, puis je croise son regard et je crois qu'il a saisi ce dont je parle. Mais j'ai l'impression que je devrais prendre tout ça un peu plus au sérieux, alors j'évoque la galerie qui a fermé, ce sentiment permanent d'être désœuvrée, déboussolée, du fait que je passe trop de temps dans ma tête. Il ne parle pas beaucoup, juste une question de temps en temps pour me relancer, mais j'ai envie d'entendre sa voix, alors, en partant, je lui demande d'où il vient.

— De Maidstone, répond-il, dans le Kent. Mais je me suis installé à Corly il y a quelques années.

Il sait que ce n'était pas ce que je demandais et m'adresse un sourire rusé.

Quand j'arrive à la maison, Scott m'attend, et il me glisse un verre dans la paume de la main. Il veut tout savoir. Je lui dis que ça va. Il me pose des questions sur le psychologue : est-ce que je l'aime bien, est-ce qu'il a l'air gentil ? Ça va, dis-je encore pour ne pas paraître trop enthousiaste. Il me demande si on a parlé de Ben. Scott croit que tout a à voir avec Ben. Il a peut-être raison. Il n'est pas impossible qu'il me connaisse mieux que je ne le crois.

Mardi 25 septembre 2012

Matin

Je me suis réveillée tôt, ce matin, mais j'ai réussi à dormir quelques heures, ce qui est déjà pas mal par rapport à la semaine dernière. Quand je me suis levée, je me suis sentie presque reposée, alors, au lieu de m'installer sur le balcon, j'ai décidé d'aller me promener.

Avec le temps, je sors de moins en moins, presque sans m'en rendre compte. J'ai l'impression de ne jamais aller nulle part. Je vais faire les courses, à mon cours de Pilates, et chez le psy. Parfois chez Tara. Et le reste du temps, je suis à la maison. Pas étonnant que je rue dans les brancards.

Je sors, je prends à droite dans la rue, puis à gauche sur Kingly Road. Je passe devant le pub, le Rose. Avant, on y allait tout le temps. Je ne sais pas pourquoi on a arrêté. Mais je n'ai jamais trop aimé ça, il n'y avait quasiment que des couples juste en dessous de la quarantaine qui buvaient trop et semblaient à la recherche d'une meilleure vie, à se demander s'ils auraient un jour le courage de tout plaquer. C'est peut-être pour ça qu'on a arrêté de venir, parce que ça ne me plaisait pas. Le pub, puis des boutiques. Je ne compte pas aller bien loin, je veux juste faire un petit tour pour me dégourdir les jambes.

C'est agréable d'être dehors de si bon matin, avant l'apparition des écoliers et des voitures de ceux qui partent travailler à Londres ; les rues sont vides et propres, la journée pleine de promesses. Je prends une nouvelle fois à gauche et j'arrive au terrain de jeux – le seul semblant de parc que nous avons dans le quartier. Il est désert, mais d'ici quelques heures il sera investi par des nuées d'enfants, de mamans, et de filles et garçons au pair. La moitié des nanas de mon cours de Pilates sera là, toutes en survêtement tendance et prêtes à faire des étirements en se jaugeant du coin de l'œil, un gobelet Starbucks niché dans leurs mains manucurées.

Je dépasse le parc et descends la rue vers Roseberry Avenue. Si je tournais à droite, je verrais ma galerie – enfin, c'était ma galerie autrefois, maintenant ce n'est plus qu'une vitrine vide. Mais je n'en ai pas envie. C'est encore trop douloureux pour moi. J'ai bossé tellement dur pour que ça marche. Mauvais endroit, mauvais moment – il n'y a pas de marché pour l'art dans les banlieues, pas dans un tel contexte économique. À la place, je prends à gauche, je passe devant le Tesco Express, l'autre pub, celui où vont les gens de notre lotissement, puis je me dirige vers la maison. Je commence à avoir des papillons dans le ventre, je suis nerveuse. J'ai peur de croiser les Watson, c'est toujours gênant de les voir. Je n'ai manifestement pas de nouvel emploi, ce qui signifie que j'ai menti parce que je n'avais pas envie de continuer à travailler pour eux.

Enfin, c'est surtout gênant quand je la croise, elle. Tom se contente de m'ignorer. Mais Anna semble prendre ça comme un affront. De toute évidence, elle est persuadée que ma courte carrière de nounou a pris fin à cause d'elle ou de son enfant. Mais ça n'a rien à voir avec son enfant, vraiment, même si le fait qu'Evie n'arrêtait pas de geindre ne facilitait pas les choses. C'est beaucoup, beaucoup plus compliqué mais, bien sûr, je ne peux pas le lui expliquer. Bref. C'est sûrement une des raisons pour lesquelles je ne sors plus trop, pour ne pas tomber sur les

Watson. Une petite partie de moi espère qu'ils vont déménager. Je sais qu'elle n'aime pas cet endroit : elle déteste cette maison, elle déteste devoir vivre parmi les affaires de l'ex-femme de Tom, et elle déteste les trains.

Je m'arrête au coin de la rue et je jette un coup d'œil dans le passage souterrain sous les rails. L'odeur de froid et d'humidité me donne toujours un frisson le long de la colonne vertébrale, comme si je venais de retourner un caillou pour regarder ce qui se tapit en dessous : de la mousse, des lombrics, de la terre. Ça me rappelle quand j'étais petite, quand je jouais dans le jardin et qu'avec Ben on cherchait des grenouilles près de la mare. Je repars. La voie est libre – aucune trace de Tom ou d'Anna – mais, au fond de moi, la Megan qui adore ce genre de scandales de voisinage s'en retrouve toute désappointée.

Soir

Scott vient d'appeler pour dire qu'il devait travailler tard, et ce n'est pas ce que j'avais envie d'entendre. Je suis à cran, je l'ai été toute la journée. Je ne tiens pas en place. J'ai besoin qu'il soit là, qu'il m'aide à me calmer, mais maintenant il ne rentrera pas avant des heures et mon cerveau va continuer de tourner et tourner et tourner encore, et je sais que c'est une nuit sans sommeil qui m'attend.

Je ne peux pas rester assise là à regarder les trains, je suis trop tendue, mon cœur palpite dans ma poitrine, comme un oiseau qui chercherait à s'échapper d'une cage. J'enfile mes tongs, je descends l'escalier et je sors par la porte d'entrée dans Blenheim Road. Il doit être dix-neuf heures trente – il reste quelques traînards qui rentrent du travail. Il n'y a personne d'autre dans la rue, mais on entend les cris des enfants qui jouent dans les jardins derrière les maisons, profitant des derniers rayons du soleil d'été avant qu'on les appelle pour dîner.

Je descends la rue vers la gare. Je m'arrête un instant devant le numéro vingt-trois, et j'hésite à sonner. Qu'est-ce que je pourrais dire ? Je n'ai plus de sucre ? Je passais juste discuter ? Les rideaux sont à moitié ouverts mais je ne les vois pas à l'intérieur.

Je reprends mon chemin jusqu'au coin de la rue et, sans vraiment l'avoir décidé, je continue dans le passage souterrain. J'en ai parcouru environ la moitié quand un train passe au-dessus de moi, et c'est fabuleux : on dirait un tremblement de terre, ça résonne jusqu'au centre de mon corps, ça fait vibrer mon sang. Je baisse les yeux et j'aperçois quelque chose par terre, un élastique à cheveux, violet, étiré, usé. C'est sûrement juste une joggeuse qui l'a laissé tomber, mais il me donne la chair de poule et j'ai soudain envie de sortir d'ici au plus vite pour retrouver la lumière du jour.

Alors que je repars vers chez moi, il me dépasse en voiture, nos regards se croisent et il me sourit.

RACHEL

Vendredi 12 juillet 2013

Matin

Je suis épuisée, la tête encore assoupie, engourdie. Quand je bois, je ne dors presque pas, je finis par m'effondrer une heure ou deux avant de me réveiller, malade de peur, et dégoûtée de moi-même. Et si je passe un jour sans boire, la nuit qui suit, je m'endors profondément, comme si je perdais complètement connaissance. Le lendemain, je n'arrive pas à bien sortir du sommeil, il m'accompagne durant des heures, parfois toute la journée.

Il n'y a qu'une poignée de gens dans la voiture D ce matin, et les sièges près de moi sont vides. Personne ne m'observe, alors j'appuie la tête contre la vitre et je ferme les yeux.

Le crissement des freins me réveille. On est arrêtés au feu. À cette heure-là le matin, à cette époque de l'année, les maisons au bord des rails sont envahies de lumière. Je peux presque sentir la chaleur de ce soleil matinal sur mon visage et sur mes bras, assise à la table du petit déjeuner, Tom en face de moi, mes pieds nus posés sur les siens, plus chauds, et les yeux baissés sur le journal. Je le sens me sourire et une rougeur s'étend de ma poitrine à mon cou, comme toujours quand il me regardait ainsi.

Je cligne soudain des yeux et Tom a disparu. Nous sommes toujours arrêtés. Je vois Jess dans son jardin et, derrière elle, un homme sort de la maison. Il a quelque chose dans les mains – une tasse de café, peut-être – et, au bout d'un moment, je me rends compte que ce n'est pas Jason. Cet homme est plus grand, plus mince, plus foncé aussi. C'est un ami de la famille ; c'est son frère à elle ou celui de Jason. Il se penche pour poser les tasses sur la table en métal de la terrasse. C'est un cousin australien qui passe deux semaines chez eux ; c'est un vieil ami de Jason, témoin à leur mariage. Jess se dirige vers lui, l'enlace par la taille et l'embrasse langoureusement. Le train repart.

Je n'arrive pas à y croire. Je prends une grande inspiration et je m'aperçois que je retenais mon souffle. Pourquoi ferait-elle une chose pareille ? Jason l'aime, ça se voit, ils sont heureux. Je n'en reviens pas qu'elle puisse lui faire ça, il ne le mérite pas. Je ressens une cruelle déception, comme si c'était moi qu'on avait trahi. Une douleur familière resurgit dans ma poitrine. J'ai déjà ressenti ça auparavant. En plus fort, en plus intense, bien sûr, mais je n'ai pas oublié cette souffrance. C'est impossible à oublier.

Je l'ai découvert comme tout le monde semble découvrir ce genre de choses, de nos jours : par voie électronique. Parfois, c'est un texto ou un message vocal ; dans mon cas, c'était un e-mail. La version moderne du rouge à lèvres sur un col de chemise. C'était un accident, en plus ; je n'étais pas en train de l'espionner. Je n'étais pas censée utiliser l'ordinateur de Tom, parce qu'il avait peur que j'efface quelque chose d'important par mégarde, ou que je clique sur le mauvais truc et que je fasse entrer un virus ou un cheval de Troie.

— La technologie, ce n'est pas ton fort, hein, Rachel ? m'a-t-il dit la fois où j'ai réussi à effacer tous les contacts du répertoire de sa boîte mail par erreur.

Du coup, je n'étais pas supposée toucher à l'ordinateur. Mais c'était pour lui faire plaisir, je voulais me faire pardonner d'avoir été un peu trop déprimée et difficile à vivre depuis quelque temps, alors j'essayais d'organiser une escapade spéciale pour notre quatrième anniversaire de mariage, un voyage pour nous rappeler comment c'était entre nous, avant. Je voulais que ce soit une surprise, alors il fallait que je jette un coup d'œil à son emploi du temps professionnel en cachette. Il le fallait.

Je n'étais pas en train de l'espionner, ni de le piéger ou quoi que ce soit, ce n'était pas mon genre. Je ne voulais pas être une de ces femmes soupçonneuses qui fouillent les poches de leur mari. Une fois, j'avais répondu à son téléphone pendant qu'il était sous la douche, et il s'était vraiment fâché, il m'avait accusé de ne pas lui faire confiance. J'avais beaucoup culpabilisé, ce jour-là, il avait l'air tellement blessé.

J'avais donc besoin de vérifier son emploi du temps, et il avait laissé l'ordinateur portable allumé parce qu'il était en retard à une réunion. C'était une opportunité en or, alors je suis allée regarder son agenda, j'ai noté quelques dates possibles, puis j'ai refermé la fenêtre du calendrier et, en dessous, sa boîte mail était ouverte, juste sous mes yeux. Tout en haut de la liste, il y avait un message de aboyd@cinnamon.com. J'ai cliqué. « xxxxx ». Rien d'autre, juste une ligne de « x ». D'abord, j'ai cru que c'était un spam, puis j'ai compris que c'était des baisers.

C'était une réponse à un message qu'il avait envoyé quelques heures auparavant, peu après sept heures du matin, alors que j'étais encore endormie dans notre lit.

> « Cette nuit, je me suis endormi en pensant à toi, j'ai rêvé que je t'embrassais la bouche, les seins, l'intérieur des cuisses. Quand je me suis réveillé ce matin, ma tête débordait de toi, et je n'avais qu'une envie : te toucher. Ne compte plus me trouver sain d'esprit, ce n'est plus possible depuis que tu es dans ma vie. »

J'ai lu ses messages, il y en avait des dizaines, cachés dans un dossier intitulé « Admin ». J'ai découvert qu'elle s'appelait Anna Boyd et que mon mari était amoureux d'elle. Il le lui disait, souvent. Il lui disait qu'il n'avait jamais rien ressenti de tel auparavant, qu'il avait hâte d'être avec elle, qu'elle n'aurait plus à attendre longtemps avant qu'ils puissent être ensemble.

Je n'ai pas les mots pour décrire ce que j'ai ressenti ce jour-là, mais à cet instant, dans le train, je suis furieuse. J'ai les ongles enfoncés dans les paumes et les larmes me piquent les yeux. Une colère intense m'envahit. J'ai l'impression qu'on m'a volé quelque chose. Comment a-t-elle pu ? Comment Jess peut-elle faire cela ? C'est quoi, son problème ? Quand on voit la vie qu'elle a, comme elle est belle, cette vie ! Je n'ai jamais compris ceux qui peuvent écarter sans le moindre remords le mal qu'ils font autour d'eux en suivant leur cœur. Qui a dit qu'il était bon de suivre son cœur ? C'est de l'égoïsme pur, un besoin égocentrique de les avoir tous à ses pieds. La haine monte en moi. Si je voyais cette femme en ce moment même, si j'avais Jess en face de moi, je lui cracherais au visage. Je lui arracherais les yeux.

Soir

Il y a un problème sur ma ligne. Le direct de 17 h 56 à destination de Stoke a été annulé, alors ses passagers ont investi mon train, il n'y a plus que quelques places debout. Heureusement, j'ai un siège, mais c'est côté couloir et non côté vitre, et des corps appuient contre mon épaule, mon genou, envahissant mon espace. Je réprime l'envie de les repousser, de me lever et de leur mettre un bon coup. La chaleur n'a cessé d'augmenter toute la journée, j'ai l'impression de respirer à travers un masque. Toutes les fenêtres sont ouvertes, et pourtant, alors même qu'on avance, pas le moindre courant d'air ne circule, cette voiture est une boîte en métal hermétique. Je n'arrive pas à prendre suffisamment d'oxygène dans mes poumons. J'ai la nausée. Je n'arrête pas de me rejouer la scène de ce matin, quand je suis arrivée au café, je ne peux pas me débarrasser de l'impression d'être toujours là-bas, face à leurs visages.

C'est la faute de Jess. Ce matin, j'étais tellement obsédée par Jess et Jason, par ce qu'elle avait fait et ce qu'il allait vivre, la confrontation qui surviendrait quand il découvrirait la vérité et que son monde, comme le mien, serait détruit. Je suis sortie du train à Londres et j'ai commencé à déambuler, confuse, sans me concentrer sur l'endroit où me menaient mes pas. Sans réfléchir, je suis entrée dans le café où vont tous les employés de Huntingdon Whitely. J'avais déjà passé la porte quand je les ai vus, et à ce moment-là il était trop tard pour faire demi-tour. Ils m'ont dévisagée, les yeux très légèrement écarquillés, avant de se rappeler de sourire poliment. Martin Miles, Sasha et Harriet, triumvirat de l'embarras, m'ont fait signe de m'approcher.

— Rachel ! s'est exclamé Martin en s'avançant pour m'étreindre.

Je ne m'y attendais pas et mes bras se sont retrouvés coincés bêtement entre nous deux, contre son corps. Sasha et Harriet ont souri et semblé hésiter avant de me faire la bise, de loin, sans même m'effleurer.

— Qu'est-ce que tu fais là ? a repris Martin.

Je suis restée muette un long moment. La tête baissée, j'ai senti le rouge qui me montait aux joues, puis j'ai compris que je ne faisais qu'empirer les choses, alors j'ai eu un petit rire qui sonnait faux et j'ai dit :

— Entretien. Un entretien.

— Oh ! a fait Martin sans parvenir à cacher sa surprise, tandis que Sasha et Harriet acquiesçaient en souriant. Avec qui ?

Je n'ai pas réussi à retrouver le nom d'une boîte de relations publiques. Pas une seule. Ni d'une société immobilière. Sans compter qu'il m'aurait fallu en trouver une vaguement susceptible d'embaucher en ce moment. Je suis restée plantée là, à me frotter la lèvre inférieure du bout de l'index en secouant la tête et, au final, c'est Martin qui a repris :

— C'est top secret, c'est ça ? Il y a des boîtes comme ça, un peu bizarres, hein ? Elles ne veulent pas que tu parles de quoi que ce soit tant que rien n'est signé et que ce n'est pas encore officiel.

C'était des conneries et il le savait, il n'a dit ça que pour me sauver la mise et personne n'y a cru, mais tout le monde a joué le jeu en hochant la tête. Harriet et Sasha jetaient des coups d'œil par-dessus mon épaule en direction de la porte, elles avaient honte pour moi et cherchaient une opportunité de s'échapper.

— Je ferais bien d'aller commander mon café, ai-je dit. Je ne voudrais pas être en retard.

Martin a posé la main sur mon avant-bras et a conclu :

— Ça me fait vraiment plaisir de te voir, Rachel.

Sa pitié était presque palpable. Avant ces deux dernières années, je n'avais jamais compris comme cela pouvait être humiliant de voir quelqu'un avoir pitié de soi.

Aujourd'hui, j'avais prévu d'aller à la bibliothèque de Holborn dans Theobald's Road, mais, après cette scène mortifiante, c'était trop dur pour moi. Alors je suis allée à Regent's Park, un des plus beaux parcs de Londres. Je l'ai traversé en entier, jusqu'à arriver près du zoo. Je me suis assise à l'ombre d'un figuier sycomore, j'ai songé à ces heures libres devant moi, je me suis rejoué la conversation qui avait eu lieu dans le café, et j'ai revu l'expression sur le visage de Martin quand il m'avait dit au revoir.

Je devais être là depuis moins d'une demi-heure quand mon portable a sonné. C'était encore Tom qui m'appelait depuis la maison. J'ai essayé de l'imaginer en train de travailler sur son ordinateur dans notre cuisine ensoleillée, mais sa nouvelle vie ne cessait d'empiéter sur cette image et de la gâcher. Elle était sûrement non loin de là, à l'arrière-plan, à préparer du thé ou à nourrir la petite fille, son ombre sur Tom. Je n'ai pas répondu et l'appel a été redirigé sur la messagerie. J'ai rangé le téléphone dans mon sac et je me suis efforcée de l'ignorer. Je ne pouvais en supporter plus, pas aujourd'hui ; cette journée était déjà assez cauchemardesque comme ça, et il était à peine dix heures et demie. J'ai tenu environ trois minutes avant de reprendre le téléphone pour composer le numéro de ma boîte vocale. Je me suis préparée à l'épreuve du son de sa voix – cette voix qui ne me parlait auparavant qu'avec humour et légèreté et qui désormais ne m'adressait que réprimandes, consolation ou pitié –, mais ce n'était pas lui.

— Rachel, c'est Anna.

J'ai raccroché.

Je n'arrivais plus à respirer ni à empêcher mon cerveau de s'emballer ou ma peau de me démanger, alors je me suis levée et je suis allée à l'épicerie au coin de Titchfield Street pour m'acheter quatre canettes de gin tonic avant de revenir dans le parc. J'ai ouvert la première canette et je l'ai bue aussi vite que possible, puis j'ai ouvert la deuxième. J'ai tourné le dos au chemin pour ne plus voir les joggeurs, les mères avec leurs poussettes et les touristes, et, comme je ne les voyais pas, alors je pouvais prétendre qu'ils ne me voyaient pas non plus, comme une enfant. J'ai rappelé ma messagerie.

— Rachel, c'est Anna.

Une longue pause, puis elle a repris :

— Il faut que je te parle de ces coups de téléphone.

Une nouvelle pause – elle faisait autre chose, plein de choses à la fois, comme les épouses et les mères très occupées à ranger ou à mettre le linge dans la machine.

— Écoute, je sais que c'est difficile pour toi, a-t-elle dit, comme si elle n'avait rien à voir avec mon malheur. Mais tu ne peux pas nous appeler tout le temps la nuit comme ça.

Elle parlait sèchement, elle était agacée.

— C'est déjà pénible que tu nous réveilles, nous, mais tu réveilles aussi Evie, et ça, je ne peux pas l'accepter. On a beaucoup de mal à lui faire faire ses nuits, en ce moment.

« On a beaucoup de mal à lui faire faire ses nuits. » On. Nous. Notre petite famille. Avec nos problèmes et notre routine. Quelle connasse. Si c'était un oiseau, ce serait un coucou. Elle est venue pondre ses œufs dans mon nid. Elle m'a tout pris. Elle a tout pris, et maintenant elle m'appelle pour me dire que ma détresse la dérange ?

J'ai fini la deuxième canette et entamé la troisième. L'euphorie qui m'a étreinte quand l'alcool a pénétré dans mon sang n'a duré que quelques minutes, puis j'ai été prise de nausée. J'allais trop vite, même pour moi, il fallait que je ralentisse ; si je ne ralentissais pas, il allait m'arriver des bricoles. Je risquais de faire quelque chose que je regretterais. De la rappeler. De lui dire que je me foutais d'elle et de sa famille et que je m'en contrefoutais si sa gamine n'avait pas une seule bonne nuit de sommeil de toute sa vie. De lui dire que la phrase qu'il lui avait écrite (« Ne compte plus me trouver sain d'esprit »), moi aussi j'y avais eu droit, quand on avait commencé à se fréquenter, il me l'avait écrite dans une lettre où il me déclarait sa flamme éternelle. Et ce n'était même pas de lui : il l'avait volée à Henry Miller. Tout ce qu'elle a, c'est du réchauffé. Je voudrais savoir ce que ça lui fait. J'avais envie de la rappeler pour lui demander : « Qu'est-ce que ça te fait, Anna, de vivre dans ma maison, entourée des meubles que j'ai choisis, de dormir dans le lit que j'ai partagé avant avec lui, de nourrir ton enfant sur la table même où il m'a fait l'amour ? »

Je n'en reviens toujours pas qu'ils aient choisi de rester là, dans cette maison, MA maison. Je n'ai pas réussi à y croire, quand il me l'a annoncé. J'adorais cette maison. C'était moi qui avais insisté pour l'acheter, malgré son emplacement. Ça me plaisait d'être près de la voie ferrée, de voir passer les trains. J'aimais bien leur bruit, ce n'était pas le cri perçant d'un grande vitesse, mais le brinquebalement désuet d'un train de marchandises. Tom m'avait prévenue : « Ça ne restera pas comme ça pour toujours, ils finiront par moderniser la ligne et tu n'auras plus que les hurlements des trains express », mais j'ai toujours refusé de croire que ça arriverait un jour. Je serais restée là, je lui aurais repris sa part si j'avais eu l'argent. Mais je n'avais pas assez, et on n'a pas réussi à trouver un acheteur à un prix correct au moment du divorce, alors, à la place, il m'a dit que lui rachèterait ma part et qu'il resterait là jusqu'à ce qu'il en obtienne un bon prix. Mais il n'a jamais trouvé d'acheteur, il l'a installée là, et elle est tombée amoureuse de la maison elle aussi, comme moi, alors ils ont décidé d'y rester. Elle doit avoir sacrément confiance en elle – en eux – pour que ça ne la dérange pas d'aller et venir dans les pas d'une autre. De toute évidence, elle ne me considère pas comme une menace. Ça me fait penser à Ted Hughes, l'homme qui a été marié à la poétesse Sylvia Plath. Après le suicide de son ex-femme, il a installé sa maîtresse Assia Wevill dans la maison qu'il avait partagée avec Plath ; elle portait les vêtements de Sylvia, elle se brossait les cheveux avec sa brosse. Ce matin, j'ai eu envie de téléphoner à Anna pour lui rappeler qu'Assia aussi a fini la tête dans le four, comme Sylvia.

J'ai dû m'endormir, bercée par le gin et la chaleur du soleil. Je me suis réveillée en sursaut et j'ai immédiatement tâtonné à côté de moi pour chercher mon sac. Il était toujours là. J'avais la peau qui picotait, je grouillais de fourmis, sur mes cheveux, mon cou, ma poitrine, et j'ai bondi sur mes pieds, en me griffant pour les enlever. À une vingtaine de mètres de là, deux adolescents qui se renvoyaient un ballon de football se sont arrêtés pour me regarder, pliés en deux de rire.

Le train s'arrête. Nous sommes presque au niveau de la maison de Jess et Jason, mais je ne peux rien voir, il y a le wagon et la voie ferrée entre nous, et trop de gens qui me bouchent la vue. Je me demande s'ils sont là, s'il sait, s'il est parti, ou s'il vit encore une vie dont il n'a pas encore découvert qu'elle n'est qu'un mensonge.

Samedi 13 juillet 2013

Matin

Je sais sans avoir besoin de l'horloge qu'il est entre sept heures quarante-cinq et huit heures quinze. Je le sais, à cause de la lumière qui pénètre dans ma chambre, à cause du tumulte de la rue sous ma fenêtre, à cause du bruit de l'aspirateur que Cathy passe dans le couloir devant la porte de ma chambre. Tous les samedis, quoi qu'il arrive, Cathy se lève tôt pour nettoyer la maison. Que ce soit son anniversaire ou l'apocalypse, Cathy se lèvera toujours tôt le samedi pour faire le ménage. Elle dit que c'est cathartique, que ça la met en forme pour passer un bon week-end, et vu que, pendant son ménage, elle fait des mouvements d'aérobic, elle n'a pas besoin d'aller à la salle de sport.

Ça ne me gêne pas vraiment, l'aspirateur de bon matin, parce que de toute façon je ne suis pas endormie. Je ne dors pas le matin, je suis incapable de paresser au lit jusqu'à midi. Je me réveille brutalement, le souffle court et le cœur battant, la bouche sèche, et je sais immédiatement que c'est terminé. Je suis réveillée. Plus je voudrais oublier, moins j'y arrive. La vie et la lumière ne me laissent pas en paix. Je reste allongée à écouter les mouvements effrénés d'une Cathy enjouée, et je repense aux vêtements sur le bord des rails et à Jess qui a embrassé son amant dans le soleil du matin.

La journée s'étend devant moi, et chacune de ses minutes est vide.

Je pourrais aller au marché sur l'avenue ; je pourrais acheter du gibier et de la pancetta, et passer la journée à cuisiner.

Je pourrais m'asseoir sur le canapé avec une tasse de thé et regarder *Samedi Cuisine* à la télé.

Je pourrais aller à la salle de sport.

Je pourrais mettre à jour mon CV.

Je pourrais attendre que Cathy aille faire un tour, aller à l'épicerie et acheter deux bouteilles de sauvignon blanc.

Dans une autre vie, je me réveillais tôt aussi, au bruit du train de 8 h 04 qui passait avec fracas dehors. J'ouvrais les yeux et j'écoutais la pluie tapoter à la fenêtre. Je le sentais allongé derrière moi, endormi, chaud, dur. Après, il allait chercher le journal et je faisais des œufs brouillés, et on s'asseyait dans la cuisine pour prendre le thé. J'imagine que désormais, pour lui, ce n'est plus pareil, plus de sexe paresseux le samedi ni d'œufs brouillés mais, à la place, un bonheur différent, une petite fille calée entre lui et sa femme et qui babille gaiement. Elle doit commencer tout juste à parler, maintenant, « papa » et « mama » et ce fameux langage secret inconnu de tous ceux qui ne sont pas parents.

Une douleur s'ancre au milieu de ma poitrine. Vivement que Cathy sorte.

Soir

Je vais aller voir Jason.

J'ai passé la journée dans ma chambre, à attendre que Cathy s'en aille pour pouvoir prendre un verre. Mais elle est restée là. Elle s'est enracinée sur le canapé du salon pour « mettre à jour sa paperasse ». Au bout du compte, en fin d'après-midi, incapable de supporter plus longtemps l'enfermement ni l'ennui, je lui ai dit que j'allais me promener. Je suis allée au Wheatsheaf, le gros pub sans personnalité à côté de High Street, et j'ai bu trois grands verres de vin. J'ai aussi pris deux shots de Jack Daniel's. Puis je suis allée jusqu'à la gare, j'ai acheté deux canettes de gin tonic et je suis montée dans le train.

Je vais voir Jason.

Pas lui rendre visite, je ne compte pas débarquer devant chez lui et frapper à la porte. Rien de ce genre. Rien de dingue. Je veux juste passer devant la maison, en train. Je n'ai rien d'autre à faire et je n'ai pas envie de rentrer. Je veux juste le voir. Les voir.

Ce n'est pas une bonne idée. Je sais que ce n'est pas une bonne idée.

Mais quel mal y a-t-il à ça ?

J'irai jusqu'à Euston, puis je ferai demi-tour et je reviendrai (j'aime les trains, je ne vois pas où est le problème ! les trains, c'est merveilleux).

Avant, quand j'étais encore moi, je rêvais de faire de longs voyages romantiques en train avec Tom (la ligne de Bergen pour notre cinquième anniversaire de mariage, le Train bleu pour ses quarante ans).

Attendez, on va passer à côté.

La lumière est vive, mais je ne vois pas très bien (je vois double, ferme un œil, mieux).

Les voilà! Est-ce que c'est lui? Ils sont sur le balcon. Non? Est-ce que c'est Jason? Est-ce que c'est Jess?

Je veux me rapprocher, je ne vois rien. Je veux me rapprocher d'eux.

Je ne vais pas aller jusqu'à Euston. Je vais descendre à Witney (je ne devrais pas descendre à Witney, c'est trop dangereux, et si Tom ou Anna me voient?).

Je vais descendre à Witney.

Ce n'est pas une bonne idée.

C'est une très mauvaise idée.

Il y a un homme de l'autre côté du train, les cheveux blonds qui tirent sur le roux. Il me sourit. Je veux lui dire quelque chose mais les mots n'arrêtent pas de s'évaporer, de disparaître du bout de ma langue avant que j'aie eu le temps de les prononcer. Je sens leur goût, mais je ne saurais dire s'ils sont doux ou amers.

Est-ce qu'il me sourit, ou est-ce qu'il se moque de moi? Je n'arrive pas à voir.

Dimanche 14 juillet 2013

Matin

On dirait que mon cœur bat fort au fond de ma gorge, il me gêne. J'ai la bouche sèche. Je me tourne sur le côté, la tête vers la fenêtre. Le peu de lumière qui filtre à travers le store suffit à me faire mal aux yeux. Je pose une main sur mon visage, les doigts appuyés sur mes paupières pour me débarrasser de la douleur. J'ai les ongles sales.

Quelque chose ne va pas. L'espace d'une seconde, j'ai l'impression de tomber, comme si le lit avait disparu de sous mon corps. Hier soir. Il s'est passé quelque chose. L'air rentre brutalement dans mes poumons et je me redresse trop vite, le cœur battant la chamade, la migraine cognant dans mon crâne.

J'attends que les souvenirs me reviennent. Parfois ça prend un peu de temps. Parfois ils surgissent devant mes yeux en quelques secondes. Parfois ils ne reviennent pas du tout.

Il s'est passé quelque chose. Quelque chose de grave. Il y a eu une dispute. Des cris. Des coups ? Je ne sais pas, je ne me souviens pas. Je suis allée au pub, je suis montée dans le train, je suis arrivée dans la gare, j'ai marché jusque dans la rue. Blenheim Road. Je suis allée à Blenheim Road.

Une vague me submerge soudain, un effroi sinistre.

Il s'est passé quelque chose, j'en suis sûre. Je ne retrouve pas quoi exactement, mais je le sens. J'ai mal dans la bouche, comme si je m'étais mordu la joue, et j'ai le goût métallique du sang sur la langue. J'ai la nausée, la tête qui tourne. Je passe les mains dans mes cheveux, sur mon crâne, et je tressaille : sur le côté droit, j'ai une bosse, douloureuse au toucher. Mes cheveux sont emmêlés et pleins de sang.

J'ai trébuché, c'est ça. Dans les escaliers de la gare de Witney. Est-ce que je me suis cogné la tête ? Je me souviens du voyage en train, mais, après ça, c'est un gouffre noir, un vide total. Je respire profondément pour tenter de ralentir les battements effrénés de mon cœur, de calmer la panique qui enfle dans ma poitrine. Réfléchis. Qu'est-ce que j'ai fait ? Je suis allée au pub, je suis montée dans le train. Il y avait un homme, je m'en rappelle maintenant, avec des cheveux presque roux. Il m'a souri. Je crois qu'il m'a parlé, mais je ne sais plus ce qu'il a dit. Il y a plus encore, d'autres informations à glaner dans le souvenir de cet homme, mais je n'arrive pas à y accéder. Je ne retrouve rien dans le noir.

J'ai peur, mais je ne suis pas sûre de savoir pourquoi, ce qui contribue à ma frayeur. Je ne sais même pas s'il y a réellement de quoi avoir peur. Je regarde autour de moi. Mon téléphone n'est pas sur la table de chevet. Mon sac à main n'est pas par terre, ni accroché au dossier de la chaise, là où je le laisse habituellement. J'ai dû rentrer avec, cependant : si je suis dans la maison, c'est que j'avais mes clés.

Je sors de mon lit. Je suis nue. Je m'aperçois dans le miroir en pied accroché à la porte du placard. J'ai les mains qui tremblent, du mascara étalé sur les joues et une coupure à la lèvre inférieure. J'ai aussi des bleus sur les jambes. J'ai envie de vomir. Je me rassois sur le lit pour mettre la tête entre les genoux et attendre que la nausée passe, puis je me relève, j'attrape ma robe de chambre et j'entrouvre la porte, à peine. Le silence règne dans l'appartement. Pour je ne sais quelle raison, je suis certaine que Cathy n'est pas là. Est-ce qu'elle m'a dit qu'elle dormait chez Damien, hier ? J'ai l'impression que oui, mais impossible de me souvenir quand. Avant que je sorte ? Est-ce qu'on se serait parlé après ça ? Je marche aussi doucement que possible dans le couloir. La porte de la chambre de Cathy est ouverte. Je jette un coup d'œil dedans : le lit est fait. Il est possible qu'elle soit déjà levée et qu'elle ait déjà fait son lit, mais je ne pense pas qu'elle ait dormi là cette nuit, ce qui est un soulagement en soi. Si elle n'est pas là, alors elle ne m'a pas vue ni entendue rentrer hier soir, ce qui signifie qu'elle ne sait pas dans quel état j'étais. Ça devrait m'être égal, et pourtant ça ne l'est pas : la honte que je ressens après un incident de ce genre est directement proportionnelle à la gravité de la situation, mais surtout au nombre de gens qui en ont été témoins.

En haut des marches, le tournis me reprend et je dois m'agripper à la rampe. Tomber dans les escaliers et me briser le cou, c'est une de mes plus grandes peurs (l'autre, c'est de faire une hémorragie interne quand mon foie m'aura enfin lâchée). Rien que d'y penser, la nausée est de retour. J'ai envie de repartir m'allonger mais il faut que je retrouve mon sac et mon téléphone. Il faut au moins que je vérifie que je n'ai pas perdu mes cartes bancaires, il faut que je sache qui j'ai appelé et quand. Mon sac à main est abandonné dans l'entrée, juste devant la porte. À côté reposent mon jean et ma culotte, en pile chiffonnée ; je sens l'odeur de l'urine dès que j'arrive en bas des marches. Je prends mon sac pour chercher mon téléphone – il est là, Dieu merci, avec quelques billets de vingt froissés et un Kleenex taché de sang. La nausée m'envahit à nouveau, plus forte cette fois ; la bile remonte dans le fond de ma gorge et je cours vers le premier étage, mais je n'ai pas le temps d'atteindre la salle de bains et je vomis sur le tapis au milieu de l'escalier.

Il faut que j'aille m'allonger. Si je ne m'allonge pas, je vais m'évanouir, je vais tomber. Je nettoierai plus tard.

Dans ma chambre, je mets mon téléphone à charger et je m'installe sur mon lit. Je lève les membres l'un après l'autre pour les inspecter attentivement : j'ai des bleus sur les jambes, au-dessus des genoux, rien d'inhabituel quand on a bu – c'est le genre de bleus qu'on se fait en se cognant dans les meubles. Je trouve des marques plus étranges sur mes bras, des empreintes ovales, sombres, comme des traces de doigts. Ça n'a rien de très alarmant, j'en ai déjà eu des comme ça. Souvent, c'est quand je suis tombée et que quelqu'un a essayé de m'aider à me relever. Le coup sur ma tête a l'air plus grave, mais j'ai pu me le faire bêtement, en entrant dans une voiture, par exemple. Peut-être que j'ai pris un taxi.

Je prends mon téléphone. J'ai deux messages. Le premier est de Cathy, reçu peu après dix-sept heures, pour me demander où je suis. Elle va passer la nuit chez Damien et me verra demain. Elle espère que je ne suis pas allée boire toute seule. Le second est de Tom, à vingt-deux heures quinze. Je manque de lâcher le téléphone de frayeur quand j'entends sa voix : il crie.

— Bon Dieu, Rachel ! mais qu'est-ce qui ne va pas chez toi, à la fin ? J'en ai plus qu'assez de toutes ces conneries, d'accord ? Je viens de passer presque une heure en voiture à te chercher. Tu as vraiment fait peur à Anna, tu t'en rends compte ? Elle a cru que tu allais... elle a cru... Je ne sais pas comment j'ai réussi à la convaincre de ne pas appeler la police. Laisse-nous tranquilles. Arrête de m'appeler, arrête de venir ici, laisse-nous tranquilles, point. Je ne veux pas te parler. Tu comprends ? Je ne veux pas te parler, je ne veux pas te voir, je ne veux pas que tu t'approches de ma famille. Gâche ta vie si ça te fait plaisir, mais je ne te laisserai plus gâcher la mienne. C'est fini. Je ne te protégerai plus, maintenant, compris ? Fiche-nous la paix.

Je ne sais pas ce que j'ai fait. Qu'est-ce que j'ai fait ? Entre dix-sept heures et vingt-deux heures quinze, qu'est-ce que j'ai fait ? Pourquoi Tom est-il parti me chercher ? Qu'est-ce que j'ai fait à Anna ? Je tire la couette sur ma tête et je ferme les yeux. Je m'imagine aller jusqu'à la maison, remonter le petit chemin qui sépare leur jardin de celui des voisins, passer par-dessus la barrière en bois. Je m'imagine ouvrir la porte coulissante et entrer discrètement dans la cuisine. Anna est assise à table. Je l'attrape par-derrière, je glisse une main dans ses longs cheveux blonds et je tire sa tête en arrière, je la fais tomber par terre et je lui éclate le crâne contre les carreaux froids du carrelage bleu.

Soir

Quelqu'un crie. Vu l'angle que font les rayons du soleil qui entrent par la fenêtre, j'ai dû dormir un bon moment ; on doit être en fin d'après-midi, voire en début de soirée. Ma tête me fait mal. Il y a du sang sur mon oreiller. J'entends quelqu'un hurler au rez-de-chaussée.

— Je n'en reviens pas, bon sang ! Rachel ! RACHEL !

Je me suis endormie. Oh non… et je n'ai pas nettoyé le vomi sur les escaliers. J'ai laissé mes vêtements dans l'entrée. Oh non, oh non.

J'enfile un pantalon de jogging et un T-shirt. Quand j'ouvre la porte, Cathy vient d'arriver juste derrière. En me voyant, elle prend un air horrifié.

— Mais qu'est-ce qui t'est arrivé ? s'exclame-t-elle avant de lever une main. En fait, non, Rachel, désolée, mais je n'ai même pas envie de savoir. Je ne peux pas tolérer ça chez moi. Je ne peux pas tolérer…

Sa voix s'éteint, mais elle s'est tournée vers l'entrée, vers les marches.

— Je suis désolée, je balbutie. Vraiment, je suis désolée, c'est juste que j'ai été très malade mais je comptais nettoyer...

— Sauf que tu n'étais pas malade, pas vrai? Tu étais ivre. Tu avais la gueule de bois. Je suis désolée, Rachel, mais ce n'est pas possible. Je ne peux pas vivre comme ça. Il faut que tu t'en ailles, d'accord? Je vais te laisser quatre semaines pour trouver un autre logement, mais, après ça, il faudra que tu t'en ailles.

Elle tourne les talons et part vers sa chambre.

— Et pour l'amour de Dieu, nettoie-moi ça.

Et elle claque la porte derrière elle.

Une fois que j'ai fini de nettoyer, je retourne dans ma chambre. La porte de Cathy est toujours fermée, mais je sens sa rage silencieuse irradier jusqu'ici. Je ne peux pas lui en vouloir. Moi aussi, je serais furieuse si, en rentrant chez moi, je trouvais des sous-vêtements trempés de pisse et une flaque de vomi dans l'escalier. Je m'assois sur le lit et j'ouvre mon ordinateur portable. Je me connecte à mon compte de messagerie et je commence à rédiger un e-mail à ma mère. Je crois que, cette fois, le moment est venu. Il faut que je lui demande de l'aide. Si je retournais vivre à la maison, ça ne pourrait pas continuer comme ça, je serais bien obligée de changer, de me soigner. Mais je n'arrive pas à trouver les bons mots, la bonne façon de lui expliquer tout cela. Je vois déjà la tête qu'elle fera en lisant ma supplication, sa déception amère, son exaspération. Je peux presque l'entendre soupirer.

Mon téléphone émet un bip. Il y a un message, reçu des heures plus tôt. C'est encore Tom. Je n'ai pas envie de savoir ce qu'il a à me dire, mais je n'ai pas le choix, je ne peux pas l'ignorer. Mon cœur s'accélère tandis que je compose le numéro de ma boîte vocale, m'attendant au pire.

— Rachel, tu peux me rappeler, s'il te plaît?

Il ne semble plus aussi fâché que tout à l'heure et mon cœur s'apaise légèrement.

— Je veux juste m'assurer que tu es bien rentrée chez toi. Tu étais dans un sale état, hier soir.

Un long soupir compatissant.

— Écoute, je suis désolé d'avoir crié, hier, je suis désolé que ça soit allé... un peu loin. Je suis désolé pour toi, Rachel, je t'assure, mais il faut vraiment que ça s'arrête.

J'écoute une seconde fois son message et la bonté dans sa voix, et les larmes commencent à couler. Il me faut un bon bout de temps avant de pouvoir me calmer et de réussir à composer un texto pour Tom : «Je suis désolée, je suis rentrée. » Je ne peux rien dire de plus parce que je ne sais même pas pourquoi je suis désolée. Je ne sais pas ce que j'ai fait à Anna, comment je lui ai fait peur. Très honnêtement, ça m'est un peu égal, mais je ne veux pas faire de peine à Tom. Après tout ce qu'il a traversé, il mérite d'être heureux. Je préférerais juste que ça puisse être avec moi.

Je m'allonge sur le lit et je me glisse sous la couette. Je voudrais comprendre ce qui s'est passé; si seulement je savais pourquoi je dois être désolée. J'essaie désespérément de trouver un sens à un morceau furtif de souvenir. Je suis presque sûre que je me suis disputé avec quelqu'un, ou que j'ai vu une dispute. Est-ce que c'était avec Anna? Je tâte la blessure sur mon crâne, puis la coupure sur ma lèvre. J'arrive presque à voir, à distinguer les mots, mais le souvenir m'échappe une nouvelle fois. Je suis incapable de m'y accrocher. Chaque fois que je crois pouvoir le saisir, il recule dans les ténèbres, hors de portée.

MEGAN

Mardi 2 octobre 2012

Matin

Il va bientôt pleuvoir. Je le sens. J'ai les dents qui claquent et le bout des doigts tout blanc, avec une touche de bleu. Je ne veux pas rentrer. J'aime bien être dehors, c'est cathartique, purifiant, comme un bain d'eau glacée. Scott va bientôt venir me porter jusqu'à la chambre, de toute façon. Il m'enveloppera dans les couvertures, comme un enfant.

J'ai fait une crise d'angoisse en rentrant à la maison, hier soir. Il y avait une moto qui n'arrêtait pas de faire rugir son moteur, encore et encore, et une voiture rouge qui roulait lentement sur la route et, sur le trottoir, deux femmes avec des poussettes qui me bloquaient le passage. Je n'avais pas la place de les doubler, alors je suis descendue sur la chaussée et j'ai failli être renversée par une voiture qui arrivait en sens inverse et que je n'avais pas vue. Le conducteur a klaxonné et m'a crié quelque chose. Je n'arrivais plus à reprendre mon souffle, j'avais le cœur qui battait à tout rompre et j'ai senti mon estomac se tordre, comme quand on vient juste de prendre un cacheton et qu'on sait qu'on va bientôt planer, cette poussée d'adrénaline qui vous donne la nausée, qui vous rend à la fois excité et effrayé.

J'ai couru jusque chez moi, j'ai traversé la maison et je suis allée au bout du jardin, près de la voie ferrée, et je me suis assise là pour attendre le train, attendre que son vacarme me traverse et balaie tous les autres bruits. J'ai attendu que Scott vienne me calmer, mais il n'était pas là. J'ai essayé d'escalader le grillage, j'avais envie de m'asseoir de l'autre côté un petit moment, là où personne ne va jamais. Je me suis coupée à la main, alors je suis repartie à l'intérieur, et c'est là que Scott est rentré et qu'il m'a demandé ce qui s'était passé. Je lui ai dit que j'avais lâché un verre en faisant la vaisselle. Il ne m'a pas crue et il s'est vraiment fâché.

Je me suis relevée dans la nuit et, pendant que Scott dormait, je me suis glissée sur le balcon. J'ai composé son numéro et j'ai écouté sa voix quand il a répondu, d'abord toute douce, endormie, puis plus forte, méfiante, inquiète, exaspérée. J'ai raccroché et j'ai attendu de voir s'il me rappelait. Je n'avais pas appelé en numéro caché, alors je me suis dit que c'était possible. Mais non, alors j'ai rappelé, encore et encore et encore. J'ai fini par tomber sur sa messagerie où, avec sa voix monocorde de professionnel, il m'a promis de me rappeler dès que possible. J'ai songé à appeler le cabinet pour avancer mon prochain rendez-vous, mais je ne pense pas que le serveur vocal soit allumé en pleine nuit, alors je suis allée me recoucher. Je n'ai pas fermé l'œil.

Je vais peut-être aller faire un tour dans la forêt de Corly ce matin, prendre quelques photos ; dans cette ambiance, avec la brume et l'obscurité, je devrais pouvoir réaliser de bons clichés. J'ai eu l'idée de créer des cartes postales, peut-être, et d'essayer de les vendre dans la boutique de souvenirs de Kingly Road. Scott n'arrête pas de dire que je n'ai pas à m'inquiéter pour le travail, que j'ai juste besoin de me reposer. Comme si j'étais infirme ! Me reposer, c'est bien la dernière chose dont j'ai besoin. J'ai surtout besoin de trouver de quoi remplir mes journées. Je ne sais pas ce qui va se passer si je n'y arrive pas.

Soir

Cet après-midi, le Dr Abdic (Kamal, comme il m'a dit de l'appeler) m'a suggéré de commencer à tenir un journal intime.

J'ai failli répondre : je ne peux pas, je suis sûre que mon mari le lira dans mon dos. Je me suis retenue parce que ça me semblait terriblement déloyal envers Scott. Mais c'est vrai. Je ne pourrais jamais mettre par écrit ce que je ressens réellement, ce que je pense ou ce que je fais. La preuve : quand je suis rentrée, ce soir, mon ordinateur portable était tiède. Il sait effacer l'historique du navigateur Internet et tout ça, il sait couvrir ses traces, mais je sais que j'avais éteint l'ordinateur avant de partir. Il a recommencé à lire mes mails.

Ça m'est égal, en fait, il n'y a rien à trouver (un tas de réponses automatiques de sociétés de recrutement, et un message de Jenny, de mon cours de Pilates, qui me propose de me joindre à son rendez-vous hebdomadaire avec ses copines – elles se retrouvent tous les jeudis soir et chacune à son tour prépare à dîner pour les autres – bref, plutôt mourir). Ça m'est égal, parce que ça le rassure de voir qu'il n'y a rien, que je ne lui cache rien de suspect. Et ça, c'est bon pour moi – c'est bon pour nous –, même si ce n'est pas vrai. Et je ne peux pas vraiment lui en vouloir, parce qu'il a de bonnes raisons de me soupçonner. Je lui en ai donné par le passé, et je risque fort de lui en donner de nouvelles à l'avenir. Je ne suis pas une épouse modèle. Impossible. J'ai beau l'aimer énormément, ce ne sera jamais suffisant.

Samedi 13 octobre 2012

Matin

J'ai dormi cinq heures cette nuit – un record ces temps-ci – et le plus bizarre c'est que, quand je suis rentrée, j'étais tellement surexcitée que j'étais certaine d'être incapable de rester en place pendant des heures. Je m'étais pourtant dit que je ne recommencerais pas, pas après la dernière fois, puis je l'ai vu, j'ai eu envie de lui, et je me suis dit : pourquoi pas ? Je ne vois pas pourquoi je devrais me retenir, il y a des tas de gens qui ne s'embêtent pas avec ça. Les hommes ne s'embêtent pas avec ça. Je ne veux pas faire de mal à qui que ce soit, mais il faut bien être fidèle à soi-même, non ? Je ne fais rien de plus qu'être fidèle à moi-même, à cette Megan que personne ne connaît – ni Scott, ni Kamal, personne.

Hier, après mon cours de Pilates, j'ai proposé à Tara d'aller au cinéma avec moi la semaine prochaine, puis je lui ai demandé si elle était d'accord pour me couvrir ce soir.

— S'il te téléphone, est-ce que tu peux lui dire que je suis avec toi, que je suis aux toilettes et que je le rappelle dès que je sors ? Ensuite tu me passes un coup de fil, je le rappelle, et c'est réglé.

Elle a souri, haussé les épaules et dit :

— D'accord.

Elle ne m'a même pas demandé où j'allais ni avec qui. Elle a vraiment envie d'être mon amie.

Je l'ai retrouvé à l'hôtel Swan, à Corly, il nous avait réservé une chambre. Il faut qu'on fasse attention à ne pas se faire prendre. Ce serait très grave pour lui, ça ficherait sa vie en l'air. Pour moi aussi, ce serait un désastre. Je ne veux même pas imaginer comment réagirait Scott.

Il avait envie que je lui parle, après, de ce qui s'était passé quand j'étais plus jeune et que j'habitais à Norwich. J'y avais fait allusion par le passé mais, hier soir, il voulait que je lui donne des détails. Je lui ai raconté quelques trucs, mais pas la vérité. J'ai menti, j'ai inventé des bobards, je lui ai sorti le genre d'histoires sordides qu'il avait envie d'entendre. C'était marrant. Ça ne me gêne pas de mentir, de toute façon, ça m'étonnerait qu'il ait cru à la majorité de ce que je lui ai dit. Et je suis quasiment sûre qu'il ment, lui aussi.

Quand je me suis rhabillée, il est resté allongé sur le lit à me regarder. Il a dit :

— Il ne faut plus que ça se reproduise, Megan, tu le sais. On ne peut pas continuer.

Et il avait raison, je le sais. On ne devrait pas, on ferait mieux d'éviter, mais on recommencera quand même. Ce ne sera pas la dernière fois. Il ne me dira jamais non. J'y réfléchissais en rentrant, et c'est ce que j'aime le plus dans tout ça, avoir du pouvoir sur quelqu'un. C'est ça, le plus grisant.

Soir

J'ouvre une bouteille de vin dans la cuisine quand Scott arrive derrière moi, pose les mains sur mes épaules et les serre gentiment en me demandant :

— Comment c'était, chez le psy ?

Je lui dis que ça s'est bien passé, qu'on fait des progrès. Il a l'habitude que je ne donne pas de détails, maintenant. Puis :

— C'était sympa, avec Tara, hier soir ?

Je lui tourne le dos et je n'arrive pas à savoir s'il est sincère ou s'il soupçonne quelque chose. Je n'ai rien entendu d'étrange dans sa voix.

— Elle est très gentille, dis-je. Vous vous entendriez bien, elle et toi. On va au cinéma la semaine prochaine, d'ailleurs. Je pourrais peut-être lui dire de venir manger avec nous après ?

— Je ne suis pas invité au cinéma, moi ?

— Mais si, je réponds avant de me retourner pour l'embrasser sur la bouche. Sauf qu'elle a envie de voir ce truc avec Sandra Bullock et...

— J'ai compris ! Invite-la à dîner ici après, alors, dit-il, les mains doucement appuyées en bas de mon dos.

Je sers le vin et nous allons dehors. On s'assoit côte à côte au bord de la terrasse, les doigts de pied dans l'herbe.

— Elle est mariée ? demande-t-il.

— Tara ? Non. Célibataire.

— Elle n'a pas de petit copain ?

— Je ne crois pas.

— Une petite copine ? ajoute-t-il, un sourcil levé, et je ris. Mais elle a quel âge ?

— Je ne sais pas. La quarantaine, je dirais.

— Oh. Et elle n'a personne. C'est un peu triste.

— Mmm. Je pense qu'elle se sent seule.

— Ils s'accrochent toujours à toi, les gens seuls, tu as remarqué ? Ils foncent droit sur toi.

— Ah oui ?

— Elle n'a pas d'enfants, alors ? demande-t-il.

Je ne sais pas si c'est mon imagination, mais, dès que le sujet des enfants surgit, j'entends comme une insistance dans sa voix et je sens déjà arriver la dispute, et je ne veux pas, je n'ai pas envie de ça ce soir, alors je me lève et je lui dis de prendre nos verres de vin, parce qu'on va dans la chambre.

Il me suit et j'enlève mes vêtements en montant l'escalier et, quand on arrive, au moment où il me pousse sur le lit, ce n'est déjà plus à lui que je pense, mais ça n'a aucune importance parce que, ça, il ne le sait pas. Je suis assez douée pour lui faire croire qu'il n'y a que lui.

RACHEL

Lundi 15 juillet 2013

Matin

Cathy m'a rappelée quand je partais ce matin pour me prendre dans ses bras, un peu raide. J'ai cru qu'elle allait me dire qu'elle ne me mettrait pas à la porte, en fin de compte, mais au lieu de ça elle m'a glissé une lettre imprimée, mon préavis d'expulsion officiel, date de départ incluse. Elle n'a pas réussi à me regarder dans les yeux. J'étais embêtée pour elle, vraiment, mais j'étais surtout embêtée pour moi. Elle m'a souri tristement, et elle a dit :

— Ça me désole de devoir te faire ça, Rachel.

C'était très gênant, comme situation. On était dans le couloir et, malgré l'huile de coude et la javel employées la veille, ça sentait encore un peu le vomi. J'avais envie de pleurer, mais je ne voulais pas la faire culpabiliser davantage, alors je lui ai fait un grand sourire et j'ai répondu :

— Pas du tout, je t'assure, ce n'est pas un souci.

Comme si elle m'avait simplement demandé de lui rendre un petit service.

C'est dans le train que les larmes viennent, et ça m'est égal qu'on me regarde ; après tout, mon chien pourrait avoir été renversé par une voiture. Peut-être qu'on vient de me déceler une maladie incurable. Peut-être que je suis une alcoolique divorcée, stérile, et bientôt à la rue.

C'est ridicule, quand j'y pense. Comment ai-je fait pour me retrouver là ? Je me demande quand ça a commencé, ce déclin, et à quel moment j'aurais pu l'arrêter. Quelle a été ma première erreur ? Pas ma rencontre avec Tom, qui m'a sauvée de mon chagrin après la mort de papa. Ni notre mariage de jeunes amoureux insouciants et ivres de bonheur, un jour de mai très froid, il y a sept ans. J'étais heureuse, mon compte en banque se portait bien, et j'avais une carrière. Ça n'a pas non plus été d'emménager au numéro vingt-trois, Blenheim Road, une maison plus grande et plus belle que je n'aurais imaginé habiter à seulement vingt-six ans. Je me rappelle parfaitement ces premiers jours, passés à marcher pieds nus pour sentir la chaleur du parquet sous mes orteils ; je me délectais de ce grand espace, du vide de toutes ces pièces qui n'attendaient que d'être remplies. On faisait des projets, Tom et moi : ce qu'on planterait dans le jardin, ce qu'on accrocherait aux murs, de quelle couleur on allait peindre la chambre d'amis – mais, dès le départ, dans mon esprit, c'était déjà la chambre du bébé.

C'est peut-être ça. C'est peut-être à ce moment que les choses ont commencé à aller de travers, quand j'ai cessé de nous voir comme un couple, et que je ne nous ai plus considérés que comme une famille. Après ça, une fois que j'ai eu cette image en tête, n'être que nous deux n'a plus jamais été suffisant. Est-ce que c'est à partir de là que Tom s'est mis à me regarder différemment, sa déception réfléchissant la mienne ? Après tout ce qu'il a abandonné pour moi, pour que nous puissions être ensemble, je lui ai laissé croire qu'il ne me suffisait pas.

Je laisse les larmes couler jusqu'à Northcote, puis je me reprends, je m'essuie les yeux et, au dos de la lettre de Cathy, je commence à rédiger une liste de choses à faire aujourd'hui :

– Bibliothèque Holborn
– E-mail maman
– E-mail Martin, recommandation ??
– Trouver groupe AA (centre Londres, Ashbury)
– Dire à Cathy pour le travail ?

Quand le train s'arrête au feu, je lève la tête et je vois Jason sur son balcon, face au train. J'ai l'impression qu'il me regarde droit dans les yeux et, c'est très étrange, j'ai la sensation qu'il m'a déjà regardée ainsi, qu'il m'a déjà vue, vraiment vue. Je l'imagine me sourire et, sans comprendre pourquoi, cela me fait peur.

Il se détourne et le train repart.

Soir

Je suis aux urgences de l'hôpital universitaire. Je me suis fait renverser par un taxi en traversant Gray's Inn Road. Et je tiens à préciser que j'étais sobre comme un chameau, même si je n'étais pas dans mon état normal : j'étais distraite, presque paniquée. J'ai une coupure de deux centimètres de long au-dessus de mon œil droit, et un interne très beau est en train de me recoudre. Il est trop brusque, trop froid pour moi. Quand il a fini, il remarque la bosse sur ma tête.

— Elle n'est pas récente, lui dis-je.

— Elle n'a pas l'air bien vieille.

— Non, mais elle n'est pas d'aujourd'hui.

— Vous étiez dans les tranchées, c'est ça ?

— Je me suis cognée en entrant dans une voiture.

Il m'examine la tête une bonne poignée de secondes avant de commenter :

— Ah oui ?

Il recule pour me regarder dans les yeux.

— Ça n'en a pas l'air. On dirait plutôt que quelqu'un vous a frappée avec quelque chose.

Je me sens soudain engourdie. Je me souviens de m'être baissée pour éviter un coup, je me souviens d'avoir levé les bras. Est-ce que c'est un vrai souvenir ? Le docteur se rapproche à nouveau et observe plus attentivement la blessure.

— Un objet aiguisé, dentelé peut-être...

— Non, dis-je. C'était une voiture. Je me suis cogné la tête en entrant dans une voiture.

Je ne sais pas si c'est lui que j'essaie de convaincre ou moi.

— D'accord.

Il me sourit et recule, puis se penche pour trouver mon regard.

— Est-ce que tout va bien...

Il s'interrompt le temps de consulter sa fiche.

— ... Rachel?

— Oui.

Il me dévisage longtemps; il ne me croit pas. Il est préoccupé. Il pense peut-être que je suis une femme battue.

— Bon, je vais quand même nettoyer la plaie parce qu'elle n'est pas jolie à voir. Y a-t-il quelqu'un que je peux appeler pour vous? Votre mari?

— Je suis divorcée.

— Quelqu'un d'autre, alors?

Il n'en a rien à faire que je sois divorcée.

— Une amie, oui, merci. Elle va s'inquiéter, sinon.

Je lui donne le nom de Cathy et son numéro. Cathy ne va pas s'inquiéter – je ne suis même pas encore en retard –, mais j'espère que, en apprenant que je me suis fait renverser par un taxi, elle aura pitié de moi et qu'elle me pardonnera pour hier. Mais elle va sûrement croire que, s'il y a eu un accident, c'est parce que j'étais ivre. Je voudrais bien demander au docteur s'il peut me faire une prise de sang ou autre chose pour prouver ma sobriété. Je lui souris mais il ne me regarde pas, il prend des notes. De toute façon, c'est ridicule comme idée.

C'était ma faute, le chauffeur de taxi n'y est pour rien. J'ai foncé devant le taxi – je me suis presque jetée sous ses roues, d'ailleurs. Je ne sais pas où je pensais me précipiter ainsi. Je ne pensais pas du tout, j'imagine, en tout cas pas à moi. Je pensais à Jess. Qui ne s'appelle pas Jess, elle s'appelle Megan Hipwell, et elle a disparu.

J'étais à la bibliothèque de Theobald's Road. Je venais d'envoyer un e-mail à ma mère avec mon compte Yahoo (je ne lui ai rien dit de significatif, c'était plutôt un message pour tâter le terrain, histoire d'évaluer ses sentiments maternels à mon égard en ce moment). Sur la page d'accueil de Yahoo, on trouve des faits divers sélectionnés selon son code postal – Dieu seul sait comment ils connaissent mon code postal, mais bon. Et j'ai vu une photo d'elle, de Jess, ma Jess, la parfaite jeune femme blonde. À côté, un gros titre annonçait : DISPARITION D'UNE FEMME À WITNEY.

Au début, je n'étais pas sûre que ce soit elle. Elle lui ressemblait, elle avait exactement le même visage qu'elle a dans ma tête, mais je ne me faisais pas confiance. Puis j'ai lu l'histoire, j'ai vu le nom de la rue, et j'en ai eu la confirmation.

« L'inquiétude ne cesse de croître dans les locaux de la police du Buckinghamshire au sujet de la disparition d'une femme de vingt-neuf ans, Megan Hipwell, résidant Blenheim Road, à Witney. Mme Hipwell a été vue pour la dernière fois samedi soir aux alentours de dix-neuf heures par son mari, Scott Hipwell, alors qu'elle quittait le domicile pour se rendre chez une amie. D'après M. Hipwell, une telle disparition « n'est pas du tout dans ses habitudes ». Mme Hipwell était vêtue d'un jean et d'un T-shirt rouge. Elle mesure un mètre soixante-deux et est de corpulence mince, avec des cheveux blonds et des yeux bleus. Nous demandons à toute personne qui aurait une information concernant Mme Hipwell de contacter la police du Buckinghamshire. »

Elle a disparu. Jess a disparu. Megan a disparu. Depuis samedi. J'ai fait une recherche sur Google, mais l'histoire n'apparaît que dans le *Witney Argus*, et ce dernier ne donne aucun détail supplémentaire. J'ai repensé à Jason – à Scott – ce matin, sur son balcon, qui m'a regardée, qui m'a souri. J'ai attrapé mon sac, je me suis levée et j'ai couru hors de la bibliothèque, sur la route, sur le chemin d'un taxi noir.

— Rachel ? Rachel ?

Le beau médecin essaie d'attirer mon attention.

— Votre amie est arrivée.

MEGAN

Jeudi 10 janvier 2013

Matin

Parfois, je n'ai envie d'aller nulle part, j'ai l'impression que je serais heureuse de n'avoir plus jamais à remettre les pieds dehors. Même le travail ne me manque pas. J'ai juste envie de rester à l'abri, au chaud dans mon cocon avec Scott, sans personne pour venir me déranger.

D'autant plus qu'il fait sombre et froid, et que la météo est pourrie. Il pleut sans interruption depuis des semaines – une pluie battante, glaciale, amère, avec le vent qui hurle dans les arbres, si fort qu'il en noie le bruit des trains. Je ne les entends plus passer sur les rails, à m'attirer avec ce rêve d'horizons inconnus.

Aujourd'hui, je n'ai envie d'aller nulle part, je n'ai pas envie de m'enfuir, je n'ai même pas envie d'aller au bout de la rue. J'ai envie de rester là, enfermée avec mon mari, à manger de la glace devant la télé après l'avoir appelé au travail pour qu'il rentre plus tôt et qu'on fasse l'amour au milieu de l'après-midi.

Bien sûr, je serai obligée de sortir tout à l'heure car c'est le jour de ma séance avec Kamal. Ces derniers temps, je lui parle de Scott, de tout ce que j'ai fait de mal, de mes échecs en tant qu'épouse. Kamal dit qu'il faut que je trouve le moyen de me rendre heureuse, que j'arrête de chercher le bonheur ailleurs. Et c'est vrai, je le sais bien, mais, dès que je me retrouve face à une tentation, je pense : et puis merde, la vie est trop courte.

Je me rappelle cette fois où on est allés en famille à Santa Margherita pour les vacances de Pâques. Je venais d'avoir quinze ans et j'ai rencontré un type sur la plage, beaucoup plus âgé que moi – la trentaine, au moins, peut-être même quarante ans –, et il m'a invitée à aller faire du bateau le lendemain. Ben était avec moi et il a été invité, lui aussi, mais (en bon grand frère protecteur) il m'a dit qu'on ferait mieux de ne pas accepter parce qu'il ne faisait pas confiance à ce type, que c'était un vieux pervers. Il avait raison, évidemment, mais j'étais furieuse. Quand est-ce qu'on aurait de nouveau la chance de naviguer sur la mer Ligure à bord d'un yacht privé ? Ben m'a répondu qu'on aurait des tas d'opportunités de ce genre, que notre vie regorgerait d'aventures. Au final, nous n'y sommes pas allés et, cet été là, Ben a perdu le contrôle de sa moto sur l'A10. Nous ne sommes jamais montés ensemble sur un bateau, lui et moi.

Ça me manque, cette façon d'être quand il n'y avait que nous deux, Ben et moi. On n'avait peur de rien.

J'ai parlé de Ben à Kamal, mais on commence à se rapprocher du reste, maintenant, de la vérité, toute la vérité – ce qui s'est passé avec Mac, avant, après. Je ne cours aucun risque avec Kamal, il ne pourra rien dire à personne à cause du secret médical.

Mais, même s'il le pouvait, je ne pense pas qu'il le ferait. Je lui fais vraiment confiance. C'est drôle, mais ce qui m'empêche de tout lui raconter, ce n'est pas la peur de ce qu'il en ferait, ni la peur qu'il me juge, non, c'est Scott. J'aurais l'impression de trahir Scott si je confiais à Kamal quelque chose que je ne peux pas lui confier, à lui. Quand on pense aux autres choses que j'ai faites, toutes ces trahisons, ça devrait n'être qu'une goutte d'eau, et pourtant. D'une certaine manière, ça me paraît pire, parce que ça, c'est la vraie vie, c'est ce qu'il y a au plus profond de moi, et je ne le partage même pas avec lui.

Je garde encore des choses pour moi parce que, évidemment, je ne peux pas expliquer tout ce que je ressens. Je sais que c'est censé être le principe d'une thérapie, mais je n'y arrive pas. Je me force à rester vague, à mélanger les hommes, les amants et les ex-copains, mais je me répète que ce n'est pas grave, parce que ce n'est pas eux, l'important. L'important, c'est ce qu'ils provoquent en moi. Leur présence me rend oppressée, fébrile, affamée. Pourquoi ne puis-je pas avoir ce que je veux ? Pourquoi ne peuvent-ils pas me donner ce que je veux ?

Parfois, ils y parviennent. Parfois, je n'ai besoin que de Scott. Si j'apprends à retenir ce sentiment, celui que j'éprouve en ce moment même – si j'arrive à comprendre comment me concentrer sur ce bonheur-là, comment apprécier l'instant présent sans me demander d'où viendra la prochaine excitation –, alors tout ira bien.

Soir

Quand je suis avec Kamal, il faut que je me concentre. J'ai du mal à ne pas laisser vagabonder mon esprit quand il m'observe avec ses yeux de fauve, quand il joint les mains sur ses genoux, ses longues jambes croisées devant lui. C'est difficile de ne pas penser à ce qu'on pourrait faire ensemble.

Il faut que je me concentre. On a parlé de ce qui s'est passé après l'enterrement de Ben, après ma fugue. Je suis restée quelque temps à Ipswich, pas très longtemps. C'est là que j'ai rencontré Mac, la première fois. Il travaillait dans un pub, quelque chose comme ça. Il m'a ramassée en revenant du boulot. Il a eu pitié de moi.

— Il ne voulait même pas... vous voyez, dis-je en riant. On est allés à son appartement, je lui ai demandé de l'argent, et il m'a regardée comme si j'étais cinglée. Je lui ai dit que j'avais l'âge, mais il ne m'a pas crue. Alors il a attendu, si, je vous jure, il a attendu mes seize ans. Entre-temps, il s'était installé dans une vieille maison près de Holkham. Un vieux cottage en pierre au bout d'un chemin qui ne menait nulle part, avec un petit terrain autour, à huit cents mètres de la plage. Une voie ferrée désaffectée longeait un des côtés de la propriété. La nuit, je restais éveillée – j'étais toujours défoncée à cette époque, on fumait beaucoup – et j'imaginais que j'entendais les trains. J'en étais persuadée parfois, au point de me lever et de sortir pour chercher les lumières.

Kamal remue sur sa chaise et hoche lentement la tête. Il ne répond pas. Ça veut dire qu'il veut que je continue de parler.

— J'étais très heureuse là-bas, au final, avec Mac. J'ai vécu avec lui pendant... à peu près trois ans, je crois, en tout. J'avais... dix-neuf ans quand je suis partie. C'est ça, dix-neuf ans.

— Et pourquoi êtes-vous partie, si vous étiez heureuse ? me demande-t-il.

Nous y voilà, on y est arrivés plus tôt que je ne le pensais. Mais je n'ai pas eu le temps de tout examiner, de m'y préparer. Je ne peux pas. C'est trop tôt.

— Mac m'a quittée. Il m'a brisé le cœur, dis-je.

Et c'est la vérité, mais c'est aussi un mensonge. Je ne suis pas encore prête à dire toute la vérité.

Quand je rentre, Scott n'est pas là, alors j'ouvre mon ordinateur portable et, pour la toute première fois, je le cherche sur Google. Pour la première fois en dix ans, je cherche Mac. Mais je ne le trouve pas. Il y a des centaines de Craig McKenzy dans le monde, et aucun d'entre eux n'a l'air d'être le mien.

Vendredi 8 février 2013

Matin

Je marche dans les bois, je me suis levée bien avant les premiers rayons de soleil, et l'aube se lève à peine. Il règne un silence de mort à l'exception des soudains gazouillis des hirondelles au-dessus de ma tête, de temps en temps. Je les sens m'observer de leurs yeux perçants, calculateurs. Une nuée d'hirondelles. *Passe, passe, passera, la dernière y restera. Nous l'attraperons, la p'tite hirondelle...*

Il n'est pas né, celui qui m'attrapera.

Scott n'est pas là, il est en déplacement quelque part dans le Sussex pour le travail. Il est parti hier matin et ne sera pas de retour avant ce soir. Je peux faire ce que je veux.

Avant qu'il parte, j'ai dit à Scott que j'irais au cinéma avec Tara après ma séance. Je lui ai dit que j'éteindrais mon téléphone. J'ai prévenu Tara qu'il risquait de l'appeler pour vérifier et, cette fois, elle m'a demandé ce que je fabriquais. Je me suis contenté d'un clin d'œil et d'un sourire, et elle a ri. Elle m'a l'air très seule, je me suis dit que ça ne pouvait pas lui faire de mal, un peu de mystère.

Pendant ma séance avec Kamal, on a discuté de Scott, de l'incident avec l'ordinateur. C'était il y a une semaine environ. J'ai fait des recherches pour trouver Mac – plusieurs fois, je voulais juste savoir où il se trouvait, où il en était de sa vie. Tout le monde a sa photo sur Internet, de nos jours, et j'avais juste envie de voir son visage. Je n'ai pas réussi. Je me suis couchée tôt ce soir-là. Scott est resté regarder la télévision, et j'avais oublié d'effacer l'historique de mon navigateur. Une erreur stupide : d'habitude, c'est la dernière chose que je fais avant d'éteindre l'ordinateur, quoi que j'y aie cherché. Je sais que Scott a des trucs pour trouver ce que je fais quand même, vu qu'il s'y connaît en informatique, mais ça lui prend plus de temps, alors il a tendance à laisser tomber.

Bref, cette fois-là, j'ai oublié. Le lendemain, on a eu une dispute. Une de celles qui laissent des traces. Il exigeait de savoir qui était Craig, depuis combien de temps je le voyais, où on s'était rencontrés, ce qu'il m'apportait de plus que lui. Bêtement, je lui ai dit que c'était un ami de mon passé, mais ça n'a fait qu'empirer les choses. Kamal m'a demandé si j'avais peur de Scott, et ça m'a rendue furieuse.

— C'est mon mari, ai-je craché. Bien sûr que non, je n'ai pas peur de lui !

Kamal a eu l'air choqué. Après tout, je me suis choquée moi-même. Je n'avais pas imaginé la force de ma colère, l'ampleur de mon instinct de protection envers Scott. Ça m'a surprise, moi aussi.

— Malheureusement, il existe beaucoup de femmes qui ont peur de leur mari, Megan.

J'ai essayé de dire quelque chose, mais il a levé une main pour m'arrêter.

— Le comportement que vous décrivez, lire vos mails, regarder votre historique Internet... vous décrivez ça comme si c'était anodin, comme si c'était normal. Mais ça ne l'est pas, Megan. Une telle intrusion dans la vie privée de quelqu'un d'autre, ce n'est pas normal. C'est souvent compris comme une forme de violence psychologique.

À ce moment-là, j'ai ri, parce que c'était un peu trop mélodramatique.

— Ce n'est pas de la violence, ai-je dit. Pas quand on s'en fiche. Et je m'en fiche. Complètement.

Il m'a souri. Un sourire triste.

— Vous ne pensez pas que c'est dommage ?

J'ai haussé les épaules.

— Si, peut-être, mais le fait est que je m'en fiche. Il est jaloux et possessif, c'est comme ça. Ça ne m'empêche pas de l'aimer, et ça ne vaut pas la peine de se disputer pour ces choses-là. Je fais attention – enfin, d'habitude. J'efface mes traces, alors, le plus souvent, le problème ne se pose pas.

Il a secoué la tête presque imperceptiblement.

— Je croyais que vous n'étiez pas là pour émettre un jugement, ai-je ajouté.

À la fin de la séance, je lui ai proposé de prendre un verre avec moi. Il a dit non, qu'il ne pouvait pas, que ce serait déplacé. Alors je l'ai suivi jusque chez lui. Il habite dans un appartement juste au bout de la rue de son cabinet. J'ai frappé et, quand il a ouvert, j'ai demandé :

— Et ça, c'est déplacé ?

J'ai glissé une main derrière sa nuque, je me suis mise sur la pointe des pieds et je l'ai embrassé sur la bouche.

— Megan, a-t-il murmuré, sa voix comme du velours. Non. Je ne peux pas. Non.

C'était un délice, cette guerre de l'attirance et de la morale, du désir et de la retenue. Je ne voulais pas perdre ce sentiment, j'aurais tant voulu pouvoir m'y accrocher.

Je me suis réveillée très tôt ce matin, avec la tête qui tournait, pleine d'histoires. Je ne pouvais pas rester allongée là avec mon esprit agité par toutes ces opportunités que je pouvais saisir ou abandonner, alors je me suis levée, je me suis habillée, et je suis partie marcher. J'ai fini par arriver ici. Tout en marchant, je me suis rejoué la scène dans ma tête – ce qu'il a dit, ce que j'ai dit, la tentation, la libération. Si seulement je parvenais à me décider sur quelque chose, à choisir de me fixer, sans fuir. Et si ce que je cherchais était introuvable ? Si c'était tout bonnement impossible ?

L'air est glacé dans mes poumons, le bout de mes doigts commence à bleuir. Une partie de moi voudrait s'étendre là, parmi les feuilles mortes, et laisser le froid m'emporter. Mais je ne peux pas. Il est temps de repartir.

Il est presque neuf heures quand je retrouve Blenheim Road et, alors que je tourne au coin de la rue, je la vois qui avance dans ma direction, la poussette devant elle. Pour une fois, l'enfant ne fait aucun bruit. Elle me regarde et me fait un signe de tête avec un pauvre sourire, mais je ne le lui rends pas. En temps normal, je simulerais la politesse, mais ce matin je me sens authentique, je me sens moi-même. Je suis exaltée, comme si j'étais défoncée, et, même si j'en avais envie, je serais incapable de feindre la gentillesse.

Après-midi

Je me suis endormie cet après-midi. Je me suis réveillée enfiévrée, en panique. Coupable. Je me sens coupable, vraiment. Mais pas assez.

Je me suis rappelée quand il est parti au milieu de la nuit, en me disant encore que c'était la dernière fois, la toute dernière, qu'on ne pouvait pas recommencer. Il était en train de s'habiller, il enfilait son jean. Allongée sur le lit, j'ai ri, parce que c'était déjà ce qu'il avait dit la dernière fois, et la fois d'avant, et la fois d'avant encore. Il m'a jeté un regard. Je ne sais pas comment le décrire, ce n'était pas de la colère, pas exactement, ni du mépris, non... C'était un avertissement.

Je me sens mal. J'erre dans la maison, incapable de me poser quelque part, j'ai l'impression que quelqu'un est venu pendant mon sommeil. Tout est à sa place, mais la maison semble différente, comme si on avait touché aux objets, qu'on les avait imperceptiblement déplacés, et, tandis que je marche, j'ai la sensation qu'il y a quelqu'un avec moi, qui ne cesse d'échapper à mon champ de vision. Je vérifie trois fois les portes-fenêtres qui donnent sur le jardin, mais elles sont bien verrouillées. J'ai hâte que Scott rentre. J'ai besoin de lui.

RACHEL

Mardi 16 juillet 2013

Matin

Je suis dans le train de 8 h 04, mais ce n'est pas à Londres que je vais. C'est à Witney. J'espère qu'être là-bas suffira à me rafraîchir la mémoire, qu'en arrivant dans la gare je verrai tout plus clairement, que je saurai. Je n'y crois pas trop, mais je ne peux rien faire d'autre. Je ne peux pas appeler Tom, j'ai trop honte, et puis, de toute façon, il a été très clair : il ne veut plus avoir affaire à moi.

Megan est toujours portée disparue : cela fait plus de soixante heures, maintenant, et les journaux nationaux commencent à relayer l'information. Ce matin, les sites de la BBC et du *Daily Mail* en parlaient, et d'autres journaux l'ont mentionnée en quelques lignes.

J'ai imprimé les articles de la BBC et du *Daily Mail*, et je les ai emportés avec moi. Voici ce que j'en ai tiré.

Megan et Scott se sont disputés samedi soir. Un voisin a raconté avoir entendu des éclats de voix. Scott a admis qu'ils avaient eu une querelle et qu'il pensait que Megan était partie passer la nuit chez une amie habitant à Corly, Tara Epstein.

Megan n'est jamais arrivée chez Tara. Tara dit que la dernière fois qu'elle l'avait vue, c'était vendredi après-midi, à leur cours de Pilates (j'étais sûre que Megan faisait du Pilates). D'après Mme Epstein : « Elle avait l'air bien, normale. Elle était de bonne humeur, elle parlait d'organiser quelque chose pour ses trente ans, dans un mois. »

Megan a été aperçue par un témoin samedi soir, vers dix-neuf heures quinze, alors qu'elle se dirigeait vers la gare de Witney.

Megan n'a pas de famille dans la région. Ses parents sont décédés.

Megan est sans emploi. Elle gérait une petite galerie d'art à Witney, mais elle a dû fermer l'an dernier, en avril (je savais que Megan avait la fibre artistique).

Scott est expert-conseil en informatique (je n'arrive pas à croire que Scott travaille dans l'informatique). Il travaille en free-lance.

Megan et Scott sont mariés depuis trois ans ; ils vivent dans leur maison de Blenheim Road depuis janvier 2012.

D'après le *Daily Mail*, leur maison est estimée à quatre cent mille livres sterling.

En lisant, je comprends vite que tout ça ne sent pas bon pour Scott. Et pas uniquement à cause de la dispute : quand quelque chose arrive à une femme, la police s'intéresse d'abord au mari ou à l'amant. Sauf que, ici, la police ne possède pas toutes les informations. Ils ne s'intéressent qu'au mari, et ça doit être parce qu'ils ignorent l'existence de l'amant.

Je suis peut-être la seule personne à savoir qu'il y a un amant.

Je fouille dans mon sac à la recherche d'un bout de papier. Au dos d'un ticket de caisse pour l'achat de deux bouteilles de vin, je rédige une liste des explications les plus plausibles concernant la disparition de Megan Hipwell :

1. Elle s'est enfuie avec son amant, que j'appellerai A.
2. A lui a fait du mal.
3. Scott lui a fait du mal.
4. Elle a simplement quitté son mari, et elle est partie s'installer ailleurs.
5. Quelqu'un d'autre que A ou Scott lui a fait du mal.

La première possibilité me paraît la plus crédible, et la quatrième est une candidate sérieuse aussi, parce que Megan est une femme indépendante et déterminée, j'en suis certaine. Et si elle avait une liaison, elle aurait pu avoir besoin de prendre ses distances pour s'éclaircir les idées, non ? La cinquième me paraît plus discutable, parce que les meurtres commis par un inconnu sont plutôt rares.

La bosse sur mon crâne me lance et je n'arrête pas de penser à la dispute que j'ai vue, ou imaginée, ou rêvée samedi soir. Quand nous passons devant la maison de Scott et Megan, je lève la tête. J'entends le sang battre contre mes tempes. Je suis excitée. Effrayée. Les fenêtres du numéro quinze reflètent la lumière du soleil, tels des yeux aveugles.

Soir

Je viens de m'asseoir sur mon siège quand mon téléphone sonne. C'est Cathy. Je ne réponds pas et elle me laisse un message.

— Salut, Rachel, je voulais m'assurer que tout allait bien.

Elle s'inquiète pour moi depuis cette histoire avec le taxi.

— C'était juste pour te dire que je suis désolée, tu sais, pour l'autre jour, quand je t'ai dit qu'il fallait que tu déménages. Je n'aurais pas dû. Je me suis laissé emporter. Tu peux rester aussi longtemps que tu le voudras.

Un long silence, puis elle ajoute :

— Rappelle-moi, d'accord ? Et rentre directement à la maison, Rach, ne va pas au pub.

Je n'en ai pas l'intention. J'avais envie d'un verre à midi ; j'en mourais d'envie après ce qui s'était passé à Witney ce matin. Mais je n'ai rien pris, parce que je voulais rester lucide. Et cela fait longtemps que je n'ai pas eu de bonne raison de rester lucide.

C'était tellement étrange, ce matin, ma visite à Witney. J'avais l'impression qu'il y avait une éternité que je n'y étais pas allée, alors que ça ne faisait que quelques jours. Cependant, cela aurait tout aussi bien pu être un autre endroit, une autre gare dans une autre ville. J'étais une personne différente de celle qui était là samedi soir. Aujourd'hui, j'étais crispée, sobre, consciente de chaque bruit, de la lumière et de ma peur d'être surprise.

Je bravais un interdit. C'est ce que j'ai ressenti ce matin, parce que, désormais, c'est leur territoire à eux, à Tom et Anna, à Scott et Megan. C'est moi, l'étrangère, je n'ai rien à faire là, et pourtant tout m'est si familier. Je descends les marches de la gare, je passe devant le kiosque à journaux avant d'arriver sur Roseberry Avenue, je marche moins d'un pâté de maisons jusqu'à l'intersection – à droite, le porche voûté qui marque l'entrée d'un passage souterrain froid et humide sous la voie ferrée, et, à gauche, Blenheim Road, une rue étroite bordée d'arbres, flanquée d'une rangée de belles maisons victoriennes. J'ai l'impression de rentrer chez moi, et pas uniquement de retrouver une maison, mais de retrouver une maison d'enfance, un endroit abandonné dans une vie antérieure. C'est la familiarité qu'on ressent lorsqu'on gravit un escalier en sachant à l'avance quelle marche va grincer.

Et ce n'est pas seulement dans ma tête, je le sens dans mes os, dans mes muscles; eux aussi se souviennent. Ce matin, en passant devant la bouche noire du tunnel, l'entrée du passage souterrain, mon pas s'est fait plus rapide. Je n'ai pas eu besoin d'y penser, je marche toujours plus vite à cet endroit-là. Chaque soir, en rentrant, surtout en hiver, j'accélérais en jetant un petit coup d'œil à droite, pour me rassurer. Il n'y avait jamais personne – ni ces soirs-là, ni aujourd'hui – et pourtant, ce matin, je me suis arrêtée net devant les ténèbres parce que, soudain, c'est moi que j'y ai vue. Je me suis vue quelques mètres plus loin, affalée contre le mur, la tête dans les mains, couvertes de sang.

Le cœur battant dans la poitrine, je suis restée plantée là, bloquant le passage des habitants du quartier qui partaient au travail et se trouvaient obligés de me contourner pour poursuivre leur chemin vers la gare. Un ou deux d'entre eux m'ont jeté un coup d'œil curieux en passant près de moi, tandis que je restais immobile. Je ne savais pas – je ne sais toujours pas – si ce que je voyais était réel. Pourquoi serais-je allée dans le souterrain?

Quelle raison aurais-je pu avoir de pénétrer là-dedans, dans l'obscurité humide et la puanteur d'urine ?

J'ai fait demi-tour et je suis repartie vers la gare. Je ne voulais plus rester là, je ne voulais pas aller devant chez Scott et Megan. Je voulais m'en aller loin. Quelque chose de grave est arrivé là, je le sais.

J'ai acheté un ticket, j'ai gravi rapidement les marches jusqu'au quai, et c'est là qu'un autre souvenir m'est revenu : pas dans le passage souterrain, cette fois, mais dans un escalier. J'ai trébuché dans l'escalier et un homme m'a attrapée par le bras pour m'aider à me redresser. L'homme du train, celui aux cheveux presque roux. Je pouvais presque le voir, une image approximative, sans le son. Je me suis souvenue avoir ri – peut-être que je riais de ma maladresse, ou de quelque chose qu'il avait dit. Il a été gentil, j'en suis certaine. Presque certaine. Quelque chose de grave est arrivé, mais je ne crois pas que ça avait à voir avec lui.

J'ai pris le train pour Londres. Je suis allée à la bibliothèque et je me suis installée à un ordinateur pour trouver des articles sur Megan. Dans un entrefilet sur le site du *Telegraph*, un journaliste écrivait qu'« un homme d'une trentaine d'années aide la police dans son enquête ». Scott, j'imagine. Je refuse de croire qu'il aurait pu lui faire du mal. Je sais qu'il en serait incapable. Je les ai vus ensemble, je sais comment ils sont l'un avec l'autre. L'article donnait également un numéro spécial à appeler si on disposait d'autres informations. En rentrant, je l'appellerai d'une cabine téléphonique. Je leur parlerai de A, de ce que j'ai vu.

Mon portable sonne au moment où nous entrons en gare d'Ashbury. C'est encore Cathy. La pauvre, elle s'inquiète vraiment pour moi.

— Rach ? Tu es dans le train ? Tu es bientôt arrivée ?

Elle semble angoissée.

— Oui, j'arrive, dis-je. Je serai là dans un quart d'heure.

— La police est là, Rachel.

Mon corps entier se glace.

— Ils ont des questions à te poser.

Mercredi 17 juillet 2013

Matin

Megan n'est pas réapparue et j'ai menti à la police. Plusieurs fois.

Le temps d'arriver à la maison, hier, j'étais paniquée. J'ai essayé de me convaincre qu'ils venaient me parler de l'accident avec le taxi, mais ça n'avait aucun sens. J'avais parlé à la police sur place, et c'était clairement ma faute. Cela devait être en rapport avec samedi soir. J'ai dû faire quelque chose. J'ai dû commettre un acte terrible que j'ai refoulé.

Je sais que ça n'a pas l'air très crédible. Qu'est-ce que j'aurais pu faire ? Aller dans Blenheim Road, attaquer Megan Hipwell, me débarrasser de son corps puis tout oublier ? Ça paraît ridicule. C'est ridicule. Mais je sais qu'il s'est passé quelque chose samedi. Je l'ai su quand j'ai regardé dans ce souterrain sombre sous la voie ferrée et que mon sang s'est glacé dans mes veines.

Cela m'arrive de tout oublier, et ça n'a rien à voir avec ces fois où on n'est plus très sûr de la façon dont on est rentré de boîte de nuit, ou qu'on ne se rappelle plus ce truc tellement drôle qu'on a dit quand on discutait au bar. Là, c'est différent. Le trou noir, des heures entières perdues et qui ne reviendront jamais.

Tom m'a acheté un livre à ce sujet. Ce n'est pas très romantique, mais il en avait assez de m'écouter répéter à quel point j'étais désolée en me levant le matin, alors que je ne savais même pas pourquoi. Je crois qu'il voulait que je comprenne les dégâts que je causais, le genre de choses dont j'étais capable. C'est un livre écrit par un médecin, mais je ne sais pas si ce qu'il raconte est vrai : l'auteur prétend que le « trou noir », ce n'est pas tant le fait d'oublier ce qui s'est passé, c'est surtout de ne pas disposer de souvenirs du tout. Sa théorie, c'est qu'on se met dans un état tel que la mémoire immédiate devient inopérante, et que le cerveau se trouve incapable de créer des souvenirs. Et pendant qu'on vit ce moment, dans le noir total, on ne se comporte pas comme on le ferait habituellement, parce qu'on ne fait que réagir à la toute dernière chose qui vient d'arriver – sauf que, comme on ne crée pas de souvenirs, on ne peut même pas être sûr de savoir quelle est vraiment la dernière chose qui vient d'arriver. Il avait des exemples, aussi, des récits édifiants pour mettre en garde les buveurs qui vont jusqu'au trou noir : ainsi, un type dans le New Jersey qui s'était saoulé un soir de fête nationale. Après, il avait pris sa voiture et conduit plusieurs kilomètres en sens inverse sur l'autoroute avant d'emboutir un fourgon avec sept personnes à son bord. Le fourgon a pris feu et six personnes ont péri. L'ivrogne, lui, n'avait rien. Eux n'ont jamais rien. Il ne se souvenait même pas d'être entré dans sa voiture.

Il y avait aussi l'histoire d'un autre homme, à New York cette fois, qui, en sortant d'un bar, s'était rendu dans la maison où il avait grandi, avait poignardé ses habitants puis retiré ses vêtements avant de reprendre sa voiture pour retourner chez lui se coucher. Le lendemain matin, il avait une terrible gueule de bois au réveil et était incapable de comprendre où étaient ses fringues ni comment il était rentré chez lui. Ce n'est qu'au moment où la police était venue le chercher qu'il avait appris qu'il avait sauvagement assassiné deux personnes sans raison apparente.

Alors c'est peut-être ridicule, mais ce n'est pas impossible, et, le temps que j'arrive à l'appartement hier soir, j'étais parvenue à me convaincre que j'avais quelque chose à voir avec la disparition de Megan.

Les officiers de police étaient assis sur le canapé du salon, un homme d'une quarantaine d'années en civil et un plus jeune en uniforme, avec des boutons d'acné dans le cou. Cathy se tenait près de la fenêtre et se tordait les mains, l'air terrifié. Les policiers se sont levés. Celui en civil, très grand et un peu voûté, m'a serré la main et s'est présenté : capitaine Gaskill. Il m'a aussi donné le nom de l'agent qui l'accompagnait, mais je ne m'en souviens pas. Je n'arrivais pas à me concentrer. J'arrivais à peine à respirer.

— C'est à quel sujet ? ai-je aboyé. Il est arrivé quelque chose ? Est-ce que c'est ma mère ? Tom ?

— Tout le monde va bien, madame Watson, nous avons juste besoin de vous parler de ce que vous avez fait samedi soir, a répondu Gaskill.

C'est le genre de phrase qu'on entend à la télévision, ça ne semblait pas réel. Ils voulaient savoir ce que j'avais fait samedi soir. Mais bon sang ! qu'est-ce que j'ai fait, samedi soir ?

— Il faut que je m'assoie, ai-je dit.

Le capitaine m'a fait signe de prendre sa place sur le canapé, à côté de Boutons-dans-le-Cou. Près de la fenêtre, Cathy se dandinait nerveusement en se mordillant la lèvre inférieure. Elle semblait dans tous ses états.

— Vous vous êtes fait mal, madame Watson ? m'a demandé Gaskill en désignant la coupure à mon arcade.

— J'ai été renversée par un taxi. Hier après-midi, à Londres. Je suis allée à l'hôpital, vous pouvez vérifier.

— D'accord, a-t-il dit en secouant légèrement la tête. Donc. Samedi soir.

— Je suis allée à Witney, ai-je répondu en tâchant de ne pas laisser transparaître mon hésitation.

— Pour quoi faire ?

Boutons-dans-le-Cou avait sorti un calepin et tenait son crayon prêt à prendre des notes.

— Je voulais voir mon mari.

— Oh ! Rachel ! s'est écriée Cathy.

Le capitaine l'a ignorée.

— Votre mari ? Vous voulez dire votre ex-mari ? Tom Watson ?

Oui, je porte toujours son nom. C'était plus pratique, ça m'évitait de changer d'adresse e-mail, ou de faire refaire mon passeport et mes cartes de crédit, ce genre de chose.

— Oui. Je voulais le voir mais, ensuite, j'ai décidé que ce ne serait pas une bonne idée, alors je suis rentrée.

— Et quelle heure était-il ?

Gaskill parlait d'une voix égale, le visage indéchiffrable. Ses lèvres bougeaient à peine quand il s'exprimait. J'entendais le crissement du crayon de Boutons-dans-le-Cou sur le papier et le sang tambouriner contre mes tempes.

— Il était... euh... je pense qu'il devait être autour de dix-huit heures trente. Je veux dire, je crois que j'ai pris le train vers dix-huit heures.

— Et vous êtes rentrée à...?

— Peut-être dix-neuf heures trente?

J'ai jeté un coup d'œil vers Cathy, j'ai croisé son regard et, à sa tête, j'ai bien vu qu'elle savait que je mentais.

— Ou un peu plus tard. Peut-être qu'il était plus près de vingt heures. Oui, ça y est, je me souviens, je crois que je suis rentrée juste après vingt heures.

J'ai senti le rouge me monter aux joues; si cet homme ne se doutait pas encore que je mentais, alors il ne méritait pas de travailler dans la police.

Le capitaine s'est retourné pour attraper une des chaises repoussées sous la table dans un coin de la pièce et la tirer jusqu'à lui en un mouvement rapide, presque violent. Il l'a installée pile en face de moi, à quelques dizaines de centimètres. Il s'est assis, a posé les mains sur ses genoux, la tête inclinée sur le côté.

— D'accord. Alors vous êtes partie vers dix-huit heures, ce qui signifie que vous avez dû arriver à Witney vers dix-huit heures trente. Et vous êtes rentrée à vingt heures, ce qui signifie que vous avez dû partir de Witney vers dix-neuf heures trente. Est-ce que c'est ça?

— Il me semble, oui, ai-je dit, trahie par le tremblement qui revenait dans ma voix.

D'ici une seconde ou deux, il allait me demander ce que j'avais fabriqué pendant une heure, et je n'avais rien à lui répondre.

— Et vous n'êtes finalement pas allée voir votre ex-mari. Alors qu'avez-vous fait à Witney pendant cette heure-là?

— Je me suis un peu promenée.

Il a attendu de voir si je comptais développer. J'ai hésité à lui dire que j'étais allée dans un pub, mais ç'aurait été idiot – c'est facile à vérifier. Il aurait voulu connaître le nom du pub, et si j'y avais parlé à quelqu'un. Tout en réfléchissant à ce que je devrais lui dire, je me suis rendu compte que je n'avais même pas songé à demander pourquoi il voulait savoir où j'étais samedi soir. En soi, ça devait déjà sembler suspect. Ça devait me donner l'air coupable de quelque chose.

— Est-ce que vous avez parlé à quelqu'un ? m'a-t-il interrogé comme s'il lisait dans mes pensées. Est-ce que vous êtes entrée dans une boutique, un bar... ?

— J'ai parlé à un homme dans la gare ! me suis-je soudain exclamée, presque triomphante, comme si cela prouvait quoi que ce soit. Mais pourquoi voulez-vous savoir tout ça ? Qu'est-ce qui se passe ?

Le capitaine sembla se détendre sur sa chaise.

— Vous avez peut-être entendu parler de cette jeune femme qui a disparu, une habitante de Witney, Blenheim Road pour être précis, à quelques maisons de celle de votre ex-mari. Nous avons fait du porte-à-porte pour demander aux gens s'ils se souvenaient de l'avoir vue ce soir-là, ou s'ils avaient vu ou entendu quelque chose d'inhabituel. Et votre nom a surgi au cours de cette enquête.

Il est resté quelques instants silencieux, le temps de me laisser digérer l'information.

— On vous a aperçue dans Blenheim Road ce soir-là, vers l'heure à laquelle madame Hipwell, la femme disparue, a quitté son domicile. Madame Anna Watson nous a dit qu'elle vous avait vue dans la rue, près de la maison de madame Hipwell, et non loin de chez elle. Elle a ajouté que vous agissiez de manière étrange, et que cela l'avait inquiétée. Tant inquiétée, d'ailleurs, qu'elle avait hésité à appeler la police.

Mon cœur s'est emballé tel un oiseau pris au piège. J'étais incapable de parler car, à ce moment, je ne voyais plus que ma propre image, à terre dans le passage souterrain, du sang sur les mains. Du sang sur les mains! Le mien? C'était forcément le mien. J'ai levé la tête et, en croisant le regard de Gaskill, j'ai su qu'il fallait que je dise quelque chose pour l'empêcher de lire dans mes pensées.

— Je n'ai rien fait, ai-je dit. Rien. Je voulais... je voulais juste voir mon mari.

— Votre ex-mari, m'a de nouveau corrigée Gaskill.

Il a sorti de sa poche une photographie pour me la montrer. C'était Megan.

— Avez-vous vu cette femme samedi soir? a-t-il demandé.

J'ai longuement examiné le cliché. C'était irréel de l'avoir ainsi sous les yeux, la jolie blonde que j'avais observée, dont j'avais construit et déconstruit la vie dans ma tête. C'était un portrait en gros plan, pris par un professionnel. Elle avait des traits un peu plus grossiers que ce que j'avais imaginé, pas aussi raffinés que la Jess de mon esprit.

— Madame Watson? Est-ce que vous l'avez vue?

Je ne savais pas. Honnêtement. Et je ne sais toujours pas.

— Je ne crois pas, ai-je répondu.

— Vous ne croyez pas? Alors c'est possible?

— Je... je ne suis pas sûre.

— Est-ce que vous aviez bu, samedi soir? a-t-il demandé. Avant d'aller à Witney, est-ce que vous aviez bu?

J'ai senti la chaleur m'envahir à nouveau le visage.

— Oui.

— Madame Watson – Anna Watson – nous a raconté qu'elle pensait que vous étiez ivre, quand elle a vous a vue devant chez elle. Est-ce que c'était le cas?

— Non, ai-je dit, en prenant soin de garder les yeux ferme-ment fixés sur le capitaine pour ne pas croiser le regard de Cathy. J'avais pris un ou deux verres dans l'après-midi, mais je n'étais pas ivre.

Gaskill a soupiré, comme si je venais de le décevoir. Il a jeté un coup d'œil à Boutons-dans-le-Cou avant de revenir à moi.

Avec une lenteur calculée, il s'est levé et a repoussé la chaise à sa place, sous la table.

— Si un détail sur la soirée de samedi vous revenait, quoi que ce soit qui puisse nous être utile, appelez-moi, d'accord ? a-t-il repris en me tendant une carte de visite.

Sur le départ, Gaskill a salué Cathy d'un signe de tête, l'air sombre, et je me suis laissée retomber sur le canapé. Les battements de mon cœur ont commencé à se calmer, puis se sont à nouveau emballés quand je l'ai entendu m'interpeller une dernière fois :

— Vous travaillez dans les relations publiques, c'est bien ça ? Chez Huntingdon Whitely ?

— Oui, c'est ça, ai-je répondu, Huntingdon Whitely.

Il va vérifier, et il va savoir que j'ai menti. Je ne peux pas le laisser découvrir ça lui-même. Il faut que je le lui dise.

Alors c'est que je vais faire, ce matin. Je vais me rendre au poste de police et je vais tout avouer. Je vais lui dire que j'ai perdu mon emploi il y a des mois, que j'étais très saoule samedi soir et que je n'ai aucune idée de l'heure à laquelle je suis rentrée. Je vais lui dire ce que j'aurais dû lui dire hier soir : qu'il cherche dans la mauvaise direction. Je vais lui dire que je crois que Megan Hipwell avait une liaison.

Soir

La police pense que je ne suis qu'une petite fouineuse friande d'histoires sordides. Que je suis une harceleuse, une tarée, une malade mentale. Je n'aurais jamais dû aller au poste. Je n'ai fait qu'empirer ma situation et je ne crois pas avoir été d'une grande aide pour Scott, alors que c'était pour ça que j'y allais. Il a besoin de mon aide, parce qu'il est évident que la police le soupçonne d'avoir fait quelque chose à Megan, et je sais que ce n'est pas vrai, parce que je le connais. Je le sens, même si ça semble dingue. J'ai vu la manière dont il se comporte avec elle. Il ne lui ferait jamais le moindre mal.

Bon, d'accord, ce n'était pas uniquement pour aider Scott que je suis allée au poste. Il y avait cette histoire de mensonge à désamorcer – quand j'ai dit que je travaillais chez Huntingdon Whitely.

Ça m'a pris un temps fou pour trouver le courage d'entrer. J'ai manqué de faire demi-tour et rentrer chez moi une bonne dizaine de fois, mais j'ai fini par me décider. J'ai demandé à l'agent assis à l'accueil si je pouvais parler au capitaine Gaskill, et il m'a indiqué une salle d'attente étouffante, où j'ai patienté plus d'une heure avant qu'on vienne me chercher. À ce moment-là, j'étais en sueur et je tremblais comme quelqu'un qui monte à l'échafaud. On m'a emmenée dans une autre pièce, encore plus petite et étouffante, sans fenêtre et sans un brin d'air. On m'a laissée seule dix minutes de plus avant que Gaskill arrive, accompagné d'une femme, elle aussi en civil. Gaskill m'a saluée poliment ; il ne semblait pas surpris de me voir. Il m'a présenté l'autre personne, l'inspectrice Riley. Elle est plus jeune que moi, grande et mince avec des cheveux bruns, et jolie avec ses traits bien dessinés, qui lui font comme une tête de renard. Elle ne m'a pas rendu mon sourire.

Nous nous sommes assis tous les trois et personne ne disait rien – ils se contentaient de me regarder en attendant que je commence.

— Je me suis souvenue de l'homme, ai-je dit. Je vous ai dit que j'avais parlé à un homme à la gare. Je peux vous le décrire.

Riley a levé très légèrement les sourcils et a changé de position sur son siège.

— Il était de taille moyenne, de corpulence moyenne, avec des cheveux qui tiraient sur le roux. J'ai glissé dans l'escalier et il m'a rattrapée par le bras.

Gaskill s'est penché en avant, les coudes sur la table, les mains croisées devant sa bouche.

— Il portait... je crois qu'il portait une chemise bleue.

Ce n'est pas tout à fait vrai. Je me souviens bien d'un homme, et je suis quasiment sûre qu'il avait des cheveux roux, et, quand j'étais dans le train, je crois qu'il m'a souri, peut-être un sourire méchant. Il me semble qu'il est descendu à Witney, et il a dû me parler. Il est possible que j'aie glissé sur une marche. J'en ai le souvenir, mais je ne suis pas certaine que ce dernier appartienne à la soirée de samedi ou à un autre moment – au cours de ces dernières années, il y a eu beaucoup de chutes et beaucoup d'escaliers. Je n'ai aucune idée de ce qu'il portait.

Les deux policiers n'ont pas eu l'air très convaincus par mon histoire. Riley a secoué imperceptiblement la tête. Gaskill a posé ses mains devant lui, paume vers le haut.

— D'accord. C'est juste ça que vous êtes venue me dire, madame Watson ? a-t-il demandé.

Il n'y avait pas de trace de colère dans sa voix, elle était même plutôt encourageante. Je préférerais que Riley s'en aille. Lui, j'arriverais à lui parler, à lui faire confiance.

— Je ne travaille plus chez Huntingdon Whitely, ai-je dit.

— Ah ?

Il s'est mieux installé sur sa chaise, soudain intéressé.

— Je suis partie il y a trois mois. Ma colocataire, enfin, ma logeuse... je ne lui ai pas dit. Je suis à la recherche d'un nouveau travail. Je ne voulais pas qu'elle soit au courant parce que je savais qu'elle se ferait du souci pour le loyer. J'ai un peu d'argent de côté, j'ai de quoi le payer, mais... Bref, je vous ai menti hier au sujet de mon travail, et j'en suis désolée.

Riley s'est penchée en avant et m'a adressé un sourire pincé.

— Je vois. Vous ne travaillez plus chez Huntingdon Whitely. Vous ne travaillez pas, donc ? Vous êtes sans emploi ?

J'ai acquiescé.

— D'accord. Et... vous n'êtes pas inscrite au chômage ?

— Non.

— Et votre... colocataire, elle n'a pas remarqué que vous n'alliez plus au travail tous les jours ?

— Non, j'y vais. Enfin, je ne vais pas au bureau, mais je vais à Londres, comme avant, à la même heure et tout, pour que... pour qu'elle ne se doute de rien.

Riley a jeté un coup d'œil à Gaskill, qui est resté concentré sur mon visage, un léger froncement de sourcils.

— Ça a l'air bizarre, je sais bien…

Je n'ai pas fini ma phrase parce que, quand on l'explique à voix haute, ça n'a pas l'air bizarre, non, ça a l'air dément.

— Bien. Donc vous faites semblant d'aller au travail tous les jours ? m'a demandé Riley.

Elle avait les sourcils froncés, elle aussi, comme si elle s'inquiétait pour moi. Comme si elle pensait que j'étais folle à lier. Je n'ai pas répondu, je n'ai pas hoché la tête, rien, j'ai gardé le silence.

— Est-ce que je peux vous demander pourquoi vous avez quitté votre emploi, madame Watson ?

Ça n'aurait servi à rien de mentir. S'ils n'avaient pas prévu de contacter mon ancien employeur avant aujourd'hui, je pouvais être sûre qu'ils allaient le faire après cette conversation.

— On m'a virée.

— Vous avez été renvoyée, a appuyé Riley, une note de satisfaction dans la voix.

De toute évidence, c'était la réponse à laquelle elle s'attendait.

— Et pour quelle raison ?

J'ai poussé un petit soupir, et je me suis adressée à Gaskill :

— Est-ce que c'est vraiment important ? Quel intérêt de savoir pourquoi j'ai quitté mon travail ?

Gaskill n'a pas répondu, trop occupé à examiner des notes que Riley avait glissées devant lui sur la table, mais il a secoué très légèrement la tête. Riley a changé de sujet.

— Madame Watson, je voudrais vous parler de samedi soir.

J'ai jeté un coup d'œil à Gaskill, comme pour dire « Nous avons déjà eu cette discussion ! », mais il était encore plongé dans ses papiers.

— D'accord, ai-je dit.

Je n'arrêtais pas de lever la main jusqu'à ma tête pour tâter ma blessure. Je n'arrivais pas à m'en empêcher.

— Dites-moi pourquoi vous êtes allée à Blenheim Road samedi soir. Pourquoi vouliez-vous parler à votre ex-mari ?

— Je ne pense pas que ça vous regarde.

Et, avant qu'elle ait le temps d'ajouter autre chose, j'ai repris :

— Est-ce que je pourrais avoir un verre d'eau ?

Gaskill s'est levé et a quitté la pièce, ce qui n'était pas vraiment ce que j'avais espéré. Riley n'a rien dit, elle a continué de me dévisager, l'ombre d'un sourire sur les lèvres. Incapable de soutenir son regard, j'ai baissé les yeux vers la table, puis j'ai examiné la pièce autour de moi. Je savais que c'était une tactique : elle gardait le silence pour me mettre si mal à l'aise que je me sentirais obligée de dire quelque chose, même si je n'en avais pas envie.

— Nous avions des choses à régler, ai-je répondu. Des affaires privées.

C'était beaucoup trop pompeux, j'avais l'air ridicule. Riley a soupiré. Je me suis mordu la lèvre, décidée à ne rien dire de plus tant que Gaskill ne serait pas revenu dans la pièce. Au moment où il est entré pour poser un verre d'eau trouble devant moi, Riley a pris la parole :

— Des affaires privées ? a-t-elle répété.

— Tout à fait.

Riley et Gaskill ont échangé un regard. Je ne savais pas si c'était de l'irritation ou de l'amusement. Je sentais la sueur s'accumuler sur ma lèvre supérieure. J'ai pris une gorgée d'eau ; elle avait un goût de poussière. Gaskill a trié les papiers devant lui avant de les mettre de côté, comme s'il n'en avait plus besoin, ou comme si ce qui y figurait ne l'intéressait pas tant que ça.

— Madame Watson, la… hum… la nouvelle femme de votre ex-mari, madame Anna Watson, nous a communiqué son inquiétude à votre sujet. Elle nous a confié que vous l'importunez, elle, que vous importunez son mari, que vous venez chez eux à l'improviste, qu'à une occasion…

Gaskill s'est à nouveau penché sur ses notes, mais Riley l'a interrompu :

— Qu'à une occasion vous êtes entrée par effraction chez monsieur et madame Watson, et que vous avez pris leur bébé, leur nouveau-née.

Un trou noir s'est ouvert au milieu de la pièce pour m'engloutir.

— Ce n'est pas vrai ! me suis-je écriée. Je n'ai pas pris... Ça ne s'est pas passé comme ça, c'est faux. Je n'ai pas... je ne l'ai pas prise.

Mes nerfs ont lâché à ce moment-là, je me suis mise à trembler et à pleurer, et j'ai dit que je voulais partir. Riley a repoussé sa chaise pour se lever, elle a haussé les épaules à l'intention de Gaskill, puis elle a quitté la pièce. Gaskill m'a tendu un mouchoir.

— Vous pouvez partir quand vous voulez, madame Watson. C'est vous qui êtes venue nous voir.

Il m'a souri, un sourire désolé. Je l'ai beaucoup aimé, à cet instant, j'ai eu envie de lui prendre la main pour la serrer, mais je me suis retenue, parce que ç'aurait été bizarre.

— Je pense que vous avez encore des choses à me dire, a-t-il ajouté.

Et je l'ai aimé encore plus, parce qu'il a dit « me », et pas « nous ». Il s'est levé et m'a accompagnée jusqu'à la porte.

— Vous devriez peut-être faire une pause, vous dégourdir les jambes. Allez vous prendre quelque chose à manger. Quand vous serez prête, vous pourrez revenir tout me raconter.

Je comptais laisser tomber et rentrer chez moi. En marchant vers la gare, j'étais prête à tourner le dos à toute cette histoire. Puis j'ai repensé à ce trajet en train chaque jour, à ces allers et retours sur cette ligne qui s'arrête devant leur maison, la maison de Megan et Scott. Et s'ils ne la retrouvaient jamais ? Je passerais le restant de ma vie à me demander (et je sais que ce n'est pas très probable, mais quand même) si j'aurais pu l'aider en racontant ce que je savais. Et si Scott était accusé de lui avoir fait du mal parce que la police ne découvrirait jamais l'existence de A ? Et si elle était en ce moment même chez A, ligotée à la cave, blessée, ensanglantée, ou même enterrée au fond du jardin ?

J'ai fait ce qu'avait proposé Gaskill, j'ai acheté un sandwich jambon-fromage et une bouteille d'eau dans une épicerie, et je suis allée jusqu'au seul parc de Witney, un misérable petit bout de terrain entouré de maisons des années trente, et presque exclusivement constitué d'une aire de jeux sur un sol bétonné. Je me suis installée sur un banc au bord pour regarder les mères et les nounous gronder leurs protégés quand ils mettaient du sable dans leur bouche. Il y a quelques années, c'était mon rêve de venir ici – pas pour avaler un sandwich jambon-fromage entre deux interrogatoires de police, évidemment –, je rêvais de venir avec mon bébé. Je pensais à la poussette que j'achèterais, aux heures que je passerais chez Baby Gap ou Toys'R'Us, à examiner les vêtements minuscules si mignons et les jouets d'éveil. Je songeais au jour où je viendrais m'asseoir là, mon heureux événement sur les genoux.

Mais ce jour n'est pas venu. Aucun docteur n'a su m'expliquer pourquoi je ne peux pas tomber enceinte. Je suis jeune, en bonne santé, et je ne buvais pas tant que ça à l'époque où on essayait. Le sperme de mon mari était dynamique et abondant. Mais ça n'est pas venu. Je n'ai pas subi la douleur d'une fausse couche, je ne suis juste pas tombée enceinte. Nous avons fait une tentative de FIV, une seule, car nous n'avions pas les moyens de recommencer. Comme tout le monde nous en avait avertis, c'était une expérience pénible, et ça a échoué. Mais personne ne m'avait dit que ça nous briserait. Et pourtant. Ou plutôt, ça m'a brisée, moi, et en retour je nous ai brisés.

Quand on est stérile, on n'a jamais le loisir de l'oublier. Pas quand on atteint la trentaine. Mes amis avaient des enfants, des amis d'amis avaient des enfants, j'étais constamment assaillie de grossesses, de naissances, et de fêtes de premier anniversaire.

On m'en parlait en permanence. Alors, quand est-ce que ça allait être enfin mon tour ? Au bout d'un moment, notre impossibilité d'avoir des enfants est devenue un sujet normal à aborder à table, le dimanche midi, et pas juste entre Tom et moi, mais de manière générale. Ce qu'on essayait, ce qu'on devrait faire, est-ce que je pensais vraiment que c'était une bonne idée de reprendre un verre de vin ? J'étais encore jeune, j'avais encore du temps devant moi, mais l'échec m'a enveloppée comme un linceul, il m'a submergée, m'a entraînée vers les profondeurs, et j'ai fini par abandonner tout espoir. Je me suis mise à en vouloir à ces gens qui semblaient estimer que c'était ma faute, que c'était moi qui faillissais à mon devoir. Mais, comme l'a montré la vitesse à laquelle Tom est parvenu à mettre Anna enceinte, il n'y a jamais eu de souci du côté de sa virilité à lui. J'avais tort de suggérer que nous étions tous deux responsables ; c'était moi, le problème.

Ma meilleure amie depuis l'université, Lara, a eu deux enfants en l'espace de deux ans, d'abord un garçon, puis une fille. Je ne les aimais pas. Je ne voulais pas entendre parler d'eux. Je ne voulais pas être dans la même pièce qu'eux. Au bout d'un moment, Lara a cessé de me parler. Au travail, une collègue m'a raconté (nonchalamment, comme si elle parlait de se faire enlever l'appendice ou les dents de sagesse) qu'elle avait avorté récemment, un avortement médicamenteux, et que c'était bien moins traumatisant que l'avortement chirurgical qu'elle avait subi quand elle était à la fac. Après cela, je ne pouvais plus lui adresser la parole, j'arrivais à peine à la regarder. L'atmosphère s'est tendue au bureau, les gens s'en sont rendu compte.

Tom ne l'a pas vécu de la même manière. Ce n'était pas de son fait, et, de toute façon, il n'avait pas le même besoin d'enfant que moi. Il voulait être père, oui ; je suis sûre qu'il rêvassait parfois à l'idée de jouer au ballon avec son fils dans le jardin, ou de porter sa fille sur ses épaules en se promenant dans le parc. Mais il pensait que notre vie serait formidable, même sans enfants. On est heureux, me disait-il souvent, pourquoi ne pourrait-on pas continuer à être heureux, tout simplement? Il a commencé à m'en vouloir. Il n'a jamais compris comment je pouvais ressentir à ce point le manque de quelque chose que je n'avais jamais eu.

Dans mon malheur, je me suis sentie très seule. Je me suis isolée, alors j'ai bu, un peu, puis un peu plus, et ça m'a rendue plus solitaire encore, parce que personne n'aime passer du temps avec une saoularde. J'ai bu et j'ai perdu, j'ai perdu et j'ai bu. J'aimais mon travail, mais je n'avais pas non plus un métier passionnant, et même si ça avait été le cas... Soyons francs, encore aujourd'hui, la valeur d'une femme se mesure à deux choses : sa beauté ou son rôle de mère. Je ne suis pas belle, et je ne peux pas avoir d'enfant. Je ne vaux rien.

Je ne peux pas dire que mes problèmes d'alcool ne viennent que de tout cela. Je ne peux pas les mettre sur le compte de mes parents ou de mon enfance, d'un oncle pédophile ou d'une terrible tragédie. C'est ma faute. Je buvais déjà, de toute façon, j'ai toujours aimé boire. Mais je suis devenue plus triste, et la tristesse, au bout d'un moment, c'est ennuyeux – pour la personne qui est triste et pour tous ceux qui l'entourent. Puis je suis passée de quelqu'un qui aime boire à alcoolique, et il n'y a rien de plus ennuyeux que ça.

Ça va mieux, maintenant, question enfants, depuis que je suis seule. J'ai bien été obligée. J'ai lu des livres et des articles, et j'ai compris que je devais l'accepter pour avancer. Il y a des solutions, il y a de l'espoir. Si je me reprenais en main et si j'arrêtais de boire, je pourrais peut-être adopter. Et j'ai à peine trente-quatre ans, ce n'est pas encore la fin. Je vais mieux qu'il y a quelques années, quand il pouvait m'arriver de partir du supermarché en abandonnant mon chariot dans les rayons s'il y avait trop de mamans avec leurs enfants; je n'aurais jamais pu venir dans un parc comme celui-ci, m'asseoir près du terrain de jeux et regarder des bambins potelés descendre le toboggan. Il y a eu des fois, quand j'étais au plus bas, quand l'envie me dévorait pire que jamais, où j'ai cru que j'allais perdre la tête.

Et c'est peut-être ce qui s'est passé, un temps. La fois dont ils m'ont parlé, au poste, j'étais peut-être bien folle, ce jour-là. C'est quelque chose que Tom a dit qui m'a fait basculer dans une spirale infernale. Quelque chose qu'il a écrit, d'ailleurs : je l'ai lu sur Facebook ce matin-là. Ce n'était pas un choc, je savais qu'elle allait avoir un bébé, il me l'avait dit, et je l'avais vue, elle, et j'avais aperçu le fameux rideau rose dans la chambre d'amis. Alors je savais que ce jour viendrait. Mais j'avais toujours imaginé ce bébé comme son bébé à elle. Jusqu'au jour où j'ai vu cette photo de lui qui tenait sa fille dans les bras et qui la dévorait des yeux en souriant. Sous la photo, il avait écrit : « Alors c'est pour ça que vous en faites toute une histoire ! Je ne pensais pas être capable d'aimer autant. C'est le plus beau jour de ma vie ! » Je l'ai imaginé écrire ces mots – conscient que j'allais voir ces lignes et qu'elles m'achèveraient, et les écrire tout de même. Il s'en fichait. Les parents se fichent de tout, à part de leurs enfants. Ceux-ci sont pour eux le centre du monde, la seule chose qui compte vraiment. Plus personne d'autre n'a d'importance, ni la souffrance, ni le bonheur des autres, plus rien n'est réel.

J'étais en colère. Désespérée. Peut-être que j'ai voulu me venger. Peut-être que j'ai voulu leur montrer que mon désespoir était réel. Je ne sais pas. J'ai fait quelque chose de stupide.

Deux heures plus tard, je suis revenue au poste. J'ai demandé à parler à Gaskill seul, mais il a dit qu'il voulait que Riley soit présente. Je l'ai aimé un peu moins après ça.

— Je ne suis pas entrée par effraction, ai-je dit. J'y suis allée, c'est vrai, je voulais parler à Tom. Personne n'a répondu quand j'ai sonné...

— Alors comment êtes-vous entrée ? m'a demandé Riley.

— La porte était ouverte.

— La porte d'entrée était ouverte ?

J'ai soupiré.

— Non, bien sûr que non. La porte de derrière, la porte coulissante qui mène au jardin.

— Et comment êtes-vous entrée dans le jardin ?

— Je suis passée par-dessus la barrière, je savais que…

— Alors vous êtes passée par-dessus la barrière pour accéder à la maison de votre ex-mari ?

— Oui. On avait… Avant, il y avait toujours un double de la clé caché derrière la maison, au cas où l'un de nous oublierait la sienne. Mais je ne voulais pas entrer par effraction, je vous assure, je voulais juste parler à Tom. J'ai cru que… que la sonnette ne marchait pas, peut-être.

— C'était en plein milieu de la journée, un jour de semaine, non ? Pourquoi croyiez-vous que votre ex-mari serait chez lui ? Est-ce que vous aviez téléphoné avant ? a demandé Riley.

— Mais bon Dieu ! vous allez me laisser finir, oui ? me suis-je écriée.

Elle a secoué la tête et repris le même sourire qu'avant, comme si elle me connaissait, comme si elle pouvait lire en moi.

— Je suis passée par-dessus la barrière, ai-je repris en tâchant de calmer ma voix. J'ai frappé à la porte vitrée, qui était entrouverte. Personne n'a répondu. J'ai passé la tête à l'intérieur et j'ai appelé Tom. Encore une fois, personne n'a répondu, mais j'ai entendu un bébé pleurer. Je suis entrée et j'ai vu Anna…

— Madame Watson ?

— Oui. J'ai vu madame Watson endormie sur le canapé. Le bébé était dans sa nacelle, elle pleurait – elle hurlait, même, elle était toute rouge. De toute évidence, ça faisait un bon moment qu'elle pleurait.

En prononçant ces mots, je me rends compte que j'aurais dû leur dire que j'entendais le bébé pleurer depuis la rue, et que c'était pour ça que j'avais fait le tour de la maison. J'aurais eu l'air moins folle.

— Alors, le bébé est en train de crier, sa mère est juste à côté, mais elle ne se réveille pas ? demande Riley.

— Oui.

Elle a les coudes sur la table, ses mains devant la bouche, et je n'arrive pas à bien voir son expression, mais je sais qu'elle pense que je mens.

— Je l'ai prise dans mes bras pour la réconforter. C'est tout. Je l'ai prise pour la calmer.

— Sauf que ce n'est pas tout, n'est-ce pas ? Parce que, quand Anna s'est réveillée, vous n'étiez plus là, n'est-ce pas ? Vous étiez au niveau du grillage, près de la voie ferrée.

— Elle ne s'est pas arrêtée de pleurer tout de suite, ai-je répondu. Je l'ai bercée mais elle continuait de geindre, alors je suis allée marcher dehors avec elle.

— Près de la voie ferrée ?

— Dans le jardin.

— Est-ce que vous aviez l'intention de faire du mal à l'enfant des Watson ?

Je me suis levée d'un bond. Oui, je sais, c'était un peu théâtral comme geste, mais je voulais qu'ils voient – que Gaskill voie – que j'étais scandalisée par cette suggestion.

— Je ne suis pas venue pour entendre ce genre de chose, mais pour vous parler de l'autre homme ! Pour vous aider ! Et maintenant... De quoi est-ce que vous m'accusez, exactement ? De quoi ?

Gaskill est resté impassible, peu impressionné par mes cris. Il m'a fait signe de me rasseoir et a pris la relève :

— Madame Watson – l'autre... euh... madame Watson, Anna – a mentionné votre nom au cours de notre enquête sur Megan Hipwell. Elle a dit que vous aviez déjà agi de manière imprévisible, voire instable, par le passé. Elle a mentionné cet incident avec son enfant. Elle nous a dit que vous les harceliez tous les deux, son mari et elle, et que vous continuiez d'appeler chez eux régulièrement.

Il s'est penché un instant sur ses notes.

— Presque chaque soir, d'ailleurs. Que vous refusiez d'accepter la fin de votre relation...

— C'est complètement faux! ai-je insisté.

Et là, j'étais honnête. Oui, j'appelais encore Tom de temps en temps, mais pas chaque soir, c'était très exagéré. Mais je commençais à me dire que Gaskill n'était peut-être pas de mon côté, après tout, et j'ai senti les larmes me monter aux yeux.

— Pourquoi n'avez-vous pas changé de nom? m'a alors demandé Riley.

— Pardon?

— Vous portez toujours le nom de famille de votre mari. Pourquoi? Si un homme me quittait pour une autre femme, je crois que je voudrais me débarrasser de son nom. Je n'aurais aucune envie de le partager avec ma remplaçante...

— Eh bien, je suis peut-être au-dessus de ça, moi.

Ce qui est faux. Je déteste qu'elle s'appelle Anna Watson.

— Bien sûr. Et la bague? Celle que vous avez autour du cou, au bout d'une chaîne? Est-ce que c'est votre alliance?

— Non, ai-je menti. C'est... elle appartenait à ma grand-mère.

— Ah oui? D'accord. Bon, je dois vous dire que, en ce qui me concerne, votre comportement tend à suggérer que, comme l'a sous-entendu madame Watson, vous refusez de passer à autre chose et d'accepter que votre ex a une nouvelle famille.

— Je ne vois pas...

— ... ce que ça a à voir avec Megan Hipwell? a complété Riley. Eh bien, voilà : le soir de la disparition de Megan, vous avez été aperçue par plusieurs témoins dans la rue où elle habite. Vous, une femme instable qui boit trop. Si on garde à l'esprit qu'il y a une ressemblance physique entre Megan et madame Watson...

— Elles ne se ressemblent absolument pas!

Cette suggestion m'a mise hors de moi. Jess n'a rien à voir avec Anna. Megan n'a rien à voir avec Anna.

— Elles sont toutes les deux blondes, minces, petites, très pâles de peau...

— Alors quoi ? J'aurais attaqué Megan Hipwell en croyant que c'était Anna ? C'est l'idée la plus stupide que j'aie jamais entendue, ai-je craché.

Mais je sens la bosse sur ma tête me lancer à nouveau et la soirée de samedi reste un noir complet.

— Est-ce que vous saviez qu'Anna Watson connaissait Megan Hipwell ? m'a demandé Gaskill, et j'en suis restée bouche bée.

— Je... quoi ? Non, elles ne se connaissent pas.

Riley a souri un instant avant de reprendre son sérieux.

— Et pourtant si. Megan a été la nounou des Watson en...

Elle jette un coup d'œil à ses notes.

— ... en août et septembre de l'année dernière.

Je ne sais pas quoi dire. Je n'arrive pas à l'imaginer : Megan dans ma maison, avec elle, avec son bébé.

— La coupure que vous avez à la lèvre, est-ce que ça date de votre accident de l'autre jour ? a dit Gaskill.

— Oui. Je me suis mordue en tombant, je crois.

— Et ça s'est produit où, cet accident ?

— À Londres, Theobald's Road. Près du quartier de Holborn.

— Et pourquoi étiez-vous là-bas ?

— Pardon ?

— Que faisiez-vous en plein centre de Londres ?

J'ai haussé les épaules.

— Je vous l'ai déjà dit, ai-je répondu froidement. Ma colocataire ignore que j'ai perdu mon emploi. Alors je vais à Londres, comme d'habitude, et je passe la journée à la bibliothèque, à chercher du travail et à réécrire mon CV.

Riley a secoué la tête, peut-être incrédule, ou songeuse : comment peut-on tomber aussi bas ?

J'ai repoussé ma chaise pour me préparer à partir. J'en avais assez qu'on me parle ainsi, qu'on me fasse passer pour une imbécile, ou une folle. Il était temps de jouer mon joker.

— Je ne sais vraiment pas pourquoi nous parlons de tout ça, ai-je déclaré. Je pensais que vous auriez mieux à faire, comme d'enquêter sur la disparition de Megan Hipwell, par exemple. J'imagine que vous avez déjà interrogé son amant ?

Aucun des deux n'a répondu, ils se sont contentés de me dévisager. Ils ne s'y attendaient pas, à celle-là. Ils ne savaient pas, pour A.

— Vous n'étiez peut-être pas au courant, mais Megan Hipwell avait une liaison.

Je me suis dirigée vers la porte, mais Gaskill m'a arrêtée : il s'était déplacé sans un bruit et à une vitesse étonnante, et, avant même que j'aie pu poser la main sur la poignée, il se tenait devant moi.

— Je croyais que vous ne connaissiez pas Megan Hipwell ?

— Et c'est vrai.

J'ai essayé de le contourner, mais il m'a bloqué le passage.

— Asseyez-vous, m'a-t-il intimé.

Je leur ai dit ce dont j'avais été témoin depuis le train : que je voyais souvent Megan profiter du soleil de la fin de journée ou prendre son café le matin sur son balcon. Je leur ai dit que, la semaine dernière, je l'avais vue avec quelqu'un qui n'était de toute évidence pas son mari, et que je les avais vus s'embrasser sur la pelouse.

— Et quand était-ce ? m'a demandé Gaskill, agacé.

Il semblait m'en vouloir, peut-être parce que c'était par ça que j'aurais dû commencer, au lieu de gaspiller leur journée à parler de moi.

— Vendredi. C'était vendredi matin.

— Alors, la veille de sa disparition, vous l'avez vue avec un autre homme ? a répété Riley, exaspérée.

Elle a refermé le dossier devant elle. Gaskill s'est laissé aller contre le dossier de sa chaise en m'étudiant du regard. Elle pensait clairement que j'avais tout inventé, mais lui n'en était pas si sûr.

— Vous pouvez nous le décrire ? a demandé Gaskill.

— Grand, brun...

— ... ténébreux ? a interrompu Riley.

J'ai gonflé les joues et j'ai soufflé.

— Plus grand que Scott Hipwell. Je le sais, parce que je les ai déjà vus ensemble, Jess et... pardon, Megan et Scott Hipwell. Cet homme-là était différent. Plus menu, plus mince, et la peau un peu plus sombre. Il devait être asiatique.

— Vous étiez capable de déterminer son appartenance raciale depuis le train ? a commenté Riley. Impressionnant. Au fait, qui est Jess ?

— Pardon ?

— À l'instant, vous avez parlé d'une Jess.

J'ai senti le rouge me monter à nouveau aux joues et j'ai secoué la tête.

— Non, je ne crois pas.

Gaskill s'est levé.

— Je crois que ça suffit.

Je lui ai serré la main, j'ai ignoré Riley et je me suis apprêtée à partir.

— N'allez plus du côté de Blenheim Road, madame Watson, m'a alors avertie Gaskill. N'essayez pas de rentrer en contact avec votre ex-mari, sauf urgence. Et ne vous approchez ni d'Anna Watson, ni de son enfant.

Dans le train, sur le chemin du retour, alors que je dissèque tout ce qui est allé de travers au cours de cette journée, je me rends compte avec surprise que je ne me sens pas aussi mal que je l'aurais cru. En y réfléchissant, je sais à quoi c'est dû : je n'ai rien bu hier, et je n'ai toujours pas envie de boire ce soir. Pour la première fois depuis bien longtemps, je m'intéresse à autre chose qu'à mon propre malheur. J'ai un but. Ou, en tout cas, une distraction.

Jeudi 18 juillet 2013

Matin

J'ai acheté trois journaux avant de monter dans le train ce matin : Megan a disparu depuis quatre jours et cinq nuits, et l'affaire commence à faire du bruit. Fidèle à sa réputation de presse de caniveau, le *Daily Mail* a réussi à dégoter des photos de Megan en bikini mais, surtout, a réalisé le portrait le plus complet que j'aie lu jusqu'à présent.

Née Megan Mills à Rochester en 1984, elle a déménagé avec ses parents quand elle avait dix ans. C'était une enfant intelligente, extravertie, douée pour le dessin et le chant. Une camarade d'école dit d'elle qu'elle était « assez marrante, super jolie et plutôt délurée. » Ce dernier trait semble avoir été exacerbé par le décès de son frère, Ben, dont elle était très proche. Il a été tué dans un accident de moto quand il avait dix-neuf ans, et elle quinze. Elle a fugué trois jours après l'enterrement. Elle a été arrêtée deux fois, la première pour vol et la seconde pour racolage. Sa relation avec ses parents ne s'en est jamais remise, d'après le *Mail*. Ses deux parents sont décédés il y a quelques années, sans avoir pu se réconcilier avec leur fille – en lisant cela, je me sens terriblement triste pour Megan ; je me rends compte qu'après tout elle n'est pas si différente de moi : abandonnée et seule, elle aussi.

À seize ans, elle s'est installée avec un petit ami qui possédait une maison près du village de Holkham, dans le nord du Norfolk. Sa camarade ajoute : « Il était plus âgé, musicien ou quelque chose dans le genre. Il prenait de la drogue. On n'a plus trop vu Megan après qu'ils se sont mis ensemble. » L'article ne fournit pas le nom du petit ami, alors ils ne l'ont probablement pas retrouvé. Ou alors il n'existe pas. L'amie en question a peut-être inventé ça pour voir son nom dans les journaux.

L'article fait une ellipse de plusieurs années : soudain Megan a vingt-quatre ans, elle vit à Londres et travaille comme serveuse dans un restaurant du nord de la capitale. C'est là qu'elle rencontre Scott Hipwell, un expert-conseil en informatique qui connaît bien le gérant du restaurant. Scott et Megan se plaisent et, après « un début de relation passionné », ils se marient, lorsqu'elle a vingt-cinq ans et lui trente.

Figurent aussi d'autres citations, dont une de Tara Epstein, la fameuse amie chez qui Megan devait aller le soir de sa disparition. Elle dit que Megan était « une fille adorable, insouciante », et qu'elle semblait « très heureuse ». « Scott ne lui aurait jamais fait de mal, ajoute Tara. Il l'aime énormément. » Le moindre mot qui sort de la bouche de Tara est un cliché. Mais la phrase qui m'intéresse a été prononcée par un artiste qui a exposé ses œuvres dans la galerie que Megan a gérée quelque temps, un certain Rajesh Gujral : il dit que Megan est « une femme merveilleuse, futée, belle et drôle, une personne très réservée avec le cœur sur la main ». À mon avis, Rajesh a le béguin. La dernière citation est celle d'un homme, David Clark, un « ancien collègue » de Scott qui dit : « Megs et Scott forment un couple génial. Ils sont très heureux ensemble et très amoureux. »

Il y a aussi quelques bribes d'information sur l'enquête, mais les déclarations de la police ne vont pas bien loin : les inspecteurs ont « interrogé un certain nombre de témoins » et « étudient diverses pistes d'investigation ». Le seul commentaire intéressant est celui du capitaine Gaskill, qui confirme que deux hommes aident la police dans son enquête. Je suis presque sûre que cela signifie qu'ils sont suspects. L'un d'entre eux est forcément Scott. Est-ce que l'autre pourrait être A ? Est-ce que Rajesh est A ?

J'étais tellement absorbée par les journaux que je n'ai pas fait attention au trajet autant qu'à l'accoutumée ; j'ai l'impression que je viens à peine de m'asseoir quand je sens le train ralentir pour son arrêt habituel au feu de signalisation. J'aperçois des gens dans le jardin de Scott : deux policiers en uniforme au niveau de la porte de derrière. Ma tête se met à tourner : est-ce qu'ils ont découvert quelque chose ? est-ce qu'ils l'ont retrouvée ? est-ce qu'il y a un cadavre enterré dans le jardin ou dissimulé sous le parquet ? Je n'arrête pas de penser aux vêtements empilés au bord des rails, ce qui est idiot parce que je les avais repérés avant la disparition de Megan. Et, de toute façon, si quelqu'un lui a fait du mal, ce n'est pas Scott, impossible. Il est fou amoureux d'elle, c'est ce que tout le monde dit.

La lumière n'est pas très bonne, aujourd'hui, le temps a changé, le ciel est gris, menaçant. Je n'arrive pas à voir dans la maison, à distinguer ce qui se passe. C'est trop difficile, je ne supporte pas de rester à l'extérieur – je suis impliquée dans cette histoire, à présent, pour le meilleur et pour le pire. Il faut que je sache ce qui se passe.

Au moins, j'ai un plan. D'abord, il faut que je découvre s'il existe un moyen de m'aider à retrouver ce qui s'est passé samedi soir. À la bibliothèque, je vais faire des recherches pour savoir si l'hypnose pourrait me rendre mes souvenirs, s'il est réellement possible de recouvrer ce temps perdu. Ensuite – et je suis persuadée que c'est important, parce que je ne pense pas que la police m'ait crue quand je leur ai parlé de l'amant de Megan –, il faut que j'arrive à entrer en contact avec Scott Hipwell. Il faut que je lui dise. Il a le droit de savoir.

Soir

Le train est bondé de gens trempés par la pluie. De la vapeur s'échappe de leurs vêtements pour se condenser sur les vitres, et l'odeur des corps, des parfums et des lessives flotte au-dessus des têtes encore humides. Les nuages qui menaçaient ce matin se sont faits plus lourds et noirs au fil de la journée, jusqu'à éclater ce soir, telle une mousson, juste à l'heure de pointe, alors que les travailleurs quittaient leurs bureaux, créant des embouteillages monstres sur les routes et aux entrées des stations de métro, où des gens s'agglutinent pour ouvrir ou fermer leur parapluie.

Moi, je n'ai pas de parapluie, et je suis trempée jusqu'aux os ; j'ai l'impression qu'on m'a renversé un seau d'eau sur la tête. Mon pantalon en coton me colle aux cuisses et ma chemise bleu délavé est devenue beaucoup trop transparente. J'ai couru tout le long du chemin entre la bibliothèque et la station de métro en serrant mon sac à main contre ma poitrine pour me cacher du mieux que je pouvais. Je ne sais pas trop pourquoi, mais j'ai trouvé ça drôle – il y a quelque chose de ridicule à se retrouver piégée par la pluie – et, arrivée en haut de Gray's Inn Road, je riais tellement fort que j'avais du mal à reprendre mon souffle. Je ne me souviens pas de la dernière fois où j'ai ri ainsi.

Je ne ris plus : dès que je me suis trouvé un siège, j'ai pris mon téléphone pour voir s'il y avait des nouvelles concernant Megan, et c'est ce que je craignais. « Un homme de trente-cinq ans a été placé en garde à vue au poste de police de Witney pour y être interrogé au sujet de la disparition de Megan Hipwell, qui n'est pas réapparue à son domicile depuis samedi soir. » C'est Scott, j'en suis sûre. Je n'ai plus qu'à espérer qu'il a lu mon e-mail avant d'être arrêté, parce qu'une garde à vue, c'est sérieux : ça veut dire qu'ils pensent que c'est lui. Même si, évidemment, reste la question de savoir de quoi on l'accuse. Peut-être qu'il n'est rien arrivé du tout, et que Megan va parfaitement bien. De temps en temps surgit dans mon esprit l'idée que Megan est en vie, en pleine forme. Qu'elle est assise sur un balcon avec vue sur la mer, les pieds sur la rambarde en fer, une boisson fraîche posée près de son coude.

Cette image d'elle ainsi me ravit et me déçoit à la fois, et je m'en veux tout de suite de ce second sentiment. Je ne lui souhaite aucun mal, même si j'étais très en colère quand je l'ai vue tromper Scott, quand elle a brisé mon illusion du couple parfait. Non, c'est que j'ai l'impression de faire partie d'un mystère, d'être connectée. Je ne suis plus juste la fille du train, qui fait ses allers et retours sans raison et sans but. Je veux que Megan revienne saine et sauve. Vraiment. Mais pas tout de suite.

J'ai envoyé un e-mail à Scott ce matin. Je n'ai pas eu de mal à trouver son adresse : j'ai cherché son nom sur Google et je suis tombée sur le site www.shipwellconsulting.co.uk, où il propose « une gamme complète de services Internet, d'expertise et de création de *cloud* pour les entreprises comme pour les organismes à but non lucratif ». J'ai su que c'était lui parce que l'adresse postale de sa société était celle de son domicile.

J'ai envoyé un court message à l'adresse fournie sur le site :

Cher Scott,
Je m'appelle Rachel Watson. Vous ne me connaissez pas. Je voudrais vous parler de votre femme. Je ne dispose pas d'informations sur l'endroit où elle se trouve, je ne sais pas ce qui lui est arrivé. Mais je pense être en possession d'informations qui pourraient vous être utiles.
Si vous ne souhaitez pas me parler, je le comprendrai tout à fait mais, dans le cas contraire, vous pouvez me répondre à cette adresse.
Cordialement,
Rachel Watson

De toute façon, même s'il l'avait lu, je ne sais pas s'il aurait répondu. À sa place, je ne crois pas que je l'aurais fait. Comme la police, il penserait que je suis une cinglée, ou une fille bizarre qui a entendu parler de cette affaire dans les journaux. Maintenant, je ne saurai jamais – s'il a été arrêté, il n'aura peut-être plus jamais l'occasion de voir mon message. S'il a été arrêté, les seules personnes qui pourront le lire, ce seront les inspecteurs de police, ce qui ne sera pas bon pour moi. Mais il fallait bien que j'essaie.

Et maintenant, je suis coincée, désespérée. La foule de gens dans le train m'empêche de voir de leur côté des rails – de mon côté. Mais, même s'il n'y avait personne, il pleut si fort que je n'arriverais pas à voir au-delà du grillage. Je me demande si des preuves sont effacées par la pluie, en ce moment même, si des indices cruciaux vont disparaître à jamais : des taches de sang, des traces de pas, des mégots de cigarette et leurs échantillons d'ADN. J'ai tellement envie d'un verre que je peux presque sentir le goût du vin sur ma langue. J'arrive à imaginer en détail ce que je ressentirai quand l'alcool pénétrera dans mon sang et me fera tourner la tête.

J'en ai envie et, en même temps, je n'en ai pas envie parce que, si je ne bois pas aujourd'hui, ça fera trois jours, et je n'arrive pas à me souvenir de la dernière fois où je suis restée sobre trois jours d'affilée. Un autre goût a surgi dans ma bouche, un entêtement lointain. À une époque, j'avais de la volonté, je pouvais courir dix kilomètres avant le petit déjeuner et tenir des semaines entières avec mille trois cents calories par jour. Tom disait que c'était une des choses qu'il aimait, chez moi : ma ténacité, ma force. Je me souviens d'une de nos disputes, à la toute fin, quand notre couple était au plus bas. Il s'était énervé contre moi :

— Qu'est-ce qui t'arrive, Rachel ? avait-il craché. Quand es-tu devenue aussi faible ?

Je ne sais pas. Je ne sais pas où est passée cette force, je ne me souviens pas de l'avoir perdue. Je crois que, avec le temps, elle a été érodée par la vie, le simple fait de vivre, jusqu'à disparaître.

Au feu de signalisation juste avant Witney, côté Londres, le train s'arrête brutalement et les freins crissent de façon inquiétante. La voiture s'emplit de murmures d'excuses tandis que les passagers debout trébuchent, se cognent les uns aux autres et se marchent sur les pieds. Je relève la tête et, là, j'aperçois l'homme de samedi soir – l'homme roux, celui qui m'a aidée quand je suis tombée. Ses yeux très bleus sont fixés sur moi, et j'ai tellement peur que j'en fais tomber mon téléphone. Je le ramasse, puis je me redresse et je le cherche à nouveau, discrètement. J'étudie le reste des passagers, j'essuie de mon coude la condensation sur la vitre pour observer le paysage, puis, enfin, je me retourne vers lui. Il me sourit, la tête légèrement inclinée sur le côté.

Je sens la chaleur me monter au visage. Je ne sais pas comment réagir, car j'ignore ce que ce sourire signifie. Est-ce un « Tiens ! bonjour, je me souviens de vous ! », ou est-ce plutôt « Ah ! revoilà l'excitée de l'autre soir, celle qui est tombée dans l'escalier et m'a gueulé dessus ! », ou est-ce encore autre chose ? Je ne sais pas, mais, tandis que j'y réfléchis, j'ai l'impression de retrouver une bribe de souvenir, un son qui colle à l'image de moi glissant sur

les marches. C'est sa voix qui me dit : « Tout va bien, ma belle ? »
Je me tourne à nouveau vers la vitre. Je sens ses yeux posés sur
moi, j'ai envie de me cacher, de disparaître. Le train s'ébranle et,
en quelques secondes, il est entré en gare de Witney. La bous-
culade s'amorce entre ceux qui cherchent un siège et ceux qui
rangent leur Kindle ou leur iPad pour s'apprêter à descendre. Je
relève la tête et le soulagement m'envahit : il ne me regarde plus,
il descend, lui aussi.

Soudain, je comprends que je suis complètement idiote : je
ferais mieux de sortir et de le suivre, d'aller lui parler. Il pourrait
me dire ce qui s'est passé, ou ce qui ne s'est pas passé ; il pourrait
au moins m'aider à combler certains trous. Je me lève. J'hésite.
Je sais qu'il est déjà trop tard : les portes sont sur le point de se
refermer et je suis au milieu de la voiture, je n'arriverais jamais
à me frayer un chemin jusqu'à la sortie à temps. Le signal sonore
retentit et les portes se ferment. Encore debout, je me retourne
pour regarder par la fenêtre tandis que le train redémarre. Il se
tient au bord du quai, l'homme de samedi soir, et il me suit des
yeux quand je passe à côté de lui.

Plus le train se rapproche d'Ashbury, plus je m'en veux. J'hésite
même à changer de train à Northcote pour repartir à Witney et
le chercher. C'est une idée ridicule, évidemment, et bien trop
risquée si on tient compte du fait que, hier, Gaskill m'a demandé
de ne pas venir dans le quartier. Mais je suis découragée : je
commence à désespérer de jamais me souvenir de ce qui s'est
passé samedi. Quelques heures de recherches sur Internet cet
après-midi (même si elles étaient loin d'être exhaustives) ont
confirmé ce que je soupçonnais : l'hypnothérapie parvient rarement à retrouver des heures perdues lors d'un trou noir de ce
type, car, comme le suggérait le livre du docteur, on ne crée pas
de souvenirs dans ces moments-là. Il n'y a rien à retrouver. Il y
aura, à jamais, un vide dans l'histoire de ma vie.

MEGAN

Jeudi 7 mars 2013

Après-midi

La pièce est plongée dans l'obscurité, elle sent le fauve, elle sent nous. Nous sommes de nouveau au Swan, dans la chambre sous les combles. Mais c'est différent, car il est encore là, et il me regarde.

— Où as-tu envie d'aller ? me demande-t-il.

— Dans une maison sur la plage, sur la Costa de la Luz, je réponds.

Il sourit.

— Et qu'est-ce qu'on y fera ?

Je ris.

— Tu veux dire, à part ça ?

Ses doigts parcourent lentement la peau de mon ventre.

— Oui, à part ça.

— On ouvrira un café où on exposera des œuvres d'art, et on apprendra à faire du surf.

Il m'embrasse au sommet de l'os de la hanche.

— Pourquoi pas la Thaïlande ?

Je fronce le nez.

— Non, trop d'étudiants en année sabbatique. La Sicile. Les îles Égades. On ouvrira un bar sur la plage, on ira à la pêche…

Il rit encore puis vient s'allonger sur moi pour m'embrasser.

— Irrésistible, murmure-t-il. Tu es irrésistible.

J'ai envie de rire, j'ai envie de crier tout haut : « Tu vois ? J'ai gagné ! Je te l'avais dit, que ce ne serait pas la dernière fois, ce n'est jamais la dernière fois. »

Je me mords la lèvre et ferme les yeux. J'avais raison, je le savais, mais ça ne m'apportera rien de le répéter. Je savoure ma victoire en silence. Elle me procure presque autant de plaisir que ses caresses.

Après, il me parle comme il ne l'a jamais fait auparavant. D'habitude il n'y a que moi qui m'épanche, mais, cette fois, c'est lui qui s'ouvre à moi. Il me parle de son sentiment de vide, de sa famille qu'il ne revoit plus, de la femme avant moi et de celle encore avant, celle qui lui a retourné la tête et qui l'a détruit. Je ne crois pas aux âmes sœurs, mais il y a entre nous une compréhension comme je n'en ai jamais ressenti par le passé ou, en tout cas, pas depuis longtemps. Elle naît d'un vécu partagé, de deux personnes qui savent ce que c'est de vivre brisé.

Le vide : voilà bien une chose que je comprends. Je commence à croire qu'il n'y a rien à faire pour le réparer. C'est ce que m'ont appris mes séances de psy : les manques dans ma vie seront éternels. Il faut grandir autour d'eux, comme les racines d'un arbre autour d'un bloc de béton ; on se façonne malgré les creux. Je sais tout cela, mais je n'en parle pas à haute voix, pas pour l'instant.

— Quand est-ce qu'on part ? je lui demande.

Mais il ne répond pas, puis je m'endors et, quand je me réveille, il n'est plus là.

Vendredi 8 mars 2013

Matin

Scott m'apporte mon café sur le balcon.

— Tu as dormi, cette nuit, dit-il en se penchant pour m'embrasser le front.

Il se tient derrière moi, les mains sur mes épaules, chaud, solide. Je laisse aller ma tête en arrière contre son corps, je ferme les yeux et j'écoute le train brinquebaler sur les rails avant de s'arrêter devant la maison. Au début, quand on s'est installés ici,

Scott faisait coucou aux passagers, et ça me faisait rire. Il presse légèrement les doigts sur mes épaules, se penche et m'embrasse dans le cou.

— Tu as dormi, répète-t-il. Ça doit vouloir dire que tu vas mieux.

— C'est vrai, dis-je.

— Tu crois que ça a marché, alors ? la thérapie ?

— Tu veux dire : ça y est, est-ce que je suis réparée ?

— Pas « réparée », dit-il, et j'entends dans sa voix que je l'ai blessé. Je ne voulais pas...

— Je sais.

Je lève une main pour prendre la sienne et la serrer.

— Je plaisantais. Je crois que ça demande du temps. Ce n'est pas simple, tu vois ? Je ne sais pas si, un jour, je serai capable de dire que ça a marché. Que je vais mieux.

Un silence. Il serre encore un peu plus fort.

— Alors tu veux continuer d'y aller ? demande-t-il, et je dis oui.

À une époque, j'ai cru qu'il pouvait être tout ce dont j'avais besoin, qu'il pourrait me suffire. Je l'ai cru pendant des années. Je l'aimais entièrement. Et je l'aime toujours. Mais je ne veux plus de tout ça. Les seuls moments où je me sens redevenir moi-même sont lors de ces après midi secrets, enfiévrés, comme hier, quand je reprends vie dans cette semi-obscurité brûlante. Si je m'enfuis, qui peut affirmer avec certitude que ça ne me suffira pas non plus ? Et qui peut affirmer que je ne finirai pas un jour par me sentir exactement comme aujourd'hui ? Pas à l'abri, non, mais étouffée ? Peut-être que j'aurai envie de m'enfuir, encore et encore, et que, au bout du compte, je me retrouverai à nouveau près de cette vieille voie ferrée, parce que je n'aurai plus nulle part où aller. Peut-être. Mais peut-être pas. C'est un risque à prendre, non ?

Je descends l'escalier pour lui dire au revoir quand il part au travail. Il glisse les bras autour de ma taille et m'embrasse le haut du crâne.

—Je t'aime, Megs, murmure-t-il.

Et je me sens affreusement mal, j'ai l'impression d'être la pire personne du monde entier. Je prie pour qu'il referme la porte au plus vite parce que je sais que je vais pleurer.

RACHEL

Vendredi 19 juillet 2013

Matin

L e train de 8 h 04 est presque désert. Les fenêtres sont ouvertes et, après l'orage d'hier, l'air s'est rafraîchi. Megan a disparu depuis près de cent trente-trois heures et, moi, cela fait des mois que je ne me suis pas sentie aussi bien. Ce matin, quand je me suis regardée dans la glace, j'ai vu la différence sur mon visage : le teint plus clair, les yeux plus brillants. Je me sens plus légère. Je n'ai pas perdu un gramme, ça, j'en suis sûre, mais je me sens moins alourdie. Je me sens moi-même – la personne que j'étais avant.

Je n'ai pas eu de réponse de Scott. J'ai fouillé le web mais je n'ai pas non plus trouvé trace d'une arrestation, alors j'imagine qu'il a choisi d'ignorer mon message. Je suis déçue, mais c'était à prévoir. Gaskill m'a téléphoné, au moment où je sortais de l'appartement, pour me demander si je pouvais passer au poste dans la journée. L'espace d'un instant, j'ai eu très peur, puis je l'ai entendu ajouter, de sa voix calme et tempérée, qu'il voulait simplement que je jette un œil à quelques photographies. Je lui ai demandé si Scott Hipwell avait été arrêté.

— Personne n'a été arrêté, madame Watson.

— Mais l'homme, celui qui est en garde à vue ?

— Je ne suis pas en mesure d'en parler pour l'instant.

Il a une façon de s'exprimer si apaisante, si rassurante, que je recommence à l'aimer.

J'ai passé la soirée d'hier assise sur le canapé avec un T-shirt et un pantalon de jogging, à établir des listes de choses à faire, des stratégies envisageables. Par exemple, je pourrais me rendre à l'heure de pointe aux alentours de la gare de Witney et attendre de revoir l'homme roux de samedi soir. Je pourrais l'inviter à boire un verre et voir où ça me mène, s'il a vu quelque chose, ce qu'il sait sur cette soirée-là. Le problème, c'est que je risque de croiser Anna ou Tom et, si cela arrivait, ils appelleraient la police, ce qui m'attirerait des ennuis – encore plus d'ennuis. L'autre problème, c'est que je risque de me mettre en danger. Il me reste encore la trace d'une dispute sur la tête – c'est peut-être une preuve matérielle, ce qu'il y a sur mon crâne et sur ma lèvre. Et si c'était lui qui m'avait fait du mal ? Le fait qu'il m'a souri et regardée ne signifie rien, c'est peut-être un psychopathe, après tout. Mais je n'arrive pas vraiment à y croire. Je ne sais pas comment l'expliquer, mais je lui fais confiance.

Je pourrais tenter de contacter Scott à nouveau. Mais il faut lui donner une raison de me parler, et j'ai peur que la seule chose que j'ai à lui raconter me fasse passer pour une folle. Il risquerait même de penser que j'ai quelque chose à voir avec la disparition de Megan et d'appeler la police. Et là, j'aurais de vrais ennuis.

Je pourrais me tourner vers l'hypnose. Je suis presque sûre que ça ne m'aidera pas à me souvenir de quoi que ce soit, mais je suis tout de même curieuse. Ça ne coûte rien d'essayer, de toute façon.

J'étais assise là, à prendre des notes et à étudier les articles que j'avais imprimés, quand Cathy est rentrée. Elle revenait du cinéma, où elle était allée avec Damien. De toute évidence, elle était agréablement surprise de me trouver sobre, mais elle restait sur ses gardes, parce qu'on n'avait toujours pas eu l'occasion de discuter depuis la visite de la police, mardi soir. Je lui ai dit que je n'avais rien bu depuis trois jours et elle m'a prise dans ses bras.

— Je suis tellement contente que tu reviennes à la normale ! s'est-elle écriée, comme si elle avait un point de comparaison.

— Et pour cette histoire avec la police, ai-je ajouté, c'est un malentendu. Il n'y a aucun problème entre Tom et moi, et je ne sais rien au sujet de la fille disparue. Tu n'as pas à t'en faire.

Elle m'a de nouveau prise dans ses bras, puis elle est allée nous préparer du thé. J'ai hésité à profiter de sa bonne volonté retrouvée pour lui parler de ma situation professionnelle, mais je n'avais pas envie de lui gâcher la soirée.

Elle était encore de très bonne humeur ce matin. Elle m'a étreinte une nouvelle fois avant que je m'en aille.

— Je suis tellement contente pour toi, Rachel, a-t-elle répété. Que tu te reprennes en main. Je me faisais du souci pour toi.

Ensuite elle a ajouté qu'elle allait passer le week-end chez Damien, et la première chose qui m'est venue à l'esprit, c'était que, ce soir, je pourrais rentrer et prendre un verre sans personne pour me critiquer.

Soir

Ce que j'aime, dans un gin tonic bien froid, c'est le goût amer, un peu piquant, de la quinine. Normalement, on y met du Schweppes, si possible d'une bouteille en verre, pas en plastique. Ces trucs tout prêts ne sont pas terribles, mais faute de grives... Je sais que je ne devrais pas, mais j'en ai eu envie toute la journée. Ce n'était pas juste par anticipation de la solitude, c'était aussi l'excitation, l'adrénaline. Je suis contente, j'ai la peau qui frémit. C'était une bonne journée.

Ce matin, j'ai passé une heure seule à seul avec le capitaine Gaskill. On m'a emmenée le voir dès que je suis arrivée au poste. On s'est installés dans son bureau, pas dans la salle d'interrogatoire de la dernière fois. Il m'a proposé du café et, quand j'ai accepté, j'ai eu la surprise de le voir se lever pour aller le préparer lui-même. Il a une bouilloire et une boîte de Nescafé sur un petit frigo, dans un coin de son bureau. Il s'est excusé de ne pas avoir de sucre.

J'ai bien aimé ce moment avec lui. J'ai bien aimé regarder ses mains remuer – il n'est pas très expressif, mais il touche beaucoup aux objets. Je n'avais jamais remarqué ça avant, parce qu'il n'y avait pas vraiment de place pour quoi que ce soit dans la salle d'interrogatoire, mais, là, il ne cessait de déplacer sa tasse de café, son agrafeuse, son pot à crayons, ou de refaire des piles de papiers. Il a des grandes mains avec des longs doigts aux ongles soignés. Pas d'alliance.

Ce n'était pas pareil, ce matin. Je n'avais plus l'impression d'être une suspecte, quelqu'un qu'il essayait de piéger. Je me suis sentie utile. Surtout quand il a sorti un dossier qu'il a ouvert devant moi pour me montrer une série de photographies. Scott Hipwell, trois hommes que je n'avais jamais vus, et enfin A.

Au début, je n'en étais pas certaine. J'ai examiné la photo en tâchant de me représenter l'homme que j'avais vu avec elle ce jour-là, la tête inclinée lorsqu'il s'était penché pour l'embrasser.

— C'est lui, ai-je dit. Je crois que c'est lui.

— Vous n'en êtes pas sûre ?

— Je crois que c'est lui.

Il a repris le cliché pour l'observer à son tour un instant.

— Vous les avez vus s'embrasser, c'est ce que vous nous avez dit ? Vendredi dernier, c'est ça ? Il y a une semaine ?

— Oui, c'est ça. Vendredi matin. Ils étaient dehors, dans le jardin.

— Et il n'est pas possible que vous ayez mal interprété ce que vous avez aperçu ? Ça n'aurait pas pu être, mettons, une accolade ? ou un... un baiser amical ?

— Non. C'était un vrai baiser. Un baiser... romantique.

J'ai vu ses lèvres frémir, à cet instant, comme s'il voulait sourire.

— Qui est-ce ? ai-je demandé à Gaskill. Est-ce qu'il... Vous pensez qu'elle est avec lui ?

Il n'a pas répondu, il s'est contenté de secouer doucement la tête.

— Est-ce que… ça vous aide ? Est-ce que j'ai été au moins un peu utile ?

— Oui, madame Watson. Vous nous avez aidés. Merci d'être venue.

Nous nous sommes serré la main et, l'espace d'une seconde, il a presque posé sa main gauche sur mon épaule droite, et j'ai eu envie de tourner la tête pour embrasser sa main. Cela faisait longtemps qu'on ne m'avait pas touchée ainsi, avec quelque chose qui pourrait être de la tendresse. Enfin, si on ne compte pas Cathy.

Gaskill m'a ouvert la porte et m'a guidée jusqu'à la partie open space du poste, où il y avait environ une douzaine d'officiers de police. Un ou deux parmi eux m'ont rapidement observée, avec peut-être une once d'intérêt ou de dédain, je ne saurais dire. Nous avons traversé le poste de police jusqu'au couloir et, là, je l'ai vu qui marchait vers moi, escorté par Riley : Scott Hipwell. Il venait de passer la porte principale. Malgré sa tête baissée, j'ai immédiatement su que c'était lui. Il a levé les yeux et salué Gaskill d'un signe du menton, avant de me considérer brièvement. Un instant, nos regards se sont croisés et j'aurais juré qu'il m'avait reconnue. J'ai repensé à ce matin où je l'avais vu sur le balcon, tourné vers la voie ferrée, et où j'avais senti qu'il me regardait. Nous nous sommes croisés dans le couloir. Il est passé si près que j'aurais pu le toucher – il était si beau, en chair et en os, les traits tirés et tendu comme un ressort, irradiant une énergie nerveuse. Alors que nous arrivions au hall d'entrée, je me suis retournée pour le voir à nouveau, certaine d'avoir senti ses yeux posés sur moi, mais c'était Riley qui m'observait.

J'ai pris le train pour Londres et je suis allée à la bibliothèque. J'ai lu tous les articles que j'ai pu trouver sur cette affaire, mais je n'ai rien appris de plus. J'ai cherché des adresses de thérapeutes qui pratiquent l'hypnose à Ashbury, sans aller plus loin – c'est très cher et rien ne prouve que ça puisse aider à retrouver des souvenirs. Mais, à force de lire les témoignages de gens qui prétendaient avoir recouvré la mémoire grâce à l'hypnose, je me suis rendu compte que la réussite m'effrayait plus que l'échec. J'ai peur de ce que je pourrais apprendre à propos de ce fameux samedi soir, mais aussi de tout le reste. Je ne suis pas sûre de pouvoir supporter de revivre toutes les choses idiotes et affreuses que j'ai faites, d'entendre à nouveau les mots que j'ai prononcés sous le coup de la colère, de revoir l'expression de Tom lorsqu'il les a entendus. Je n'ai pas le courage de m'aventurer dans ces ténèbres.

J'ai hésité à envoyer un nouvel e-mail à Scott, mais ça ne servirait à rien. Mon entrevue de ce matin avec Gaskill m'a prouvé que la police me prenait au sérieux. Je n'ai plus de rôle à jouer dans cette histoire, il faut que je l'accepte. Et je peux me dire que, au moins, j'aurai aidé, parce que je n'arrive pas à croire que ce soit une coïncidence que Megan ait disparu le lendemain du jour où je l'ai vue avec cet homme.

Au son d'un clic et d'un pétillement joyeux, j'ouvre ma deuxième canette de gin tonic et, avec une vague de fierté, je réalise que je n'ai pas pensé à Tom de la journée. Enfin, jusqu'à maintenant. J'ai pensé à Scott, à Gaskill, à A, à l'homme du train. Tom est passé en cinquième position. Je prends une gorgée avec le sentiment que j'ai, enfin, quelque chose à fêter. Je sais que tout va s'arranger, que je vais être heureuse. Il n'y en a plus pour longtemps.

Samedi 20 juillet 2013

Matin

Je suis irrécupérable. Je me réveille avec la sensation écrasante d'un problème, un sentiment de honte, et je comprends immédiatement que j'ai fait une bêtise. Je retrouve mon rituel, ce rituel qui m'est tristement familier : j'essaie de me souvenir de ce que j'ai fait, exactement. J'ai envoyé un e-mail. C'est ça.

Au cours de la nuit dernière, Tom a fini par remonter en tête de la liste des hommes auxquels je pense, et je lui ai envoyé un e-mail. Mon ordinateur portable m'attend, posé par terre à côté de mon lit, accusateur. Je l'enjambe pour me rendre dans la salle de bains, où je bois au robinet en m'examinant hâtivement dans la glace.

Je n'ai pas l'air en forme. Mais bon, trois jours, ce n'est déjà pas si mal, et puis je vais recommencer dès aujourd'hui. Je reste une éternité sous la douche, je baisse la température de l'eau au fur et à mesure jusqu'à ce qu'elle soit glacée. On ne peut pas se mettre tout de suite sous une douche froide, c'est trop violent, trop brutal, mais, si on y va petit à petit, on s'en rend à peine compte. C'est comme l'histoire de la grenouille dans l'eau bouillante, mais à l'envers. L'eau fraîche apaise ma peau ; elle atténue la brûlure des coupures sur mon crâne et au-dessus de mon œil.

J'emporte mon ordinateur au rez-de-chaussée et je me prépare une tasse de thé. Il y a une minuscule chance que j'aie écrit un e-mail à Tom et que je ne l'aie pas envoyé. Je prends une grande inspiration et j'ouvre ma boîte de réception Gmail. Je suis soulagée de voir que je n'ai pas de nouveau message. Mais, quand je clique sur le dossier « Éléments envoyés », la preuve est là : je lui ai effectivement écrit, c'est juste qu'il n'a pas répondu. Pas encore. Le message est parti peu après vingt trois heures, hier soir. À ce moment-là, ça faisait plusieurs heures que je buvais. L'adrénaline et la gaieté que je ressentais au début avaient dû se dissiper depuis un bon bout de temps. Je clique sur le message.

> Tu veux bien dire à ta femme d'arrêter de raconter des mensonges à la police à mon sujet ? C'est d'une bassesse, d'essayer de me créer des ennuis, tu ne trouves pas ? De dire à la police que je suis obsédée par elle et par sa sale gamine ? Ce n'est pas le centre du monde. Dis-lui de me foutre la paix.

Je ferme les yeux et j'abaisse d'un coup sec l'écran de l'ordinateur. Je me recroqueville littéralement, mon corps se replie sur lui-même. Je voudrais rapetisser, disparaître. Et j'ai peur, aussi, parce que, si Tom décide de montrer ça à la police, alors je risque vraiment d'avoir des problèmes. Si Anna rassemble des éléments pour prouver que je suis vindicative et obsessionnelle, ce message pourrait devenir une pièce maîtresse du dossier. Et pourquoi ai-je mentionné leur petite fille ? Quel genre de personne irait faire ça ? Je ne lui souhaite aucun mal – jamais je ne souhaiterais de mal à un enfant, n'importe lequel, encore moins celui de Tom. Je ne me comprends pas, je ne comprends pas la personne que je suis devenue. Bon sang ! il doit me détester. Je me déteste moi-même, je déteste cette version de moi, ou, en tout cas, celle qui a rédigé cet e-mail, hier soir. On ne dirait même pas que c'est moi, parce que je ne suis pas comme ça, je ne suis pas haineuse.

À moins que… ? Je tâche de ne pas repenser aux pires fois, mais, dans ces moments-là, les souvenirs s'accumulent dans ma tête. Une autre dispute, vers la fin : après une fête, après que j'ai perdu connaissance, Tom me raconte comment j'ai agi la veille, comment je l'ai encore humilié en insultant la femme d'un de ses collègues, en lui hurlant dessus parce que je croyais qu'elle flirtait avec mon mari.

— Je ne veux plus aller où que ce soit avec toi, m'a-t-il dit. Tu veux savoir pourquoi je n'invite plus jamais personne chez nous, pourquoi je n'ai plus envie d'aller au pub avec toi ? Tu veux vraiment savoir pourquoi ? C'est à cause de toi. C'est parce que j'ai honte de toi.

J'attrape mon sac à main et mes clés pour aller au magasin au bout de la rue. Ça m'est égal qu'il ne soit même pas neuf heures du matin, j'ai peur et je veux arrêter de penser. Si je prends un verre avec une aspirine, je peux me rendormir et rester au lit toute la journée. Je m'occuperai de ça plus tard. J'arrive devant la porte d'entrée, j'ai la main sur la poignée quand je m'interromps. Je pourrais lui demander pardon. Si je m'excuse maintenant, j'arriverai peut-être à me rattraper un peu. À le persuader de ne pas montrer le message à Anna, ni à la police. Ce ne serait pas la première fois qu'il me protégerait de sa colère.

Ce jour-là, l'été dernier, le jour où je suis allée chez Tom et Anna, ça ne s'est pas passé exactement comme je l'ai raconté au poste. Je n'ai pas sonné à la porte, pour commencer. Je n'étais pas sûre de ce que je voulais, d'ailleurs je ne suis toujours pas claire sur mes intentions. J'ai bien remonté le chemin et je suis passée par-dessus la barrière. C'était très calme, je n'entendais aucun bruit. Je suis allée jusqu'aux portes coulissantes et j'ai regardé à l'intérieur. C'est vrai qu'Anna était endormie sur le canapé. Je n'ai pas appelé, ni Tom, ni elle. Je ne voulais pas la réveiller. Le bébé ne pleurait pas, elle dormait profondément dans sa nacelle, posée à côté de sa mère. Je l'ai prise dans mes bras et je l'ai emmenée dehors aussi vite que j'ai pu. Je me souviens d'avoir couru avec elle jusqu'au grillage, et elle s'est réveillée et a commencé à geindre. Je ne sais pas ce que je pensais faire. Je ne voulais pas lui faire de mal. Je suis arrivée au grillage, et je la serrais contre moi, mais elle pleurait pour de bon, maintenant, elle commençait à crier. Je l'ai bercée en chuchotant doucement pour la rassurer, et c'est là que j'ai entendu un autre bruit : un train qui arrivait. J'ai tourné le dos au grillage et je l'ai vue, Anna, qui se ruait vers moi, la bouche ouverte comme une plaie béante. Ses lèvres remuaient mais je n'entendais pas ce qu'elle disait.

Elle m'a repris l'enfant, alors j'ai voulu m'enfuir, mais j'ai trébuché et je suis tombée. Elle s'est tenue au-dessus de moi, et elle m'a hurlé dessus, elle m'a dit de ne pas bouger, que, sinon, elle appellerait la police. Elle a téléphoné à Tom, qui est rentré et qui est allé s'asseoir avec elle dans le salon. Elle était hystérique, elle pleurait, elle voulait toujours appeler la police et me faire arrêter pour enlèvement. Tom l'a calmée, il l'a suppliée de renoncer et de me laisser partir. Il m'a sauvée. Après cela, il m'a reconduite chez moi. Au moment où j'allais descendre de la voiture, il m'a pris la main. J'ai cru que c'était un geste de gentillesse, pour me rassurer, mais il a serré, fort, puis de plus en plus fort, jusqu'à ce que je pousse un cri. Le visage écarlate, il m'a dit qu'il me tuerait si je faisais un jour du mal à sa fille.

Je ne sais pas ce que je comptais faire, ce jour-là. Je ne le sais toujours pas. Devant la porte, j'hésite, les doigts enroulés autour de la poignée. Je me mords la lèvre inférieure. Je sais que, si je commence à boire dès maintenant, ça ira mieux pendant une heure ou deux, puis ce sera pire les six ou sept suivantes. Je lâche la poignée et je repars dans le salon, où j'ouvre à nouveau mon ordinateur. Il faut que je m'excuse, que je demande pardon. Je me reconnecte à mon compte de messagerie, et je vois un nouvel e-mail reçu. Ce n'est pas Tom. C'est Scott Hipwell.

> Chère Rachel,
> Merci de m'avoir contacté. Je ne me souviens pas que Megan m'ait parlé de vous, mais elle avait beaucoup de visiteurs réguliers à la galerie, et je ne suis pas très doué pour retenir les prénoms. Je voudrais vous parler de ce que vous savez. Appelez-moi au 97583-123657 aussi vite que possible.
> Cordialement,
> Scott Hipwell

L'espace d'un instant, je pense qu'il s'est simplement trompé d'adresse. Ce message ne m'est pas destiné. Ça ne dure qu'une seconde, puis je me souviens. Je me souviens. Assise sur le canapé, au milieu de ma deuxième bouteille, je me suis rendu compte que je n'avais pas envie que mon rôle soit terminé. Je voulais être au cœur de cette histoire.

Alors je lui ai écrit.

Je fais défiler l'écran jusqu'au bas de son message, où je trouve le mien.

> Cher Scott,
> Je suis désolée d'insister, mais je crois qu'il est important que nous discutions. Je ne sais pas si Megan vous a déjà parlé de moi,

je suis une amie, nous nous sommes rencontrées à la galerie. Je vivais à Witney, à l'époque. Je crois que je dispose d'informations qui pourraient vous intéresser. Merci de me répondre à cette adresse.

Rachel Watson

Je sens la chaleur me monter au visage, mon estomac s'emplir d'acide. Hier, rationnelle, les idées claires, raisonnable, j'ai décidé que je devais accepter que mon rôle dans cette affaire soit terminé. Mais la meilleure volonté du monde n'a pas suffi, elle a été anéantie par la boisson, par la personne que je suis quand je bois. Rachel l'ivrogne ne mesure aucune conséquence, elle est soit trop expansive et optimiste, soit pleine de haine. Elle n'a ni passé, ni avenir. Elle n'existe que pour le moment présent. Rachel l'ivrogne voulait faire partie de l'histoire, elle avait besoin de persuader Scott de lui parler, alors elle a menti. J'ai menti.

Je voudrais me taillader la peau avec des couteaux, juste pour ressentir autre chose que de la honte, mais je n'ai même pas le courage de faire ça. Je commence à écrire à Tom, à écrire et effacer, recommencer et effacer, pour tâcher de trouver comment demander pardon pour les choses que j'ai dites hier soir. Si je devais mettre par écrit toutes les transgressions pour lesquelles je devrais m'excuser auprès de Tom, il y aurait de quoi remplir un livre entier.

Soir

Il y a une semaine, il y a presque exactement une semaine, Megan Hipwell est sortie du numéro quinze, Blenheim Road, et elle a disparu. Personne ne l'a vue depuis. Son téléphone et ses cartes bancaires n'ont pas été utilisés depuis samedi. Quand j'ai lu cela dans un article, aujourd'hui, je me suis mise à pleurer. J'ai honte, maintenant, de ce à quoi j'ai secrètement pensé. Megan n'est pas un mystère à résoudre, ce n'est pas une silhouette qui apparaît dans l'objectif au début d'un film, belle, diaphane, évanescente. Megan n'est pas un message crypté. Elle est réelle.

Je suis dans le train pour aller chez elle. Je vais rencontrer son mari.

J'ai bien été obligée de l'appeler. Le mal était fait. Je ne pouvais pas me contenter d'ignorer son e-mail, sinon, il allait en parler à la police. Non ? À sa place, c'est ce que je ferais, si une inconnue me contactait en prétendant disposer d'informations, puis ne me répondait plus par la suite. Il a peut-être même déjà appelé la police ; et peut-être qu'ils seront là à m'attendre quand j'arriverai.

Assise là, à la même place que d'habitude, mais pas le bon jour, j'ai l'impression que je fonce tout droit vers un précipice. C'est ce que j'ai ressenti ce matin, quand j'ai composé son numéro : l'impression d'être en pleine chute dans l'obscurité complète, incapable de savoir quand j'allais toucher le sol. Il m'a parlé à voix basse, comme s'il y avait quelqu'un d'autre dans la pièce, et qu'il craignait qu'on ne l'entende.

— Est-ce qu'on peut se voir en personne ? a-t-il demandé.

— Je... non. Je ne crois pas...

— S'il vous plaît ?

Je n'ai hésité qu'un instant, puis j'ai accepté.

— Vous pouvez venir chez moi ? Pas maintenant, ma... il y a des gens. Ce soir ?

Il m'a donné son adresse et j'ai fait semblant de la noter.

— Merci de m'avoir contacté, a-t-il dit avant de raccrocher.

J'ai su dès que j'ai dit « oui » que ce n'était pas une bonne idée. Ce que je connais de Scott d'après les articles dans les journaux, ce n'est presque rien. Ce que j'ai appris de par mes propres observations, je ne peux pas vraiment m'y fier. Je ne sais rien sur Scott. J'en sais un peu sur Jason, et je dois sans cesse me rappeler qu'il n'existe pas. Tout ce que je sais avec certitude, à cent pour cent, c'est que la femme de Scott a disparu depuis une semaine. Je sais aussi qu'il est probablement suspect. Et, parce que j'ai vu ce baiser, je sais qu'il avait un mobile. Bien sûr, il ignore peut-être qu'il a un mobile, mais… Oh, à force d'y penser, je mélange tout. Mais comment pouvais-je laisser passer l'opportunité de m'approcher de cette maison que j'ai examinée cent fois depuis les rails et depuis la rue ? De marcher jusqu'à la porte, de rentrer, de m'asseoir dans sa cuisine, sur son balcon, là où ils se sont assis, où je les ai observés ?

C'était trop tentant. Alors me voilà assise dans le train, les bras croisés et les mains coincées dessous pour les empêcher de trembler. Je suis aussi excitée qu'un enfant embarqué dans une aventure. J'étais tellement contente d'avoir un but que j'ai arrêté de penser à la réalité. J'ai arrêté de penser à Megan.

Mais je pense à elle, maintenant. Je dois parvenir à convaincre Scott que je la connaissais – un peu, pas beaucoup. Comme ça, il me croira quand je lui dirai que je l'ai vue avec un autre homme. Si je commence par lui avouer que j'ai menti, il ne me fera jamais confiance. Alors j'essaie d'imaginer ce que ça pouvait donner, de passer à la galerie pour bavarder avec elle autour d'un café. Est-ce qu'elle boit du café ? On aurait parlé art, ou peut-être yoga, ou encore de nos maris. Je n'y connais rien en art, je n'ai jamais fait de yoga. Je n'ai pas de mari. Et elle a trahi le sien.

Je repense à ce que ses vrais amis ont dit à son sujet : « Merveilleuse, drôle, belle, un cœur d'or. » « Aimée. » Elle a commis une erreur. Cela arrive. Personne n'est parfait.

ANNA

Samedi 20 juillet 2013

Matin

E vie se réveille juste avant six heures. Je sors du lit, je me glisse dans sa chambre et je la prends dans mes bras. Je lui donne le sein et la ramène avec moi dans le lit.

Quand je me réveille à nouveau, Tom n'est plus à mes côtés, mais j'entends ses pas monter l'escalier. Il chante à voix basse et avec beaucoup de fausses notes : « Joyeux anniversaire, joyeux anniversaire... » Je n'y ai même pas pensé tout à l'heure, j'avais complètement oublié ; je ne pensais à rien d'autre qu'à aller chercher ma petite fille et retourner me coucher. Et maintenant je pouffe alors que je ne suis même pas encore tout à fait réveillée. J'ouvre les yeux, je vois qu'Evie a le sourire, elle aussi, et, quand je lève la tête, Tom se tient au pied du lit, un plateau dans les mains. Il porte mon tablier préféré et rien en dessous.

— Petit déjeuner au lit pour la star du jour, dit-il.

Il pose le plateau et se dépêche de venir m'embrasser.

J'ouvre mes cadeaux. J'ai reçu un joli bracelet en argent incrusté d'onyx de la part d'Evie, et un débardeur en soie noir avec la culotte assortie de la part de Tom, et je n'arrête plus de sourire. Il grimpe dans le lit et nous restons là, allongés, Evie entre nous deux. Elle serre les doigts très fort autour de l'index de son père, je lui tiens son petit pied parfait, tout rose, et j'ai l'impression qu'un feu d'artifice a explosé dans ma poitrine. Ce n'est pas possible, de ressentir autant d'amour.

Un peu plus tard, quand Evie en a assez d'être là, je la prends et nous descendons au rez-de-chaussée en laissant Tom se rendormir. Il le mérite. Je m'affaire, je fais du rangement. Je prends mon café dehors, sur la terrasse, en regardant les trains à moitié vides passer avec fracas, et je réfléchis au déjeuner. Il fait chaud, trop chaud pour faire un rôti, mais c'est ce que je vais préparer quand même, parce que Tom adore le rôti de bœuf, et nous pourrons prendre de la glace après pour nous rafraîchir. Il faut juste que je ressorte acheter une bouteille de merlot, celui qu'il préfère, alors j'habille Evie, je l'installe dans sa poussette, et nous voilà sorties faire les magasins.

Tout le monde m'a répété que j'étais folle d'accepter d'emménager dans la maison de Tom. Mais, après tout, tout le monde pensait aussi que j'étais folle d'entamer une liaison avec un homme marié, d'autant plus avec un homme dont l'épouse était aussi déséquilibrée, et je leur ai montré qu'ils avaient tort. Peu importent les problèmes qu'elle nous cause, Tom et Evie en valent la peine. Mais c'est vrai, pour la maison. Un jour comme celui-ci, avec le soleil qui brille, quand on marche le long de notre petite rue – une rue proprette bordée d'arbres qui, sans être un cul-de-sac, parvient tout de même à faire de nous une petite communauté –, cela pourrait presque être parfait. Le trottoir voit passer nombre de mères comme moi, le chien en laisse et l'enfant perché sur une trottinette. C'est presque idéal. Presque parfait, si on oublie qu'on entend sans arrêt le crissement de freins des trains. Presque idéal, tant qu'on ne se retourne pas vers le numéro quinze.

Quand je rentre, Tom est installé à la table de la salle à manger et lit quelque chose sur son ordinateur portable. Il est torse nu avec un short. Les muscles sous sa peau saillent dès qu'il bouge. Ça me donne toujours des papillons dans le ventre, de le voir. Je lui dis bonjour, mais il est plongé dans son monde et sursaute quand je passe les doigts sur son épaule. Il referme brusquement l'ordinateur.

— Salut, dit-il en se levant.

Il sourit mais il a l'air fatigué, inquiet. Il me prend Evie des bras sans croiser mon regard.

— Quoi ? dis-je. Qu'y a-t-il ?

— Rien.

Il se détourne et se dirige vers la fenêtre en faisant doucement balancer Evie contre sa hanche.

— Tom, qu'est-ce qu'il y a ?

— Ce n'est rien.

Il se retourne, et je sais ce qu'il s'apprête à dire avant qu'il ait ouvert la bouche.

— Rachel. Un nouvel e-mail.

Il secoue la tête, l'air meurtri, perturbé, et je déteste ça. Je ne le supporte plus. Parfois, j'ai envie de tuer cette femme.

— Qu'est-ce qu'elle t'a écrit ?

Il secoue à nouveau la tête.

— Aucune importance. C'était juste... Comme d'habitude. Des conneries.

— Je suis désolée.

Je ne demande pas quelles conneries, précisément, parce que je sais qu'il refusera de répondre. Il n'aime pas me contrarier avec ces histoires.

— Ce n'est pas grave, ce n'est rien, reprend-il. Des délires incohérents d'ivrogne. Toujours la même chose.

— Bon sang ! est-ce qu'elle va nous foutre la paix, un jour ? Est-ce qu'elle ne nous laissera jamais être heureux ?

Il s'approche et, notre fille calée entre nous deux, il m'embrasse.

— Mais nous le sommes, me souffle-t-il. Nous sommes heureux.

Soir

Nous sommes heureux. Nous avons déjeuné, nous nous sommes allongés sur la pelouse, puis, quand il a commencé à faire trop chaud, nous sommes rentrés manger de la glace pendant que Tom regardait le Grand Prix. Evie et moi avons joué avec de la pâte à modeler, et elle a réussi à en avaler des quantités. Je pense à ce qui se passe au bout de la rue et je me dis que j'ai beaucoup de chance, que j'ai obtenu tout ce que je désirais. Quand j'observe Tom, je lui suis reconnaissante de m'avoir trouvée, que j'aie été là pour le sauver de cette femme. Elle aurait fini par le rendre fou, j'en suis persuadée. Elle l'aurait écrasé, elle en aurait fait un autre homme, un homme qui n'aurait pas été lui.

Tom est monté avec Evie lui donner le bain. J'entends ses cris de ravissement d'en bas, et je souris à nouveau – un sourire qui a à peine quitté mes lèvres de la journée. Je fais la vaisselle, je range le salon, et je réfléchis au dîner. On devrait manger léger. C'est drôle, il y a quelques années, j'aurais détesté l'idée de rester à la maison et de faire la cuisine pour mon anniversaire, mais, désormais, c'est parfait, c'est pile ce qu'il faut. Nous trois, tout simplement.

Je ramasse les jouets d'Evie, étalés un peu partout sur le sol du salon, et je les remets dans leur coffre. J'ai hâte de la coucher tôt, ce soir, et d'enfiler l'ensemble que Tom m'a acheté. Le soleil ne se couchera pas avant plusieurs heures, mais j'allume les bougies sur le manteau de la cheminée et j'ouvre la seconde bouteille de merlot pour laisser respirer le vin. C'est alors que, penchée au-dessus du canapé pour fermer les rideaux, j'aperçois une femme, le menton baissé contre la poitrine, qui descend précipitamment la rue sur le trottoir opposé. Elle ne lève pas les yeux, mais c'est elle, j'en suis sûre. Je me penche un peu plus pour mieux l'examiner, mais je n'ai pas une bonne vue d'ici et elle a déjà disparu.

Je me retourne, prête à foncer sur la porte d'entrée pour la pourchasser dans la rue, mais Tom se tient en bas de l'escalier, avec Evie dans les bras, enveloppée dans une serviette de bain.

— Ça va ? demande-t-il. Qu'est-ce qu'il y a ?

— Rien, dis-je en fourrant les mains dans mes poches pour qu'il ne les voie pas trembler. Il n'y a rien. Rien du tout.

RACHEL

Dimanche 21 juillet 2013

Matin

Je me réveille la tête emplie de lui. Ça n'a pas l'air vrai, rien ne me semble réel. J'ai la peau qui picote. J'aimerais tellement boire un verre, mais je ne peux pas. Il faut que je garde les idées claires. Pour Megan. Pour Scott.

Hier, j'ai fait un effort. Je me suis lavé les cheveux et maquillée. J'ai porté le seul jean qui me va encore, une tunique en coton imprimé et des sandales à petit talon. Ce n'était pas trop mal. Je n'arrêtais pas de me répéter que c'était ridicule de me soucier de ça, parce que la dernière chose qui devait intéresser Scott, c'était mon apparence, mais je n'ai pas pu m'en empêcher. C'était la première fois que j'allais le rencontrer, c'était important pour moi. Plus que ça n'aurait dû.

J'ai pris le train qui partait d'Ashbury vers dix-huit heures trente, et je suis arrivée à Witney peu après dix-neuf heures. J'ai fait mon trajet habituel le long de Roseberry Avenue et à côté du passage souterrain, mais, cette fois, je n'ai pas levé les yeux, je n'ai pas pu. J'ai pressé le pas au niveau du numéro vingt-trois, la maison de Tom et Anna, menton baissé et lunettes de soleil sur le nez, en priant pour qu'ils ne me voient pas. Dehors, c'était calme, il n'y avait personne, juste quelques voitures qui roulaient lentement entre les rangées de véhicules garés des deux côtés. C'est une petite rue tranquille, ordonnée, où vivent beaucoup de jeunes familles ; vers dix-neuf heures, ils doivent tous être à table, ou installés sur le canapé, les tout-petits calés entre papa et maman, à regarder *X Factor*.

Entre le numéro vingt-trois et le numéro quinze, il ne doit pas y avoir plus d'une cinquantaine ou soixantaine de pas, mais ce trajet s'est étiré et m'a semblé durer une éternité; j'avais les jambes lourdes et le pas hésitant comme si j'étais ivre, comme si je risquais de trébucher sur le trottoir.

Scott a ouvert la porte presque avant que j'aie fini de frapper, et j'avais une main tremblante encore en l'air lorsque je l'ai vu apparaître dans l'encadrement de la porte, dressé au-dessus de moi, emplissant tout l'espace.

— Rachel ? a-t-il dit sans sourire, la tête baissée pour m'observer.

J'ai acquiescé. Il m'a tendu une main que j'ai serrée, puis il m'a fait signe d'entrer mais, l'espace d'un instant, je n'ai pas réagi. Il me faisait peur. De près, il est impressionnant physiquement, grand, les épaules larges, les bras et le torse bien dessinés. Il a des mains immenses. J'ai songé soudain qu'il pourrait me broyer – me broyer la nuque, les côtes – sans beaucoup d'effort.

Je suis passée devant lui pour aller dans l'entrée, mon bras a effleuré le sien et j'ai senti le rouge me monter aux joues. Il sentait la transpiration aigre, et ses cheveux bruns étaient emmêlés sur son crâne, comme s'il ne s'était pas douché depuis plusieurs jours.

C'est en arrivant dans le salon que la sensation de déjà-vu m'a frappée, si violemment que c'en était presque effrayant. Je reconnaissais la cheminée flanquée d'alcôves sur le mur du fond, la manière dont la lumière entrait depuis la rue par les rais des stores vénitiens; je savais que, si je me tournais vers la gauche, je verrais une vitre, du vert, puis, au fond, la voie de chemin de fer. Je me suis retournée et, oui, la table de la cuisine, les portes-fenêtres derrière et, dehors, une pelouse luxuriante. Je connaissais cette maison. J'avais la tête qui tournait et je voulais m'asseoir; j'ai repensé à ce trou noir, samedi, à toutes ces heures perdues.

Cela ne voulait rien dire, évidemment. Je connais cette maison, mais pas parce que j'y suis déjà venue. Je la connais parce que c'est exactement la même que le numéro vingt-trois : dans l'entrée, un escalier mène à l'étage et, sur la droite, on trouve le salon, qui se fond dans la cuisine. La terrasse et le jardin me sont familiers car je les ai vus depuis le train. Je ne suis pas montée au premier, mais je sais que, si je l'avais fait, je serais arrivée sur un palier avec une grande fenêtre à guillotine ; si on passe par cette fenêtre, on accède au balcon improvisé, sur le toit de la cuisine. Je sais qu'il y aurait eu deux chambres, la chambre principale avec deux grandes fenêtres qui donnent sur la rue, et une chambre plus petite, au fond, au-dessus du jardin. Mais le fait de connaître cette maison sur le bout des doigts ne signifie pas pour autant que j'y sois déjà entrée.

Cependant, je tremblais tout de même quand Scott m'a emmenée dans la cuisine. Il m'a proposé du thé. Je me suis assise à la table, en face des portes-fenêtres, et je l'ai regardé faire bouillir de l'eau, lâcher un sachet de thé dans une tasse et renverser de l'eau sur le plan de travail en marmonnant dans sa barbe. Il régnait une forte odeur de désinfectant dans la pièce, mais Scott lui-même était dans un sale état. Une tache de sueur s'étalait dans le dos de son T-shirt, son jean flottait sur ses hanches, comme s'il était trop grand pour lui. Je me suis demandé depuis quand il n'avait pas mangé.

Il m'a apporté ma tasse, puis il est allé s'asseoir de l'autre côté de la table, en face de moi, les mains croisées devant lui. Le silence a duré un bon moment, lourd dans l'espace qui nous séparait, dans la pièce entière ; il résonnait dans mes oreilles, j'ai commencé à avoir trop chaud, à me sentir mal à l'aise, et je ne pensais plus à rien. Je ne savais pas ce que j'étais venue faire là. Mais pourquoi étais-je venue ? Au loin, j'ai entendu un grondement sourd – un train qui arrivait. C'était rassurant, ce bruit familier.

— Vous êtes une amie de Megan ? a-t-il fini par dire.

Entendre ce nom franchir ses lèvres m'a mis une boule dans la gorge. J'ai gardé les yeux fixés sur la table, les doigts enroulés autour de ma tasse.

— Oui. Je la connais... un peu. De l'époque où elle tenait la galerie.

Il m'observait, dans l'attente, plein d'espoir. J'ai vu le muscle de sa mâchoire se contracter quand il a serré les dents. J'ai cherché des mots qui ne venaient pas. J'aurais dû mieux me préparer.

— Vous avez eu du nouveau ? ai-je demandé.

Il a soutenu mon regard et, pendant une seconde, j'ai eu peur. J'avais dit ce qu'il ne fallait pas, ça n'était pas mes affaires, de savoir s'il y avait du nouveau. Il allait se fâcher et me demander de partir.

— Non, a-t-il répondu. Qu'est-ce que vous vouliez me dire ?

Le train est passé lentement au fond du jardin, et j'ai tourné la tête en direction des rails. Je me sentais étourdie, comme si j'étais hors de mon corps et que je pouvais me voir agir.

— Vous avez dit dans votre message que vous vouliez me dire quelque chose au sujet de Megan.

Sa voix était devenue un cran plus aiguë. J'ai pris une grande inspiration. J'étais terriblement mal. J'avais conscience que ce que j'allais expliquer risquait de tout empirer, et que cela lui ferait du mal.

— Je l'ai vue avec quelqu'un.

C'est sorti tout seul, abruptement, fort, sans préparation et sans contexte.

Il m'a dévisagée.

— Quand ? Vous l'avez vue samedi soir ? Vous en avez parlé à la police ?

— Non, c'était vendredi matin, ai-je dit.

Ses épaules se sont affaissées.

— Mais... elle allait bien, vendredi. Pourquoi est-ce important ?

Le muscle de sa mâchoire s'est contracté à nouveau, il s'énervait.

— Vous l'avez vue avec... vous l'avez vue avec qui ? Un homme ?

— Oui, je...

— À quoi il ressemblait ?

Il s'est levé et son corps m'a bloqué la lumière.

— Vous en avez parlé à la police ? a-t-il redemandé.

— Oui, mais je ne crois pas qu'on m'ait prise très au sérieux.

— Pourquoi ?

— C'est juste... je ne sais pas... Je pensais juste que vous devriez être au courant.

Il s'est penché en avant, les mains sur la table, les poings serrés.

— Qu'est-ce que vous voulez dire ? Vous l'avez vue où ? Et qu'est-ce qu'elle faisait ?

J'ai pris une autre inspiration.

— Elle était... dehors, dans le jardin. Juste là.

J'ai désigné la pelouse.

— Elle... je l'ai vue depuis le train.

Impossible d'ignorer l'expression d'incrédulité sur son visage.

— Je prends le train pour Londres depuis Ashbury tous les matins. Je passe toujours ici. Je l'ai vue, et elle était avec quelqu'un. Et ce... ce n'était pas vous.

— Et comment vous savez ça ? Vendredi matin ? Vendredi, la veille de sa disparition ?

— Oui.

— Je n'étais pas là. J'étais en déplacement, à une conférence à Birmingham, et je suis rentré vendredi soir.

Un peu de couleur ont alors apparue tout en haut de ses joues ; son scepticisme laissait place à autre chose.

— Alors vous l'avez vue, dans le jardin, avec quelqu'un ? Et...

— Elle l'a embrassé, ai-je dit.

Il fallait bien que ça finisse par sortir. Il fallait que je lui dise.

— Ils s'embrassaient.

Il s'est redressé, les poings serrés le long de son corps tendu. Les taches de couleur sur ses joues se sont accentuées, trahissant sa colère.

— Je suis désolée, ai-je ajouté. Je suis vraiment désolée. Je sais que c'est affreux à entendre...

Il a levé une main pour me faire signe d'arrêter. Méprisant. Ma compassion ne l'intéressait pas.

Je sais ce que ça fait. Assise là, je me souviens presque parfaitement de ce que j'ai ressenti à ce moment, assise dans ma propre cuisine à quatre maisons d'ici, avec Lara, mon ancienne meilleure amie, installée en face de moi avec son nourrisson potelé qui se tortillait sur ses genoux. Je me souviens quand elle m'a dit combien elle était désolée que mon mariage s'écroule, et quand j'ai perdu mon sang-froid devant ses platitudes. Elle ne comprenait rien à ma souffrance. Je lui ai dit d'aller se faire foutre et elle m'a dit de ne pas parler ainsi devant son enfant. Je ne l'ai pas revue depuis ce jour-là.

— À quoi ressemblait-il, cet homme que vous avez vu? a demandé Scott.

Il me tournait le dos à présent, il regardait dans le jardin.

— Il était grand, plus grand que vous, peut-être. La peau plus sombre. Je crois qu'il est peut-être asiatique, indien, quelque chose comme ça.

— Et ils s'embrassaient, là, sur la pelouse?

— Oui.

Il a poussé un long soupir.

— Bon sang! j'ai besoin d'un verre.

Il s'est tourné vers moi.

— Vous voulez une bière?

Oui, je mourais d'envie de boire, mais j'ai refusé. Je l'ai regardé prendre une bouteille dans le frigo, l'ouvrir, et prendre une longue gorgée. Je pouvais presque sentir le liquide frais couler dans ma gorge, j'avais la main douloureuse tant j'avais envie de tenir un verre. Scott s'est appuyé contre le plan de travail, la tête baissée presque jusqu'à toucher son torse.

J'étais au plus mal. Je ne l'avais pas aidé, j'avais simplement aggravé son état – et sa douleur. Je m'immisçais dans sa peine, et j'avais tort. Je n'aurais jamais dû aller le voir. Je n'aurais jamais dû mentir. Évidemment que je n'aurais jamais dû mentir.

Je m'apprêtais à me lever quand il a repris la parole :

— Peut-être... je ne sais pas. Ça pourrait être une bonne chose, non ? Ça pourrait vouloir dire qu'elle va bien. Qu'elle s'est juste...

Il a eu un petit rire sans joie.

— Qu'elle s'est juste enfuie avec quelqu'un.

Du dos de la main, il a essuyé une larme qui coulait sur sa joue, et mon cœur s'est serré très fort.

— Mais le truc, c'est que je n'arrive pas à croire qu'elle ne m'aurait pas appelé.

Il me fixait comme si je possédais toutes les réponses, comme si je pouvais savoir.

— Elle m'appellerait, non ? Elle devrait se douter de mon état de panique, de... de désespoir. Ce n'est pas elle, d'être aussi rancunière, si ?

Il me parlait comme à quelqu'un à qui il pouvait faire confiance – comme à l'amie de Megan – et je savais que ce n'était pas bien, mais ça me faisait plaisir. Il a repris une gorgée de bière et s'est retourné vers le jardin. J'ai suivi son regard jusqu'à une petite pile de pierres appuyée contre le grillage, un début de jardin de rocaille abandonné depuis longtemps. Il a levé la bouteille à mi-hauteur de sa bouche avant d'interrompre son geste. Il s'est tourné vers moi.

— Vous avez vu Megan depuis le train ? a-t-il demandé. Alors vous... vous avez juste jeté un œil par la fenêtre et, comme par hasard, elle était là, cette femme que vous connaissez ?

L'atmosphère dans la pièce a changé. Il n'était plus très sûr de savoir si j'étais une alliée, s'il pouvait se fier à moi. Une ombre de doute a traversé son visage.

— Oui, je... je sais où elle habite, ai-je dit, et j'ai regretté ces mots dès l'instant où ils ont quitté mes lèvres. Où vous habitez, je veux dire. Je suis déjà venue. Il y a longtemps. Alors, parfois, en passant, je regarde si je la vois.

Il me dévisageait, et j'ai senti le rouge me monter aux joues.

— Elle était souvent dehors.

Il a posé sa bouteille vide sur le plan de travail, puis il a fait quelques pas vers moi et s'est assis à la table, sur la chaise à côté de la mienne.

— Alors vous la connaissiez plutôt bien ? Enfin, assez bien pour venir à la maison ?

Je sentais le sang cogner dans mes tempes et la transpiration s'accumuler dans le bas de mon dos, la nausée grisante de l'adrénaline. Je n'aurais pas dû dire ça, je n'aurais pas dû compliquer encore mon histoire.

— Juste une fois, mais je... je sais où se trouve la maison parce que je ne vivais pas très loin d'ici, avant.

Il a levé un sourcil.

— Au bout de la rue. Au vingt-trois.

Il a acquiescé lentement.

— Watson... Alors, quoi, vous êtes l'ex-femme de Tom ?

— Oui. J'ai déménagé il y a deux ans.

— Mais vous alliez quand même voir Megan à la galerie ?

— De temps en temps.

— Et quand vous la voyiez, est-ce que vous... est-ce qu'elle vous parlait de choses personnelles, de moi ?

Il avait la voix rauque.

— Ou de quelqu'un d'autre ?

J'ai secoué la tête.

— Non, non, c'était simplement... histoire de passer le temps, vous savez.

Il y a eu un long silence. La pièce m'a semblé se réchauffer brusquement, et l'odeur de désinfectant a surgi de tous côtés. Je me suis soudain sentie faible. À ma droite se dressait une petite table où étaient posées des photos dans des cadres. Megan souriait gaiement, comme pour m'accuser.

— Je devrais y aller, ai-je dit. Je vous ai suffisamment dérangé.

J'ai commencé à me lever, mais il a tendu un bras pour m'attraper par le poignet, ses yeux rivés sur mon visage.

— Ne partez pas tout de suite, a-t-il soufflé.

Je ne me suis pas levée, mais j'ai retiré ma main de la sienne ; ça me donnait la sensation inconfortable d'être prisonnière.

— Cet homme, a-t-il repris, l'homme avec qui vous l'avez vue, vous pensez pouvoir le reconnaître ? Si on vous le montrait ?

Je ne pouvais pas lui répondre que je l'avais déjà identifié pour le compte de la police. La seule raison que j'avais de l'avoir contacté, c'était que la police n'était pas censée avoir pris mon histoire au sérieux. Si je lui avouais la vérité, sa confiance s'évanouirait. Alors j'ai encore menti.

— Je n'en suis pas sûre... mais peut-être, oui.

J'ai attendu un instant avant de poursuivre :

— Dans les journaux, j'ai lu une interview d'un ami de Megan, un certain Rajesh. Je me demandais si...

Scott secouait déjà la tête.

— Rajesh Gujral ? Ça m'étonnerait. C'est un des artistes qui exposaient à la galerie. C'est un type plutôt gentil mais... il est marié, il a des enfants.

Comme si ça empêchait quoi que ce soit.

— Attendez une seconde, a-t-il dit en se relevant. Je crois qu'on a une photo de lui quelque part.

Il a disparu à l'étage. Mes épaules se sont affaissées et je me suis rendu compte que, depuis mon arrivée, j'étais figée par le stress. J'ai à nouveau regardé les cadres avec leurs clichés : Megan en robe d'été sur une plage ; un gros plan sur son visage, ses yeux d'un bleu profond. Rien que Megan. Pas de photos d'eux deux ensemble.

Scott est réapparu et m'a montré un dépliant. C'était un prospectus pour une exposition à la galerie. Il l'a retourné.

— Là, c'est Rajesh.

Un homme se tenait près d'une peinture abstraite aux couleurs vives : il était plus âgé, petit et trapu avec une barbe. Ce n'était pas l'homme que j'avais vu, celui que j'avais désigné à la police.

— Ce n'est pas lui, ai-je dit.

Scott était debout à côté de moi, étudiant le papier, puis il s'est retourné brusquement pour ressortir de la pièce et remonter l'escalier. Quelques instants plus tard, il est revenu avec son ordinateur portable et s'est rassis à la table de la cuisine.

— Je crois... a-t-il commencé en ouvrant la machine pour l'allumer. Je crois que je peux...

Puis il est resté silencieux, et je l'ai observé, le visage très concentré, le muscle de sa mâchoire crispé.

— Megan voyait un psy, m'a-t-il expliqué. Il s'appelle... Abdic. Kamal Abdic. Il n'est pas asiatique, il vient de Serbie, ou de Bosnie, quelque chose comme ça. Mais il a la peau mate. De loin, il pourrait passer pour indien.

Il a tapoté sur son clavier.

— Il y a un site, il me semble. J'en suis sûr. Je crois qu'on y voit une photo...

Il a tourné l'ordinateur vers moi pour me montrer l'écran. Je me suis penchée pour mieux voir.

— C'est lui, ai-je confirmé. C'est lui, c'est certain.

Scott a refermé son portable d'un coup sec. Pendant un long moment, il n'a rien dit. Il est resté assis, les coudes sur la table, le front appuyé sur le bout de ses doigts, les bras tremblants.

— Elle avait des crises d'angoisse, a-t-il fini par dire. Du mal à dormir, ce genre de chose. Ça a commencé l'an dernier, je ne sais plus quand exactement.

Il parlait sans me regarder, comme s'il se parlait à lui-même, comme s'il avait complètement oublié ma présence.

— C'est moi qui lui ai suggéré de consulter. Je l'ai encouragée à y aller parce que je n'arrivais pas à l'aider.

Sa voix s'est fêlée.

— Je ne pouvais pas l'aider. Et elle m'a dit qu'elle avait déjà eu ce type de problèmes par le passé, et qu'ils finiraient par s'en aller d'eux-mêmes, mais je l'ai... je l'ai convaincue d'aller voir un médecin. On lui a recommandé ce type.

Il a toussoté pour s'éclaircir la gorge.

— La thérapie avait l'air de lui faire du bien, elle était plus heureuse.

Il a eu un petit rire triste.

— Maintenant, je comprends mieux pourquoi.

J'ai tendu une main pour lui tapoter le bras, un geste de réconfort, mais il s'est écarté brusquement et s'est levé.

— Vous devriez y aller, a-t-il repris. Ma mère ne va pas tarder à revenir, elle n'arrive pas à me laisser seul plus d'une heure ou deux.

À la porte, alors que je m'apprêtais à sortir, il m'a attrapé le bras.

— Je vous ai déjà vue quelque part ?

Un instant, j'ai songé que je pourrais lui répondre : « Peut-être, oui. Vous m'avez peut-être vue au poste de police, ou là, dans la rue. J'étais là samedi soir. » J'ai secoué la tête.

— Non, je ne pense pas.

J'ai marché vers la gare aussi vite que possible. À la moitié du chemin environ, je me suis retournée pour regarder en arrière. Il était toujours sur le pas de la porte, à m'observer.

Soir

Je n'arrête pas d'aller voir si j'ai des nouveaux messages, mais pas de nouvelles de Tom. La vie devait être tellement plus simple pour les alcooliques jaloux avant les e-mails, les textos et les téléphones portables, avant l'ère de l'électronique et toutes les traces que cela laisse.

Aujourd'hui, il n'y avait presque rien au sujet de Megan. On est déjà passé à autre chose, et la une était consacrée à la crise politique en Turquie, la fillette de quatre ans mutilée par des chiens à Wigan, et la défaite humiliante de l'équipe de foot d'Angleterre contre celle du Monténégro. On a déjà oublié Megan, et ça ne fait qu'une semaine qu'elle a disparu.

Cathy m'a invitée à déjeuner. Elle était toute perdue : Damien est parti rendre visite à sa mère à Birmingham, et elle n'a pas été conviée. Ça fait presque deux ans qu'ils sortent ensemble, mais elle ne l'a toujours pas rencontrée. On est allées au Giraffe, sur High Street, un restaurant que je déteste. Une fois qu'on nous eut installées au milieu d'une pièce qui vibrait des hurlements des moins de cinq ans, Cathy s'est mise à me poser des questions. Elle était curieuse de savoir où j'étais hier soir.

— Tu as rencontré quelqu'un ? a-t-elle demandé, les yeux brillants d'espoir.

C'était assez touchant. J'ai presque dit oui, parce que, après tout, c'est la vérité, mais c'était plus simple de mentir. Je lui ai dit que j'étais allée à une réunion des Alcooliques anonymes à Witney.

— Oh, a-t-elle commenté.

Gênée, elle a plongé les yeux dans sa salade grecque flasque.

— J'ai cru que tu avais fait une petite rechute. Vendredi.

— Oui. Ça ne va pas être de tout repos, tu sais, Cathy, ai-je répondu.

Je me sentais très mal, parce qu'elle donnait vraiment l'impression de se préoccuper de mon sevrage.

— Mais je fais de mon mieux.

— Si tu as besoin, je ne sais pas, que je t'accompagne…

— Pas pour l'instant. Mais merci.

— On pourrait peut-être faire quelque chose d'autre ensemble, comme aller à la salle de sport ?

J'ai éclaté de rire puis, quand j'ai compris qu'elle était sérieuse, je lui ai dit que j'y réfléchirais.

Elle vient de sortir – Damien a appelé pour dire qu'il était rentré de chez sa mère, alors elle est partie le retrouver. J'ai envie de lui faire une remarque (« Pourquoi tu cours le rejoindre chaque fois qu'il te siffle ? »), mais je ne suis pas la mieux placée pour donner des conseils en matière d'histoires de cœur – ni de quoi que ce soit d'autre, d'ailleurs – et puis j'ai envie d'un verre (j'y pensais depuis le moment où on s'est assises au Giraffe, quand le serveur boutonneux nous a demandé si on voulait un verre de vin et que Cathy a répondu très fermement « non, merci »). Alors je me contente de lui faire un signe de la main quand elle s'en va, puis je sens le frisson d'anticipation habituel frémir sur ma peau tandis que je repousse les pensées positives («Ne fais pas ça, tu es si bien partie»). Je suis en train d'enfiler mes chaussures pour aller faire un tour à l'épicerie quand mon téléphone sonne. Tom. C'est forcément Tom. Je sors le portable de mon sac, je regarde l'écran et mon cœur tambourine dans ma poitrine.

— Allô?

Un silence. Je demande :

— Ça va?

Après une courte pause, Scott répond :

— Oui, oui. Ça va. J'appelais juste pour vous remercier, pour hier. D'avoir pris le temps de me tenir au courant.

— Oh, ce n'était rien. Vous n'étiez pas obligé de...

— Je vous dérange?

— Non, pas du tout.

Encore un silence de l'autre côté de la ligne, alors je répète :

— Pas du tout. Vous... Est-ce qu'il s'est passé quelque chose? Vous avez parlé à la police?

— L'agent qui me tient au courant des évolutions de l'enquête est venu cet après-midi.

Les battements de mon cœur s'accélèrent.

— L'inspectrice Riley. Je lui ai parlé de Kamal Abdic. Je lui ai dit que ça valait peut-être le coup de lui parler.

— Vous... vous lui avez dit que nous avions discuté?

J'ai la bouche complètement sèche.

— Non. Je pensais que... Je ne sais pas. Je pensais que ce serait mieux si j'avais trouvé son nom tout seul. J'ai dit... Je sais que c'est un mensonge, mais j'ai dit que je m'étais creusé la tête pour mettre le doigt sur un détail significatif, et que j'avais songé que ça pourrait être intéressant de parler à son psy. J'ai dit que leur relation m'avait déjà préoccupé par le passé.

J'arrive de nouveau à respirer.

— Et qu'est-ce qu'elle a dit?

— Elle a dit qu'ils lui avaient déjà parlé, mais qu'ils allaient recommencer. Elle m'a posé un tas de questions pour savoir pourquoi je ne l'avais pas mentionné avant. Elle est... je ne sais pas. Je ne lui fais pas confiance. Elle est censée être de mon côté, mais, chaque fois, j'ai l'impression qu'elle veut fourrer son nez partout, comme si elle essayait de me prendre en faute.

C'est bête, mais ça me fait plaisir qu'il ne l'aime pas non plus : c'est un autre point commun, un autre lien tissé entre nous.

— Bref, je voulais juste vous dire merci. De m'avoir contacté. Et puis, c'était... Ça va sembler étrange, mais c'était agréable de discuter avec quelqu'un... quelqu'un dont je ne suis pas proche. J'ai eu l'impression que ça me permettait de penser plus rationnellement. Après votre départ, je n'arrêtais pas de repenser à la première fois que Megan est allée le voir – Abdic – et à comment elle était en revenant. Elle avait quelque chose d'inhabituel, une légèreté.

Il expire bruyamment.

— Je ne sais pas. Peut-être que ce n'est que mon imagination.

Je retrouve le sentiment que j'avais hier, qu'il n'est déjà plus en train de me parler, à moi, mais qu'il parle, tout court. Je ne suis plus qu'une oreille attentive, et ça me convient. Je suis contente de lui être utile.

— J'ai encore passé la journée à fouiller dans les affaires de Megan. J'avais déjà retourné notre chambre et toute la maison une bonne demi-douzaine de fois, à la recherche du moindre indice quant à l'endroit où elle pourrait être. Quelque chose qui vienne de lui, peut-être. Mais rien. Pas d'e-mails, pas de lettres, rien. J'ai pensé à le contacter, mais son cabinet est fermé aujourd'hui, et je n'arrive pas à trouver un numéro de téléphone portable.

— Vous êtes sûr que c'est une bonne idée ? je demande. Je veux dire, vous ne pensez pas que vous devriez laisser ça à la police ?

Je ne veux pas finir ma phrase à voix haute, mais on le pense sûrement tous les deux : cet homme est dangereux. Ou, en tout cas, il pourrait l'être.

— Je ne sais pas, je ne sais pas du tout.

Il y a dans sa voix une note de désespoir qui fait peine à entendre, mais je n'ai pas de réconfort à lui offrir. Sa respiration est trop rapide à l'autre bout du fil ; il a le souffle court, comme s'il avait peur. J'ai envie de lui demander s'il a quelqu'un pour lui tenir compagnie, mais je ne peux pas : ça serait mal compris, comme si je lui faisais des avances.

— J'ai croisé votre ex, aujourd'hui, reprend-il.

Les poils de mes bras se dressent.

— Ah ?

— Oui, je suis sorti prendre le journal et je l'ai vu dans la rue. Il m'a demandé comment j'allais, et si j'avais des nouvelles.

— Ah, dis-je encore.

C'est tout ce que je parviens à prononcer, les mots ne se forment pas dans ma bouche. Je ne veux pas qu'il discute avec Tom. Tom sait que je ne connais pas Megan Hipwell. Tom sait que j'étais à Blenheim Road le soir de sa disparition.

— Je n'ai pas parlé de vous. Je ne... vous voyez. Je ne sais pas si j'aurais dû lui dire qu'on s'était rencontrés.

— Non, je ne pense pas, enfin, je ne sais pas. Ce serait peut-être bizarre.

— D'accord.

Après ça, un long silence s'installe. J'attends que mon cœur se calme. Au moment où je crois qu'il va raccrocher, il me demande :

— Elle ne parlait jamais de moi, alors ?

— Bien sûr... bien sûr que si. Enfin, on ne bavardait pas si souvent que cela, mais...

— Mais vous êtes venue à la maison. Megan n'invite presque jamais ses amis à passer. Elle est très réservée, elle ne partage pas son espace personnel avec beaucoup de gens.

Je cherche une bonne raison. Je regrette de lui avoir dit que j'étais venue.

— J'étais juste passée lui emprunter un livre.

— Ah bon ?

Il ne me croit pas. Elle ne lit pas. Je repense à leur maison, et il n'y avait pas de livres sur les étagères.

— Quel genre de choses elle disait ? À mon sujet ?

— Euh, elle était très heureuse. Avec vous, je veux dire. Dans votre couple.

Tout en parlant, je me rends compte que c'est un peu bizarre, comme phrase, mais je ne peux pas être plus précise, alors j'essaie de me rattraper :

— Pour être honnête, les choses n'allaient vraiment pas bien entre mon mari et moi, à cette époque, alors c'était surtout histoire de comparer nos relations. Elle s'illuminait dès qu'elle parlait de vous.

Quel cliché ridicule.

— Ah oui ?

Il ne semble pas l'avoir remarqué, et il y a maintenant une touche de nostalgie dans son ton.

— Ça fait plaisir à entendre.

Il se tait, et j'entends sa respiration saccadée à l'autre bout de la ligne.

— On a... on a eu une dispute terrible, dit-il alors. Le soir où elle est partie. Je ne supporte pas de penser qu'elle ait pu m'en vouloir quand...

Sa voix s'éteint.

— Je suis sûre qu'elle ne vous en a pas voulu longtemps. Dans un couple, on se dispute, c'est comme ça. On se dispute tout le temps.

— Mais c'était une grosse dispute, affreuse, et je ne peux pas... J'ai l'impression que je ne peux pas en parler à qui que ce soit parce que, sinon, on va me regarder comme si j'étais coupable.

Sa voix a changé : désormais, elle paraît hantée, lourde de culpabilité.

— Je ne me souviens pas de comment ça a commencé, continue-t-il.

Sur le coup, je ne le crois pas, puis je repense à toutes les disputes que j'ai oubliées et je me mords la langue.

— Le ton est monté. J'ai été très... j'ai été cruel avec elle. Un connard. Un vrai connard. Elle était très affectée, alors elle est montée mettre des affaires dans un sac, Je ne sais pas quoi exactement mais, plus tard, j'ai remarqué que sa brosse à dents avait disparu, c'est comme ça que j'ai su qu'elle ne comptait pas rentrer. J'ai cru... je me suis dit qu'elle avait dû partir passer la nuit chez Tara. Elle l'avait déjà fait une fois. Juste une. Ce n'est pas comme si ça arrivait tout le temps.

« Je ne lui ai même pas couru après.

Une nouvelle fois, je suis frappée par cette impression qu'il ne me parle pas vraiment, non, il se confesse. Il est assis d'un côté du confessionnal et, moi, je suis de l'autre côté, sans visage, invisible.

— Je l'ai laissée partir.

— Et c'était samedi soir ?

— Oui. C'est la dernière fois que je l'ai vue.

Un témoin l'a vue (ou a vu « une femme correspondant à sa description ») se diriger vers la gare de Witney vers dix-neuf heures trente, c'est ce que j'ai lu dans les articles des journaux. C'est la dernière personne à l'avoir vue. Personne ne se souvient de l'avoir vue sur le quai ou dans le train. Il n'y a pas de caméra de surveillance à Witney, et les caméras à Corly ne l'ont pas non plus sur leurs bandes, mais, d'après les articles, cela ne prouve rien parce qu'il y a « d'importants angles morts » dans cette gare.

— Et quelle heure était-il quand vous avez essayé de la contacter ? je demande.

Un autre long silence.

— Je... je suis allé au pub. Le Rose, vous voyez lequel, au coin de Kingly Road ? J'avais besoin de me reprendre, de remettre de l'ordre dans mes idées. J'ai bu deux pintes, puis je suis rentré à la maison. C'était un peu avant vingt-deux heures. Je crois que j'espérais qu'entre-temps elle se serait calmée, et qu'elle serait rentrée. Mais elle n'était pas là.

— Alors il était environ vingt-deux heures quand vous avez essayé de l'appeler ?

— Non.

Sa voix est à peine plus audible qu'un murmure, à présent.

— Non, j'ai encore bu une ou deux bières à la maison, j'ai regardé un peu la télé, et puis je suis allé me coucher.

Je repense à toutes les disputes que j'ai eues avec Tom, toutes les choses affreuses que je pouvais lui dire quand j'avais trop bu, toutes les fois où je suis partie en claquant la porte et en lui hurlant que je ne voulais plus jamais le revoir. Malgré tout cela, il ne manquait jamais de m'appeler, de m'aider à me calmer, de me cajoler pour que je rentre à la maison.

— Je m'imaginais qu'elle était avec Tara, dans sa cuisine, vous savez, à lui raconter quel sale con j'étais. Alors j'ai lâché l'affaire.

Il a « lâché l'affaire ». À entendre la dureté, l'indifférence de cette phrase, ça ne me surprend pas qu'il n'en ait parlé à personne. D'ailleurs, ça me surprend qu'il m'en parle, même à moi. Ce n'est pas le Scott que j'imaginais, le Scott que je connaissais, celui qui se tenait derrière Megan sur le balcon, ses grandes mains posées sur les fines épaules de sa femme, prêt à la protéger de tout.

Je m'apprête à raccrocher, mais Scott n'a pas fini.

— Je me suis réveillé tôt. Je n'avais pas de message sur ma boîte vocale. Je n'ai pas paniqué, j'en ai juste déduit qu'elle devait être avec Tara et qu'elle m'en voulait encore. Je l'ai appelée et je suis tombé sur son répondeur, mais je n'ai toujours pas paniqué. Je me suis dit qu'elle devait probablement encore dormir, ou qu'elle m'ignorait. Je n'ai pas trouvé le numéro de Tara, mais j'avais son adresse sur une carte de visite sur le bureau de Megan. Alors j'ai pris la voiture et je suis allé là-bas.

Je me demande pourquoi il a ressenti le besoin d'aller jusque chez Tara s'il n'était pas inquiet, mais je ne veux pas l'interrompre. Je le laisse parler.

— Je suis arrivé un peu après neuf heures. Tara a mis du temps à venir m'ouvrir et, une fois là, elle a eu l'air vraiment surprise de me voir. De toute évidence, j'étais la dernière personne qu'elle s'attendait à trouver sur le pas de sa porte à cette heure-là, et c'est là que j'ai su... C'est là que j'ai su que Megan n'était pas là. Et que j'ai commencé à penser... Que j'ai commencé...

Sa voix s'étrangle dans sa gorge et j'ai honte d'avoir douté de lui.

— Elle m'a dit que la dernière fois qu'elle avait vu Megan, c'était à leur cours de Pilates de vendredi soir. Et là, j'ai commencé à paniquer.

Après avoir raccroché, je songe que, pour quelqu'un qui ne le connaîtrait pas, quelqu'un qui n'aurait pas vu la manière dont il se comportait avec elle comme j'ai pu le voir, beaucoup de ce qu'il m'a dit ne semblerait pas tout à fait vrai.

Lundi 22 juillet 2013

Matin

J'ai les idées embrouillées. Après un sommeil profond mais plein de rêves cette nuit, j'ai du mal à me réveiller complètement. Les hautes températures sont de retour et il fait une chaleur étouffante dans le train, même s'il n'est qu'à moitié plein aujourd'hui. Je me suis levée en retard ce matin et je n'ai pas eu le temps de regarder les infos sur Internet avant de quitter la maison, ni de prendre un journal sur le chemin, alors j'essaie de me connecter au site de la BBC avec mon téléphone, mais il n'arrive pas à charger, je ne sais pas pourquoi. À Northcote, un homme avec un iPad monte à bord et s'assoit à côté de moi. Lui n'a aucun problème à aller voir les dernières news et arrive sans délai sur le site du *Daily Telegraph*. Là, je vois le titre du troisième article de la page, étalé en grandes lettres en gras : DISPARITION DE MEGAN HIPWELL : UN HOMME EN ÉTAT D'ARRESTATION.

Une telle panique me prend que j'en oublie la bienséance et que je me penche pour mieux voir. L'homme me regarde, offusqué, presque effrayé.

— Désolée, dis-je. Je la connais. La femme disparue, je la connais.

— Oh, comme c'est affreux, dit-il.

C'est un homme d'âge moyen, élégamment vêtu, et qui s'exprime bien.

— Voulez-vous lire l'article ?

— Oui, s'il vous plaît. Je n'arrive pas à accéder au site avec mon portable.

Il me sourit gentiment et me tend sa tablette. Je tapote le titre et l'article apparaît.

« Un homme de trente-six ans a été interpellé en lien avec la disparition de Megan Hipwell, une habitante de Witney de vingt-neuf ans portée disparue depuis le samedi 13 juillet. La police n'a pas été en mesure de confirmer s'il s'agit de Scott Hipwell, le mari de Megan Hipwell, qui a été placé en garde à vue vendredi. Un porte-parole de la police a fait une déclaration ce matin : "Nous pouvons confirmer l'arrestation d'un homme en lien avec la disparition de Megan. Aucune charge ne pèse pour l'instant contre lui. Nous continuons de rechercher Megan, et nous fouillons en ce moment même un logement que nous soupçonnons être une scène de crime." »

Le train passe devant la maison et, pour une fois, il ne s'est pas arrêté au feu. Je me tourne vivement vers la vitre, mais c'est trop tard. Le numéro quinze a déjà disparu. J'ai les mains qui tremblent en rendant l'iPad à son propriétaire. Il secoue la tête, l'air triste.

— Je suis désolé.

— Elle n'est pas morte, dis-je d'une voix rauque.

Je n'arrive même pas à me croire moi-même. Des larmes me piquent les yeux. J'étais dans sa maison. J'étais là. Je me suis assise en face de lui, à cette table, je l'ai regardé dans les yeux, et j'ai senti quelque chose. Je repense à ces mains immenses et au fait que, s'il peut me broyer, moi, il aurait pu l'anéantir – minuscule Megan, fragile Megan.

Les freins crissent tandis que nous approchons de la gare de Witney, et je me lève brusquement.

— Il faut que j'y aille, dis-je à l'homme à côté de moi qui, malgré sa surprise, hoche la tête d'un air grave.

— Bonne chance, dit-il.

Je cours le long du quai et dans les escaliers. Je vais à contre-courant du flot des gens, et je suis presque arrivée en bas quand je trébuche et qu'un homme s'écrie :

— Attention !

Mais je l'ignore, parce que j'ai le regard fixé sur le rebord d'une marche, l'avant-dernière. Il y a une tache de sang. Je me demande depuis combien de temps elle est là. Aurait-elle une semaine ? Serait-ce mon sang ? le sien ? Est-ce qu'il y a du sang dans la maison, je me demande, est-ce que c'est pour ça qu'ils l'ont arrêté ? J'essaie de revoir la cuisine, le salon. L'odeur : très propre, une odeur de désinfectant. Était-ce une odeur d'eau de Javel ? Je ne sais pas, je n'arrive plus à m'en souvenir, tout ce que je me rappelle clairement, c'est la transpiration dans son dos et les relents de bière dans son haleine.

Je passe en courant devant le souterrain, je trébuche en tournant au coin de Blenheim Road. Je retiens ma respiration tandis que je me précipite sur le trottoir, la tête baissée, trop effrayée pour oser la relever. Pourtant, quand je m'y résous, il n'y a rien à voir. Pas de camionnette garée devant chez Scott, pas de voitures de police. Est-ce qu'ils auraient déjà fini de fouiller la maison ? S'ils avaient trouvé quelque chose, ils y seraient sûrement encore ; ça doit prendre des heures de tout examiner, d'analyser chaque preuve. J'accélère encore. Quand j'arrive devant le numéro quinze, je m'arrête pour reprendre mon souffle. Les rideaux sont tirés, au rez-de-chaussée et à l'étage. Ceux des voisins frémissent : on m'observe. Je m'avance sur le seuil de la porte, une main levée. Je ne devrais pas être ici. Je ne sais pas ce que je fais là. Je voulais juste voir. Je voulais savoir. Un instant, je suis tiraillée entre mon désir d'aller contre mon instinct et de frapper à la porte, et mon envie de tourner les talons. Je fais demi-tour, et c'est à ce moment que la porte s'ouvre.

Avant que j'aie le temps de bouger, ses mains surgissent, il m'agrippe l'avant-bras et me tire vers lui. Ses lèvres ne forment plus qu'une ligne menaçante, et il a les yeux fous. Il est désespéré. La frayeur et l'adrénaline m'envahissent, et je vois les ténèbres survenir. J'ouvre la bouche pour crier, mais trop tard, il m'attire brutalement à l'intérieur et claque la porte derrière moi.

MEGAN

Jeudi 21 mars 2013

Matin

Je ne perds jamais. Il devrait le savoir, ça. Je ne perds jamais à ce genre de jeu.

L'écran de mon téléphone est vierge. Obstinément, insolemment vierge. Pas de texto, pas d'appel manqué. Chaque fois que je le regarde, j'ai l'impression de recevoir une gifle, et ma colère grandit encore. Qu'est-ce qui m'est arrivé, dans cette chambre d'hôtel? Qu'est-ce que je me suis imaginé? Que nous avions une connexion, qu'il y avait un vrai lien entre nous? Il n'a jamais eu l'intention de s'enfuir avec moi. Mais, l'espace d'une seconde (plus d'une seconde!), je l'ai cru, et c'est ça qui me rend vraiment furieuse. J'ai été ridicule, crédule. Et il s'est moqué de moi tout du long.

S'il croit que je vais rester là à pleurer sur mon sort, il se fourre le doigt dans l'œil. Je peux très bien vivre sans lui, aucun problème, mais je ne supporte pas de perdre. Ce n'est pas moi. Ça n'a rien à voir avec moi. On ne me quitte pas. C'est moi qui décide quand partir.

Ça me rend folle, mais je ne peux pas m'en empêcher. Je n'arrête pas de revenir à cet après-midi à l'hôtel, de repenser encore et encore à ce qu'il m'a dit, à ce que ça m'a fait.

L'enfoiré.

S'il croit que je vais me contenter de disparaître sans un mot, il se plante. S'il ne répond pas bientôt, ce n'est plus sur son portable que je vais appeler, mais directement chez lui. Je ne le laisserai pas m'ignorer.

Pendant le petit déjeuner, Scott me demande d'annuler mon rendez-vous chez le psy. Je ne réponds pas. Je fais semblant de ne pas avoir entendu.

— Dave nous a invités à dîner, ajoute-t-il. Ça fait une éternité qu'on n'est pas allés les voir. Tu ne peux pas déplacer ton rendez-vous ?

Il garde un ton léger, comme si c'était une demande anodine, mais je le sens qui m'observe, il a les yeux braqués sur moi. Nous approchons dangereusement d'une dispute.

— Je ne peux pas, Scott, c'est trop tard, dis-je prudemment. Pourquoi tu ne proposerais pas plutôt à Dave et Karen de venir dîner ici samedi ?

L'idée de devoir recevoir Dave et Karen ce week-end m'épuise d'avance, mais il va falloir que je fasse des compromis.

— Ce n'est pas trop tard, dit-il en reposant sa tasse de café sur la table devant moi.

Il pose un instant la main sur mon épaule et conclut :

— Annule, d'accord ?

Puis il s'en va.

À la seconde où la porte d'entrée se referme, j'attrape la tasse de café et je la jette violemment contre le mur.

Soir

Je pourrais me dire qu'il ne m'a pas vraiment rejetée. Je pourrais me persuader qu'il essaie juste d'agir de façon raisonnable, d'un point de vue moral et professionnel. Mais je sais que ce n'est pas vrai. Ou, en tout cas, ce n'est pas toute la vérité, parce que, quand on a suffisamment envie de quelqu'un, la morale ne fait pas le poids – et le professionnalisme encore moins. On ferait tout pour avoir cette personne. Alors, c'est qu'il n'a pas suffisamment envie de moi.

J'ai ignoré les appels de Scott tout l'après-midi, je suis arrivée en retard à mon rendez-vous, et je suis entrée directement dans son cabinet sans un mot à la réceptionniste. Il était installé à son bureau, en train d'écrire quelque chose. Il m'a jeté un coup d'œil quand je suis entrée, sans un sourire, puis il est revenu à ses papiers. Je me suis campée devant son bureau et j'ai attendu qu'il me regarde. Ça m'a semblé prendre une éternité.

— Tout va bien ? m'a-t-il enfin demandé, et il souriait, à présent. Vous êtes en retard.

La respiration coincée dans la gorge, je n'arrivais plus à parler. J'ai fait le tour de son bureau et je me suis appuyée dessus, et ma jambe a effleuré sa cuisse. Il a reculé sa chaise.

— Megan, vous allez bien ?

J'ai secoué la tête. Je lui ai tendu la main et il l'a prise.

— Megan, a-t-il répété, non.

Je n'ai rien dit.

— Vous ne pouvez pas... Vous devriez vous asseoir, a-t-il dit. Parlons-en.

J'ai secoué la tête.

— Megan.

Chaque fois qu'il répétait mon nom, il ne faisait qu'empirer les choses.

Il s'est levé pour faire le tour de son bureau, pour mettre de la distance entre nous. Il s'est tenu au milieu de la pièce.

— Allons, a-t-il dit, la voix professionnelle – brusque, même. Asseyez-vous.

Je l'ai suivi jusqu'au milieu de la pièce, j'ai posé une main sur sa taille et l'autre sur son torse. Il m'a saisi les poignets et s'est éloigné.

— Non, Megan. Vous ne pouvez pas... nous ne pouvons pas...

Il s'est détourné.

— Kamal, ai-je dit, la voix séductrice – et j'ai détesté m'entendre ainsi. Je t'en prie...

— Ça... là. C'est déplacé. C'est normal, bien évidemment, mais...

Je lui ai dit que je voulais être avec lui.

— C'est un transfert, Megan, a-t-il dit. Ça arrive de temps en temps. Ça m'arrive à moi aussi, d'ailleurs. J'aurais dû aborder ce sujet la dernière fois. Je suis désolé.

Alors j'ai eu envie de hurler. À l'entendre, ça semblait telle-ment banal, tellement froid, tellement commun.

— Tu veux dire que tu ne ressens rien ? ai-je demandé. Tu veux dire que c'est moi qui imagine tout ça ?

Il a secoué la tête.

— Megan, je n'aurais jamais dû laisser les choses aller aussi loin.

Je me suis rapprochée de lui, j'ai mis les mains sur ses hanches pour le faire pivoter vers moi. Une nouvelle fois, il m'a attrapée, et ses longs doigts se sont refermés sur mes poignets.

— Je pourrais perdre mon travail, a-t-il dit, et c'est là que je me suis vraiment énervée.

Je me suis écartée, comme enragée. Il a essayé de me retenir, mais en vain. Je lui ai hurlé dessus, je lui ai dit que je n'en avais rien à foutre de son putain de boulot. Il essayait de me calmer – il devait s'inquiéter de ce qu'allaient penser la réceptionniste ou les autres patients. Il m'a attrapée par les épaules, ses pouces se sont enfoncés dans la chair en haut de mes bras, et il m'a ordonné de me calmer, d'arrêter d'agir comme une enfant. Il m'a secouée très fort ; l'espace d'un instant j'ai cru qu'il allait me gifler.

Je l'ai embrassé sur la bouche et j'ai mordu sa lèvre inférieure aussi fort que j'ai pu ; j'ai senti le goût du sang sur ma langue. Il m'a repoussée.

J'ai passé tout le chemin du retour à concocter ma vengeance. J'ai réfléchi à tout ce que je pourrais lui faire. Je pourrais le faire virer, ou pire. Mais je n'en ferai rien, je l'apprécie trop pour ça. Je ne veux pas lui faire de mal. Ce n'est même plus tant le fait d'avoir été rejetée qui me dérange, maintenant. Ce qui me dérange, c'est que je n'ai pas pu finir de raconter mon histoire, et je ne peux pas recommencer depuis le début avec quelqu'un d'autre, c'est trop difficile.

Et maintenant, je n'ai pas envie de rentrer parce que je ne sais pas comment je vais expliquer à Scott les bleus sur mes bras.

RACHEL

Lundi 22 juillet 2013

Soir

E t maintenant, j'attends. C'est insoutenable, cette incertitude, la lenteur avec laquelle tout est destiné à se mouvoir. Mais il n'y a rien de plus à faire.

J'avais raison, ce matin, quand j'ai senti cet effroi. Mais j'ignorais de quoi je devais avoir peur.

Pas de Scott. Quand il m'a attirée à l'intérieur, il a dû voir la terreur dans mes yeux, car il m'a presque aussitôt lâchée. Avec ses yeux fous et ses cheveux en bataille, il a semblé se recroqueviller pour échapper à la lumière.

— Qu'est-ce que vous faites là ? Il y a des photographes et des journalistes partout autour de la maison. Je ne peux pas laisser n'importe qui venir chez moi. Ils vont raconter... ils essaieront... Ils feront tout pour avoir des images, pour pouvoir...

— Il n'y a personne dehors, ai-je dit.

Pour être honnête, je n'avais pas vraiment regardé. Il aurait pu y avoir des journalistes tapis dans leurs voitures, à l'affût du moindre mouvement.

— Qu'est-ce que vous faites là ? a-t-il répété.

— J'ai appris la nouvelle... C'était dans le journal ce matin. Je voulais juste savoir... Est-ce que c'est lui ? l'homme qu'ils ont arrêté ?

Il a hoché la tête.

— Oui. Tôt ce matin. La policière qui me tient au courant de l'avancement de l'enquête, Riley, elle est venue me le dire, mais elle n'avait pas l'autorisation de... Ils n'ont pas voulu me dire pourquoi. J'imagine qu'ils ont découvert quelque chose, mais ils ne veulent pas me dire ce que c'est. Je sais simplement que ce n'est pas elle. Je sais qu'ils ne l'ont pas trouvée.

Il s'est assis dans l'escalier et a serré ses bras autour de lui. Son corps entier s'est retrouvé pris de tremblements.

— Je ne supporte pas ça. D'attendre que le téléphone sonne. Quand il sonnera, qu'est-ce qu'on va m'annoncer? Le pire? Est-ce qu'on me dira...

Sa voix s'est éteinte, et il a relevé les yeux comme s'il se rendait tout juste compte de ma présence.

— Pourquoi êtes-vous venue ici?

— Je voulais... je pensais que vous ne voudriez pas être seul.

Il m'a regardée comme si j'étais folle.

— Je ne suis pas seul.

Il s'est levé et m'a bousculée pour rejoindre le salon. Je suis restée là un instant, sans savoir si je devais le suivre ou partir, jusqu'à ce qu'il me crie :

— Vous voulez un café?

Il y avait une femme dans le jardin, en train de fumer. Grande, avec des cheveux poivre et sel, elle était élégamment vêtue d'un pantalon noir et d'un chemisier blanc boutonné jusqu'au col. Elle faisait les cent pas sur la terrasse, mais, dès qu'elle m'a aperçue, elle s'est arrêtée, a jeté d'une chiquenaude sa cigarette sur les dalles, puis l'a écrasée du bout du pied.

— Vous êtes de la police? m'a-t-elle demandé, dubitative, en rentrant dans la cuisine.

— Non, je...

— Maman, je te présente Rachel Watson, est intervenu Scott. C'est la femme qui m'a contacté pour me parler d'Abdic.

Elle a acquiescé lentement, comme si l'explication de Scott ne la renseignait pas vraiment; elle m'a examinée rapidement de la tête aux pieds puis des pieds à la tête.

— Oh.

— Je voulais, euh...

Je n'avais pas de bonne raison d'expliquer ma venue. Je ne pouvais pas non plus lui dire : « Je voulais juste savoir. Je voulais voir. »

— Eh bien, Scott vous est très reconnaissant de vous être manifestée. Comme vous vous en doutez, maintenant, nous attendons qu'on nous explique exactement ce qui se passe.

Elle a fait un pas vers moi, m'a prise par le coude et gentiment fait pivoter vers la porte d'entrée. J'ai jeté un regard à Scott, mais il était tourné vers le jardin, les yeux fixés sur quelque chose dehors, au-delà de la voie ferrée.

— Merci d'être passée, madame Watson. Nous vous sommes vraiment très reconnaissants.

Puis je me suis retrouvée sur le pas de la porte, et cette dernière s'est rapidement refermée derrière moi. C'est en levant les yeux que je les ai vus : Tom poussant un landau, avec Anna à ses côtés. Ils se sont arrêtés net en m'apercevant. Anna a levé une main à sa bouche puis s'est vite penchée pour prendre son enfant dans ses bras. La lionne protégeant son petit. J'ai eu envie de rire, de lui dire : « Je ne suis pas là pour toi, je n'en ai rien à faire, de ta fille. »

On m'a chassée. La mère de Scott a été claire. On m'a chassée, et j'en suis déçue, mais ça ne devrait pas être important, parce qu'ils ont attrapé Kamal Abdic. Ils l'ont attrapé, et je les ai aidés. J'ai fait quelque chose de bien. Ils l'ont attrapé et, maintenant, ce n'est plus qu'une question de temps avant qu'ils retrouvent Megan et qu'elle rentre chez elle.

ANNA

Lundi 22 juillet 2013

Matin

Tom m'a réveillée tôt avec un baiser et un sourire coquin. Sa réunion commence tard, ce matin, alors il a proposé qu'on aille prendre le petit déjeuner au café du coin de la rue avec Evie. C'est un des endroits où on se retrouvait souvent quand on a commencé à se fréquenter. On s'asseyait près de la fenêtre – comme elle travaillait à Londres, il n'y avait pas de risque qu'elle passe par là et nous surprenne. Mais, malgré tout, il restait ce frisson du danger. Peut-être qu'elle allait rentrer plus tôt, pour une raison quelconque : si elle ne se sentait pas bien, ou si elle avait oublié des papiers importants. J'en rêvais. Je voulais qu'elle passe devant nous, un jour, qu'elle me voie avec lui, qu'elle comprenne en un instant qu'il ne lui appartenait plus. Aujourd'hui, c'est difficile d'imaginer qu'il fut un temps où j'espérais la voir apparaître.

Depuis la disparition de Megan, j'évite au maximum de me retrouver devant chez eux – ça me donne la chair de poule de passer devant cette maison – mais, pour aller au café, c'est le seul chemin. Tom marche quelques pas devant moi avec la poussette ; il chantonne quelque chose à Evie qui la fait rire. J'adore quand on sort comme ça, tous les trois. Je vois bien la manière dont les gens nous regardent, je les entends penser : « Quelle belle famille ! » Et j'en suis fière, plus fière que je ne l'ai été de quoi que ce soit dans toute ma vie.

Me voilà donc qui marche gaiement dans ma petite bulle de bonheur, et nous sommes presque devant le numéro quinze quand la porte s'ouvre. L'espace d'un instant, je crois avoir une hallucination, parce que c'est elle qui en sort. Rachel. Elle franchit la porte et reste là une seconde, puis elle nous aperçoit et s'immobilise. C'est affreux. Elle nous fait un sourire des plus étranges, presque une grimace, et je ne peux pas me retenir : je plonge et j'attrape Evie dans sa poussette. Effrayée, elle se met à pleurer.

Rachel repart et s'éloigne rapidement vers la gare.

Tom l'appelle :

— Rachel ! qu'est-ce que tu fais là ? Rachel !

Mais elle continue son chemin, de plus en plus vite jusqu'à presque courir, et nous restons plantés là tous les deux, à la suivre des yeux, puis Tom se tourne vers moi et, dès qu'il voit mon expression, il dit :

— Bon, rentrons à la maison.

Soir

Quand nous sommes rentrés, nous avons appris que quelqu'un avait été arrêté en rapport avec la disparition de Megan Hipwell. Un type dont je n'avais jamais entendu parler, un psy qu'elle voyait, apparemment. Ça a été un soulagement, je suppose, parce que je m'imaginais un tas de choses horribles.

— Je t'avais bien dit que ce ne serait pas le fait d'un inconnu, m'a dit Tom. Ça n'arrive jamais, n'est-ce pas ? De toute façon, on ne sait même pas ce qui s'est passé. Si ça se trouve, elle n'a rien du tout. Elle s'est juste enfuie avec quelqu'un d'autre.

— Alors pourquoi auraient-ils arrêté cet homme ?

Il a haussé les épaules. Il était distrait, il n'arrêtait pas de tirer sur sa veste, de resserrer sa cravate pour se préparer à sa réunion.

— Qu'est-ce qu'on va faire ? ai-je repris.

— Qu'est-ce qu'on va faire ? a-t-il répété, perplexe.

— Pour elle. Pour Rachel. Qu'est-ce qu'elle faisait là ? Pourquoi était-elle chez les Hipwell ? Tu penses... tu penses qu'elle essayait d'entrer dans notre jardin ? Tu sais, en passant par ceux des voisins ?

Tom a eu un rire sinistre.

— J'en doute fort. Enfin, c'est de Rachel qu'on parle ! Elle n'arriverait jamais à soulever son gros cul par-dessus tant de barrières. Je n'ai aucune idée de ce qu'elle faisait là. Peut-être qu'elle était bourrée et qu'elle s'est trompée de porte ?

— En d'autres termes, elle voulait venir ici ?

Il a soupiré.

— Je ne sais pas. Écoute, il ne faut pas que tu t'en fasses, d'accord ? Garde les portes fermées. Je lui passerai un coup de fil pour savoir ce qu'elle fabriquait.

— Je crois qu'on devrait appeler la police.

— Et leur dire quoi ? Elle n'a rien fait...

— Elle n'a rien fait... ces derniers jours. Si on ne tient pas compte de sa présence le soir où Megan Hipwell a disparu, lui ai-je rappelé. On aurait dû en parler à la police depuis longtemps.

— Anna, voyons.

Il a passé un bras derrière ma taille.

— Ça m'étonnerait que Rachel ait quelque chose à voir avec la disparition de Megan Hipwell. Mais je vais lui parler, d'accord ?

— Mais tu m'avais dit qu'après la dernière fois...

— Je sais, a-t-il soufflé. Je sais ce que j'ai dit.

Il m'a embrassée puis a glissé une main dans l'élastique de mon jean.

— On ne va pas mêler la police à tout ça tant que ce n'est pas nécessaire.

Moi, je pense que c'est nécessaire. Je n'arrête pas de penser à ce sourire qu'elle nous a fait, ce rictus. Elle avait presque l'air triomphant. Il faut qu'on parte loin d'ici. Il faut qu'on parte loin d'elle.

RACHEL

Mardi 23 juillet 2013

Matin

Il me faut un bon moment avant de comprendre ce que je ressens à mon réveil. Une euphorie soudaine, tempérée par autre chose : un effroi sans nom. Je sais que nous ne sommes pas loin de découvrir la vérité. Mais je ne peux pas m'empêcher de pressentir que la vérité va être terrible.

Je m'assois dans mon lit, j'attrape mon ordinateur, je l'allume et j'attends impatiemment qu'il charge et se connecte à Internet. Ça me paraît interminable. J'entends Cathy remuer dans l'appartement, faire la vaisselle de son petit déjeuner puis courir à l'étage se brosser les dents. Elle hésite quelques instants devant ma porte. Je l'imagine, le doigt levé, prêt à toquer. Finalement, elle se ravise et redescend.

La page d'accueil du site de la BBC apparaît. La une est consacrée aux baisses des prestations sociales, le deuxième article à une star des années soixante-dix accusée d'agression sexuelle – encore une. Rien sur Megan, rien sur Kamal. Je suis déçue. Je sais que la police a vingt-quatre heures pour inculper un suspect et, à présent, elles sont écoulées. Mais, dans certaines circonstances, ils peuvent aussi garder quelqu'un douze heures de plus.

Je sais tout cela parce que j'ai passé la journée d'hier à faire des recherches. Après avoir été mise à la porte de chez Scott, je suis revenue à la maison, j'ai allumé la télévision, et j'ai passé la plus grande partie de la journée à regarder les informations et lire des articles en ligne. À attendre.

À midi, la police avait donné le nom de son suspect. Aux informations, ils ont parlé de «preuves découvertes au domicile du docteur Abdic et dans sa voiture», sans préciser de quoi il s'agissait. Du sang, peut-être ? Le téléphone de Megan, qui n'a toujours pas été retrouvé ? Des vêtements, un sac, sa brosse à dents ? Ils montraient régulièrement des photos de Kamal, des gros plans de son beau visage ténébreux. Ce n'était pas une photo de la police qu'on voyait le plus souvent, mais un cliché au naturel : il est en vacances quelque part, il ne sourit pas vraiment, mais presque. Il a l'air trop doux, trop beau pour être un assassin, mais les apparences peuvent être trompeuses. Il paraît que Ted Bundy, le tueur en série, ressemblait à Cary Grant.

Toute la journée, j'ai guetté l'annonce officielle des charges qui pesaient sur lui : enlèvement, agression, ou pire. J'ai attendu qu'on nous dise où elle était, où il l'avait enfermée. Ils ont montré des images de Blenheim Road, de la gare, de la porte d'entrée de chez Scott. Les commentateurs se perdent en conjectures pour savoir pourquoi ni le téléphone de Megan ni ses cartes bancaires n'avaient été utilisés depuis plus d'une semaine.

Tom m'a appelée plus d'une fois. Je n'ai pas décroché. Je sais ce qu'il me veut. Il veut me demander pourquoi j'étais chez Scott Hipwell hier matin. Je vais le laisser se poser des questions. Ça n'a rien à voir avec lui. Tout ne tourne pas autour de lui. En plus, j'imagine que c'est elle qui le pousse à m'appeler. Et je ne lui dois aucune explication, à celle-là.

J'ai attendu, et attendu encore, et toujours rien : à la place, on a beaucoup parlé de Kamal, ce professionnel de santé qui a écouté les secrets et les soucis de Megan, qui a gagné sa confiance pour en abuser ensuite, qui l'a séduite puis… Dieu sait quoi.

J'ai découvert qu'il était musulman, bosniaque, un survivant de la guerre d'ex-Yougoslavie arrivé en Grande-Bretagne à quinze ans, en tant que réfugié. Loin d'avoir été épargné par la brutalité, il a perdu son père et deux frères plus âgés au cours du massacre de Srebrenica. Il a été condamné pour violence conjugale.

Plus j'en apprenais sur Kamal, plus je savais que j'avais eu raison : j'avais eu raison de parler de lui à la police, et de contacter Scott.

Ce matin, je me lève et j'enfile ma robe de chambre, puis je descends rapidement l'escalier pour allumer la télé. Je n'ai pas l'intention de sortir aujourd'hui. Si Cathy rentre inopinément, je lui dirai que je suis malade. Je me prépare un café, je m'assois devant le poste et j'attends.

Soir

Vers quinze heures, j'ai commencé à m'ennuyer ferme. J'en avais assez d'entendre parler des prestations sociales et des acteurs télé pédophiles, j'en avais marre de ne rien entendre au sujet de Megan, au sujet de Kamal, alors je suis allée à l'épicerie acheter deux bouteilles de blanc.

Je suis presque à la fin de la première quand ça arrive. Il y a autre chose à l'écran à ce moment-là, les images tremblotantes d'un bâtiment en cours de construction (ou de destruction) avec des bruits d'explosions au loin. La Syrie, l'Égypte, peut-être le Soudan ? J'ai le volume au minimum et je n'y prête pas vraiment attention. Puis je le vois : le bandeau des informations de dernière minute qui défile en bas de l'écran m'apprend que le gouvernement tente avec peu de résultats de réduire les sommes allouées aux aides juridiques et que Fernando Torres a une déchirure musculaire et sera dans l'incapacité de jouer pendant quatre semaines et que le principal suspect dans la disparition de Megan Hipwell a été libéré sans avoir été inculpé.

Je repose mon verre et j'attrape la télécommande, je monte le son plus fort, plus fort, plus fort. C'est forcément une erreur. Le reportage de guerre continue, il dure une éternité, et je sens ma tension monter au fur et à mesure, mais il s'achève enfin et la

chaîne revient au studio, où la présentatrice reprend l'antenne :
« Kamal Abdic, le suspect interpellé hier dans l'affaire Megan
Hipwell, a été libéré sans avoir été inculpé. Abdic, le psychologue de madame Hipwell, était en détention depuis hier, mais
il a été libéré ce matin car les preuves dont dispose la police sont
insuffisantes pour l'inculper. »

Je n'entends pas la suite. Je reste assise là, ma vision se brouille,
et une vague de bruit emplit mes oreilles. Je songe : « Ils l'avaient.
Ils l'avaient, et ils l'ont laissé filer. »

À l'étage, un peu plus tard. J'ai trop bu, je ne parviens pas à
discerner ce qui s'affiche sur l'écran de mon ordinateur, je vois
double, triple. J'arrive à lire si je pose une main sur un œil. Ça
me donne la migraine. Cathy est rentrée, elle m'a appelée depuis
le rez-de-chaussée, alors je lui ai dit que j'étais au lit et que je
n'allais pas bien. Elle sait que j'ai recommencé à boire.

J'ai l'estomac plein d'alcool. Je me sens mal. Impossible de
réfléchir. J'aurais pas dû commencer à boire si tôt. J'aurais pas
dû commencer à boire tout court. J'ai appelé le numéro de Scott
il y a une heure, et encore une fois il y a quelques minutes. Ça
aussi, j'aurais dû éviter. Je veux simplement savoir : qu'est-ce que
Kamal leur a raconté ? Quels mensonges ont-ils été assez idiots
pour gober ? La police a tout foutu en l'air. Quels abrutis. C'est
cette Riley, c'est sa faute, j'en suis sûre.

Les journaux n'aident pas : maintenant, ils disent qu'il n'y a
jamais eu de condamnation pour violence conjugale. C'était une
erreur. Et ils le font passer pour la victime.

Plus envie de boire. Je sais que je devrais vider le reste dans
l'évier parce que, sinon, ce sera encore là demain matin quand
je me lèverai et, dès que je serai réveillée, je le boirai. Et une fois
que j'aurai commencé, je ne pourrai plus m'arrêter. Je devrais le
vider dans l'évier, mais je sais que je n'en ferai rien. Ça me fait au
moins une perspective agréable pour demain matin.

Il fait sombre, et j'entends quelqu'un l'appeler. Une voix, basse
au début, puis plus forte. En colère, désespérée, une voix qui

appelle Megan. C'est Scott, il n'est pas content. Il l'appelle encore et encore. C'est un rêve, je crois. J'essaie à plusieurs reprises de le saisir, de m'y accrocher, mais plus je lutte, plus il s'éloigne, avant de s'évanouir.

Mercredi 24 juillet 2013

Matin

Un petit coup à la porte me réveille. La pluie tambourine contre ma fenêtre ; il est huit heures passées mais on dirait qu'il fait noir dehors. Cathy ouvre doucement et jette un coup d'œil dans la pièce.

— Rachel ? tout va bien ?

Elle aperçoit la bouteille à côté de mon lit et ses épaules s'affaissent.

— Oh, Rachel.

Elle entre et s'approche pour la ramasser. J'ai trop honte pour dire quoi que ce soit.

— Tu ne vas pas au travail ? demande-t-elle. Tu y es allée, hier ?

Elle n'attend pas ma réponse, elle se contente de tourner les talons et de partir en lâchant :

— Tu vas finir par te faire virer si tu continues comme ça.

Je devrais le lui dire, là, elle est déjà fâchée de toute façon. Je devrais la rattraper et lui dire : j'ai été virée il y a des mois quand je suis revenue au bureau complètement ivre après un déjeuner de trois heures avec un client, où j'ai été si malpolie et incompétente qu'il a quitté notre firme. En fermant les yeux, je revois les derniers instants de ce déjeuner, l'expression sur le visage de la serveuse quand elle me tend ma veste, le moment où je reviens en titubant au bureau, avec les collègues qui se retournent pour me regarder. Martin Miles qui m'entraîne à part. « Je crois que tu devrais rentrer chez toi, Rachel. »

Un coup de tonnerre, un éclair. Je me redresse brusquement. À quoi ai-je pensé, cette nuit ? J'ouvre mon petit carnet noir, mais je n'y ai rien écrit depuis hier midi : j'ai pris des notes sur Kamal, son âge, ses origines, sa condamnation pour violence conjugale. Je prends un stylo et tire un trait sur cette dernière ligne.

En bas, je me fais un café et j'allume la télévision. La police a tenu une conférence de presse hier et la chaîne Sky News en montre des extraits. Le capitaine Gaskill est là, pâle, émacié, avec un air de chien battu comme s'il s'était fait réprimander. Il ne mentionne pas une fois le nom de Kamal, il déclare simplement qu'un suspect était en détention pour être interrogé, mais qu'il a été libéré sans qu'aucune charge pèse sur lui, et que l'enquête continue. Les caméras s'éloignent pour s'intéresser à un Scott assis, voûté et mal à l'aise, et qui cligne des yeux devant les flashs des appareils photo. Son visage exprime une angoisse terrible. J'en ai mal au cœur. Il parle doucement, les yeux baissés. Il dit qu'il n'a pas perdu espoir, que peu importe les déclarations de la police, qu'il s'accroche toujours à l'idée que Megan finira par rentrer à la maison.

Ses mots sonnent vides, faux, mais, sans voir ses yeux, je ne suis pas capable de savoir pourquoi. Je n'arrive pas à définir la raison pour laquelle il ne semble pas réellement croire qu'elle rentrera à la maison ; est-ce parce que toute la foi qu'il possédait lui a été arrachée par les événements de ces derniers jours, ou parce qu'il sait déjà, lui, qu'elle ne rentrera jamais ?

C'est alors que ça me revient : le souvenir d'avoir appelé son numéro hier. Une fois, deux ? Je cours à l'étage pour prendre mon téléphone, que je trouve sur le lit, pris dans les plis des draps. J'ai trois appels manqués : un de Tom et deux de Scott. Pas de message. L'appel de Tom a eu lieu dans la soirée d'hier, et le premier appel de Scott aussi, mais plus tard, peu avant minuit. Son second appel était ce matin, il y a à peine quelques minutes.

Mon cœur retrouve un peu de légèreté. C'est positif : malgré la réaction de sa mère, malgré ce qu'elle a lourdement sous-entendu (« Merci de votre aide, et maintenant, du balai ! »), Scott a toujours envie de me parler. Il a besoin de moi. Je ressens une bouffée d'affection soudaine pour Cathy, une profonde gratitude pour ma colocataire qui a vidé dans l'évier le reste de la bouteille de vin. Il faut que je garde les idées claires, pour Scott. Il a besoin que je sois en état de réfléchir.

Je prends une douche, je m'habille et je me fais un autre café, puis je vais me rasseoir dans le salon, mon carnet noir prêt à l'emploi, et je rappelle Scott.

— Vous auriez dû me le dire, lâche-t-il à la seconde où il décroche. Me dire ce que vous étiez.

Il parle d'un ton neutre, froid. Mon ventre se tord instantanément. Il sait.

— L'inspectrice Riley est venue me parler juste après sa libération. Il a nié avoir eu une aventure avec elle. Et elle m'a expliqué que le témoin qui a suggéré qu'il se passait quelque chose entre eux n'était pas quelqu'un de fiable. Que c'était une alcoolique. Qui avait peut-être des problèmes mentaux. Elle ne m'a pas donné son nom, mais j'imagine que c'est de vous qu'elle parlait ?

— Mais... non, je balbutie. Non. Je ne suis pas... je n'avais rien bu quand je les ai vus ensemble. Il était huit heures et demie du matin.

Comme si ça prouvait quoi que ce soit.

— Et ils ont trouvé des preuves, je l'ai entendu aux informations. Ils ont trouvé...

— Des preuves insuffisantes.

La communication est coupée.

Vendredi 26 juillet 2013

Matin

Je ne fais plus allers-retours à mon travail imaginaire. J'ai abandonné mon cinéma. Je fais à peine l'effort de sortir de mon lit. Je crois que la dernière fois que je me suis brossé les dents, c'était mercredi. Je feins toujours d'être malade, mais je crois bien que personne n'est dupe.

Rien que l'idée de me lever, de m'habiller, de prendre le train et d'aller à Londres pour errer dans les rues me paraît insurmontable. C'est déjà suffisamment difficile quand le soleil brille, mais ce serait impossible sous ce déluge. Cela fait trois jours qu'il pleut des cordes, une pluie froide, battante et incessante.

J'ai du mal à dormir et ce n'est plus seulement une question d'alcool : ce sont les cauchemars. Je suis coincée quelque part, et je sais que quelqu'un approche, et qu'il y a une sortie, je le sais, je sais que je l'ai vue juste avant, mais je ne parviens pas à retrouver mon chemin, et, quand il m'attrape, je n'arrive pas à hurler. J'essaie, je prends de l'air dans mes poumons et je l'éjecte, mais il n'y a aucun bruit, rien qu'un filet d'air gémissant, comme une personne à l'agonie qui tente de respirer.

Parfois, dans mes cauchemars, je me retrouve dans le passage souterrain à côté de Blenheim Road, mais le chemin derrière moi est condamné, et je ne peux plus avancer parce qu'il y a quelque chose, quelqu'un qui m'attend, et je me réveille prise d'une terreur panique.

Ils ne la retrouveront jamais. Chaque jour, chaque heure qui passe renforce ma certitude. Elle va devenir un de ces noms, une de ces histoires qu'on entend : disparue, recherchée, son corps jamais retrouvé. Et Scott n'obtiendra jamais ni justice, ni paix. Il ne pourra jamais pleurer une morte ; il ne saura jamais ce qui lui est arrivé. Il n'aura ni conclusion, ni résolution. Ces pensées me tiennent éveillée, la nuit, et j'ai mal pour lui. Il n'y a rien de pire, je n'imagine pas plus douloureux que de ne pas savoir, et cela ne s'arrêtera jamais.

Je lui ai écrit. J'ai admis que j'avais un problème, puis j'ai menti à nouveau, je lui ai dit que je m'étais prise en main, et que je me faisais soigner. Je lui ai dit que je n'avais pas de problèmes mentaux. Je n'arrive plus à savoir si c'est vrai ou pas. Je lui ai dit que je n'avais aucun doute sur ce que j'avais vu, et que je n'avais rien bu au moment de cette scène. Au moins ça, c'est vrai. Il ne m'a pas répondu. Je n'y croyais pas vraiment, de toute façon. Les liens sont rompus, on m'a exclue. Peu importe ce que je veux lui dire, je ne le pourrai jamais. Et je ne peux pas l'écrire, ça semblerait bizarre. Je veux qu'il sache à quel point je suis désolée que ça n'ait pas suffi que je les oriente vers Kamal, que je leur dise : «Regardez, il est là.» J'aurais dû voir quelque chose. Ce samedi-là, j'aurais dû garder les yeux ouverts.

Soir

Je suis complètement trempée, morte de froid, j'ai le bout des doigts blanchi et ridé, la tête qui me lance à cause d'une gueule de bois qui a démarré vers dix-sept heures trente. Rien d'anormal, vu que j'ai commencé à boire avant midi. Je suis sortie m'acheter une autre bouteille, mais mes plans ont été contrariés par le distributeur, qui m'a opposé un obstacle auquel je m'attendais depuis un petit moment : «Votre compte ne dispose pas des fonds suffisants pour cette opération.»

Après cela, je me suis mise à marcher. J'ai erré sans but pendant plus d'une heure sous la pluie battante. Le quartier piéton d'Ashbury m'appartenait à moi seule. Au cours de cette promenade, j'ai décidé que je devais agir. Il faut que je me rachète. J'ai été en dessous de tout.

Maintenant, ruisselante et presque sobre, je vais appeler Tom. Je n'ai pas envie de savoir ce que j'ai fait, ce que j'ai dit ce fameux samedi, mais il faut que je le découvre. Ça pourrait stimuler ma mémoire. Je ne saurais pas expliquer pourquoi, mais j'ai la certitude qu'il me manque quelque chose, un indice vital. Peut-être qu'il ne s'agit que d'une autre illusion, une dernière tentative de me prouver que je peux être utile. Mais peut-être que c'est réel.

—J'essaie de t'avoir au téléphone depuis lundi, dit Tom quand il décroche.

Puis il ajoute :

— J'ai appelé ton travail.

Il laisse cette dernière phrase faire son chemin. Je suis déjà sur la défensive, gênée, honteuse.

— Il faut que je te parle de samedi soir, dis-je. L'autre soir, tu vois lequel.

— Qu'est-ce que tu racontes ? Moi, j'ai besoin de te parler de lundi, Rachel. Qu'est-ce que tu fichais chez Scott Hipwell ?

— Ça n'a pas d'importance, Tom…

— Si, bon sang ! Qu'est-ce que tu faisais là-bas ? Tu te rends compte, quand même, qu'il est peut-être… je veux dire, on n'en sait rien, pas vrai ? Il lui a peut-être fait quelque chose, finalement. À sa femme.

— Il n'a rien fait à sa femme, dis-je avec assurance. Ce n'est pas lui.

— Et qu'est-ce que tu en sais ? Rachel, qu'est-ce qui se passe ?

— J'ai juste… Tu dois me croire. Ce n'est pas pour ça que je t'appelle. J'ai besoin de te parler de ce soir-là, du samedi en question. Du message que tu m'as laissé. Tu étais en colère. Tu as dit que j'avais fait peur à Anna.

— Oui, tu lui as fait peur. Elle t'a croisée dans la rue, tu titubais, et tu t'es mise à lui hurler des insultes. Elle était terrifiée, après ce qui s'était passé la dernière fois. Avec Evie.

— Est-ce qu'elle… est-ce qu'elle a fait quelque chose ?

— Comment ça ?

— Est-ce qu'elle m'a fait quelque chose, à moi ?

— Quoi ?

— J'avais une coupure, Tom, à la tête. Je saignais.

— Tu es en train d'accuser Anna de t'avoir fait du mal ?

Il crie, il est furieux.

— Non mais franchement, Rachel. C'en est assez ! J'ai réussi à convaincre plus d'une fois Anna de ne pas aller voir la police à ton sujet, mais si tu continues comme ça, si tu continues de nous harceler, d'inventer des choses…

— Je ne l'accuse de rien du tout, Tom. J'essaie juste de comprendre. Je ne me...

— Tu ne te souviens pas ! Évidemment, Rachel ne se souvient pas.

Il pousse un soupir de lassitude.

— Écoute, Anna t'a vue, tu étais ivre et agressive. Alors je suis sorti te chercher. Tu étais dans la rue. Je crois que tu avais dû tomber. Tu étais dans tous tes états. Tu t'étais coupée à la main.

— Je ne m'étais pas...

— Bon, tu avais du sang sur la main, en tout cas. Je ne sais pas comment il est arrivé là. Je t'ai dit que j'allais te ramener chez toi, mais tu ne m'écoutais pas. Tu étais incontrôlable, tu tenais des propos incohérents. Tu t'es éloignée et je suis allé prendre la voiture, mais, quand je suis revenu, tu n'étais plus là. J'ai roulé jusqu'à la gare, mais je ne t'ai pas vue. J'ai tourné encore un peu – Anna avait très peur que tu sois restée dans les parages et que tu reviennes, que tu essaies d'entrer dans la maison. Moi, j'avais peur que tu fasses une mauvaise chute ou que tu t'attires des ennuis... Je suis allé jusqu'à Ashbury. J'ai sonné, mais tu n'étais pas là. J'ai essayé de t'appeler plusieurs fois. Je t'ai laissé un message. Et, oui, j'étais en colère. J'étais très énervé, à ce moment-là.

— Je suis désolée, Tom. Je suis vraiment désolée.

— Je sais. Tu es toujours désolée.

— Tu as dit que j'avais crié sur Anna...

Je me crispe à cette idée, mais je vais au bout de ma phrase :

— ... qu'est-ce que je lui ai dit ?

— Je ne sais pas, répond-il sèchement. Tu veux que j'aille la chercher ? Tu voudrais peut-être lui en toucher un mot ?

— Tom...

— Franchement, qu'est-ce que ça change, maintenant ?

— Est-ce que tu as vu Megan Hipwell, ce soir-là ?

— Non.

Sa voix se fait soudain inquiète.

— Pourquoi ? Tu l'as vue, toi ? Tu ne lui as rien fait, hein ?

— Non, bien sûr que non.

Il garde le silence un instant, puis reprend :

— Alors, pourquoi tu me poses cette question ? Rachel, si tu sais quelque chose...

— Je ne sais rien, dis-je. Je n'ai rien vu.

— Pourquoi tu étais chez Scott Hipwell, lundi ? Dis-moi au moins ça, s'il te plaît, que je puisse enfin rassurer Anna. Elle est très inquiète.

— J'avais quelque chose à lui dire. Je pensais que ça pourrait lui être utile.

— Tu n'as pas vu Megan Hipwell, mais tu avais quelque chose d'utile à raconter à son mari ?

J'hésite. Je ne sais pas ce que je peux lui confier, ou si je dois tout garder pour Scott.

— C'est au sujet de Megan, dis-je enfin. Elle avait un amant.

— Attends... tu la connaissais ?

— Un tout petit peu.

— Comment ?

— Je l'avais rencontrée à la galerie.

— Oh. Et le type, c'était qui ?

— Son psy. Kamal Abdic. Je les ai vus ensemble.

— Ah bon ? le type qu'ils ont arrêté ? Je croyais qu'il avait été relâché.

— Oui. Et c'est ma faute, parce que je ne suis pas un témoin suffisamment fiable.

Tom rit, mais c'est un rire doux, amical, pas un rire pour se moquer de moi.

— Allons, Rachel. Tu as bien fait d'en parler à la police. Je suis sûr qu'ils avaient d'autres raisons.

Derrière lui, j'entends son enfant gazouiller, et Tom parle à l'intention de quelqu'un d'autre, je ne comprends pas ce qu'il dit.

— Je dois y aller, reprend-il.

Je l'imagine reposer le téléphone, attraper sa petite fille pour l'embrasser, et prendre sa femme dans ses bras. Et, dans la plaie, le couteau continue de remuer, encore et encore et encore.

Lundi 29 juillet 2013

Matin

Il est huit heures sept et je suis à bord du train. Retour au travail imaginaire. Cathy a passé le week-end avec Damien et, quand je l'ai croisée hier soir, je ne lui ai pas laissé l'opportunité de me réprimander : j'ai commencé tout d'abord par m'excuser, je lui ai dit que je n'allais pas bien du tout, mais que j'essayais de me reprendre et que je voulais repartir de zéro. Elle a accepté mes excuses – ou, en tout cas, elle a fait semblant de les accepter – et m'a prise dans ses bras. La gentillesse incarnée.

On ne parle presque plus de Megan aux informations. Hier, dans le *Sunday Times*, une tribune sur l'incompétence policière y a brièvement fait allusion – une source anonyme, émanant du service des poursuites judiciaires de la Couronne, l'a citée en exemple comme « une de ces nombreuses occasions au cours desquelles la police procède à une arrestation hâtive fondée sur des éléments de preuve fragiles, voire erronés ».

Nous arrivons au niveau du feu. Je sens le brinquebalement familier du train qui ralentit, et je lève les yeux, je ne peux pas m'en empêcher, ce serait trop dur, mais il n'y a plus rien à observer. Les portes sont fermées, les rideaux tirés. Il n'y a rien à voir, à part la pluie, des trombes d'eau, et des traînées boueuses qui s'accumulent au fond du jardin.

Sur un coup de tête, je descends à Witney. Tom n'a pas pu m'aider, mais peut-être que l'autre homme le pourrait, l'homme aux cheveux roux. J'attends que les autres passagers sortis avec moi aient disparu en bas des escaliers et je vais m'asseoir sur le seul banc à l'abri sur le quai. Qui sait, je pourrais avoir de la chance. Je pourrais le voir monter dans un train. Je pourrais le suivre, lui parler. C'est tout ce qu'il me reste, ma dernière carte. Si ça ne donne rien, il faudra que j'abandonne. Je n'aurai plus le choix.

Une demi-heure passe. Chaque fois que j'entends des pas sur les marches, mon rythme cardiaque s'accélère. Chaque fois que des talons claquent sur le sol, je suis prise d'inquiétude. Si Anna me voit ici, je risque d'avoir des ennuis. Tom m'a prévenue. Il a réussi à l'empêcher de mêler la police à tout ça jusqu'ici, mais si je continue ainsi...

Neuf heures et quart. À moins qu'il ne commence le travail très tard, je l'ai manqué. Il pleut plus fort, désormais, et je n'ai pas le courage d'affronter une nouvelle journée vaine à Londres. Je n'ai plus dans mon portefeuille qu'un unique billet de dix livres que j'ai emprunté à Cathy, et il faut qu'il me dure jusqu'à ce que je trouve le courage de demander de l'argent à ma mère. Je descends l'escalier avec l'intention de rejoindre l'autre quai pour rentrer à Ashbury quand, soudain, j'aperçois Scott qui sort de chez le marchand de journaux en face de l'entrée de la gare, le col remonté pour se protéger le visage.

Je lui cours après et le rattrape au coin de la rue, devant le passage souterrain. Je le prends par le bras et il se retourne vivement, surpris.

— S'il vous plaît, dis-je, je peux vous parler ?

— Putain ! crache-t-il, mais qu'est-ce que vous me voulez, maintenant ?

Je recule, les mains en l'air.

— Je suis désolée, dis-je, je suis désolée. Je voulais juste m'excuser, et vous expliquer...

Les trombes d'eau se sont transformées en un véritable déluge. Nous sommes les seules personnes dans la rue, tous deux trempés jusqu'aux os. Scott se met à ricaner, puis lève les bras et éclate de rire.

— Venez à la maison, dit-il alors. On va se noyer si on reste là.

En attendant que l'eau bouille, Scott monte au premier me chercher une serviette. La maison est un peu plus en désordre que la semaine dernière, et l'odeur de désinfectant a été remplacée par une odeur plus naturelle. Des journaux sont empilés dans un coin du salon, et plusieurs tasses traînent sur la table basse et le manteau de la cheminée.

Scott réapparaît à côté de moi et me tend une serviette.

— Je sais, c'est un dépotoir. Ma mère me rendait dingue à force de nettoyer et de ranger derrière moi. On s'est un peu disputés. Ça fait quelques jours qu'elle n'est pas venue me voir.

Son téléphone portable se met à sonner. Il y jette un coup d'œil puis le range dans sa poche.

— Quand on parle du loup... Elle ne s'arrête jamais, celle-là.

Je le suis dans la cuisine.

— Je suis désolée pour ce qui s'est passé, dis-je.

Il hausse les épaules.

— Je sais. Ce n'est pas votre faute, tout ça. Enfin, ç'aurait été plus efficace si vous...

— ... si je n'étais pas une ivrogne ?

Le dos tourné, il verse le café.

— Oui, voilà. Mais, de toute façon, ils n'avaient pas assez d'éléments pour l'inculper de quoi que ce soit.

Il me tend ma tasse et nous nous asseyons. Je remarque qu'un des cadres photo est maintenant face contre la petite table. Scott continue de parler :

— Ils ont trouvé des trucs dans sa maison, des cheveux, des cellules mortes, mais il ne nie pas qu'elle est venue chez lui. Enfin, au début, il l'a nié, mais ensuite il a admis qu'elle avait déjà été là-bas.

Mais pourquoi commencer par mentir ?

— Exactement. Il a admis qu'elle était venue deux fois chez lui, mais juste pour parler. Il refuse de dire de quoi – encore cette histoire de secret médical. Les cheveux et les cellules mortes ont été retrouvés au rez-de-chaussée. Rien dans la chambre. Il jure par tous les saints qu'ils n'entretenaient pas de liaison. Mais vu que c'est un menteur...

Il se passe une main sur les yeux. On dirait que son visage s'apprête à sombrer, ses épaules s'affaissent, il est ramassé sur lui-même.

— Il y avait une trace de sang dans sa voiture.

— Oh ! mon Dieu.

— Ouais. Le même groupe sanguin qu'elle. Ils ne savent pas s'ils pourront en tirer un marqueur ADN parce que l'échantillon est trop faible. Et ils n'arrêtent pas de dire que ce n'est sûrement rien. Mais comment peuvent-ils dire que ce n'est rien s'ils ont trouvé du sang de Megan dans sa voiture ?

Il secoue la tête.

— Vous aviez raison. Plus j'en apprends sur ce type, plus j'en suis sûr.

Il me regarde droit dans les yeux pour la première fois depuis que nous sommes arrivés.

— Il la sautait, elle a voulu le quitter, alors il… il lui a fait quelque chose. C'est tout. J'en suis persuadé.

Il a perdu tout espoir, et je ne peux pas lui en vouloir. Cela fait plus de deux semaines, maintenant, et elle n'a pas allumé son téléphone, elle n'a pas utilisé sa carte bancaire, et elle n'a pas retiré d'argent à un distributeur. Personne ne l'a vue. Elle a disparu.

— Il a dit à la police qu'elle est peut-être partie, reprend Scott.

— Le docteur Abdic ?

Scott acquiesce.

— Il a dit à la police qu'elle n'était pas heureuse avec moi et qu'elle aurait pu partir.

— Il essaie de faire peser les soupçons sur vous, pour que la police croie que c'est vous qui lui avez fait quelque chose.

— Je sais, ça. Mais on dirait qu'ils gobent tout ce que leur raconte ce connard. C'est cette Riley, ça se voit à la manière dont elle parle de lui. Elle le trouve sympathique. Le pauvre réfugié opprimé.

Il baisse la tête, fourbu.

— Il a peut-être raison. Il y a eu cette horrible dispute, après tout. Mais je n'arrive pas à croire que… C'est faux, elle n'était pas malheureuse avec moi. C'est faux. C'est faux.

À la troisième fois, je me demande si c'est lui-même qu'il cherche à convaincre.

— Mais si elle a eu un amant, c'est qu'elle devait bien être malheureuse, non ? reprend-il.

— Pas nécessairement, dis-je. C'était peut-être simplement un de ces... Comment ils appellent ça ? Un transfert. C'est le mot, non ? Quand un patient commence à avoir des sentiments pour le médecin qui le traite – ou qu'il croit avoir des sentiments. Mais le psychologue est censé résister à ces sentiments, et montrer au patient qu'ils ne sont pas réels.

Il me regarde toujours dans les yeux, mais je sens qu'il ne m'écoute pas.

— Qu'est-ce qui s'est passé ? demande-t-il soudain. Pour vous. Vous avez quitté votre mari. C'était à cause de quelqu'un d'autre ?

Je secoue la tête.

— Non, l'inverse. Il a rencontré Anna.

— Désolé.

Il s'interrompt, et je sais ce qu'il va me demander, alors je le devance.

— Ça a commencé avant, quand on était encore mariés. Les problèmes d'alcool. C'est ce que vous vouliez savoir, non ?

Il acquiesce à nouveau.

— On essayait d'avoir un enfant, dis-je, mais ma voix me trahit.

Encore après tout ce temps, chaque fois que j'aborde le sujet, les larmes me montent aux yeux.

— Désolée.

— Ce n'est rien.

Il se lève, va jusqu'à l'évier et emplit un verre d'eau qu'il pose devant moi sur la table. Je m'éclaircis la gorge, et j'essaie de rester aussi objective que possible.

— On essayait d'avoir un enfant, mais ça ne marchait pas. J'étais de plus en plus déprimée, et j'ai commencé à boire. Je suis devenue extrêmement difficile à vivre et Tom est parti chercher du réconfort ailleurs. Elle n'a été que trop heureuse de le lui apporter.

— Je suis vraiment désolé, c'est affreux. Je sais... Je voulais un enfant. Megan me répondait toujours qu'elle n'était pas encore prête.

C'est à son tour d'essuyer ses larmes.

— C'est une des choses... On se disputait parfois à cause de ça.

— C'est à ce sujet que vous vous êtes disputés, le soir où elle est partie ?

Il soupire, repousse sa chaise et se lève.

— Non, répond-il avant de se détourner. C'était autre chose.

Soir

Quand j'arrive à la maison, Cathy m'attend dans la cuisine. Elle boit un verre d'eau, l'air furieux.

— Bonne journée au bureau ? lâche-t-elle, les lèvres pincées.

Elle sait.

— Cathy...

— Damien avait une réunion du côté d'Euston, ce matin. En sortant, il est tombé sur Martin Miles. Ils se connaissent un peu, tu te rappelles ? Quand Damien bossait pour Laing Fund Management, c'était Martin qui était chargé de gérer leurs relations publiques.

— Cathy...

Elle lève une main et reprend une gorgée d'eau.

— Ça fait des mois que tu ne travailles plus là-bas, Rachel ! Des mois ! Tu imagines comme je me sens bête, en ce moment ? Et Damien ? Je t'en prie, je t'en supplie, dis-moi que tu as un autre travail et que tu as simplement oublié de m'en parler. Dis-moi que tu ne faisais pas semblant d'aller au travail. Que tu ne m'as pas menti, jour après jour, tout ce temps.

— Je ne savais pas comment te le dire...

— Tu ne savais pas comment me le dire ? Pourquoi pas : « Cathy, je me suis fait virer parce que je me suis pointée ivre morte au boulot » ? Qu'est-ce que tu en penses ?

Je tressaille, et son visage se radoucit.

— Je suis désolée, mais tout de même, Rachel.

Elle est vraiment trop gentille.

— Mais qu'est-ce que tu fabriques ? Où tu vas, qu'est-ce que tu fais, toute la journée ?

— Je marche. Je vais à la bibliothèque. Parfois...

— Tu vas au pub ?

— Ça arrive. Mais...

— Pourquoi tu ne m'en as pas parlé ?

Elle s'approche pour poser les mains sur mes épaules.

— Tu aurais dû m'en parler.

— J'avais trop honte, dis-je.

Et je me mets à pleurer. J'ai envie de rentrer sous terre, mais les larmes coulent. Je sanglote et sanglote, et cette pauvre Cathy me prend contre elle, me caresse les cheveux, me dit que ça va aller et que tout va s'arranger. Je suis au fond du trou. Je ne me suis presque jamais autant détestée.

Un peu plus tard, Cathy et moi sommes assises sur le canapé avec une tasse de thé, et elle me donne le programme : je vais arrêter de boire, je vais reprendre mon CV, et je vais rappeler Martin Miles pour le supplier de me rédiger une lettre de recommandation. Je ne vais plus gaspiller mon argent à faire des allers et retours en train à Londres pour rien.

— Franchement, Rachel, je ne comprends pas comment tu as pu continuer cette mascarade aussi longtemps.

Je hausse les épaules.

— Le matin, je prends le train de 8 h 04. Le soir, je prends celui de 17 h 56. C'est mon train. C'est celui que je prends. C'est comme ça.

Jeudi 1er août 2013

Matin

Mon visage est recouvert par quelque chose, je n'arrive pas à respirer, je suffoque. Quand je retrouve le chemin vers l'éveil, je respire péniblement et j'ai mal à la poitrine. Je me redresse, les yeux grands ouverts, et je vois quelque chose se mouvoir dans un coin de la pièce, une tache d'un noir profond qui ne cesse de croître, et je manque de crier – puis je suis enfin réveillée pour de bon et il n'y a rien dans ce coin de ma chambre, mais je suis bien assise dans mon lit et mes joues sont baignées de larmes.

Le jour est presque levé, la lumière dehors commence tout juste à se teinter de gris, et la pluie tambourine contre ma fenêtre. Je ne peux plus me rendormir, pas avec mon cœur qui bat à cent à l'heure, si fort que j'en ai encore mal.

Je crois qu'il me reste du vin en bas, mais je n'en suis pas sûre. Je ne me souviens pas d'avoir fini la seconde bouteille. Il sera tiède – je ne peux pas le laisser dans le frigo, parce que, si Cathy le trouve, elle le videra dans l'évier. Elle a tellement envie que j'aille mieux, mais, jusqu'à présent, ça ne se passe pas comme prévu. Il y a un petit placard sous l'escalier qui abrite le compteur à gaz. S'il reste du vin, ce sera là que je l'aurai caché.

Je sors discrètement sur le palier et descends les marches sur la pointe des pieds dans la semi-obscurité. J'ouvre le petit placard et je soupèse la bouteille : c'est décevant, elle est très légère, il ne doit pas y avoir plus d'un verre. Mais c'est mieux que rien. Je le verse dans une tasse (comme ça, au cas où Cathy se lèverait, je pourrais lui faire croire que c'est du thé) et je mets la bouteille vide à la poubelle (en prenant bien soin de la dissimuler sous une brique de lait et un paquet de chips). Dans le salon, j'allume la télé, je coupe le son et je m'assois sur le canapé.

Je zappe de chaîne en chaîne – je ne tombe que sur des émissions pour enfants et des publicités, jusqu'au moment où je reconnais soudain des images de la forêt de Corly, qui est juste au bout de la route ; on la voit depuis le train. La forêt de Corly sous cette pluie battante, les champs entre l'orée du bois et la voie ferrée submergés par les précipitations.

Je ne sais pas pourquoi je mets autant de temps à comprendre ce qui se passe. Dix secondes, quinze, vingt, je regarde des voitures, des rubans de police bleu et blanc, une grande tente blanche à l'arrière-plan, et ma respiration se fait de plus en plus courte jusqu'à ce que je la retienne totalement et que je ne respire plus du tout.

C'est elle. Elle était dans les bois, tout ce temps, juste à côté de la voie ferrée. Je suis passée devant ces champs, chaque matin et chaque soir, je faisais mon trajet sans me douter de rien.

Dans les bois. J'imagine une tombe creusée sous des buissons fournis, camouflée à la hâte. J'imagine le pire, l'impossible – son corps pendu à une corde, dans un coin reculé au cœur de la forêt, où personne ne s'aventure jamais.

Ce n'est peut-être même pas elle. Peut-être que c'est autre chose. Je sais que ce n'est pas autre chose.

Un journaliste apparaît à l'écran, ses cheveux bruns lissés contre son crâne. Je monte le volume, et je l'écoute me dire ce que je sais déjà, ce que je sens en moi – que ce n'était pas moi qui n'arrivais pas à respirer, ce matin, c'était Megan.

— Oui, dit-il en réponse à quelqu'un au studio, la main appuyée contre l'oreille. La police a désormais confirmé que le corps d'une jeune femme a été retrouvé immergé dans les eaux qui ont inondé un champ au bord de la forêt de Corly, située à près de huit kilomètres du domicile de Megan Hipwell. Comme vous le savez, madame Hipwell a disparu début juillet – le treize, pour être précis – et personne ne l'a revue depuis. La police précise que le corps, découvert tôt dans la matinée par des gens qui promenaient leur chien, n'a pas encore été officiellement identifié. Cependant, ils estiment eux aussi qu'il doit s'agir de Megan. Le mari de madame Hipwell a déjà été informé.

Il cesse de parler quelques instants, pendant que la présentatrice lui pose une question, mais je ne l'entends pas à cause du sang qui rugit dans mes oreilles. Je porte la tasse à mes lèvres et la vide jusqu'à la dernière goutte.

Le journaliste a repris la parole :

— Oui, Kay, c'est exact. Il semble que le corps a été enterré ici, dans les bois, probablement depuis un certain temps, et que ce sont les récentes pluies diluviennes qui l'ont mis au jour.

C'est pire, c'est bien pire que ce que j'imaginais. Je la vois, désormais, je vois son visage gâté par la boue, ses bras pâles à la lumière du jour, tendus vers le ciel, comme si elle avait tenté de se frayer un chemin hors de la tombe avec ses seuls ongles. Je sens un liquide chaud remonter dans ma bouche, mélange amer de bile et de vin, et je cours à l'étage pour vomir.

Soir

J'ai passé la majeure partie de la journée au lit. J'ai essayé de remettre mes idées en ordre. J'ai essayé de reprendre chaque souvenir, chaque image, chaque rêve, et de reconstituer ce qui s'est passé ce samedi soir. Pour y trouver un sens, pour y voir mieux, j'ai tout mis par écrit. Le crissement de mon stylo sur le papier me donnait l'impression qu'on me murmurait des choses, et ça me rendait nerveuse. Je n'arrêtais pas de songer qu'il devait y avoir quelqu'un d'autre dans l'appartement, derrière ma porte, et je ne pouvais pas m'empêcher d'imaginer que c'était elle.

J'avais presque trop peur pour ouvrir la porte de ma chambre, mais évidemment il n'y avait personne. Je suis descendue et j'ai rallumé la télévision. Les mêmes images que ce matin tournaient en boucle : la forêt sous la pluie, des voitures de police sur un chemin boueux, cette affreuse tente blanche, tout ça en un magma grisâtre, puis soudain Megan souriant à l'objectif, toujours aussi belle, intacte. Puis c'est Scott, tête baissée, qui repousse les photographes pour sortir de chez lui, Riley à ses côtés. Puis le cabinet de Kamal. Mais aucun signe de lui.

Je n'avais pas envie d'avoir le son, mais j'ai bien été obligée de remonter le volume – pour ne plus entendre le silence résonner dans mes oreilles. La police dit que la femme, qui n'a toujours pas été officiellement identifiée, est morte depuis quelque temps déjà, peut-être plusieurs semaines. Ils disent que la cause du décès n'a pas encore été établie. Ils disent qu'il n'y a pas de preuve qu'il s'agisse d'un crime à caractère sexuel.

Ça me paraît une remarque très idiote. Je sais bien ce qu'ils veulent dire : ils ne pensent pas qu'elle a été violée, et c'est tant mieux évidemment, mais ça ne signifie pas pour autant qu'il n'y avait pas de caractère sexuel. Il me semble, à moi, que Kamal la voulait, qu'il n'a pas pu l'avoir parce qu'elle a dû essayer de le quitter, et qu'il ne l'a pas supporté. C'est un caractère sexuel, ça, non ?

Je n'en peux plus de voir tout ça, alors je repars à l'étage me réfugier sous ma couette. Je vide mon sac à main, j'examine chacune de mes notes gribouillées sur un bout de papier, toutes ces bribes d'information que j'ai rassemblées, ces souvenirs qui ne cessent de se transformer, telles des ombres, et je me demande : pourquoi est-ce que je fais tout ça ? à quoi cela peut-il me servir ?

MEGAN

Jeudi 13 juin 2013

Matin

Je n'arrive pas à dormir avec cette chaleur. Je sens des insectes invisibles courir sur ma peau, j'ai une rougeur sur la poitrine, je ne parviens pas à bien m'installer. Et Scott semble irradier de la chaleur ; j'ai l'impression d'être allongée près d'un feu. J'essaie de m'éloigner le plus possible, mais ça ne suffit pas, même à l'extrémité du lit, les draps repoussés. C'est insupportable. J'ai hésité à aller me coucher sur le futon dans la chambre d'amis, mais il déteste ça, quand il se réveille et que je ne suis pas là, on finit toujours par se disputer pour une chose ou une autre. Le plus souvent, c'est à propos de ce qu'on pourrait faire d'autre de cette chambre d'amis, ou de la personne à laquelle je pensais pendant que j'étais là, toute seule. Parfois, j'ai envie de lui hurler : « Mais laisse-moi partir, laisse-moi partir ! Laisse-moi respirer ! » Alors je n'arrive pas à dormir, et je lui en veux. J'ai l'impression que la dispute a déjà commencé, même si elle n'a lieu que dans mes pensées.

Et dans ma tête, les idées tournent et tournent et tournent encore.

J'ai l'impression d'étouffer.

Est-ce que cette maison a toujours été aussi minuscule ? Et ma vie, a-t-elle toujours été si minable ? Est-ce que c'est ça dont je rêvais ? Je ne m'en souviens plus. Tout ce que je sais, c'est qu'il y a quelques mois j'allais mieux et, aujourd'hui, je n'arrive plus à réfléchir, à dormir, à dessiner, et l'envie de m'échapper devient insurmontable. La nuit, allongée là, réveillée, j'entends cette voix dans ma tête qui répète sans relâche, un murmure : « Disparais. » Quand je ferme les yeux, je vois surgir des images de mes vies passées et futures, de tout ce que je rêvais, des choses que j'ai eues et que j'ai jetées. Si je n'arrive pas à m'installer confortablement, c'est que, partout où je regarde, je ne trouve qu'un mur : la galerie fermée, les maisons de cette rue, les velléités d'amitié envahissantes de ces femmes ennuyeuses de mon cours de Pilates, la voie ferrée au bout du jardin avec ses trains qui emmènent constamment des gens ailleurs et qui me rappellent une douzaine de fois par jour que, moi, je ne bouge pas.

J'ai l'impression de devenir folle.

Quand je pense qu'il y a à peine quelques mois j'allais mieux, j'étais en train d'aller mieux. J'allais bien. Je dormais. Je ne vivais pas dans la crainte des cauchemars. J'arrivais à respirer. Oui, j'avais quand même envie de m'enfuir. Parfois. Mais pas tous les jours.

Parler à Kamal m'aidait, je ne peux pas prétendre le contraire. J'aimais ça. Je l'aimais bien, lui. Il me rendait plus heureuse. Et maintenant, tout cela me semble terriblement inachevé – je n'ai pas pu aller au bout. Et c'est ma faute, je le sais, parce que j'ai agi bêtement, comme une gamine, parce que je n'ai pas apprécié qu'on me dise non. Il faudrait que j'apprenne à perdre. J'en suis gênée, maintenant, la honte me monte aux joues dès que j'y repense. Je ne veux pas que ce soit ça, son dernier souvenir de moi. Je veux qu'il me revoie, et qu'il voie que je suis mieux que ça. Et je suis sûre que, si j'allais le voir, il m'apporterait son aide. Il est comme ça.

Il faut que j'arrive au bout de mon histoire. Il faut que je la raconte à quelqu'un, juste une fois. Dire les mots à voix haute. Si ça ne sort pas de moi, ça finira par me dévorer de l'intérieur. Le vide en moi, celui qu'ils ont laissé, continuera de grandir et grandir encore jusqu'à me consumer entièrement.

Je vais devoir ravaler ma fierté et ma honte, et aller le voir. Il faudra bien qu'il m'écoute. Je ferai tout pour qu'il m'écoute.

Soir

Scott pense que je suis au cinéma avec Tara. Je suis devant la porte de l'appartement de Kamal depuis un quart d'heure, à me préparer mentalement à frapper. J'ai tellement peur de la façon dont il va me regarder, après ce qui s'est passé la dernière fois. Je vais devoir lui montrer que je suis désolée, alors je me suis habillée en conséquence : très simplement, un jean et un T-shirt, et presque pas de maquillage. Je ne suis pas là pour le séduire, il faut qu'il me croie.

Je sens mon cœur s'emballer tandis que je m'approche de sa porte pour sonner. Personne ne vient. Il y a de la lumière à l'intérieur, mais personne ne vient. Peut-être qu'il m'a vue rôder dehors ; peut-être qu'il est à l'étage et qu'il espère que, s'il m'ignore, je finirai par partir. Mais il a tort. Il ne sait pas la détermination dont je peux faire preuve. Une fois que j'ai décidé quelque chose, je peux être redoutable.

Je sonne une nouvelle fois, puis une troisième et, enfin, j'entends des pas dans l'escalier et la porte s'ouvre. Il porte un pantalon de jogging et un T-shirt blanc. Il est pieds nus, les cheveux humides et le visage rougi.

— Megan ?

Il est surpris, mais pas en colère, c'est un bon début.

— Vous allez bien ? Tout va bien ?

— Je suis désolée, dis-je, et il s'écarte pour me laisser entrer.

Une vague de gratitude m'envahit, si intense qu'on pourrait la prendre pour de l'amour. Il me conduit dans la cuisine. Elle n'est pas rangée : il y a de la vaisselle sale empilée sur le plan de travail et dans l'évier, des cartons de nourriture à emporter vides qui débordent de la poubelle. Je me demande s'il est dépressif. Je reste sur le pas de la porte ; il s'appuie sur le plan de travail face à moi, les bras croisés sur la poitrine.

— Que puis-je faire pour vous? demande-t-il.

Son visage arbore une expression parfaitement neutre; c'est l'expression du psychologue. Ça me donne envie de le pincer, juste pour le faire sourire.

— Je voulais vous dire... Je commence, puis je m'arrête.

Je suis incapable d'aller ainsi droit au but, j'ai besoin d'un préambule. Alors je change de tactique.

— Je voulais m'excuser, dis-je, pour ce qui s'est passé la dernière fois.

— Ce n'est pas grave, dit-il, ne vous en faites pas. Si vous désirez parler à quelqu'un, je peux vous recommander un autre médecin, mais je ne peux plus...

— S'il vous plaît, Kamal.

— Megan, je ne peux plus être votre psychologue.

— Je sais. Je le sais. Mais je ne peux pas recommencer avec quelqu'un d'autre. Je n'y arriverai pas. Nous avons tant avancé. Nous étions si près du but. Il faut que je vous raconte la fin. Juste une fois. Ensuite, je disparaîtrai, promis. Et je ne vous embêterai plus jamais.

Il incline la tête de côté. Il ne me croit pas, ça se voit. Il pense que, s'il me redonne une chance aujourd'hui, il ne pourra plus jamais se débarrasser de moi.

— Laissez-moi vous raconter, je vous en prie. Ça ne durera pas, mais j'ai juste besoin qu'on m'écoute.

— Et votre mari? suggère-t-il, mais je secoue la tête.

— Je ne peux pas... je ne peux pas lui dire. Pas après tout ce temps. Il ne serait plus capable de... de me voir telle que je suis. Je serais une tout autre personne à ses yeux. Il ne saurait pas comment me pardonner. Je vous en prie, Kamal. Si je ne recrache pas ce poison, je crois que je ne dormirai plus jamais. Je vous le demande comme à un ami, pas comme à un médecin. Écoutez-moi, s'il vous plaît.

Ses épaules s'affaissent légèrement tandis qu'il se détourne, et je songe que ça y est, c'est terminé. Mon cœur se serre. Puis il ouvre un placard et en sort deux gros verres.

— Comme un ami, alors. Un peu de vin ?

Je le suis dans le salon. Il a la même apparence négligée que la cuisine, faiblement éclairé par quelques lampes. Nous nous asseyons chacun d'un côté d'une table en verre recouverte de hautes piles de papiers, magazines et menus de plats à emporter. J'agrippe mon verre entre mes mains. Je prends une gorgée. C'est un vin rouge mais il est froid, poussiéreux. J'avale, puis je prends une autre gorgée. Il attend que je commence, mais c'est difficile, encore plus difficile que je ne le croyais. J'ai gardé ce secret si longtemps – une décennie, plus d'un tiers de ma vie. Ce n'est pas si simple, de le laisser s'évader maintenant. Mais je sais qu'il faut que je parle maintenant. Sinon, je n'aurai peut-être jamais le courage de dire ces mots à voix haute, je risque même de les perdre, ils pourraient se coincer dans ma gorge et m'étouffer dans mon sommeil.

— Après avoir quitté Ipswich, je me suis installée avec Mac, dans son cottage à la sortie de Holkham, au bout du chemin. Je vous l'avais dit, ça, non ? C'était un endroit très isolé, le voisin le plus proche était à trois ou quatre kilomètres, et la boutique la plus proche à encore trois kilomètres de là. Au début, on a beaucoup fait la fête, il y avait toujours des tas de gens qui squattaient notre salon, ou qui dormaient dans le hamac dehors, l'été. Mais on en a eu marre au bout d'un moment, et Mac a fini par s'embrouiller avec tout le monde, alors les gens ont arrêté de venir, et on s'est retrouvés juste tous les deux. Des journées entières passaient sans qu'on voie personne. On faisait nos courses au magasin de la station-service. C'est bizarre, quand j'y repense, mais je crois que c'est ce dont j'avais besoin à ce moment-là, après tout le reste – après Ipswich et tous ces hommes, les choses que j'avais faites. Ça me plaisait de n'être que Mac et moi, avec la voie ferrée désaffectée, l'herbe, les dunes et la mer, ses vagues grises et impétueuses.

Kamal penche la tête sur le côté avec un demi-sourire. Je sens mon estomac se retourner.

— Ça avait l'air agréable. Mais vous ne pensez pas que vous idéalisez cet endroit ? « Les vagues grises et impétueuses » ?

— Laissez tomber, dis-je en balayant sa question d'un revers de main. Et puis, non, je n'idéalise pas. Vous êtes déjà allé dans le nord du Norfolk ? Ce n'est pas l'Adriatique. C'est une mer impétueuse, et terriblement grise.

Il lève les mains en souriant :

— D'accord.

Je me sens instantanément mieux, et la tension quitte ma nuque et mes épaules. Je prends une nouvelle gorgée de vin. Il me semble moins amer, à présent.

— J'étais heureuse avec Mac. Je sais que ça n'a pas l'air du genre d'endroit qui me plairait, mais là, après la mort de Ben et tout ce qui s'est ensuivi, ça l'était. Mac m'a sauvée. Il m'a hébergée, il m'a aimée, il m'a protégée. Et il n'était pas ennuyeux. Et puis, pour être tout à fait honnête, on prenait beaucoup de drogue, et il faut le vouloir pour s'ennuyer quand on est défoncé en permanence. J'étais heureuse. Vraiment heureuse.

Kamal acquiesce.

— Je comprends, mais je ne suis pas sûr que ç'ait été un bonheur très authentique, dit-il. Le genre de bonheur qui peut durer, qui vous épaule véritablement.

Je ris.

— J'avais dix-sept ans. J'étais avec un homme qui me grisait et qui m'adorait. Je m'étais enfuie de chez mes parents, de la maison où tout, absolument tout, me rappelait mon frère mort. Je n'avais pas besoin que ça dure, ni que ça m'épaule. J'en avais besoin à ce moment-là, c'est tout.

— Alors, qu'est-ce qui s'est passé ?

Il me semble que la pièce s'assombrit soudain. Nous y voilà, au passage que je ne raconte jamais.

— Je suis tombée enceinte.

Il hoche la tête et attend que je continue. Une partie de moi a envie qu'il me pose des questions, mais non, il se contente d'attendre. L'atmosphère s'assombrit encore.

— Quand je m'en suis rendu compte, il était trop tard pour… pour m'en débarrasser. Me débarrasser d'elle. C'est ce que j'aurais fait si je n'avais pas été si bête, si inconsciente. C'est qu'elle n'était pas désirée, ni par lui, ni par moi.

Kamal se lève, va à la cuisine et revient avec un rouleau d'essuie-tout pour que je sèche mes larmes. Il me le tend et retourne s'asseoir. Il me faut un moment avant de pouvoir reprendre. Kamal reste assis, comme pendant nos rendez-vous, les yeux dans les miens, les mains repliées sur ses genoux, patient, immobile. Ça doit demander un self-control incroyable, cette immobilité, cette passivité. Ça doit être épuisant.

J'ai les jambes tremblantes, le genou qui tressaute comme s'il était commandé par la ficelle d'un marionnettiste. Je me lève pour l'arrêter. Je marche jusqu'à la porte de la cuisine, puis je reviens. Je me gratte nerveusement la paume des mains.

— On a été tellement bêtes, tous les deux, lui dis-je enfin. On n'a même pas assumé ce qui se passait, on a continué comme si de rien n'était. Je ne suis pas allée voir le médecin, je n'ai pas fait plus attention à ce que je mangeais, je n'ai pas pris de vitamines prénatales, je n'ai rien fait de ce qu'on est censé faire dans ces cas-là. On a continué notre petite vie. On faisait comme si rien n'avait changé. J'étais de plus en plus grosse, de plus en plus lente, de plus en plus fatiguée, on était tous les deux irritables et on passait notre temps à s'engueuler, mais rien n'a vraiment changé avant qu'elle arrive.

Il me laisse pleurer. Pendant ce temps, il vient s'asseoir sur la chaise à côté de moi et ses genoux frôlent ma cuisse. Il se penche en avant. Il ne me touche pas, mais nos corps sont si proches que je sens son odeur, une odeur propre dans cette pièce sale, une odeur nette, âpre.

Ma voix se transforme en murmure, ça me dérange de prononcer ces mots à voix haute.

— J'ai accouché à la maison. C'était idiot, mais j'avais un truc contre les hôpitaux à cette époque, parce que la dernière fois que j'avais été dans un hôpital, c'était quand Ben était mort. Et puis je n'étais allée faire aucune échographie. J'avais fumé, un peu bu, je n'avais pas envie qu'on me fasse la leçon. Je ne m'en sentais pas capable. Je crois que... jusqu'au dernier moment, ça ne m'a jamais paru très réel, comme si je ne pensais pas vraiment que ça allait arriver.

« Mac avait une amie infirmière, ou qui avait suivi une formation d'infirmière, quelque chose comme ça. Elle est venue, et ça s'est bien passé. Ce n'était pas si mal. Je veux dire, c'était horrible, évidemment, douloureux et terrifiant, mais... ensuite, elle était là. Toute petite. Je ne me souviens pas exactement du poids qu'elle faisait. C'est terrible, non ?

Kamal ne dit rien, il ne bouge pas.

— Elle était adorable. Elle avait des yeux noirs et des cheveux blonds. Elle ne pleurait pas beaucoup, et elle a fait ses nuits dès le début. C'était un gentil bébé. Une gentille fille.

Là, je dois m'arrêter un instant.

— Je m'attendais à ce que tout soit très dur, mais pas du tout.

Il fait encore plus sombre, j'en suis sûre, mais, quand je relève les yeux, Kamal est là, il me regarde, l'air compatissant. Il m'écoute. Il veut que je lui raconte. J'ai la gorge sèche, alors je prends une autre gorgée de vin. Ça me fait mal d'avaler.

— Nous l'avons appelée Elizabeth. Libby.

C'est tellement étrange, de prononcer son nom à voix haute après tout ce temps.

— Libby, je répète.

J'aime la sensation de son nom dans ma bouche. J'ai envie de le répéter encore et encore. Enfin, Kamal tend une main et prend la mienne, son pouce contre mon poignet, sur mon pouls.

— Un jour, on s'est disputés, Mac et moi. Je ne me souviens pas à propos de quoi. Ça arrivait de temps à autre, de petites disputes qui explosaient en grosses engueulades, rien de violent, rien de ce genre, mais on se hurlait dessus et je menaçais de le quitter, ou alors c'était lui qui sortait et je ne le voyais pas pendant quelques jours.

« C'était la première fois que ça arrivait depuis sa naissance – la première fois qu'il partait et me laissait toute seule avec la petite. Elle avait à peine quelques mois. Le toit fuyait. Je me souviens du bruit de l'eau qui gouttait dans des seaux, dans la cuisine. Il faisait un froid glacial, avec le vent qui chassait violemment les vagues sur la mer; il pleuvait depuis des jours. J'ai allumé un feu dans le salon, mais il n'arrêtait pas de s'éteindre. J'étais fatiguée. J'avais un peu bu, pour me réchauffer, mais ça ne marchait pas, alors j'ai décidé de prendre un bain. J'ai emmené Libby avec moi, je l'ai posée sur ma poitrine, la tête juste sous mon menton.

La pièce s'assombrit plus encore et je me retrouve là-bas, allongée dans l'eau, son petit corps appuyé sur le mien, la flamme d'une bougie vacillant juste derrière moi. J'entends la cire couler, son odeur dans mon nez, et un courant d'air froid vient souffler sur ma nuque et mes épaules. Je me sens lourde, mon corps s'enfonce dans la chaleur de l'eau. Je suis épuisée. Et, soudain, la bougie est éteinte et j'ai froid. Très froid, j'ai les dents qui claquent dans mon crâne, le corps tout entier qui tremble. La maison me semble trembler aussi, le vent hurle et s'engouffre sous les tuiles du toit.

— Je me suis endormie, dis-je.

Puis je ne peux plus rien dire d'autre.

Je la sens encore, elle n'est plus sur ma poitrine, son corps est coincé entre mon bras et le bord de la baignoire, son visage dans l'eau. Nous étions si froides, toutes les deux.

Pendant un moment, aucun de nous ne bouge. J'ose à peine le regarder, mais, quand j'essaie, il ne se détourne pas. Il ne prononce pas un mot. Il passe un bras sur mes épaules et m'attire à lui, mon visage contre son torse. J'inspire son odeur et j'attends de me sentir différente, plus légère, de me sentir mieux ou pire maintenant qu'une autre âme sur cette terre sait. Je suis soulagée, je crois, parce que sa réaction me prouve que j'ai bien fait. Il n'est pas en colère contre moi, il ne pense pas que je suis un monstre. Je suis en sécurité, parfaitement en sécurité avec lui.

Je ne sais pas combien de temps je reste ainsi, dans ses bras, mais, quand je reviens à moi, j'entends mon téléphone qui sonne. Je ne réponds pas mais, peu après, un bip me prévient de l'arrivée d'un texto. C'est Scott. « Tu es où ? » Et, quelques secondes plus tard, le téléphone se remet à sonner. Cette fois, c'est Tara. Je me dépêtre des bras de Kamal et je réponds.

— Megan, je ne sais pas ce que tu fabriques, mais il faut que tu appelles Scott. Il m'a déjà téléphoné quatre fois. Je lui ai dit que tu étais sortie nous racheter du vin, mais je pense qu'il ne m'a pas crue. Il dit que tu ne décroches pas ton portable.

Elle a l'air énervé et je sais que je devrais la rassurer, mais je n'en ai pas l'énergie.

— D'accord, dis-je. Merci. Je le rappelle tout de suite.

— Megan…

Mais je raccroche avant d'entendre un mot de plus.

Il est dix heures passées, je suis là depuis plus de deux heures. Je coupe mon téléphone et me tourne vers Kamal.

— Je ne veux pas rentrer chez moi, dis-je.

Il hoche la tête mais ne me propose pas de rester. Au lieu de cela, il se lève et dit :

— Tu peux revenir, si tu en as envie. Une autre fois.

Je fais un pas vers lui, je referme le fossé entre nos deux corps, je me dresse sur la pointe des pieds et j'embrasse ses lèvres. Il ne se dérobe pas.

RACHEL

Samedi 3 août 2013

Matin

Cette nuit, j'ai rêvé que j'étais dans les bois et que je marchais, toute seule. C'était l'aube, ou le crépuscule, je ne sais plus très bien, mais il y avait quelqu'un d'autre avec moi. Je ne le voyais pas, mais je savais qu'il était derrière moi, et qu'il gagnait du terrain. Je ne voulais pas qu'on me voie, je voulais m'enfuir, mais, impossible, j'avais les jambes trop lourdes et, quand j'essayais de crier, je n'émettais pas le moindre son.

À mon réveil, les rayons du soleil pénètrent dans la pièce entre les lamelles du store. La pluie s'en est allée, son travail accompli. Il fait chaud dans la chambre, ça sent le fauve – je l'ai à peine quittée depuis jeudi. J'entends les gémissements et les vrombissements de l'aspirateur, dans l'appartement. Cathy fait le ménage. Un peu plus tard, elle ira faire un tour, et j'en profiterai pour me risquer à sortir. Je ne suis pas sûre de ce que je ferai, je n'arrive pas à me reprendre en main. Encore une journée à boire, peut-être, et demain j'arrêterai.

Mon téléphone vibre brièvement : plus de batterie. Je le prends pour le brancher au chargeur, mais je me rends compte que j'ai deux appels manqués, datant d'hier soir. J'appelle ma boîte vocale. Un message.

— Rachel, coucou, c'est maman. Écoute, je dois aller à Londres demain. Samedi. J'ai quelques courses à faire. On pourrait se retrouver pour prendre un café ? Ma chérie, ce n'est pas vraiment le bon moment pour que tu viennes passer du temps à la maison. Il y a... bon, j'ai un nouvel ami, et tu sais comment c'est, au début.

Elle glousse, puis reprend :

— Mais, en tout cas, ça me fera plaisir de te prêter un peu d'argent pour te dépanner deux ou trois semaines. On en reparle demain. Allez, au revoir, ma chérie.

Il va falloir que je sois franche avec elle, que je lui explique avec honnêteté la situation dans laquelle je suis. Mais ça, ce n'est pas une conversation que je peux avoir cent pour cent sobre. Je m'extrais péniblement de mon lit : je peux aller faire un tour au supermarché et prendre un ou deux verres avant de partir. Histoire de me détendre. Je regarde à nouveau mon téléphone et je vais dans la liste des appels manqués. Le second est de Scott. À une heure moins le quart du matin. Je reste assise là, le portable à la main, à peser le pour et le contre : est-ce que je dois le rappeler ? Pas tout de suite, il est trop tôt. Peut-être un peu plus tard ? Après un seul verre, par contre, pas deux.

Je branche le téléphone au chargeur, j'ouvre le store et la fenêtre, puis je vais dans la salle de bains pour prendre une douche froide. Je me frotte la peau, je me lave les cheveux, et je tâche de faire taire la petite voix dans ma tête qui me répète que c'est un peu étrange, tout de même, qu'il appelle une autre femme au milieu de la nuit, à peine quarante-huit heures après la découverte du corps de son épouse.

Soir

L'averse vient de s'arrêter, et le soleil est presque ressorti de sous les épais nuages blancs. Je me suis acheté une de ces bouteilles de vin miniatures – une seule. Je n'aurais pas dû, mais un déjeuner en compagnie de ma mère éprouverait la détermination du plus fervent des abstinents. Mais bon, elle a promis de me faire un virement de trois cents livres sur mon compte bancaire, alors ce n'était pas juste une perte de temps.

Je ne lui ai pas expliqué la gravité de ma situation. Je ne lui ai pas dit que j'avais perdu mon travail depuis des mois, ni que j'avais été virée (elle pense que son argent va me servir à tenir le coup, le temps que ma prime de licenciement à l'amiable arrive). Je ne lui ai pas parlé non plus de mes problèmes d'alcool, et elle n'a rien remarqué. Cathy, elle, remarque. Quand je l'ai croisée au moment où je sortais, ce matin, elle m'a jeté un regard et a aussitôt commenté :

— Pour l'amour de Dieu, Rachel ! Déjà ?

Je n'ai aucune idée de comment elle fait, mais elle sait toujours. Même quand je n'ai bu qu'un verre, il lui suffit d'une seconde pour savoir.

— Ça se voit à tes yeux, dit-elle.

Mais quand je m'examine dans le miroir, moi, je trouve que j'ai la même tête que d'habitude. Sa patience a des limites, sa compassion aussi. Il faut que j'arrête. Mais pas aujourd'hui. Je ne peux pas aujourd'hui. C'est trop dur aujourd'hui.

C'était à prévoir, j'aurais dû m'en douter, et pourtant ça a été la surprise. Quand je suis montée à bord du train, elle était partout, son visage enjoué à la une de tous les journaux : Megan, belle, blonde, heureuse, le regard rivé sur l'objectif – rivé sur moi.

Quelqu'un a laissé un exemplaire du *Times* sur un siège, alors j'en profite pour lire leur article. Le corps a été officiellement identifié hier soir, et l'autopsie a lieu aujourd'hui. L'article cite la déclaration d'un porte-parole de la police : « La cause du décès de madame Hipwell risque d'être difficile à établir, car son corps est resté un certain temps à l'extérieur, et il a été immergé au moins quelques jours. » C'est affreux, quand j'y pense, avec sa photo juste sous les yeux. De quoi elle avait l'air avant, et à quoi elle doit ressembler aujourd'hui.

Le journaliste mentionne brièvement Kamal, son arrestation et sa libération, puis est retranscrit un communiqué du capitaine Gaskill disant que « la police se penche sur diverses pistes », ce qui signifie probablement qu'ils n'ont pas le début d'une piste. Je referme le journal et le pose par terre, à mes pieds. Je ne supporte plus de voir son visage. Je ne veux plus lire ces mots sans espoir, vides de sens.

J'appuie la tête contre la vitre. On passera bientôt devant le numéro quinze. Je jette un rapide coup d'œil, mais, de ce côté des rails, je suis trop loin pour distinguer quoi que ce soit. Je n'arrête pas de penser au jour où j'ai vu Kamal, à la façon dont il l'a embrassée, à ma colère. Je voulais aller voir Megan et avoir une sérieuse explication avec elle. Et si je l'avais fait ? Que se serait-il passé si j'y étais allée, que j'avais tambouriné à la porte pour lui demander ce qu'elle était en train de fabriquer ? Est-ce qu'elle serait encore là, sur son balcon ?

Je ferme les yeux. À Northcote, quelqu'un monte et vient s'asseoir à côté de moi. Je n'ouvre pas les yeux, mais je songe que c'est un peu étrange, parce que la voiture est à moitié vide. Les poils sur mes bras se hérissent soudain. Je respire un parfum d'après-rasage sous une odeur de cigarette, et je sais que j'ai déjà senti cette odeur.

— Salut.

Je tourne la tête et je reconnais l'homme aux cheveux roux, celui de la gare, celui de ce samedi soir-là. Il me sourit et me tend la main. Trop surprise pour réfléchir, je la serre. Il a la paume dure et calleuse.

— Tu te souviens de moi ?

— Oui, dis-je tout en hochant la tête. Oui, il y a quelques semaines, à la gare.

Il acquiesce, toujours souriant.

— J'étais un peu bourré, ajoute-t-il avant d'éclater de rire. Mais toi aussi, non, ma belle ?

Il est plus jeune que je ne le croyais, il n'a même pas trente ans. Il a un joli visage, pas forcément beau, mais joli. Un large sourire avenant. Il a un accent cockney, ou peut-être de Cornouailles. Il m'observe comme s'il savait un secret à mon sujet, comme s'il me taquinait, comme s'il y avait une connivence entre nous. Il n'y

en a pas. Je détourne la tête. Je devrais lui parler, lui demander :
« Qu'est-ce que tu as vu ? »

Tu vas bien ? demande-t-il.

— Oui, ça va.

Je regarde à nouveau dehors, mais je sens ses yeux posés sur
moi et je ressens soudain l'envie étrange de me retourner vers
lui, de sentir la fumée de cigarette sur ses vêtements et son
haleine. Quand on s'est rencontrés, Tom fumait. J'en prenais
une de temps en temps, quand on sortait boire des verres, ou
après l'amour. C'est devenu une odeur érotique, pour moi ; ça me
rappelle des instants de bonheur. Ma lèvre inférieure effleure
mes dents, et je me demande un instant quelle serait sa réaction
si je venais l'embrasser sur la bouche. Je sens son corps remuer.
Il se penche pour ramasser le journal à mes pieds.

— C'est terrible, hein ? Pauvre fille. C'est bizarre, parce qu'on
y était, ce soir-là. C'était bien ce soir-là, non ? Qu'elle a disparu.

On dirait qu'il lit dans mes pensées, et cela me fait un choc. Je
tourne vivement la tête pour le regarder. Je veux voir l'expression
de ses yeux.

— Pardon ?

— Le soir où je t'ai rencontrée, dans le train. C'est le soir
où cette fille a disparu, celle qu'ils viennent de retrouver. Et il
paraît que la dernière fois qu'on l'a vue, c'était pas loin de la gare.
J'arrête pas de me dire, tu sais, que je l'ai peut-être aperçue. Mais
je ne me souviens pas. J'étais bourré.

Il hausse les épaules.

— Et toi, tu te souviens d'un truc ?

Au moment où il prononce ces mots, je ressens quelque chose
de bizarre, que je ne me rappelle pas avoir déjà ressenti. Je suis
incapable de lui répondre, car mon esprit s'est enfui autre part
et, de toute façon, ce ne sont pas ses mots, c'est son après-rasage.
Sous l'odeur de cigarette, ce parfum frais, citronné, aromatique,
m'évoque le souvenir d'être assise dans le train, à côté de lui,
tout comme en ce moment, mais nous allons dans l'autre sens et

j'entends quelqu'un rire fort. Il a une main sur mon bras et me propose d'aller boire un verre, mais, brusquement, ça ne va plus. J'ai peur, je suis perdue. Quelqu'un essaie de me frapper. Je vois le poing arriver vers moi et je plonge pour l'éviter, les mains sur la tête pour me protéger. Je ne suis plus dans le train, mais dans la rue. J'entends des rires à nouveau, ou des cris. Je suis sur les marches, je suis sur le trottoir, c'est très troublant, j'ai le cœur qui bat à cent à l'heure. Je ne veux plus être près de cet homme. Je veux m'en aller.

Je me lève vivement et je dis « Excusez-moi » bien fort pour que les autres passagers m'entendent, mais il n'y a presque personne dans la voiture et les gens ne lèvent pas les yeux. L'homme me regarde, surpris, et déplace ses jambes sur le côté pour me laisser passer.

— Désolé, ma belle, dit-il. Je ne voulais pas t'embêter.

Je m'éloigne aussi vite que possible, mais le train tressaute et tangue et j'en perds presque l'équilibre. Je me rattrape à un dossier pour m'empêcher de tomber. Les gens me dévisagent. Je me précipite jusqu'à la voiture suivante, que je traverse pour atteindre celle d'après, et ainsi de suite jusqu'à ce que j'arrive au bout du train. J'ai du mal à reprendre mon souffle, je suis effrayée. Je ne peux pas l'expliquer, je n'arrive pas à me souvenir de ce qui s'est passé, mais je ressens encore clairement la peur et la confusion. Je m'assois sur un siège qui fait face à la porte de sortie, au cas où il déciderait de me suivre.

J'appuie les paumes contre mes yeux et je tâche de me concentrer. J'essaie de retrouver ce que j'ai vu. Je me maudis d'avoir bu. Si seulement j'avais les idées claires… Mais revoilà la scène. Il fait sombre, et un homme s'éloigne de moi. Une femme ? Une femme, vêtue d'une robe bleue. Anna.

Le sang cogne contre mes tempes et mon cœur bat très fort. Je ne sais pas si ce que je vois, ce que je ressens, est vrai ou non, imagination ou souvenir. Je ferme les yeux aussi fort que possible et j'essaie de le ressentir à nouveau, de revoir la scène, mais elle s'est évanouie.

ANNA

Samedi 3 août 2013

Soir

T om est allé prendre un verre avec ses copains de l'armée, et Evie fait la sieste. Je suis assise dans la cuisine, portes et fenêtres fermées malgré la chaleur. La pluie s'est enfin arrêtée ; maintenant, l'atmosphère est étouffante.

Je m'ennuie. Je n'arrive pas à trouver quelque chose à faire. J'ai envie d'aller faire du shopping, de dépenser un peu d'argent pour moi, mais, avec Evie, c'est sans espoir. Elle s'énerve très vite, et cela me stresse. Alors je reste à la maison. Je ne peux ni regarder la télévision, ni lire le journal. Je ne veux pas lire les articles, je ne veux pas voir le visage de Megan, je refuse d'y penser.

Mais comment puis-je m'empêcher d'y penser alors que nous sommes là, à quatre maisons de chez elle ?

Je passe des coups de fil pour voir si je ne pourrais pas inviter d'autres parents avec leurs enfants à venir jouer, mais tout le monde a déjà des choses prévues. J'appelle même ma sœur mais évidemment, avec elle, il faut toujours s'y prendre une semaine à l'avance. De toute façon, elle me dit qu'elle a la gueule de bois et qu'elle ne se voit pas passer du temps avec Evie dans cet état. Je ressens une cruelle morsure de jalousie, à ce moment-là, je regrette les samedis passés allongée sur le canapé avec le journal et rien d'autre qu'un vague souvenir d'être rentrée de boîte la veille.

C'est idiot, vraiment, parce que la vie que j'ai aujourd'hui est un million de fois mieux, et j'ai fait des sacrifices pour y parvenir. Maintenant, je n'ai plus qu'à la protéger. Alors je reste assise dans ma maison, dans cette chaleur accablante, et j'essaie de ne pas penser à Megan. J'essaie de ne pas penser à « elle » non plus, et je sursaute chaque fois que j'entends un bruit, je tressaille dès qu'une ombre passe devant la fenêtre. C'est intolérable.

Surtout, je n'arrive pas à m'empêcher de songer au fait que Rachel était là le soir où Megan a disparu, qu'elle titubait dans les parages, complètement ivre, puis qu'elle s'est volatilisée. Tom l'a cherchée pendant des heures, mais il n'a pas réussi à la trouver. Je n'arrête pas de me demander ce qu'elle fabriquait.

Il n'existe aucun lien entre Rachel et Megan Hipwell. J'en ai parlé à l'inspectrice de police, Riley, après qu'on eut vu Rachel sortir de chez les Hipwell, et elle a répondu qu'il n'y avait pas de quoi s'en faire.

— C'est une petite curieuse, a-t-elle dit. Une femme isolée, un peu déboussolée. Elle a juste envie qu'il se passe quelque chose dans sa vie.

Elle a probablement raison. Mais c'est alors que je repense au jour où elle est entrée dans ma maison et qu'elle a pris mon enfant, je me souviens de la terreur que j'ai ressentie en la voyant, avec Evie, au fond du jardin. Je repense à cet affreux petit sourire qu'elle m'a fait quand je l'ai vue devant chez les Hipwell. L'inspectrice Riley n'a pas idée d'à quel point Rachel peut être dangereuse.

RACHEL

Dimanche 4 août 2013

Matin

L e cauchemar dont je me réveille ce matin est différent : dans celui-là, j'ai fait quelque chose de mal, mais je ne sais pas ce que c'est, tout ce que je sais, c'est que c'est irréparable. Tout ce que je sais, c'est que Tom me déteste, qu'il ne veut plus me parler, qu'il a raconté à tous les gens que je connais les choses terribles que j'ai faites, et que, maintenant, ils ont tous pris parti contre moi : mes anciens collègues, mes amis, même ma mère. Ils m'observent avec dégoût, mépris, et personne ne m'écoute, personne ne me laisse l'opportunité de dire à quel point je suis désolée. Je me sens affreusement mal, coupable, mais je suis incapable de retrouver ce que j'ai pu faire. Au réveil, je sais que ce rêve doit venir d'un ancien souvenir, d'une transgression passée – peu importe laquelle, désormais.

Hier, après être descendue du train, je suis restée dans les alentours de la gare pendant quinze bonnes minutes pour vérifier s'il était sorti du train avec moi (l'homme aux cheveux roux), mais je ne l'ai pas vu. Je n'arrêtais pas de penser que je l'avais sûrement manqué, qu'il était là, quelque part, à guetter le moment où je repartirais chez moi pour pouvoir me suivre. Je songeais à quel point j'aurais aimé pouvoir courir à la maison, et que Tom soit là à m'attendre. Que quelqu'un soit là à m'attendre.

Sur le chemin du retour, je me suis arrêtée acheter du vin.

Quand je suis rentrée, l'appartement était vide, et j'ai eu le sentiment qu'on venait de le quitter, comme si j'avais failli croiser Cathy à quelques minutes près, mais un petit mot sur le plan de travail m'annonçait qu'elle était sortie déjeuner avec Damien à Henley et qu'elle ne rentrerait pas avant dimanche soir. J'étais nerveuse, effrayée. Je me suis mise à passer de pièce en pièce pour prendre des objets puis les reposer. Quelque chose ne tournait pas rond, et j'ai fini par me rendre compte que c'était moi.

La façon dont le silence résonnait dans mes oreilles ressemblait à des voix, alors je me suis servie un verre de vin, puis un autre, et j'ai téléphoné à Scott. Je suis tombée tout de suite sur sa messagerie : une annonce venue d'une autre vie, la voix assurée d'un homme actif avec une épouse magnifique qui l'attend à la maison. Après quelques minutes, j'ai rappelé. On a décroché, mais sans dire un mot.

— Allô ?

— Qui est-ce ?

— C'est Rachel. Rachel Watson.

— Oh.

Du bruit derrière lui, des voix, une femme. Sa mère, peut-être.

— Vous... j'ai manqué votre appel, ai-je ajouté.

— Non... non. Je vous ai téléphoné ? Oh. Par erreur.

Il semblait agité.

— Non, mets-le là.

Il m'a fallu un instant pour comprendre que ce n'était pas à moi qu'il s'adressait.

— Je suis désolée, ai-je repris.

— Oui.

Il parlait d'un ton plat, égal.

— Vraiment désolée.

— Merci.

— Est-ce que... est-ce que vous aviez besoin de discuter ?

— Non, j'ai dû vous appeler par erreur, a-t-il répondu, avec plus de conviction, cette fois.

— Oh.

Je sentais bien qu'il avait envie de raccrocher. Je savais que j'aurais dû le laisser à sa famille, à son chagrin. Je le savais, mais je n'en ai rien fait.

— Vous connaissez Anna ? ai-je demandé. Anna Watson ?

— Qui ça ? La femme de votre ex ?

— Oui.

— Non. Enfin, pas vraiment. Megan… Megan a fait un peu de baby-sitting pour elle, l'an dernier. Pourquoi vous me demandez ça ?

Je ne sais pas pourquoi j'ai demandé ça. Je ne sais pas.

— Pourrait-on se voir ? ai-je encore dit. Je voudrais vous parler de quelque chose.

— De quoi ? a-t-il dit, agacé. Ce n'est pas le moment idéal.

Blessée par son sarcasme, je m'apprêtais à raccrocher quand il a repris :

— La maison ne désemplit pas, pour l'instant. Demain ? Passez chez moi demain après-midi.

Soir

Il s'est coupé en se rasant : il a du sang sur la joue et le col. Il a les cheveux mouillés et sent le savon et l'après-rasage. Il me salue d'un hochement de tête et me fait signe d'entrer, mais il ne prononce pas un mot. Dans la maison plongée dans l'obscurité, il fait chaud, les volets sont fermés dans le salon et les rideaux sont tirés devant les portes-fenêtres qui mènent au jardin. Il y a des Tupperware entassés partout dans la cuisine.

— Tout le monde m'apporte à manger, explique Scott.

Il m'indique une chaise pour que je m'assoie à la table, mais lui reste debout, les bras ballants.

— Vous vouliez me dire quelque chose ?

Il est en pilotage automatique, il ne me regarde pas dans les yeux. Abattu.

— Je voulais vous parler d'Anna Watson, de... Je ne sais pas. Qu'est-ce que vous savez de sa relation avec Megan ? Est-ce qu'elles s'appréciaient ?

Il fronce les sourcils, pose les mains sur le dossier de la chaise devant lui.

— Non. Je veux dire... ce n'est pas qu'elles ne s'appréciaient pas. Mais elles ne se connaissaient pas très bien. Elles n'avaient pas de relation.

Ses épaules semblent s'affaisser encore plus, il est épuisé.

— Pourquoi vous me posez ces questions ?

Il faut que je lui avoue.

— Je l'ai vue. Je crois que je l'ai vue, à la sortie du passage souterrain, près de la gare. Je l'ai vue ce soir-là... le soir où Megan a disparu.

Il secoue légèrement la tête comme pour comprendre ce que je viens de dire.

— Pardon ? Vous l'avez vue. Vous étiez... Où étiez-vous ?

— J'étais là. J'allais voir... voir Tom, mon ex-mari, mais je...

Il ferme les yeux et se frotte le front.

— Attendez une minute. Vous étiez là et vous avez vu Anna Watson ? Et... ? Je sais qu'Anna était là. Elle habite à quelques maisons d'ici et elle a dit à la police qu'elle était allée à la gare vers dix-neuf heures, mais qu'elle ne se souvenait pas d'avoir vu Megan.

Ses mains agrippent le dossier et je sens qu'il est en train de perdre patience.

— Qu'est-ce que vous voulez dire, exactement ?

— J'avais bu, je réponds, le visage rougissant d'une honte familière. Je ne me rappelle pas tout, mais j'ai la sensation que...

Scott lève une main.

— Ça suffit. Je n'ai pas envie d'entendre la suite. Vous avez un problème avec votre ex, avec la nouvelle femme de votre ex, c'est clair. Et ça n'a rien à voir avec moi, ni avec Megan, pas vrai ? Bon Dieu ! et vous n'avez pas honte ? Vous savez que la police m'a encore interrogé ce matin, au poste ?

Il appuie si fort sur la chaise que je crains qu'elle ne se brise, et je me prépare au craquement.

— Et vous, vous venez me raconter vos conneries. Je suis désolé que votre vie soit une telle merde, mais, croyez-moi, à côté de la mienne, c'est une partie de plaisir. Alors, si ça ne vous ennuie pas...

Et d'un mouvement sec de la tête, il me désigne la porte d'entrée.

Je me lève. Je me sens bête, ridicule. Et, oui, j'ai honte.

— Je voulais juste vous aider, je voulais...

— Vous ne pouvez rien faire, d'accord? Rien. Personne ne peut m'aider. Ma femme est morte, et la police pense que je l'ai tuée.

Sa voix enfle, et des taches de couleur apparaissent sur ses joues.

— Ils pensent que je l'ai tuée.

— Mais... Kamal Abdic...

La chaise heurte le mur de la cuisine si fort qu'un des pieds vole en éclats. Effrayée, je bondis en arrière, mais Scott a à peine bougé. Ses bras ont repris leur place le long de son corps, les poings serrés. Je distingue les veines sous sa peau.

— Kamal Abdic, répond-il entre ses dents, n'est plus considéré comme un suspect.

Bien qu'il parle d'un ton égal, je vois qu'il lutte pour se contenir. Je sens la colère vibrer dans tout son corps. Je voudrais me diriger vers la porte, mais il se tient entre elle et moi, et il bloque le peu de lumière qui entre dans la pièce.

— Vous savez ce qu'il leur a dit? demande-t-il, alors qu'il se retourne pour ramasser la chaise.

Bien sûr que non, je songe, mais une nouvelle fois je me rends compte que ce n'est pas vraiment à moi qu'il parle.

— Kamal a plein d'histoires à raconter. Kamal a dit que Megan était malheureuse, que j'étais un mari jaloux qui la gardait sous sa coupe, que je... Comment il a tourné ça, au fait? Ah oui, que j'exerçais une «violence psychologique» sur Megan.

Il crache ces mots d'un air dégoûté.

— Kamal dit que Megan avait peur de moi.

— Mais il est...

— Et ce n'est pas le seul. Sa copine, là, Tara. Elle a dit à la police que Megan lui demandait parfois de la couvrir, que Megan voulait qu'elle me mente au sujet de l'endroit où elle se trouvait, de ce qu'elle faisait.

Il repose la chaise à sa place, devant la table, mais elle tombe. Je fais un pas vers l'entrée, mais, soudain, il me regarde.

— Je suis un homme coupable, dit-il, le visage pétri d'angoisse. Je suis pratiquement déjà condamné.

Il donne un coup de pied dans la chaise cassée et s'assoit sur une des trois restantes. Je reste debout, hésitante. Me taire ou relancer? Il reprend la parole, la voix si basse que je peux à peine l'entendre.

— Elle avait son téléphone dans sa poche.

Je m'approche de lui.

— Il y avait un message dedans, que je lui avais écrit. La dernière chose que je lui aurai dite, les derniers mots qu'elle aura lus, c'était : « Va te faire foutre avec tes mensonges, salope. »

Il laisse retomber son menton sur sa poitrine, et ses épaules commencent à se soulever. Je suis assez près pour le toucher. Je lève une main et, tremblante, je pose doucement les doigts sur sa nuque. Il ne se dégage pas.

— Je suis désolée, dis-je.

Et c'est sincère, car, si je suis choquée par ces mots, choquée d'imaginer qu'il a pu lui parler ainsi, je sais ce que c'est que d'aimer quelqu'un et de malgré tout lui dire des choses terribles, dans un accès de colère ou d'angoisse.

— Un texto, dis-je, ce n'est pas suffisant. Si c'est tout ce qu'ils ont...

— Mais ce n'est pas tout, pas vrai?

Il se redresse et se débarrasse de ma main d'un mouvement d'épaules. Je refais le tour de la table pour me rasseoir en face de lui. Il ne me regarde pas.

— J'ai un mobile. Je ne me suis pas comporté… je n'ai pas réagi de la bonne manière quand elle est partie. Je n'ai pas paniqué assez tôt. Je ne l'ai pas appelée assez vite.

Il a un rire amer.

— D'après Kamal Abdic, je présentais les signes avant-coureurs d'un mari violent.

C'est à ce moment qu'il lève les yeux, qu'il me voit, et qu'une lueur apparaît. Un espoir.

— Vous… vous pouvez parler à la police. Leur dire que c'est un mensonge, qu'il ment. Vous pouvez au moins donner un autre point de vue, leur dire que je l'aimais, que nous étions heureux.

Je sens une vague de panique m'envahir. Il pense que je peux l'aider. Il place ses espoirs en moi, et tout ce que j'ai à lui offrir, c'est un mensonge, rien qu'une saleté de mensonge.

— On ne me croira pas, dis-je faiblement. On ne me croit pas. Je ne suis pas un témoin fiable.

Le silence entre nous enfle et emplit la pièce. Une mouche furibonde vole contre les portes-fenêtres. Scott tripote la petite croûte de sang sur sa joue, j'entends ses ongles gratter sa peau. Je repousse ma chaise, les pieds crissent sur le carrelage, et il me regarde.

— Vous étiez là, dit-il, comme si l'information que je lui ai donnée il y a un quart d'heure venait seulement d'arriver à son cerveau. Vous étiez à Witney le soir de la disparition de Megan ?

Sa voix peine à passer par-dessus le vacarme du sang qui tape contre mes tempes. J'acquiesce.

— Pourquoi vous ne l'avez pas dit à la police ?

Sa mâchoire se remet à tressauter.

— Ils le savent. Je le leur ai dit. Mais je n'étais pas… Je n'ai rien vu. Je ne me souviens de rien.

Il se lève et se dirige vers les portes-fenêtres pour ouvrir les rideaux. La lumière du soleil est aveuglante. Scott me tourne le dos, les bras croisés.

— Vous étiez ivre, reprend-il d'un ton détaché. Mais vous devez bien vous souvenir de quelque chose. Forcément. Et c'est pour ça que vous revenez sans cesse ici, n'est-ce pas ?

Il se retourne pour me faire face.

— C'est ça, non ? La raison pour laquelle vous n'arrêtez pas de me contacter. Vous savez quelque chose.

Il prononce ces derniers mots comme un fait : pas une question, ni une accusation, ni une théorie.

— Est-ce que vous avez aperçu sa voiture ? demande-t-il alors. Une Opel Corsa bleue. Vous l'avez vue ?

Je secoue la tête et il lève les bras au ciel, frustré.

— Pas si vite ! prenez le temps de réfléchir. Qu'est-ce que vous avez vu ? Vous avez vu Anna Watson, mais ça ne veut rien dire. Vous avez vu... Allez ! qui avez-vous vu ?

Je cligne des yeux, éblouie par le soleil, et je tâche désespérément de remettre les morceaux du puzzle en place, mais rien ne me revient. Rien de réel, rien qui puisse aider. Rien que je puisse énoncer à voix haute. Je me suis disputée. Ou peut-être que j'ai été témoin d'une dispute. J'ai glissé sur les marches de la gare, et un homme aux cheveux roux m'a relevée. Je crois qu'il a été gentil avec moi, mais maintenant j'ai peur quand je pense à lui. Je sais que je me suis ouvert le front, que j'avais une coupure sur la lèvre et des bleus sur les bras. Je crois me souvenir que je suis allée dans le passage souterrain. Il y faisait sombre. J'étais effrayée, perdue. J'ai entendu des voix. J'ai entendu quelqu'un appeler Megan. Non, ça, c'était un rêve. Ce n'était pas réel. Je me souviens du sang. Du sang sur ma tête, du sang sur mes mains. Je me souviens d'Anna. Je ne me souviens pas de Tom. Je ne me souviens ni de Kamal, ni de Scott, ni de Megan.

Il m'observe et attend que j'aie quelque chose à dire, une miette de réconfort à lui jeter, mais je n'ai rien.

— Ce soir-là, ajoute-t-il. Le moment-clé.

Il se rassoit à la table, plus près de moi, dos à la fenêtre. Je distingue une fine pellicule de transpiration sur son front et sa lèvre supérieure, et il frissonne, comme s'il avait de la fièvre.

— C'est à ce moment-là que ça s'est passé. La police pense que c'était à ce moment-là. Ils n'ont pas les moyens d'en être sûrs...

Sa voix s'éteint, puis il reprend :

— Ils n'ont pas les moyens d'en être sûrs, à cause de l'état du...
du corps

Il prend une grande inspiration.

— Mais ils pensent que ça a eu lieu ce soir-là. Ou peu après.

Il est de nouveau en pilotage automatique, à parler à la pièce comme si je n'étais pas là. J'écoute en silence tandis qu'il explique la cause du décès, un traumatisme crânien. Son crâne a été fracturé en divers endroits. Pas d'agression sexuelle, en tout cas ils n'ont pas pu le déceler avec certitude, compte tenu de l'état dans lequel on l'a retrouvée. Trop abîmée.

Quand il revient à lui, à moi, c'est la peur que je lis dans ses yeux, le désespoir.

— Si vous vous rappelez quoi que ce soit, il faut me le dire. Essayez de vous souvenir, Rachel, s'il vous plaît.

Entendre mon nom franchir ses lèvres me retourne l'estomac, je me sens terriblement mal.

Dans le train, sur le chemin du retour, je repense à ce qu'il a dit, et je me demande si c'est vrai. Est-ce que la raison pour laquelle je n'arrive pas à abandonner cette histoire est quelque part dans ma tête ? Y aurait-il une information que j'ai désespérément besoin de transmettre ? Je sais que je ressens quelque chose pour lui, quelque chose que je ne peux pas nommer et que je ne devrais pas ressentir. Mais est-ce qu'il y aurait plus ? S'il y a quelque chose dans ma tête, alors peut-être que quelqu'un peut m'aider à l'en faire sortir. Quelqu'un comme un psychiatre. Un psychologue. Quelqu'un comme Kamal Abdic.

Mardi 6 août 2013

Matin

J'ai à peine dormi. Je suis restée éveillée toute la nuit à y penser, à tourner et retourner l'idée dans tous les sens dans mon esprit.

Est-ce bête, inconscient, inutile ? Dangereux ? Je ne sais pas ce que je fais. J'ai pris rendez-vous hier matin pour voir le docteur Kamal Abdic. J'ai appelé son cabinet, j'ai eu une réceptionniste à qui j'ai demandé à le voir lui, personnellement. Peut-être que c'est mon imagination, mais j'ai trouvé qu'elle semblait surprise. Elle a dit qu'il pouvait me recevoir mardi, aujourd'hui, à seize heures trente. Si vite ? La bouche sèche, j'ai répondu que cela me convenait. La séance coûte soixante-quinze livres. Les trois cents livres de ma mère ne vont pas me durer bien longtemps.

Depuis que j'ai pris rendez-vous, je n'arrive plus à penser à autre chose. J'ai peur, mais je suis excitée, aussi. Je ne peux pas le nier : une partie de moi trouve l'idée de rencontrer Kamal palpitante. Après tout, tout cela a commencé avec lui : je ne l'ai qu'entraperçu, et ma vie a pris un tour inattendu, elle est sortie de ses rails. Au moment où je l'ai vu embrasser Megan, tout a changé.

Et j'ai besoin de le voir. J'ai besoin de faire quelque chose, parce que la police ne s'intéresse qu'à Scott. On l'a encore interrogé hier. Bien sûr, la police refuse de confirmer, mais, sur Internet, on trouve des images de Scott entrant dans le commissariat, sa mère à ses côtés. Sa cravate était trop serrée, on aurait dit qu'elle l'étranglait.

Tout le monde y va de son hypothèse. Les journaux estiment que la police essaie d'être plus prudente, qu'ils ne peuvent pas se permettre une nouvelle arrestation précipitée. On parle d'une enquête bâclée, on suggère qu'un changement d'équipe est nécessaire. Sur Internet, on raconte des choses terribles sur Scott, des théories dingues, immondes. On voit des captures d'écran de sa première intervention télévisée où, en larmes, il demandait le retour de sa femme, et, à côté, des images d'assassins qui sont également apparus aux informations, en pleurs, lorsqu'ils semblaient eux aussi désemparés par la disparition d'un être cher. C'est horrible, inhumain. Je ne peux que prier pour qu'il ne tombe jamais sur ces choses-là. Ça lui briserait le cœur.

Alors, c'est peut-être bête ou inconscient, mais je vais rencontrer Kamal Abdic, car, contrairement à tous ceux qui tirent des conclusions hâtives, moi, j'ai vu Scott. J'ai été assez proche de lui pour le toucher, je le connais, et ce n'est pas un meurtrier.

Soir

Je chancelle en montant les marches de la gare de Corly. Ça fait des heures que je tremble ainsi, ça doit être l'adrénaline, mon cœur refuse de ralentir. Le train est bondé. Je n'ai pas la moindre chance de trouver un siège là-dedans, ce n'est pas comme d'embarquer à Euston, alors je me tiens debout, au milieu de la voiture. C'est de la torture. Je m'applique à respirer calmement, en fixant mes pieds. J'essaie d'analyser ce que je ressens.

De l'exultation, de la peur, de la confusion, et de la culpabilité. Surtout de la culpabilité.

Ce n'était pas ce que j'avais imaginé.

Le temps de me rendre au cabinet, j'avais réussi à me mettre dans un état de terreur absolue. J'étais convaincue qu'un seul regard lui suffirait pour savoir que je savais, pour me voir comme une menace. J'avais peur de dire ce qu'il ne fallait pas, peur de ne pas parvenir à m'empêcher de prononcer le nom de Megan pour une raison ou une autre. Puis je suis entrée dans une salle d'attente, banale, ennuyeuse, et j'ai parlé à une réceptionniste d'une trentaine d'années qui a noté mes coordonnées sans vraiment me prêter attention. Je suis allée m'asseoir et j'ai attrapé un exemplaire de *Vogue* que j'ai feuilleté de mes doigts tremblotants. J'essayais de me concentrer sur l'épreuve qui m'attendait, tout en m'attachant à manifester la même lassitude que les autres patients.

Il y en avait deux autres : un homme d'une vingtaine d'années qui lisait quelque chose sur son téléphone, et une femme plus âgée qui regardait ses pieds d'un air sombre, sans jamais lever les yeux, même quand la réceptionniste l'a appelée. Elle s'est levée et est partie d'un pas traînant, elle savait où aller. J'ai attendu

cinq minutes, dix. Je sentais ma respiration se faire plus difficile. Il faisait chaud dans la salle d'attente, et il n'y avait pas
le moindre courant d'air, ce qui me donnait l'impression que je
n'avais pas assez d'oxygène pour emplir mes poumons. J'ai cru
que j'allais m'évanouir.

Puis une porte s'est ouverte brusquement et un homme est
entré, et, avant même d'avoir eu le temps de bien le voir, j'ai su
que c'était lui. Je l'ai su de la même manière que j'avais su que
ce n'était pas Scott la première fois que je l'avais vu, quand il
n'était rien de plus qu'une ombre fondant sur elle – une simple
impression de grande taille, de mouvements amples, mesurés. Il
m'a tendu une main.

— Madame Watson ?

J'ai levé les yeux pour croiser son regard, et j'ai senti une
décharge électrique me parcourir jusqu'en bas du dos. J'ai glissé
ma main dans la sienne. Elle était chaude, sèche et immense,
elle enveloppait entièrement la mienne.

— S'il vous plaît, a-t-il dit en me faisant signe de le suivre dans
son bureau.

Je me suis exécutée et, sur ce court trajet, je me suis sentie
mal, prise de vertiges. Je marchais dans ses pas. Elle avait fait
tout cela. Elle s'était assise en face de lui dans le fauteuil qu'il
venait de m'indiquer, il avait probablement calé les mains sous
son menton comme il le faisait cet après-midi, et il avait probablement hoché la tête de la même manière en lui disant :

— Bien, de quoi avez-vous envie de me parler, aujourd'hui ?

Tout en lui donnait une impression de chaleur : sa main,
quand je l'avais serrée, ses yeux, le ton de sa voix. J'ai examiné
son visage à la recherche d'indices, de signes de la brute sauvage
qui avait ouvert le crâne de Megan, de l'ombre du réfugié trau-
matisé qui avait perdu sa famille. Je n'ai rien vu. Et, un instant,
je me suis oubliée. J'ai oublié d'avoir peur de lui. Assise là, je
ne paniquais plus. J'ai dégluti, j'ai essayé de me souvenir de ce
que j'avais à dire, et je l'ai dit. Je lui ai raconté que j'avais des

problèmes de boisson depuis quatre ans, que mon alcoolisme m'avait coûté mon mariage et mon emploi, que, de toute évidence, il me coûtait ma santé, et que je craignais qu'il ne finisse par me coûter la raison.

— Je ne me souviens pas de certaines choses, ai-je dit. Je perds connaissance et j'oublie où je suis allée et ce que j'ai fait. Parfois, je me demande si j'ai fait ou dit des choses affreuses, et je ne m'en souviens pas. Et si... si quelqu'un me dit quelque chose que j'ai fait, ça ne me ressemble pas. Je n'ai pas l'impression que ça ait pu être moi qui aie fait ces choses-là. Et c'est tellement dur de se sentir responsable de quelque chose dont on ne se souvient pas. Alors je ne me sens jamais assez coupable. Je me sens mal, mais ce que j'ai fait, c'est... c'est en dehors de moi. C'est comme si ça ne m'appartenait pas vraiment.

J'ai sorti ces mots, j'ai étalé toute cette vérité à ses pieds après quelques minutes à peine en sa présence. J'étais prête à en parler, j'attendais de pouvoir confier tout cela à quelqu'un. Mais ça n'aurait pas dû être lui. Il m'a écoutée, ses yeux ambrés posés sur moi, les mains jointes, sans un mouvement. Il n'a pas balayé la pièce du regard, il n'a pas pris de notes. Il a écouté. Puis, imperceptiblement, il a hoché la tête et a dit :

— Vous voudriez assumer ce que vous avez fait, mais c'est difficile, parce que vous avez du mal à vous sentir responsable de quelque chose dont vous ne pouvez pas vous souvenir ?

Oui, c'est ça, c'est exactement ça.

— Bien. Quels sont les moyens que nous avons d'assumer les conséquences ? Vous pourriez vous excuser ; même si vous ne vous rappelez pas avoir commis les fautes en question, ça ne signifie pas que vos excuses, et le sentiment qui motive vos excuses, ne seraient pas sincères.

— Mais je voudrais le ressentir. Je voudrais me sentir... plus mal.

C'est étrange à dire, mais c'est pourtant ce que je ressens. Je ne me sens pas assez mal. Je sais de quoi je suis responsable, je sais les choses terribles que j'ai faites, même si je ne me souviens pas des détails, mais je me sens détachée de ces actes. En marge.

— Vous pensez que vous devriez vous sentir plus mal que vous ne vous sentez déjà ? Que vous ne vous sentez pas suffisamment coupable de vos erreurs ?

— Oui.

Kamal a secoué la tête.

— Rachel, vous m'avez dit que vous aviez perdu votre mariage, que vous aviez perdu votre emploi… Vous ne pensez pas que c'est une punition suffisante ?

J'ai secoué la tête à mon tour. Il s'est légèrement redressé dans son fauteuil.

— Je crois que vous êtes peut-être trop dure envers vous-même.

— Non.

— D'accord. Très bien. Est-ce qu'on pourrait revenir un peu en arrière ? Au moment où vos problèmes ont commencé. Vous avez dit que ça avait démarré il y a… quatre ans ? Vous pouvez me parler de cette époque ?

J'ai résisté. Je n'étais pas complètement envoûtée par la chaleur de sa voix, la douceur de son regard. Je n'étais pas complètement fichue. Je n'allais pas me mettre à lui raconter toute la vérité. À lui dire à quel point j'avais voulu un enfant. Je lui ai dit que mon couple s'était effondré, que j'étais déprimée, et que j'avais toujours bu facilement, mais que, là, ça avait dégénéré.

— Votre couple s'est effondré, c'est-à-dire… vous avez quitté votre mari, ou il vous a quitté, ou… vous vous êtes quittés ?

— Il a eu une aventure, ai-je dit. Il a rencontré une autre femme et il est tombé amoureux d'elle.

Il a hoché la tête et attendu que je continue.

— Mais ce n'était pas sa faute. C'était la mienne.

— Pourquoi dites-vous cela ?

— Eh bien, mes soucis de boisson ont commencé avant…

— Alors ce n'est pas l'infidélité de votre mari qui les a déclenchés ?

— Non, j'avais déjà commencé, et c'est ça qui l'a poussé à partir, c'est pour ça qu'il a arrêté de...

Kamal n'a rien dit pour m'inciter à finir, il m'a laissée tranquille, et a attendu que je dise les mots à voix haute :

— C'est pour ça qu'il a arrêté de m'aimer.

Je me déteste d'avoir pleuré devant lui. Je ne comprends pas pourquoi j'ai si facilement baissé ma garde. Je n'aurais pas dû aborder de vrais sujets. J'aurais dû venir avec de faux problèmes à lui servir, un personnage imaginaire. J'aurais dû mieux me préparer.

Je me déteste d'avoir cru, l'espace d'un instant, qu'il compatissait. Parce qu'il m'a regardée comme si c'était le cas, pas comme s'il avait pitié de moi, mais comme s'il me comprenait, comme si j'étais quelqu'un qu'il voulait aider.

— Mais alors, Rachel, vous avez commencé à boire avant que votre mariage s'effondre. Est-ce que vous arriveriez à mettre le doigt sur une raison sous-jacente ? Bien sûr, tout le monde ne le peut pas. Pour certaines personnes, il n'y a qu'une sorte de glissement vers la dépression ou l'addiction. Est-ce que c'était quelque chose de précis, en ce qui vous concerne ? un deuil, une épreuve particulière ?

J'ai secoué la tête et haussé les épaules. Je ne comptais pas lui parler de ça. Je ne lui parlerai pas de ça.

Il a patienté quelques instants puis jeté un rapide coup d'œil à l'horloge posée sur son bureau.

— Nous reprendrons la prochaine fois, peut-être ? a-t-il dit.

Puis il m'a souri et cela m'a glacée.

Tout en lui est chaud, ses mains, ses yeux, sa voix, tout sauf son sourire. On décèle le tueur en lui dès qu'il montre les dents. Des nœuds dans l'estomac, le pouls battant à une vitesse effrénée, j'ai quitté son bureau sans serrer sa main tendue. Je ne pouvais supporter l'idée de le toucher.

Je comprends, vraiment. Je vois ce que Megan a vu en lui, et ce n'est pas seulement sa beauté saisissante. Il est calme et rassurant, une douce patience émane de sa personne. Quelqu'un d'innocent, de trop confiant ou trop perdu pourrait ne pas voir à travers tout cela, ne pas se rendre compte que, sous cette surface paisible, un loup est tapi. Je comprends. Pendant près d'une heure, j'ai été sous son charme. Je me suis laissée aller à m'ouvrir à lui. J'ai oublié qui il était. J'ai trahi Scott, j'ai trahi Megan, et je m'en sens coupable.

Mais, plus que tout, je me sens coupable parce que j'ai envie d'y retourner.

Mercredi 7 août 2013

Matin

Je l'ai encore fait, le rêve où j'ai fait quelque chose de mal, où tout le monde se ligue contre moi, se range du côté de Tom. Où je suis incapable de m'expliquer ou de m'excuser, parce que je ne sais pas ce que j'ai fait. Dans ces quelques instants entre le rêve et l'éveil, je repense à une vraie dispute d'il y a longtemps – quatre ans –, après l'échec de notre première et seule tentative de FIV, alors que je voulais réessayer. Tom m'avait répondu que nous n'avions pas assez d'argent, et je n'avais pas remis en cause son argument. Je savais qu'il avait raison : nous avions un important prêt immobilier à rembourser, et il avait des dettes à éponger, à cause d'un mauvais investissement dans lequel son père l'avait entraîné quelques années plus tôt. Je devais m'y résoudre. Il ne me restait qu'à espérer qu'un jour nous aurions assez d'économies pour un nouvel essai et, entre-temps, ravaler les larmes brûlantes qui me montaient instantanément aux yeux chaque fois que je voyais une inconnue au ventre rond, ou qu'on m'annonçait l'heureux événement de quelqu'un d'autre.

C'est à peu près deux mois après avoir découvert que la FIV avait échoué qu'il m'a parlé de son week-end. Las Vegas, quatre nuits, pour aller voir un combat de boxe et relâcher la pression.

Rien que lui et deux ou trois copains d'avant, des gens que je n'avais jamais rencontrés. Ça coûtait une fortune ; je le sais parce que j'ai vu le reçu du billet d'avion et de la chambre d'hôtel dans sa boîte de réception. Je n'ai aucune idée du prix qu'avaient coûté les billets pour le match, mais j'imagine que ça ne devait pas être donné. Ça n'aurait pas suffi à payer une deuxième FIV, mais ç'aurait été un début. On a eu une affreuse dispute à ce sujet. Je ne me souviens pas des détails, parce que j'avais bu tout l'après-midi pour me préparer à cette discussion et, quand elle a enfin commencé, forcément, elle s'est terriblement mal déroulée. Je me souviens de sa froideur, le lendemain, de son refus de m'adresser la parole. Je me souviens qu'il m'a raconté, d'un ton plat et déçu, ce que j'avais fait et dit, que j'avais brisé notre photo de mariage dans son cadre, que je lui avais hurlé qu'il était trop égoïste, que je l'avais traité de mari raté, de minable. Je me souviens à quel point je me suis détestée, ce jour-là.

J'ai eu tort, évidemment que j'ai eu tort de lui dire ces choses-là, mais aujourd'hui, ce qui me vient à l'esprit, c'est que ma colère n'était pas injustifiée. J'avais tous les droits d'être en colère, non ? Nous essayions d'avoir un bébé, n'aurions-nous pas dû accepter de faire des sacrifices ? J'aurais donné un bras pour avoir un enfant. N'aurait-il pas pu se passer d'un week-end à Las Vegas ?

Je reste allongée un moment dans mon lit, à repenser à tout ça, puis je me lève et je décide de partir me promener, parce que, si je ne fais rien, je vais avoir envie d'aller à l'épicerie. Je n'ai pas bu depuis dimanche et je sens la lutte que cela engendre en moi : le désir d'un peu d'euphorie et le besoin de me changer les idées affrontent le vague sentiment que j'ai déjà accompli une partie du travail et que ce serait dommage d'abandonner maintenant.

Ashbury n'est pas l'endroit idéal pour se balader, il n'y a que des boutiques et des résidences, pas même un parc digne de ce nom. Je me dirige vers le centre-ville, qui n'est pas si mal quand il n'y a personne. Le truc, c'est d'arriver à se persuader qu'on va quelque part : choisir un lieu et commencer à marcher. J'ai choisi l'église au bout de Pleasance Road, qui doit être à trois kilomètres de l'appartement de Cathy. Je suis allée à une réunion des Alcooliques anonymes, un jour, là-bas. Je n'ai pas voulu aller à celle organisée plus près, parce que je ne voulais pas tomber sur des gens que je risquais de croiser dans la rue, au supermarché ou dans le train.

Quand j'arrive à l'église, je fais demi-tour et je repars, à grands pas, avec l'objectif de rentrer chez moi, comme une femme qui a des choses à faire et un endroit où aller. Normale. Je regarde les gens que je croise, les deux hommes qui courent avec leur sac à dos et qui s'entraînent pour le marathon, la jeune femme avec une jupe noire et des baskets blanches, ses chaussures à talons dans son sac, sur le chemin de son travail. Je me demande ce qu'ils cachent, eux. Est-ce qu'ils bougent pour arrêter de boire, est-ce qu'ils courent pour rester à leur place ? Est-ce qu'ils pensent à l'assassin qu'ils ont rencontré hier, celui qu'ils prévoient de revoir ?

Je ne suis pas normale.

Je suis presque rentrée quand je le vois. J'étais perdue dans mes pensées, je pensais à ce que mes séances avec Kamal étaient censées accomplir : est-ce que je compte fouiller dans les tiroirs de son bureau s'il quitte inopinément la pièce ? essayer de le piéger pour qu'il dise une phrase révélatrice, des mots qui le mèneront sur un terrain dangereux ? Il est bien plus intelligent que moi, c'est certain ; il me verra venir. Après tout, il sait que son nom est apparu dans les journaux, il doit se douter qu'il y a des gens qui essaient de recueillir des histoires sur lui, ou des informations à son sujet.

C'est à cela que je pense lorsque, la tête baissée et les yeux rivés sur le trottoir, je passe devant la petite épicerie sur ma droite en tâchant de ne pas regarder à l'intérieur, parce que ça éveillerait trop de possibilités, mais, du coin de l'œil, je vois son nom. Je lève les yeux et il est là, dans un titre étalé en grosses lettres à la une d'un journal : MEGAN A-T-ELLE TUÉ SON ENFANT ?

ANNA

Mercredi 7 août 2013

Matin

J'étais au Starbucks avec les copines de mon cours de préparation à l'accouchement quand ça s'est passé. Nous étions à notre table habituelle, près de la fenêtre, les enfants avaient étalé leurs Lego par terre, Beth essayait une fois encore de me persuader de me joindre à son club de lecture; c'est là que Diane est arrivée. Elle avait cette expression sur le visage, cette suffisance de celle qui s'apprête à fournir un ragot particulièrement croustillant. Elle peinait à dissimuler son excitation tandis qu'elle s'efforçait de faire passer sa poussette double par la porte du café.

— Anna, a-t-elle commencé, le visage grave, tu as vu ça?

Et elle a levé devant mes yeux l'édition du jour de *The Independent* avec, en une, le titre suivant : MEGAN A-T-ELLE TUÉ SON ENFANT? J'en suis restée sans voix. J'ai gardé les yeux rivés sur le journal et, bêtement, j'ai fondu en larmes. Horrifiée, Evie s'est mise à hurler. C'était affreux.

Je suis allée aux toilettes pour nous rafraîchir, Evie et moi, et, quand je suis revenue, elles étaient plongées dans une discussion animée à voix basse. Diane m'a jeté un regard furtif avant de me demander :

— Ça va, ma chérie?

Elle jubilait, c'était évident. Il a fallu que je m'en aille, je ne pouvais pas rester là une seconde de plus. Elles rivalisaient de mines inquiètes, elles répétaient que ça devait être terrible pour moi, mais je voyais clairement sur leur visage s'afficher un reproche à peine masqué. Comment as-tu pu confier ton enfant à ce monstre ? Tu dois être la pire mère du monde.

J'ai essayé de téléphoner à Tom sur le chemin du retour, mais je suis tombée sur la boîte vocale. Je lui ai laissé un message pour lui dire de me rappeler aussi vite que possible – je me suis appliquée à garder un ton léger, égal, mais je tremblais de tous mes membres et j'avais du mal à tenir debout.

Je n'ai pas acheté le journal, mais je n'ai pas pu résister : je suis allée lire l'article sur Internet. Tout ça me paraît plutôt vague : « Des sources proches de l'affaire Hipwell » prétendent qu'il y a eu des allégations concernant Megan et « son implication dans le possible homicide de son propre enfant », il y a sept ans. Les fameuses « sources » ont aussi émis l'hypothèse que cela pourrait être le mobile du meurtre de Megan. Le capitaine chargé de l'enquête, Gaskill (celui qui est venu nous parler après sa disparition), n'a fait aucun commentaire.

Tom m'a rappelée – il était entre deux réunions et ne pouvait pas rentrer à la maison. Il a essayé de me calmer, m'a écoutée comme il fallait, et m'a dit que c'était probablement n'importe quoi.

— Tu sais bien qu'on ne peut pas croire la moitié de ce qu'on lit dans les journaux.

Je n'ai pas insisté parce que, l'an dernier, c'est lui qui a proposé qu'elle vienne me donner un coup de main pour Evie. Il doit se sentir terriblement mal.

Et puis, il a raison. Si cela se trouve, ce n'est même pas vrai. Mais où seraient-ils allés pêcher une histoire comme ça ? Qui irait inventer ce genre de chose ? Et je ne peux pas m'empêcher de penser que je le savais. J'ai toujours su qu'il y avait quelque chose de bizarre chez cette femme. Au début, je me disais qu'elle était un peu immature, mais ce n'était pas juste ça, elle était un peu... absente. Égocentrique. Je vais être honnête : je suis contente qu'elle soit morte. Bon débarras.

Soir

Je suis à l'étage, dans la chambre. Tom est en bas avec Evie, devant la télé. On ne se parle plus. C'est ma faute. Il avait à peine franchi la porte que je lui ai sauté dessus.

C'était monté au fil de la journée. Je ne pouvais pas m'en empêcher, j'étais incapable de l'éviter : elle était partout où je posais les yeux. Ici, dans ma maison, elle tenait mon enfant dans ses bras, elle lui donnait à manger, elle la changeait, elle jouait avec elle pendant que je faisais une sieste. Je n'arrêtais pas de repenser à toutes les fois où j'avais laissé Evie seule avec elle, et ça me rendait malade.

Puis la paranoïa s'y est mise, elle aussi, ce sentiment que j'ai eu depuis mon emménagement dans cette maison, cette impression que quelqu'un m'espionne. Avant, je mettais ça sur le compte des trains : toutes ces silhouettes sans visage qui regardent par les fenêtres, qui ont vue directement chez nous, ça me donnait la chair de poule. C'était une des nombreuses raisons pour lesquelles je n'avais pas voulu m'installer là, au début, mais Tom refusait de partir. D'après lui, si on vendait la maison, on y perdrait au change.

D'abord c'était les trains, puis ça a été Rachel. Rachel qui nous observait, qui débarquait dans notre rue, qui nous téléphonait en permanence. Et puis même Megan, après ça, quand elle était là avec Evie : j'avais toujours l'impression de sentir son regard sur moi, comme si elle me jugeait, qu'elle jugeait mes capacités de parent, qu'elle me reprochait silencieusement d'être incapable de m'en sortir toute seule. C'est ridicule, je sais. Puis je repense à ce jour où Rachel est venue chez nous et qu'elle a pris Evie, mon corps entier se glace et je songe : non, ça n'a rien de ridicule.

Bref, quand Tom est enfin rentré, j'étais prête pour la dispute. Je lui ai posé un ultimatum : il faut qu'on s'en aille, il est hors de question que je reste dans cette maison, dans cette rue, avec tout ce qui s'est passé ici. Quel que soit l'endroit où je pose les yeux, désormais, il faut que je voie non seulement Rachel, mais Megan aussi. Il faut que je pense à tout ce qu'elle a touché. C'est trop pour moi. Je lui ai dit que je me foutais qu'on tire un bon prix de la maison ou pas.

— Tu t'en fouteras moins quand on devra emménager dans un endroit beaucoup moins bien que celui-là, ou quand on n'arrivera plus à rembourser le prêt, a-t-il fait remarquer, rationnel.

J'ai émis l'idée qu'il demande de l'aide à ses parents (je sais qu'ils ont de l'argent), mais il a refusé tout net, et il a ajouté qu'il ne leur demanderait plus jamais rien, puis il s'est fâché et a dit qu'il ne voulait plus en discuter. C'est à cause de la manière dont ses parents l'ont traité quand il a quitté Rachel pour moi. Je n'aurais pas dû aborder le sujet, ça le met toujours en colère.

Mais je ne peux pas m'en empêcher. Je suis à bout. Désormais, chaque fois que je ferme les yeux, je la vois assise à la table de la cuisine avec Evie sur les genoux. Elle jouait avec elle, elle souriait, elle bavardait, mais cela sonnait toujours faux, elle n'avait jamais l'air de vraiment vouloir être là. Elle semblait toujours si contente de me remettre Evie au moment de s'en aller. C'était presque comme si elle n'aimait pas sentir le poids d'un enfant dans ses bras.

RACHEL

Mercredi 7 août 2013

Soir

L a chaleur est intenable, elle ne cesse d'empirer. Avec les fenêtres de l'appartement ouvertes, je sens le monoxyde de carbone qui monte depuis le bitume de la rue. J'ai la gorge qui me démange. Je suis en train de prendre ma deuxième douche de la journée quand le téléphone sonne. Je ne réagis pas, puis il sonne à nouveau. Et encore. Le temps que je sorte, on m'appelle pour la quatrième fois, et je réponds.

Il semble paniqué, le souffle court. Sa voix me parvient entrecoupée.

— Je ne peux pas rentrer chez moi. Il y a des caméras partout.

— Scott ?

— Je sais que... que c'est bizarre, mais j'ai juste besoin d'un endroit où aller. Quelque part où ils ne m'attendront pas. Je ne peux pas aller chez ma mère, ni chez des amis. Je... je roule. Je suis en voiture depuis que j'ai quitté le poste de police...

Sa voix s'étrangle.

— J'ai juste besoin d'une heure ou deux, pour pouvoir m'asseoir et réfléchir. Sans eux, sans la police, sans ces gens qui me posent leurs putains de questions. Je suis désolé, mais est-ce que je pourrais venir chez vous ?

Je réponds oui, bien sûr. Pas seulement parce qu'il est bouleversé, désespéré, mais parce que j'ai envie de le voir. De l'aider. Je lui donne mon adresse et il me dit qu'il sera là dans un quart d'heure.

Dix minutes plus tard, la sonnette retentit en une rafale de tintements pressants.

— Je suis désolé de vous faire ça, dit-il quand j'ouvre la porte. Je ne savais plus où aller.

Il a l'air traqué : il est secoué, pâle, la peau luisante de transpiration.

— Ce n'est pas grave, je le rassure, en m'écartant pour le laisser entrer.

Je l'emmène dans le salon et lui propose de s'asseoir, puis je pars à la cuisine lui servir un verre d'eau. Il l'engloutit presque en une gorgée, et s'assoit, courbé, les bras appuyés sur les genoux, la tête baissée.

Je reste debout, j'hésite : je ne sais pas si je dois parler ou non. Je reprends son verre pour le remplir, sans un mot. Enfin, il commence.

— On croit que le pire est arrivé, dit-il doucement. Je veux dire, c'est ce qu'on croirait, non ?

Il me regarde.

— Ma femme est morte et la police pense que je l'ai tuée. Qu'est-ce qui pourrait être pire ?

Il parle des nouvelles, de ce qu'on raconte sur elle. L'article du journal, prétendue fuite d'une source dans la police, à propos du rôle de Megan dans la mort d'un enfant. Une histoire glauque, des racontars, une véritable campagne de diffamation visant une femme décédée. C'est honteux.

— Mais ce n'est pas vrai, lui dis-je. C'est impossible.

Il me dévisage sans comprendre.

— C'est l'inspectrice Riley qui me l'a annoncé ce matin. Ce que j'ai toujours voulu entendre.

Il tousse, s'éclaircit la gorge.

— Vous ne pouvez pas imaginer, continue-t-il, la voix à peine plus audible qu'un murmure, combien je l'avais espéré. Je passais des journées à en rêver, à imaginer la tête qu'elle ferait, son sourire timide et complice, quand elle me prendrait la main pour la porter à ses lèvres...

Il est perdu, il rêve, et je n'ai aucune idée de ce dont il parle.

— Aujourd'hui, dit-il, aujourd'hui j'ai appris que Megan était enceinte.

Il se met à pleurer, et moi aussi, je pleure un bébé qui n'a jamais existé, l'enfant d'une femme que je n'ai jamais connue. Mais cette horreur est presque trop dure à supporter. Je ne comprends pas comment Scott arrive encore à respirer. Ça aurait dû l'achever, lui enlever jusqu'à son dernier souffle de vie. Et pourtant, il est encore là.

Je ne peux ni parler, ni bouger. Il fait chaud dans le salon, il n'y a pas un brin d'air malgré les fenêtres ouvertes. J'entends les bruits de la rue, plus bas : une sirène de police, des jeunes filles qui crient et qui rient, des basses qui résonnent depuis une voiture qui passe. Une vie normale. Mais, ici, c'est la fin du monde. C'est la fin du monde pour Scott, et je ne parviens pas à prononcer le moindre mot. Je reste là, muette, impuissante, inutile.

Jusqu'à ce que j'entende des pas devant la porte, et les cliquetis familiers de Cathy qui fouille dans son immense sac à main à la recherche de ses clés. Cela me ramène à la réalité. Il faut que je fasse quelque chose : j'attrape Scott par la main et il lève la tête, affolé.

— Venez avec moi, dis-je en l'aidant à se relever.

Il me laisse l'entraîner jusqu'au couloir et en haut des marches avant que Cathy ouvre la porte. Je referme celle de la chambre derrière nous.

— C'est ma colocataire, dis-je pour m'expliquer tant bien que mal. Elle... elle risque de poser des questions. Je sais que vous n'avez pas envie de ça aujourd'hui.

Il acquiesce. Il examine ma minuscule chambre, le lit défait, les vêtements propres et sales empilés sur ma chaise de bureau, les murs nus, le mobilier modeste. J'ai honte. Voilà ce qu'est ma vie : un désordre miteux. Rien de très enviable. Tout en pensant ça, je me dis que je suis vraiment ridicule, à m'imaginer que

Scott puisse en avoir quelque chose à faire de l'état de ma vie en ce moment.

Je lui fais signe de s'asseoir sur le lit et il obtempère en essuyant ses larmes du revers de la main. Il expire longuement.

— Vous voulez quelque chose ?

— Une bière ?

— Je ne garde pas d'alcool dans la maison, dis-je, et je me sens rougir à ces mots.

Scott ne se rend compte de rien, il ne lève même pas les yeux.

— Je peux vous faire une tasse de thé ?

Il acquiesce à nouveau.

— Allongez-vous, dis-je. Reposez-vous.

Il s'exécute, se débarrasse de ses chaussures et s'étend sur le dos, docile tel un enfant malade.

En bas, pendant que je fais chauffer de l'eau, je fais la conversation à Cathy, elle est intarissable au sujet du nouveau restaurant qu'elle a déniché à Northcote pour sa pause-déjeuner (« ils font de super salades ») et de sa nouvelle collègue qui l'agace. Je souris, je hoche la tête, mais je ne l'écoute qu'à moitié. Mon corps se tient prêt : je guette le moindre craquement, le moindre bruit de pas. C'est irréel de le savoir ici, dans mon lit, à l'étage. J'en ai le tournis, j'ai l'impression que c'est un rêve.

Au bout d'un moment, Cathy arrête de parler et me dévisage, circonspecte.

— Ça va ? Tu n'as pas l'air dans ton assiette.

— Je suis juste un peu fatiguée, je réponds. Je ne me sens pas très bien. Je crois que je vais aller me coucher.

Elle me lance un regard suspicieux. Elle sait que je n'ai pas bu (elle arrive toujours à le voir), mais elle pense probablement que je m'apprête à commencer. Ça m'est égal, je n'ai pas le temps de m'en préoccuper. Je prends le thé de Scott et je lui dis que je la verrai demain matin.

Je m'arrête devant ma porte pour écouter. Pas un bruit. Je tourne doucement le bouton et je pousse. Il est toujours étendu là, dans la même position que quand je suis descendue, les bras reposant à ses côtés, les yeux fermés. J'entends sa respiration faible, irrégulière. Il prend la moitié de la place sur le lit, mais je suis tentée d'aller m'allonger à côté de lui et de poser mon bras sur sa poitrine pour le réconforter. Au lieu de cela, je toussote et lui tends la tasse.

Il se redresse.

— Merci, dit-il d'un ton bourru en me prenant la tasse des mains. Merci de... me donner un refuge. C'est... Je ne peux pas décrire comment c'est, depuis que cette histoire est sortie.

— Celle qui se serait passée il y a des années ?

— Oui.

Il y a des débats houleux autour de la manière dont les journaux se sont emparés de cette histoire. Les rumeurs vont bon train, on accuse la police, Kamal Abdic, Scott.

— C'est un mensonge, lui dis-je. N'est-ce pas ?

— Évidemment que c'est un mensonge, mais ça donnerait un mobile à quelqu'un, non ? C'est ce qu'on raconte : que Megan a tué son bébé, ce qui fournirait à quelqu'un – le père de l'enfant, j'imagine – un mobile pour l'assassiner. Des années et des années plus tard.

— C'est ridicule.

— Mais vous savez aussi ce que tout le monde dit. Que j'ai inventé cette histoire de toutes pièces, pas seulement pour la faire passer pour une mauvaise personne, mais surtout pour faire peser les soupçons sur quelqu'un d'autre que moi, sur un inconnu. Un type de son passé dont personne n'aurait jamais entendu parler.

Je m'assois près de lui sur le lit. Nos cuisses se touchent presque.

— Et qu'est-ce qu'en pense la police ?

Il hausse les épaules.

— Pas grand-chose. Ils m'ont demandé ce que je savais au sujet de tout ça. Est-ce que je savais qu'elle avait eu un enfant ? Est-ce que je savais ce qui s'était passé ? Est-ce que je savais qui était le père ? Je leur ai répondu que non, que c'était des conneries, qu'elle n'avait jamais été enceinte...

Sa voix s'étrangle à nouveau. Il s'interrompt pour prendre une gorgée de thé.

— Je leur ai demandé d'où venait cette histoire et comment elle était arrivée dans les journaux. Ils ont dit qu'ils ne pouvaient pas en parler. C'est lui, j'imagine. Abdic.

Il pousse un long soupir tremblotant.

— Je ne comprends pas pourquoi. Je ne comprends pas pourquoi il irait raconter ce genre de chose sur elle. Je ne sais pas ce qu'il cherche à accomplir. De toute évidence, il est complètement dérangé. Un taré.

Je repense à l'homme que j'ai rencontré il y a quelques jours : ses manières calmes, sa voix douce, la chaleur dans ses yeux. Très loin de l'image qu'on se ferait d'un homme dérangé. Mais ce sourire...

— C'est scandaleux qu'on puisse publier ce genre de chose. Il devrait y avoir des lois...

— On ne peut pas diffamer les morts, dit-il.

Il reste silencieux un instant, puis reprend :

— Ils m'ont assuré qu'ils ne communiqueraient pas l'information aux médias. Pour sa grossesse. Pas encore. Peut-être même pas du tout. En tout cas, pas avant qu'ils soient certains.

— Certains de quoi ?

— Que le bébé n'est pas d'Abdic.

— Ils ont fait les analyses ADN ?

Il secoue la tête.

— Non, mais moi, je le sais. Je ne peux pas l'expliquer, mais je le sais. Ce bébé, c'est... Il était de moi.

— Mais s'il pensait que c'était lui, le père, ça lui donne un mobile, non ?

Ce ne serait pas le premier homme à se débarrasser d'un enfant non désiré en se débarrassant de la mère –, mais je garde cette partie-là pour moi. Je garde aussi pour moi que cela donne également un mobile à Scott : s'il pensait que sa femme était enceinte d'un autre homme... mais c'est impossible. Sa stupeur, sa détresse, je suis sûre qu'elles sont réelles. Personne ne pourrait être si bon acteur.

Scott ne semble plus m'écouter. Il fixe la porte de la chambre d'un regard vitreux, et on dirait qu'il sombre peu à peu dans le matelas comme dans des sables mouvants.

— Vous devriez rester un peu, dis-je. Et essayer de dormir.

Il se tourne alors vers moi, et parvient presque à sourire.

— Ça ne vous embête pas ? Ce serait... je vous en serais reconnaissant. J'ai du mal à trouver le sommeil, à la maison. Ce n'est pas seulement à cause des gens dehors, de ce sentiment qu'ils essaient tous de me faire sortir de mes gonds. Ce n'est pas seulement ça. C'est elle. Elle est partout, je n'arrive pas à arrêter de la voir. Je descends l'escalier et je me force à ne pas regarder, mais, dès que j'ai dépassé la fenêtre, je dois faire demi-tour pour aller vérifier qu'elle n'est pas là, sur le balcon.

Je sens les larmes me piquer les yeux en l'écoutant.

— Elle aimait bien aller s'asseoir là, vous voyez... sur notre balcon, sur le toit. Elle aimait s'y asseoir pour voir passer les trains.

— Je sais, dis-je en posant une main sur son bras. Je l'y voyais, parfois.

— Je n'arrête pas d'entendre sa voix. Sa voix qui m'appelle. Je suis dans mon lit et je l'entends m'appeler de dehors. Je n'arrête pas de me dire qu'elle est là, quelque part.

Il tremble de tous ses membres.

— Allongez-vous, je murmure, en lui prenant la tasse des mains. Reposez-vous.

Quand je suis sûre qu'il est endormi, je m'allonge dans son dos, le visage à quelques centimètres de ses épaules. Je ferme les yeux et j'écoute mon cœur battre, la pulsation du sang dans mes tempes. Je respire son odeur, la tristesse et la sueur.

Des heures plus tard, quand je me réveille, il n'est plus là.

Jeudi 8 août 2013

Matin

Je suis une traîtresse. Il m'a quitté il y a à peine quelques heures, et voilà que je retourne voir Kamal, retrouver l'homme dont il pense qu'il a assassiné sa femme. Son enfant. Je suis écœurée. Je me demande si je n'aurais pas dû lui parler de mon plan, lui expliquer que c'est pour lui que je fais tout cela. Sauf que je ne suis pas sûre que ce soit réellement le cas, et je n'ai pas de vrai plan.

Je vais partager un morceau de moi, aujourd'hui. C'est mon plan, parler d'un sentiment authentique. Je vais lui parler de mon désir d'enfant. Je verrai si cela provoque quelque chose en lui, une réponse trop affectée, la moindre réaction. Je verrai où cela me mène.

Ça ne me mène nulle part.

Il commence par me demander comment je me sens, et quand j'ai bu mon dernier verre.

— Dimanche.

— Bien. C'est bien.

Il croise les mains sur ses genoux.

— Vous avez l'air d'aller mieux.

Il me sourit, et je ne vois pas apparaître le tueur. Maintenant, je me demande ce que j'ai vu, l'autre jour. Est-ce que c'était mon imagination ?

— La dernière fois, vous m'avez demandé comment mes problèmes d'alcool avaient commencé.

Il acquiesce.

— J'étais déprimée, dis-je. Nous essayions... j'essayais de tomber enceinte. Je n'ai pas réussi, et ça m'a plongée dans une dépression. C'est à ce moment-là que ça a commencé.

En un rien de temps, me revoilà en pleurs. C'est impossible de résister à la gentillesse des étrangers. À quelqu'un qui vous regarde sans vous connaître et qui vous répète que ça va aller, quoi que vous ayez fait, quelles que soient vos erreurs : vous avez souffert, vous avez été meurtri, et vous méritez d'être pardonné. Je me confie à lui et, une nouvelle fois, j'oublie ce que je suis venue faire ici. Je ne surveille pas son visage à l'affût d'une réaction, je n'étudie pas ses yeux à la recherche d'un signe de culpabilité ou de méfiance. Je le laisse me réconforter.

Il est gentil, rationnel. Il parle de comment faire face aux obstacles, il me rappelle que l'âge est de mon côté.

Alors peut-être que ça ne me mène pas nulle part, parce que, quand je quitte le cabinet de Kamal Abdic, je me sens plus légère, plus optimiste. Il m'a aidée. Je m'assois dans le train et j'essaie de retrouver l'image du tueur que j'ai vu, mais je n'y parviens plus. J'ai du mal à le voir comme un homme capable de frapper une femme, de lui ouvrir le crâne.

Une image affreuse surgit dans mon esprit, et elle me fait honte : Kamal, ses mains délicates, ses manières rassurantes, ses douces paroles, et, à côté, en contraste, Scott, immense et puissant, volcanique, désespéré. Je dois me rappeler que Scott est comme ça, maintenant. Je me force à me remémorer comment il était avant toute cette histoire. Puis je dois admettre que je ne sais pas comment était Scott avant toute cette histoire.

Vendredi 9 août 2013

Soir

Le train s'arrête au feu. Je prends une gorgée rafraîchissante de ma canette de gin tonic et j'observe leur maison, son balcon. J'étais vraiment bien partie, mais là, j'en ai besoin. Un peu de courage en bouteille. Je suis en route pour aller voir Scott, mais, avant cela, je vais devoir affronter tous les risques de Blenheim Road : Tom, Anna, la police, la presse. Le passage souterrain et ses bribes de souvenirs de terreur et de sang. Mais il m'a demandé de venir et je ne pouvais pas refuser.

Ils ont retrouvé la petite fille cette nuit. Ce qu'il en restait. Enterrée sur la propriété d'une ferme près de la côte du Norfolk, exactement où on leur avait dit de chercher. C'était dans les journaux ce matin :

« La police a ouvert une enquête sur la mort d'un enfant suite à la découverte d'un corps enterré dans le jardin d'une maison située près de Holkham, dans le nord du Norfolk. La police avait été informée d'un possible homicide au cours de son enquête sur la mort de Megan Hipwell, une habitante de Witney, dont le cadavre a été retrouvé dans les bois de Corly la semaine dernière. »

J'ai appelé Scott ce matin, dès que j'ai vu les infos. Il n'a pas répondu, alors je lui ai laissé un message pour lui dire que j'étais désolée. Il m'a rappelée cet après-midi.

— Est-ce que ça va ? ai-je demandé.

— Pas vraiment, a-t-il répondu, la voix avinée.

— Je suis vraiment désolée... Vous avez besoin de quelque chose ?

— J'ai besoin de quelqu'un qui ne me répète pas : « Je te l'avais bien dit. »

— Pardon ?

— Ma mère a passé l'après-midi ici. Et, apparemment, elle l'a toujours su : « Il y avait un truc pas clair, quelque chose de bizarre avec cette fille sans famille et sans amis, qui sortait de nulle part... » C'est à se demander pourquoi elle ne m'en avait jamais parlé avant.

Un bris de verre, un juron.

— Est-ce que ça va ? ai-je encore dit.

— Vous pouvez venir ici ?

— Chez vous ?

— Oui.

— Je... Avec la police, les journalistes... je ne suis pas sûre que...

— S'il vous plaît. J'ai juste besoin d'un peu de compagnie. Quelqu'un qui connaissait Megs, qui l'aimait. Quelqu'un qui ne croit pas à tout ça...

Il était ivre, je le savais, et j'ai quand même accepté.

Maintenant, assise dans le train, je bois, moi aussi, et je repense à ses dernières phrases : « Quelqu'un qui connaissait Megs, qui l'aimait. » Je ne la connaissais pas, et je ne suis plus sûre de l'aimer. Je finis ma canette aussi vite que possible et j'en ouvre une deuxième.

Je descends à Witney. Me voilà dans l'essaim du vendredi soir, une esclave salariée comme une autre dans ce troupeau épuisé, qui n'aurait qu'une hâte, rentrer chez elle pour s'asseoir dans le jardin avec une bière, dîner avec les enfants puis aller se coucher tôt. C'est peut-être à cause du gin, mais c'est fou comme c'est agréable de se laisser entraîner par la foule, au milieu de ces gens, les yeux rivés sur leur téléphone, cherchant leur carte de transport dans leurs poches. Cela me ramène dans un passé lointain, le premier été après notre installation dans Blenheim Road, quand je rentrais précipitamment du travail chaque soir, impatiente de dévaler l'escalier et de sortir de la gare, courant presque dans la rue. Tom travaillait à domicile, et j'avais à peine passé la porte qu'il m'arrachait mes vêtements. Encore aujourd'hui, le souvenir de cette anticipation me donne le sourire : le rouge qui me montait aux joues tandis que je descendais gaiement la rue en me mordillant la lèvre pour contenir ma joie, ma respiration qui s'accélérait rien qu'en pensant à lui, consciente que lui aussi comptait chaque minute qui le séparait de mon retour.

J'ai la tête qui déborde d'images de ces moments et j'en oublie de m'inquiéter de Tom et d'Anna, de la police et des photographes, et, sans même m'en être aperçue, je suis devant chez Scott et je sonne, et la porte s'ouvre, et je suis excitée, et je ne devrais pas mais je ne m'en sens pas coupable, parce que Megan n'est pas celle que je croyais, en fin de compte. Ce n'était pas une belle fille insouciante sur son balcon. Ce n'était pas une épouse aimante. Ce n'était même pas une bonne personne. C'était une menteuse, une femme infidèle.

Une meurtrière.

MEGAN

Jeudi 20 juin 2013

Soir

J e suis assise sur le canapé dans son salon, un verre de vin à la main. L'appartement n'est pas plus rangé que la dernière fois. Je me demande si c'est ainsi qu'il vit en permanence, comme un adolescent. Puis je me rappelle qu'il a perdu sa famille quand il était adolescent, alors peut-être que oui. Je suis triste pour lui. Il sort de la cuisine et s'installe à côté de moi, tout proche. Si je le pouvais, je viendrais tous les jours ici, juste une heure ou deux. Je m'assoirais là pour boire du vin, et sentir sa main effleurer la mienne.

Mais je ne peux pas. Je suis là pour une bonne raison, et il veut que je m'y attelle.

— Bien, Megan. Est-ce que tu te sens prête, à présent ? À finir ce que tu me racontais la dernière fois ?

Je m'appuie un peu contre lui, contre son corps chaud. Il me laisse faire. Je ferme les yeux et, rapidement, me revoilà là-bas, dans la salle de bains. C'est bizarre, j'ai passé tellement de temps à essayer de ne pas y penser, à ne pas penser à ces quelques jours, ces nuits, et maintenant il me suffit de fermer les yeux pour m'y retrouver presque instantanément, c'est comme s'endormir et arriver aussitôt en plein milieu d'un rêve.

Il faisait sombre et très froid. Je n'étais plus dans le bain.

— Je ne sais plus exactement ce qui s'est passé. Je me souviens de m'être réveillée, je me rappelle avoir été consciente que quelque chose n'allait pas, puis plus rien jusqu'au moment où Mac est rentré. Il m'a appelée. Je l'entendais crier mon nom depuis le rez-de-chaussée, mais j'étais incapable de bouger. J'étais assise sur le sol de la salle de bains et elle était dans mes bras. La pluie mitraillait la maison, les poutres du toit n'arrêtaient pas de craquer. J'avais tellement froid. Mac a monté l'escalier tout en continuant à m'appeler. Il est arrivé sur le pas de la porte et a allumé la lumière.

Et je la sens encore, la lumière qui me brûle la rétine, cette désolation, ce blanc terrifiant.

— Je me souviens que je lui ai hurlé d'éteindre la lumière. Je refusais de regarder, je ne voulais pas la voir comme ça. Je ne sais pas... je ne sais plus ce qui s'est passé, après. Il m'a crié dessus, il hurlait des choses. Je la lui ai donnée et je suis partie en courant. J'ai couru dehors, sous la pluie, jusqu'à la plage. Je ne me souviens plus de ce que j'ai fait après. Au bout d'un long moment, il est venu me chercher. Il pleuvait encore. J'étais dans les dunes, je crois. J'ai voulu aller dans l'eau, mais j'avais trop peur. Et puis, à la fin, il est venu me chercher. Il m'a ramenée à la maison.

« On l'a enterrée le lendemain matin. Je l'ai enveloppée dans un drap et Mac a creusé la tombe. On l'a ensevelie au fond de la propriété, près de l'ancienne voie ferrée. On a posé des pierres dessus pour marquer l'endroit. On n'en a pas parlé, on n'a parlé de rien, on ne s'est pas regardés. Ce soir-là, Mac est sorti. Il a dit qu'il devait retrouver quelqu'un. J'ai cru que, peut-être, il voulait aller voir la police. Je ne savais pas quoi faire. Alors j'ai attendu qu'il rentre. Que n'importe qui rentre. Mais il n'est pas revenu. Il n'est plus jamais revenu.

Confortablement assise dans le salon de Kamal, la chaleur de son corps contre le mien, je frissonne.

— J'arrive encore à la sentir, lui dis-je. Le soir, j'arrive encore à la sentir. C'est ça qui me terrorise, c'est ça qui me tient éveillée : la sensation d'être seule dans cette maison. J'avais tellement peur – trop peur pour m'endormir. Alors j'allais errer dans toutes ces pièces plongées dans l'obscurité et je l'entendais pleurer, je sentais l'odeur de sa peau. Je voyais des choses. Je me réveillais au milieu de la nuit et j'étais certaine qu'il y avait quelqu'un – quelque chose – avec moi dans la maison. J'ai cru devenir folle. J'ai cru que j'allais mourir. Je me suis dit que je pouvais peut-être rester là, et que, un jour, on me retrouverait. Et au moins, comme ça, je ne l'aurais pas quittée.

Je renifle et me penche pour tirer un mouchoir de la boîte sur la table basse. Kamal fait courir une main le long de ma colonne vertébrale jusqu'au bas de mon dos, où il la laisse.

— Mais, au final, je n'ai pas eu le courage de rester. J'ai dû attendre environ dix jours, je crois, jusqu'à ce qu'il n'y ait plus rien à manger – même plus une conserve de haricots, rien. J'ai pris mes affaires et je suis partie.

— Est-ce que tu as revu Mac ?

— Non, jamais. La dernière fois que je l'ai vu, c'était ce soir-là. Il ne m'a pas embrassée, il ne m'a même pas vraiment dit au revoir. Il a juste dit qu'il devait sortir un moment.

Je hausse les épaules.

— Et c'est tout.

— Tu as essayé de le contacter ?

Je secoue la tête.

— Non. J'avais trop peur. Je ne savais pas ce qu'il ferait si je décidais de le contacter. Et je ne savais pas où il se trouvait, il n'avait même pas de téléphone portable. J'ai cessé de fréquenter les gens qui le connaissaient. Ses amis étaient tous du genre nomade. Des hippies, des voyageurs. Il y a quelques mois, après qu'on a parlé de lui, je l'ai cherché sur Google. Mais je ne l'ai pas trouvé. C'est étrange…

— Quoi donc ?

— Au début, je le voyais partout. Dans la rue, ou alors je voyais un homme dans un bar et j'étais tellement persuadée que c'était lui que mon cœur s'emballait sur-le-champ. J'entendais sa voix dans la foule. Mais ça ne me le fait plus depuis longtemps. Maintenant… maintenant je pense qu'il doit être mort.

— Pourquoi est-ce que tu penses ça ?

— Je ne sais pas. C'est… une impression. J'ai l'impression qu'il est mort.

Kamal se redresse et éloigne doucement son corps du mien. Il se tourne pour me regarder en face.

— Je pense que là, c'est ton imagination, Megan. C'est normal de croire qu'on voit les gens qui ont fait partie intégrante de notre vie longtemps après qu'ils n'y sont plus présents. Au début, j'apercevais mon frère partout, moi aussi. Quant à ton impression qu'il est mort, c'est probablement dû au fait qu'il a disparu de ta vie depuis si longtemps. Dans un certain sens, il ne te paraît plus réel.

Il a réendossé son costume de psy, nous ne sommes plus deux amis assis sur le canapé. J'ai envie de l'attraper et de le ramener contre moi, mais je ne veux pas dépasser les limites. Je repense à la dernière fois, quand je l'ai embrassé avant de partir, l'expression sur son visage, un mélange de désir, de frustration et de colère.

— Maintenant qu'on a parlé de ça, que tu m'as raconté ton histoire, je me demande si ça ne t'aiderait pas d'essayer de contacter Mac. Pour pouvoir enfin tourner la page, sceller ce chapitre de ton passé.

Je me doutais qu'il allait me suggérer ça.

— Non, dis-je, je ne peux pas.

— Réfléchis-y un instant.

— Je ne peux pas. Et s'il me déteste encore ? Si ça ne fait que remuer des douleurs passées, et s'il décide d'aller voir la police ? Et si…

Je peux à peine continuer à voix haute, j'ai même du mal à murmurer :

— … s'il dévoile à Scott ce que je suis réellement ?

Kamal secoue la tête.

— Peut-être qu'il ne te déteste pas du tout, Megan. Peut-être qu'il ne t'a jamais détestée. Peut-être qu'il a eu peur, lui aussi. Peut-être qu'il se sent coupable. D'après ce que tu m'as raconté, ce n'était pas un homme qui agissait de manière responsable. Il a hébergé sous son toit une fille très jeune, très vulnérable, puis il l'a laissée seule à un moment où elle avait besoin de soutien. Peut-être qu'il sait que la responsabilité de ce qui s'est passé incombe autant à l'un qu'à l'autre. Peut-être que c'est ça qu'il a fui.

Je ne sais pas s'il pense ce qu'il dit ou s'il essaie simplement de me réconforter. Tout ce que je sais, c'est que ce n'est pas vrai. Je ne peux pas rejeter la responsabilité sur lui. C'est un fardeau que je dois accepter de porter seule.

— Je ne veux pas te forcer à faire quelque chose que tu ne veux pas faire, dit Kamal. Je veux juste que tu réfléchisses à la possibilité que contacter Mac puisse t'aider. Et ce n'est pas parce que je pense que tu lui dois quoi que ce soit. Tu comprends ? Je pense que c'est lui qui te doit quelque chose. Je comprends ta culpabilité, vraiment. Mais il t'a abandonnée. Tu étais seule, terrifiée, paniquée et morte de chagrin. Il t'a laissée livrée à toi-même dans cette maison. Ce n'est pas étonnant que tu ne puisses pas dormir. Évidemment que l'idée même te terrorise : tu t'es endormie et il t'est arrivé quelque chose de terrible. Et la personne qui aurait dû être là pour toi t'a abandonnée.

Au moment ou Kamal me dit ces choses, ça n'a pas l'air mal. Tandis que ces paroles séduisantes franchissent ses lèvres, tièdes, mielleuses, j'arrive presque à y croire. J'arrive presque à croire qu'il y a un moyen de laisser tout cela derrière moi, d'y mettre fin, de rentrer retrouver Scott et vivre ma vie comme le font les gens normaux, sans regarder par-dessus mon épaule ni attendre désespérément la venue de quelque chose de mieux. Est-ce que c'est ça que font les gens ?

— Tu veux bien y réfléchir ? demande-t-il en m'effleurant la main.

Je lui fais un grand sourire et je lui dis que oui. Et qui sait ? je suis peut-être même sincère. Il me raccompagne jusqu'à la porte, un bras autour de mes épaules, j'ai envie de me retourner pour l'embrasser mais je me retiens.

À la place, je demande :

— Est-ce que c'est la dernière fois que je te vois ?

Il acquiesce.

— On ne pourrait pas… ?

— Non, Megan. On ne peut pas. Il faut prendre la bonne décision.

Je lui souris.

— Je ne suis pas très douée pour ça. Je ne l'ai jamais été.

— Pourtant, tu peux l'être. Tu y arriveras. Allez, rentre chez toi. Va rejoindre ton mari.

Je reste sur le trottoir devant chez lui un long moment après qu'il a refermé la porte. Je me sens plus légère, je crois, plus libre – mais plus triste, aussi, et, soudain, je n'ai qu'une envie : rentrer retrouver Scott.

Je me tourne pour marcher en direction de la gare quand un homme arrive sur le trottoir, en plein jogging, les écouteurs sur les oreilles, la tête baissée. Il se dirige droit sur moi, et, tandis que je recule pour m'écarter de son chemin, je glisse sur le bord du trottoir et je tombe sur la chaussée.

L'homme ne s'excuse pas, il ne me regarde même pas, et, sous le choc, je ne crie pas. Je me relève et je reste là, appuyée contre une voiture, à essayer de reprendre ma respiration. La paix que je ressentais chez Kamal a explosé en mille morceaux.

Ce n'est qu'une fois rentrée chez moi que je me rends compte qu'en tombant je me suis coupé la main et que, à un moment, j'ai dû me frotter la bouche. J'ai les lèvres tachées de sang.

RACHEL

Samedi 10 août 2013

Matin

Je me réveille tôt. J'entends le camion du recyclage remonter lentement la rue et la pluie tapoter contre la vitre. Le store est à moitié remonté – on a dû oublier de le fermer hier soir. Je souris. Je le sens derrière moi, endormi, tout chaud, et dur. Je tortille des hanches pour me serrer un peu plus contre lui. Bientôt, il va s'étirer, m'attraper et me tirer vers lui.

— Rachel, dit une voix, non.

Ces mots me glacent. Je ne suis pas chez moi, ce n'est pas chez moi. Ce n'est pas normal.

Je me retourne. Scott s'est assis. Il fait glisser ses jambes hors du lit, dos à moi. Je ferme fort les yeux pour tâcher de me souvenir, mais tout est trop flou. Quand je les ouvre, j'arrive à penser calmement, parce que c'est la pièce dans laquelle je me suis réveillée un millier de fois ou plus : le lit est à sa place, la pièce est la même. Si je me redresse, je pourrai apercevoir la cime des chênes de l'autre côté de la rue ; là, sur ma gauche, la porte de la salle de bains et, à droite, l'armoire encastrée dans le mur. C'est la chambre que je partageais avec Tom.

— Rachel, dit-il encore.

Je tends une main pour lui effleurer le dos, mais il se lève rapidement pour me faire face. Il semble inhabité, comme la première fois que je l'ai vu de près, au commissariat – comme si on lui avait retiré toute sa substance pour ne laisser qu'une coquille vide. Cette pièce est la même que la chambre que je partageais avec Tom, mais c'est celle qu'il partageait avec Megan. Cette chambre, ce lit.

— Je sais, dis-je. Je suis désolée. Vraiment. Ce n'était pas bien.

— Non.

Il refuse de croiser mon regard. Il va dans la salle de bains et ferme la porte derrière lui.

Je me rallonge, ferme les yeux et me laisse envahir par l'effroi qui me ronge les entrailles. Qu'ai-je fait ? Je me souviens qu'il n'arrêtait pas de parler quand je suis arrivée, un flot de paroles. Il était en colère. Contre sa mère, qui n'avait jamais aimé Megan ; contre les journaux, à cause de ce qu'ils écrivaient sur elle, à insinuer qu'elle méritait ce qui lui était arrivé ; contre la police, pour avoir bâclé l'enquête, pour avoir failli à sa mission envers elle, envers lui. On s'est assis dans la cuisine pour boire une bière et je l'ai écouté, puis, quand on a eu fini, on est allés s'installer sur la terrasse et, là, il a cessé d'être en colère. On a bu en regardant passer les trains, en parlant de tout et de rien : la télé, le travail, l'université où il avait fait ses études, comme des gens normaux. J'ai oublié de ressentir ce que j'aurais dû ressentir. Nous l'avons tous les deux oublié. Je m'en souviens maintenant. Je me souviens quand il m'a souri, quand il a effleuré mes cheveux.

Ça me frappe comme un tsunami, et le sang me monte au visage. Je me souviens du moment où j'ai accepté cette idée. Où j'ai formulé cette pensée sans la repousser, où je l'ai accueillie à bras ouverts. J'en avais envie. J'avais envie d'être avec Jason. De ressentir ce que Jess ressentait quand elle était assise là avec lui le soir, avec un verre de vin. J'ai oublié ce que j'étais censée ressentir. J'ai ignoré le fait que, au mieux, Jess n'est rien de plus que le fruit de mon imagination et que, au pire, Jess n'est pas rien, elle est Megan, une femme disparue, battue à mort, qu'on a laissée pourrir dans les bois. Pire : je n'ai pas oublié. Ça m'était égal. Ça m'était égal parce que j'avais commencé à croire ce qu'on disait sur elle. Est-ce que, moi aussi, ne serait-ce qu'un instant, j'ai pensé qu'elle méritait ce qui lui était arrivé ?

Scott ressort de la salle de bains. Il a pris une douche, il s'est débarrassé de mon souvenir. Ça semble lui avoir fait du bien, mais il ne me regarde pas dans les yeux quand il me propose un café. Ce n'est pas ce que je voulais, ça ne va pas du tout. Je ne veux pas faire ça. Je ne veux pas perdre à nouveau le contrôle.

Je me rhabille rapidement et vais à la salle de bains pour me passer de l'eau froide sur le visage. Mon mascara a coulé, il fait des paquets aux coins de mes yeux, et j'ai les lèvres sombres. Mordues. J'ai des taches rouges sur le visage et le cou, là où les poils de son menton m'ont irrité la peau. Une image de la nuit dernière me revient soudain, ses mains sur moi, et mon estomac bondit. Je m'assois au bord de la baignoire pour faire passer mon vertige. La salle de bains est plus sale que le reste de la maison : il y a de la crasse autour du lavabo et du dentifrice étalé sur le miroir. Une tasse, avec une brosse à dents. Pas de parfum, pas de crème hydratante, pas de maquillage. Je me demande si elle a tout emporté en partant ou si c'est lui qui a tout jeté.

De retour dans la chambre, je cherche une preuve de sa présence – une robe accrochée derrière la porte, une brosse à cheveux sur la commode, un pot de baume à lèvres, une paire de boucles d'oreilles – mais non, rien. Je traverse la pièce vers l'armoire et je m'apprête à l'ouvrir, la main sur la poignée, quand la voix de Scott me fait sursauter :

— Le café est prêt !

En bas, il me tend une tasse, toujours sans me regarder, puis il se détourne et se poste devant la fenêtre, dos à moi, les yeux fixés sur les rails, ou autre chose. D'un coup, je m'aperçois que les cadres photo à ma droite ont disparu. Tous. J'ai soudain des fourmis dans la nuque, et les poils de mes bras se hérissent. Je prends une gorgée de café que je peine à avaler. Ça ne va pas du tout.

Peut-être que c'est sa mère qui a tout enlevé. Elle n'aimait pas Megan, il n'a pas arrêté de me le répéter. Mais je repense à hier. Tout de même, quel genre de personne ferait une chose pareille ? Quel genre de personne baiserait une inconnue dans le lit conjugal alors que sa femme est morte depuis moins d'un mois ? Il se retourne alors pour me faire face et j'ai l'impression qu'il a lu dans mes pensées, parce qu'il a une expression singulière – du mépris, ou de la répulsion – et, moi aussi, il me révulse. Je repose ma tasse.

— Je ferais mieux d'y aller.

Il ne me retient pas.

La pluie s'est arrêtée. Dehors, le soleil brille, et je dois plisser les yeux dans la brume claire du matin. Un homme s'approche de moi – il vient se poster à quelques centimètres de mon visage dès l'instant où je pose le pied sur le trottoir. Je lève les mains, tourne et, d'un coup d'épaule, le dégage de mon chemin. Il me dit quelque chose, mais je n'entends pas quoi. Les mains levées et la tête baissée, ce n'est que lorsque je suis à moins de deux mètres d'elle que j'aperçois Anna, devant sa voiture, les mains sur les hanches, qui m'observe. Quand elle croise mon regard, elle secoue la tête, puis tourne les talons pour marcher jusqu'à sa porte d'entrée, presque au pas de course. Je reste immobile une seconde, à suivre sa silhouette légère vêtue d'un legging noir et d'un T-shirt rouge. J'ai une forte impression de déjà-vu. Ce n'est pas la première fois que je la vois s'éloigner ainsi de moi.

C'était juste après mon déménagement. J'étais venue voir Tom, récupérer quelque chose que j'avais oublié. Je ne me souviens pas de quoi, ça n'avait aucune importance de toute façon, je voulais juste passer à la maison et le voir. Je crois que c'était un dimanche, et j'avais déménagé le vendredi, ça faisait donc quarante-huit heures. Arrivée dans la rue, j'ai vu Anna qui transportait des affaires d'une voiture jusque dans la maison. Elle emménageait, alors que j'étais à peine partie. Elle ne devait pas s'inquiéter du qu'en-dira-t-on. Elle m'a aperçue et je me suis dirigée vers elle. Je ne sais pas ce que je comptais lui dire – rien de très rationnel, c'est certain. Je pleurais, ça, je me le rappelle.

Et, comme aujourd'hui, elle est partie en courant. À ce moment-là, je ne savais pas le pire, la grossesse ne se voyait pas encore. Dieu merci. Je crois que je serais morte sur place.

Tandis que j'attends le train sur le quai, je suis prise d'un vertige. Je vais m'asseoir sur un banc et j'essaie de me rassurer : ce n'est qu'une gueule de bois. Cinq jours sans boire puis une cuite, et voilà. Mais je sais que ce n'est pas uniquement ça. C'est Anna. Cette image d'elle, et ce que j'ai ressenti en la voyant s'éloigner comme ça. De la peur.

ANNA

Samedi 10 août 2013

Matin

Ce matin, j'ai pris la voiture pour me rendre à mon cours de spinning à la salle de sport de Northcote, puis je suis passée chez Matches sur le chemin du retour et me suis offert une ravissante minirobe Max Mara (Tom me pardonnera quand il me verra avec). Je passais une très bonne matinée, mais, quand j'ai garé la voiture, j'ai remarqué qu'il y avait de l'agitation devant chez les Hipwell – maintenant, les photographes y stationnent en permanence – et c'était elle. Encore ! J'arrivais à peine à y croire. Rachel, qui fonçait droit sur un photographe, débraillée. J'étais quasiment sûre qu'elle sortait de chez Scott.

Ça ne m'a même pas énervée. J'étais surtout stupéfaite. Et quand j'en ai parlé à Tom comme si de rien n'était, calmement, il a eu l'air aussi décontenancé que moi.

— Je vais lui parler, a-t-il dit. Je finirai bien par savoir ce qui se passe.

— Tu as déjà essayé, ai-je répondu aussi gentiment que possible. Ça n'a rien changé.

J'ai suggéré qu'il était peut-être temps de demander conseil, de se renseigner sur les mesures à prendre pour imposer une ordonnance restrictive, ce genre de chose.

— Sauf qu'elle ne nous harcèle pas, si ? a-t-il fait remarquer. Elle ne nous téléphone plus, elle ne s'approche plus de nous, elle ne vient plus à la maison. Ne t'en fais pas, ma chérie, je vais régler ça.

Il a raison, au sujet du harcèlement. Mais ça m'est égal. Il se trame quelque chose, et je n'ai pas l'intention de l'ignorer. J'en ai assez qu'on me dise de ne pas m'en faire. J'en ai assez d'entendre qu'il va régler ça, qu'il va lui parler, qu'elle finira bien par s'en aller. Je pense que le moment est venu pour moi de prendre les choses en main. La prochaine fois que je la vois, j'appelle l'inspectrice de police, Riley. Elle a l'air gentille. Compréhensive. Je sais que Tom a de la peine pour Rachel, mais, franchement, je crois qu'il est temps que je me débarrasse de cette connasse une bonne fois pour toutes.

RACHEL

Lundi 12 août 2013

Matin

Nous sommes sur le parking du lac Wilton. On venait nager là tous les deux, avant, les jours où il faisait très chaud. Aujourd'hui, nous sommes assis côte à côte dans la voiture de Tom, vitres baissées pour profiter de la brise. J'ai envie de me laisser aller contre l'appuie-tête, de fermer les yeux, de sentir l'odeur des pins, d'écouter les oiseaux. J'ai envie de lui prendre la main et de rester ici toute la journée.

Il m'a appelée hier soir pour me demander si on pouvait se voir. J'ai voulu savoir si ça avait un rapport avec Anna, avec le fait qu'elle m'avait vue dans Blenheim Road. Je lui ai assuré que ça n'avait rien à voir avec eux, que je n'étais pas venue les déranger. Il m'a crue, en tout cas c'est ce qu'il a prétendu, mais il semblait méfiant, un peu nerveux. Il a dit qu'il avait besoin de me parler.

— S'il te plaît, Rach.

Et voilà. À la façon dont il a dit ça, comme au bon vieux temps, j'ai cru que mon cœur allait exploser.

— Je passerai te prendre, d'accord ?

Je me suis réveillée avant l'aube et, à cinq heures, j'étais dans la cuisine à me faire un café. Je me suis lavé les cheveux, rasé les jambes et maquillée, et j'ai changé quatre fois de tenue. Et je me sentais coupable. C'est idiot, je sais, mais j'ai repensé à Scott, à la nuit qu'on avait passée et à ce que ça m'avait fait éprouver... Et j'ai eu des remords, parce que ça ressemblait à une trahison. De

Tom. L'homme qui m'a quittée pour une autre femme il y a deux ans. C'est ce que je ressens, je n'y peux rien.

Tom est arrivé un peu avant neuf heures. Je suis descendue et il était là, appuyé sur sa voiture, avec un jean et un vieux T-shirt gris – assez vieux pour que je me souvienne exactement de la sensation du tissu contre ma joue quand je posais la tête sur sa poitrine.

— J'ai pris ma matinée, a-t-il annoncé en me voyant. Je pensais qu'on pourrait aller quelque part.

Nous n'avons pas dit grand-chose pendant le trajet jusqu'au lac. Il m'a demandé comment j'allais, et m'a dit que j'avais l'air en forme. Il s'est gardé de mentionner Anna jusqu'à maintenant, alors que nous sommes assis dans le parking et que je songe à lui prendre la main.

— Alors, bon, Anna a dit qu'elle t'avait vue... et qu'elle pensait que tu sortais de chez Scott Hipwell. C'est vrai ?

Il est tourné vers moi, mais il ne me regarde pas. Il semble presque gêné de me poser cette question.

— Tu n'as pas à t'en faire, je réponds. J'ai vu Scott plusieurs fois ces derniers jours. Enfin, je l'ai vu... On est amis, plus ou moins. C'est tout. C'est difficile à expliquer. Je l'aide un peu, voilà. Tu te doutes que c'est une période terriblement difficile, pour lui.

Tom hoche la tête, mais toujours sans me regarder. Au lieu de quoi il se met à se mordiller l'ongle de l'index gauche, preuve qu'il est anxieux.

— Mais Rach...

Je préférerais qu'il arrête de m'appeler comme ça, parce que, chaque fois, j'en ai la tête qui tourne et j'ai envie de sourire. Ça fait tellement longtemps que je ne l'ai pas entendu prononcer mon nom de cette manière, et ça me donne de l'espoir. Peut-être que ça ne va pas fort avec Anna, peut-être qu'il se souvient des bons moments entre nous, peut-être qu'au fond je lui manque un peu.

— C'est juste que... je suis vraiment inquiet.

Il me regarde enfin, ses grands yeux marron rivés sur les miens, et il remue la main comme s'il voulait prendre la mienne, puis il se ravise et la repose sur ses genoux.

— Je sais... enfin, non, je ne sais pas grand-chose, mais Scott... Je sais qu'il a l'air d'un type très bien, mais on ne peut être sûr de rien, tu vois ?

— Tu penses que c'est lui ?

Il secoue la tête et déglutit péniblement.

— Non, non. Ce n'est pas ce que je veux dire. Je sais... bon, Anna dit qu'ils se disputaient souvent. Que parfois Megan semblait avoir un peu peur de lui.

— C'est Anna qui t'a dit ça ?

Mon premier instinct est d'ignorer tout ce que cette conne pourrait avoir à dire, mais je ne peux pas me débarrasser du sentiment que j'ai éprouvé quand j'étais chez Scott, samedi. Le sentiment qu'il y avait quelque chose de pas normal.

Il acquiesce.

— Megan a fait un peu de baby-sitting pour nous quand Evie était toute petite. Bon sang ! je n'aime pas y penser, maintenant, avec tout ce qu'on lit dans les journaux. Mais, tu vois, ça prouve bien qu'on pense connaître quelqu'un, et en fait...

Il soupire longuement.

— Je ne veux pas qu'il t'arrive quelque chose.

Puis il me sourit et, avec un léger haussement d'épaules, il ajoute :

— Tu comptes encore beaucoup pour moi, Rach.

À cet instant, je dois détourner les yeux parce que je ne veux pas qu'il voie les larmes qui y sont apparues. Mais il sait qu'elles sont là, alors il pose une main sur mon épaule et ajoute :

— Je suis vraiment désolé.

Nous restons assis quelque temps comme ça, en silence. Je me mords la lèvre pour arrêter de pleurer. Je ne tiens pas à rendre les choses plus difficiles qu'elles ne le sont déjà pour lui.

— Ça va, Tom. Je vais mieux, tu sais.

— Je suis content de l'entendre. Vraiment. Et tu...

— Je bois moins. Ça va mieux.

— Bien. Tu as l'air en forme. Tu es... jolie.

Il me sourit à nouveau et je me sens rougir. Il se détourne rapidement.

— Est-ce que... comment dire... est-ce que tu t'en sors ? Financièrement ?

— Je m'en sors.

— Tu en es sûre ? Il faut que tu me le dises, Rachel, parce que je ne veux pas que tu...

— Oui, oui.

— Je peux te filer un coup de main si tu veux. Putain, je dois avoir l'air d'un abruti, mais dis-moi si je peux t'aider ! Histoire de te dépanner.

— Ça va, je t'assure.

C'est alors qu'il se penche au-dessus de mes genoux, et j'arrive à peine à respirer tant j'ai envie de le toucher. J'ai envie de sentir l'odeur de son cou, d'enfouir mon visage dans le creux musclé entre ses épaules. Il ouvre la boîte à gants.

— Laisse-moi juste te faire un chèque, hein ? Tu n'es pas obligée de l'encaisser.

Je ris.

— Tu gardes un chéquier dans ta boîte à gants ?

Il se met à rire, lui aussi.

— On ne sait jamais.

— On ne sait jamais à quel moment on risque de devoir ren-flouer sa cinglée d'ex-femme ?

Il me frotte la pommette du pouce. Je lui prends la main pour lui embrasser la paume.

— Promets-moi, dit-il d'un ton bourru. Promets-moi que tu ne t'approcheras pas de Scott Hipwell. D'accord, Rach ?

— Promis.

Et c'est en toute sincérité que je réponds, presque aveuglée par la joie, parce que je me rends compte qu'il n'est pas simplement inquiet pour moi. Il est jaloux.

Mardi 13 août 2013

Tôt le matin

Je suis à bord du train, et je regarde une pile de vêtements au bord de la voie ferrée. Un tissu bleu foncé. Une robe, je crois, avec une ceinture noire. J'ai du mal à comprendre comment elle a pu se retrouver là. Ce ne sont certainement pas des ouvriers qui l'ont oubliée. Le train avance, mais à une allure si lente que j'ai tout mon temps pour l'observer, et j'ai l'impression d'avoir déjà vu cette robe quelque part, j'ai déjà vu quelqu'un la porter. Je ne me souviens pas quand. Il fait très froid. Trop froid pour ce genre de robe. Je pense qu'il va bientôt neiger.

J'ai hâte de voir la maison de Tom, ma maison. Je sais qu'il sera là, assis dans le jardin. Je sais qu'il sera seul, à m'attendre. Quand nous passerons, il se lèvera pour me faire un signe de la main et un sourire. Je sais tout cela.

Cependant, nous nous arrêtons d'abord devant le numéro quinze. Jason et Jess sont là, sur leur balcon, ils boivent un verre de vin, ce qui est étrange parce qu'il n'est même pas huit heures et demie du matin. Jess porte une robe à fleurs rouges et des petites boucles d'oreilles en argent avec des oiseaux dessus, je les vois se balancer d'avant en arrière pendant qu'elle parle. Jason se tient derrière elle, les mains posées sur ses épaules. Je leur souris. J'ai envie de leur faire coucou, mais je ne veux pas que les autres passagers me trouvent bizarre. Alors je me contente de les regarder et de songer que je ne serais pas contre un verre de vin, moi non plus.

Cela fait une éternité qu'on est là, et le train n'est toujours pas reparti. J'ai envie qu'on redémarre parce que, sinon, Tom ne sera plus là et je risque de le manquer. Maintenant, je distingue le visage de Jess, bien plus clairement qu'à l'accoutumée – ça a à voir avec la lumière, très vive, qui l'éclaire directement, tel un projecteur. Jason est toujours derrière elle, mais il n'a plus les mains sur ses épaules, elles sont sur son cou, et Jess semble mal à l'aise, effrayée. Il l'étrangle. Je vois son visage devenir tout rouge. Elle pleure. Je bondis sur mes pieds, et je me mets à tambouriner contre la vitre et à lui hurler d'arrêter, mais il ne m'entend pas. Quelqu'un m'agrippe le bras : l'homme aux cheveux roux. Il me dit de m'asseoir, et ajoute que nous ne sommes plus très loin du prochain arrêt.

— Mais ce sera trop tard, dis-je.

Et il répond :

— Il est déjà trop tard, Rachel.

Je me retourne vers le balcon : Jess est debout, maintenant, Jason a attrapé ses cheveux blonds dans son poing serré et il va lui éclater le crâne contre le mur.

Matin

Ça fait des heures que je suis debout, mais je suis encore secouée, et c'est les jambes tremblantes que je m'installe sur mon siège. Je me suis réveillée pleine d'effroi, habitée par le sentiment que tout ce que je pensais savoir était faux, tout ce que j'avais vu, de Scott, de Megan ; que j'avais tout fabriqué dans ma tête, que rien n'était réel. Mais, si mon esprit me joue des tours, ne serait-ce pas plutôt ce rêve, l'illusion ? Ces choses que Tom m'a confiées dans la voiture, mélangées à la culpabilité de ce qui s'est passé avec Scott l'autre nuit... Ce rêve, ce n'était que mon cerveau qui tâchait de décortiquer tout cela.

Mais cette sensation familière d'effroi s'accroît encore lorsque le train s'arrête au feu, et j'ai presque trop peur pour lever les yeux. La fenêtre est fermée, il n'y a rien à voir. C'est calme, tranquille. Ou abandonné. La chaise de Megan est toujours là, sur le balcon, vide. Il fait bon, mais je ne peux pas m'arrêter de frissonner.

Il ne faut pas que j'oublie que ce que Tom m'a raconté sur Scott et Megan, il le tenait d'Anna, et personne ne sait mieux que moi qu'on ne peut pas faire confiance à cette femme.

Ce matin, l'accueil du Dr Abdic me paraît peu enthousiaste. Il se tient presque voûté, comme s'il avait mal quelque part, et, quand il me serre la main, sa poigne est plus faible que la dernière fois. Je sais que Scott m'a dit que la police ne dévoilerait pas l'information de la grossesse, mais je me demande si on le lui a appris, à lui. Je me demande s'il pense à l'enfant de Megan, en ce moment.

J'ai envie de lui parler de mon rêve, mais je n'arrive pas à trouver une façon de le décrire sans dévoiler mon jeu, alors, au lieu de cela, je lui demande son avis sur le recouvrement de souvenirs, sur l'hypnose.

— Eh bien, commence-t-il en étalant ses doigts sur son bureau, il y a des psychologues qui croient qu'on peut se servir de l'hypnose pour faire resurgir des souvenirs refoulés, mais c'est très controversé. Pour ma part, ce n'est pas quelque chose que je fais, ni que je recommande à mes patients. Je ne suis pas certain que cela puisse aider et, dans certains cas, je pense même que cela peut être nocif.

Il esquisse un sourire.

— Je suis désolé. Je me doute que ce n'est pas ce que vous vouliez entendre. Mais, pour les afflictions de l'esprit, je ne pense pas qu'il existe de solution miracle.

— Est-ce que vous connaissez des psychologues qui pratiquent l'hypnose ?

Il secoue la tête.

— Navré, mais je ne pourrais pas vous en recommander. Vous devez garder à l'esprit que les sujets sous hypnose sont extrêmement influençables. On ne peut pas toujours faire confiance à ces souvenirs « retrouvés » (il mime des guillemets du bout des doigts). Ce ne sont jamais de vrais souvenirs.

C'est un risque que je ne peux pas prendre. Je ne pourrais supporter d'ajouter de nouvelles images dans ma tête, de nouveaux souvenirs instables, qui se meuvent, se transforment et se déplacent, me poussent à croire le faux dans le vrai et m'entraînent sur une voie quand je devrais plutôt explorer la direction opposée.

— Alors, qu'est-ce que vous suggérez ? Y a-t-il quelque chose que je puisse faire pour essayer de retrouver ce que j'ai perdu ?

Il se frotte les lèvres de ses longs doigts.

— C'est possible, oui. Le simple fait de parler d'un souvenir en particulier peut vous aider à clarifier certains aspects, à examiner chaque détail dans un cadre où vous vous sentez en sécurité, et à l'aise...

— Ici, par exemple ?

Il sourit.

— Par exemple, oui, si vous vous y sentez effectivement en sécurité et à l'aise...

La fin de sa phrase monte, comme une interrogation à laquelle je ne réponds pas. Son sourire s'évanouit.

— Cela aide aussi de se concentrer sur d'autres sens que la vue. Les sons, les sensations... L'odorat est singulièrement important quand il s'agit de mémoire. La musique peut aussi être un outil puissant. Si vous pensez à un cas précis, une journée en particulier, vous pouvez envisager de refaire le chemin emprunté. Revenir sur le lieu du crime, comme on dit.

C'est une expression banale, mais le duvet sur ma nuque se hérisse et j'ai des picotements dans le crâne.

— Est-ce que vous voulez parler d'un incident précis, Rachel ?

Oui, évidemment, mais je ne peux pas lui parler de ça, alors je lui parle de la fois où j'ai attaqué Tom avec le club de golf après une dispute.

Je me souviens de m'être réveillée ce matin-là emplie d'une terrible angoisse, consciente qu'il s'était passé quelque chose de grave. Tom n'était pas à côté de moi dans le lit, et j'en ai été soulagée. Je suis restée allongée sur le dos, à me refaire le film de la veille. Je me souvenais d'avoir beaucoup pleuré, de lui avoir dit que je l'aimais. Il était en colère et m'ordonnait d'aller me coucher ; il ne voulait plus m'entendre.

J'ai essayé de repenser à ce qui était arrivé avant, quand la dispute avait débuté. Nous passions une très bonne soirée. J'avais fait griller des crevettes avec plein de chili et de coriandre, et on buvait une excellente bouteille de chenin blanc qui lui avait été offerte par un client reconnaissant. Nous avons dîné dehors, sur la terrasse, en écoutant The Killers et les Kings of Leon, les CD que nous mettions en boucle lorsqu'on avait commencé à sortir ensemble.

Je me souviens qu'on riait, qu'on s'embrassait. Je me souviens que je lui ai raconté une histoire quelconque, mais qu'il ne l'a pas trouvée aussi drôle que moi. Je me souviens que ça m'a agacée. Puis je nous vois nous crier dessus, je me vois trébucher sur le pas de la porte coulissante en voulant rentrer dans la maison, et j'étais furieuse qu'il ne se précipite pas pour m'aider.

Mais voilà le problème :

— Quand je me suis réveillée, ce matin-là, je suis descendue au rez-de-chaussée. Il refusait de m'adresser la parole, il me regardait à peine. J'ai dû le supplier de me dire ce que j'avais fait. Je n'arrêtais pas de lui répéter combien j'étais désolée. J'étais en panique, désespérée. Je ne peux pas l'expliquer, je sais que ça n'a pas vraiment de sens, mais, quand on ne peut pas se souvenir de ce qu'on a fait, l'esprit essaie de combler les blancs, et on imagine les pires horreurs...

Kamal acquiesce.

— Je comprends. Continuez.

— Au final, pour que je le lâche, il m'a raconté. Voilà, j'ai été vexée par une remarque, et j'ai continué à m'énerver, à chercher la petite bête, à l'emmerder avec ça, je refusais de passer à autre chose. Il a essayé de me calmer, de m'embrasser pour nous réconcilier, mais je ne voulais pas. Alors il a décidé de me laisser toute seule et de partir se coucher, et c'est là que ça s'est passé. Je l'ai poursuivi jusqu'en haut de l'escalier avec un club de golf à la main et j'ai essayé de lui fracasser le crâne. Heureusement, je l'ai raté. J'ai juste arraché un morceau de plâtre au mur du couloir.

L'expression de Kamal ne change pas. Il n'a pas l'air choqué. Il se contente de hocher la tête.

— Donc vous savez ce qui s'est passé, mais vous n'arrivez pas à le sentir vraiment, c'est ça ? Vous voudriez pouvoir vous en souvenir vous-même, le voir et le vivre dans votre propre mémoire afin que... Comment aviez-vous formulé ça, lors de notre première séance ? Afin que ce souvenir vous « appartienne » ? Ainsi, vous vous sentirez enfin entièrement responsable ?

— Eh bien...

Je hausse les épaules.

— Oui, en partie, oui. Mais ce n'est pas tout. C'est arrivé beaucoup plus tard, des semaines ou peut-être même des mois après. Je pensais sans cesse à ce soir-là. Chaque fois que je passais devant ce trou dans le mur, j'y repensais. Tom disait tout le temps qu'il allait le réparer, mais il ne l'avait toujours pas fait, et vous imaginez bien que je n'avais pas l'intention de l'embêter avec ça. Un jour, je me tenais là... C'était le soir et je sortais de la chambre, et je me suis arrêtée net, parce que ça m'est revenu. J'étais assise par terre, dos au mur, et je sanglotais, avec Tom debout au-dessus de moi qui me suppliait de me calmer, et le club de golf sur la moquette, à mes pieds, et je l'ai senti, vraiment senti. J'étais terrifiée. Et ce souvenir ne colle pas avec la réalité, parce que je ne me souviens pas de colère noire, ni de fureur. Je ne me souviens que de ma peur.

Soir

J'ai réfléchi à ce que Kamal a suggéré, de revenir sur le lieu du crime, alors, plutôt que de rentrer, je suis allée à Witney, et au lieu de me hâter pour dépasser le passage souterrain, je marche lentement, et je me dirige délibérément vers sa gueule noire. Je pose les mains sur la brique froide et rugueuse à l'entrée, et je ferme les yeux. Je laisse mes doigts courir sur le mur. Rien ne me vient. J'ouvre les yeux pour examiner ce qui m'entoure. La rue est très calme : il n'y a qu'une femme à une centaine de mètres de moi qui marche dans ma direction, personne d'autre. Pas de voiture sur la chaussée, pas de cris d'enfants, juste une sirène à peine audible, au loin. Le soleil se cache derrière un nuage et, glacée, je m'immobilise au seuil du tunnel, incapable d'avancer plus. Je fais demi-tour.

La femme que j'ai vue se diriger vers moi un instant auparavant tourne au coin de la rue ; elle est vêtue d'un imperméable bleu foncé. Elle me jette un coup d'œil en passant, et c'est à ce moment-là que ça me revient. Une femme… du bleu… dans cette lumière… Je me souviens : Anna. Elle portait une robe bleue avec une ceinture noire, et elle s'éloignait de moi, rapidement, presque comme l'autre jour, mais cette fois-là elle s'est retournée, elle a regardé par-dessus son épaule, puis elle s'est arrêtée. Une voiture est venue se garer à côté d'elle, près du tunnel. Une voiture rouge, la voiture de Tom. Elle s'est penchée pour lui parler par la vitre, puis elle a ouvert la portière et elle est montée, et la voiture est partie.

Je m'en souviens. Ce samedi, là, je me tenais à cet endroit, dans le passage souterrain, et j'ai vu Anna monter dans la voiture de Tom. Mais je ne dois pas bien me rappeler, parce que ça n'a aucun sens. Tom me cherchait en voiture, mais Anna n'était pas avec lui, elle était chez eux. C'est ce que la police m'a dit. Ça n'a aucun sens, et ça me donne envie de hurler de frustration contre mon ignorance, contre mon cerveau inutile.

Je traverse la rue et je marche le long de Blenheim Road. Je reste un long moment sous les arbres en face du numéro vingt-trois. Ils ont repeint la porte d'entrée. Elle était vert foncé quand j'habitais là et, maintenant, elle est noire. Je ne me souviens pas de l'avoir déjà remarqué. Je la préférais en vert. Je me demande ce qui a changé, à l'intérieur. La chambre du bébé, bien sûr, mais je me demande s'ils dorment toujours dans le même lit, si elle se met du rouge à lèvres devant le miroir que j'ai accroché au mur. Je me demande s'ils ont repeint la cuisine, ou colmaté le trou dans le plâtre du couloir, à l'étage.

J'ai envie de traverser et d'aller cogner le heurtoir contre la peinture noire. J'ai envie de discuter avec Tom, de lui parler

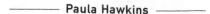

du soir où Megan a disparu. J'ai envie de lui parler d'hier, du moment où nous étions dans sa voiture, quand je lui ai embrassé la main, je veux lui demander ce qu'il a ressenti. À la place, je reste encore là un instant, les yeux rivés sur la fenêtre de mon ancienne chambre jusqu'à ce que je sente les larmes me piquer les yeux, et c'est là que je sais qu'il est temps de partir.

ANNA

Mardi 13 août 2013

Matin

Je regardais Tom se préparer pour le travail ce matin, mettre sa chemise et sa cravate. Il semblait un peu distrait, il devait songer à son emploi du temps de la journée – les réunions, les rendez-vous, qui, quand, où. Et j'étais jalouse. Pour la toute première fois, je lui enviais le luxe de devoir s'habiller correctement et quitter la maison pour s'affairer çà et là avec un but précis et la promesse d'un salaire.

Ce n'est pas le travail en lui-même qui me manque. J'étais agent immobilier, pas neurochirurgienne, ce n'est pas vraiment le genre de boulot dont on rêve, gamine. Ce que j'aimais, c'était déambuler dans les demeures très chères en l'absence des propriétaires, faire courir mes doigts sur les plans de travail en marbre, jeter un coup d'œil dans les immenses dressings. J'imaginais ce que serait ma vie si j'habitais là, je me demandais quel genre de personne je serais. Je suis bien consciente qu'il n'existe pas travail plus important que d'élever un enfant, mais, le problème, c'est que ce n'est pas un travail valorisé. En tout cas, pas au sens qui m'importe en ce moment : le sens financier. Je veux que nous ayons plus d'argent pour pouvoir quitter cette maison, cette rue. C'est aussi simple que ça.

Peut-être pas si simple que ça, à y réfléchir. Quand Tom est parti au travail, je me suis assise à la table de la cuisine pour entamer le combat quotidien qu'est le petit déjeuner d'Evie. Il y a deux mois, elle mangeait de tout, rien à dire. Maintenant, elle n'accepte rien d'autre qu'un yaourt à la fraise. Je sais que c'est normal. C'est ce que je n'arrête pas de me répéter quand j'essaie d'enlever le jaune d'œuf de mes cheveux, ou quand je suis à quatre pattes sur le carrelage à ramasser une cuillère ou un bol renversé. C'est ce que je n'arrête pas de me répéter : c'est normal.

Pourtant, quand on en a enfin eu terminé et qu'elle s'est mise à jouer paisiblement toute seule, je me suis laissée aller à pleurer une minute. Je ne m'autorise ces larmes que très rarement, quand Tom n'est pas là, juste quelques instants, pour relâcher la pression. Un peu plus tard, alors que je me lavais le visage, j'ai vu combien j'avais l'air fatigué, j'ai vu mes yeux bouffis, mes cheveux en bataille et mes traits tirés, et j'ai à nouveau ressenti cette envie, ce besoin de mettre une robe, des talons hauts, de me coiffer et de me maquiller, d'aller marcher dans la rue et de voir des hommes se retourner sur mon passage.

Le travail me manque, mais, ce qui me manque, c'est aussi ce qu'il signifiait pour moi la dernière année où j'ai eu un emploi rémunéré, l'année où j'ai rencontré Tom. Le statut de maîtresse me manque.

Ça me plaisait. J'adorais ça, même. Je ne me suis pas sentie coupable une seconde. Je prétendais le contraire, évidemment. J'étais bien obligée, avec mes amies mariées, celles qui vivent dans la terreur de leur jolie petite jeune fille au pair, ou de la collègue mignonne et rigolote, celle qui parle de foot au bureau et qui passe la moitié de sa vie à la salle de sport. J'étais bien obligée de leur dire que, évidemment, j'avais des remords et que, évidemment, j'étais embêtée pour sa femme, mais je n'avais rien prémédité, nous étions simplement tombés amoureux, que pouvions-nous y faire ?

Sauf qu'en vérité je n'ai jamais été embêtée pour Rachel, même avant d'apprendre pour ses problèmes d'alcool, avant de savoir combien elle était difficile à vivre et combien elle faisait de la vie de Tom un enfer. Elle n'était pas réelle pour moi et, de toute façon, je m'amusais beaucoup trop pour m'en préoccuper. Être l'autre femme, c'est merveilleusement excitant, c'est indéniable : on est celle pour laquelle il ne peut s'empêcher de trahir son épouse, même s'il l'aime. On est une femme irrésistible – littéralement.

Je travaillais sur la vente d'une propriété. Trente-quatre, Cranham Road. Elle se révélait plus compliquée à vendre que prévu, parce que le dernier acheteur intéressé s'était vu refuser son prêt par la banque. Un problème avec l'évaluation du bien. On avait donc fait appel à un expert indépendant, pour s'assurer que tout était en règle. Les anciens propriétaires avaient déjà déménagé, la maison était vide, alors je devais être présente pour la visite de l'expert.

Dès l'instant où j'ai ouvert la porte, ça a été clair que ça allait arriver. Je n'avais jamais fait ce genre de chose, je n'en avais même jamais rêvé, mais il y avait quelque chose dans la manière qu'il avait de me regarder, de me sourire. On n'a pas pu s'en empêcher – on l'a fait là, dans la cuisine, sur le plan de travail. C'était dingue, mais c'était comme ça entre nous. C'est ce qu'il m'écrivait : «Ne compte plus me trouver sain d'esprit, ce n'est plus possible depuis que tu es dans ma vie. »

Je prends Evie et je l'emmène dans le jardin. Elle pousse son petit Caddie sur la pelouse en riant toute seule, la colère de ce matin est déjà oubliée. Chaque fois qu'elle me sourit, j'ai l'impression que mon cœur va exploser. Le travail me manque, mais ça, ça me manquerait mille fois plus. Et puis, de toute façon, je n'accepterai jamais. Il est hors de question que je la laisse à nouveau entre les mains d'une nounou, quelles que soient ses qualifications ou ses références. Je ne la laisserai plus jamais entre les mains de quiconque, pas après Megan.

Soir

Tom m'a envoyé un texto pour me prévenir qu'il aurait un peu de retard ce soir, il a dû emmener un client prendre un verre.

Evie et moi étions dans notre chambre, celle de Tom et moi, et on se préparait pour notre promenade du soir. J'étais en train de la changer. La lumière dehors était fabuleuse ; l'orange du ciel qui emplissait la maison s'est soudain changé en bleu-gris quand le soleil a disparu derrière un nuage. J'avais laissé le store à moitié baissé pour qu'il ne fasse pas trop chaud dans la pièce, alors je suis allée le rouvrir et c'est là que j'ai vu Rachel, debout de l'autre côté de la rue, qui regardait notre maison. Et puis elle s'en est allée, elle est repartie vers la gare.

Assise sur le lit, je tremble de rage, et mes ongles s'enfoncent dans mes paumes. Evie donne des coups de pied en l'air et je suis tellement furieuse que je ne veux pas la prendre dans mes bras, je risquerais de l'écraser.

Il m'a dit qu'il avait réglé ça. Il m'a dit qu'il l'avait appelée dimanche, qu'ils avaient discuté, et qu'elle avait admis être devenue plus ou moins amie avec Scott Hipwell, mais qu'elle ne comptait plus le revoir, et qu'elle ne viendrait plus dans le quartier. Tom a dit qu'elle le lui avait promis, et qu'il l'avait crue. Tom a dit qu'elle était lucide, qu'elle ne semblait pas ivre, qu'elle n'était pas hystérique, qu'elle ne l'avait ni menacé, ni supplié de revenir. Il m'a dit qu'il avait l'impression qu'elle allait mieux.

Après plusieurs profondes inspirations, je prends Evie sur mes genoux, je l'allonge sur mes cuisses et je tiens ses petites mains dans les miennes.

— Je pense que c'en est assez, à présent, pas toi ma chérie ?

C'est épuisant : chaque fois que je crois que les choses s'améliorent, que nous en avons enfin fini avec ces histoires de Rachel, la revoilà. Parfois, je me dis qu'elle ne s'en ira jamais.

Dans un coin de mon esprit, une graine pourrie a germé. Quand Tom me dit que c'est bon, que tout va bien, qu'elle ne va plus nous ennuyer, et qu'elle recommence quand même, je ne peux m'empêcher de me demander s'il a vraiment tout essayé pour se débarrasser d'elle, ou si, au fond de lui, il n'aimerait pas un peu l'idée qu'elle n'arrive pas à passer à autre chose.

Je descends et je fouille dans le tiroir de la cuisine jusqu'à retrouver la carte que l'inspectrice Riley m'a laissée. Je compose rapidement son numéro, pour ne pas avoir le temps de changer d'avis.

Mercredi 14 août 2013

Matin

Au lit, ses mains sur mes hanches, son haleine chaude contre mon cou, sa peau moite contre la mienne, il me dit :

— On ne fait plus ça assez souvent.

— Je sais.

— Il faut qu'on prenne un peu plus de temps pour nous.

— C'est vrai.

— Tu me manques, ajoute-t-il. Ça, ça me manque. J'en veux plus.

Je me tourne pour l'embrasser sur les lèvres, les yeux fermés, en essayant d'ignorer la culpabilité que je ressens depuis que j'ai contacté la police derrière son dos.

— Je crois qu'on devrait partir quelque part, murmure-t-il, rien que tous les deux. Prendre l'air.

Et qui garderait Evie ? ai-je envie de demander. Tes parents, à qui tu ne parles plus ? ou ma mère, qui est si fragile désormais que c'est déjà à peine si elle peut s'occuper d'elle-même ?

Mais je ne le dis pas, je ne dis rien, je l'embrasse encore, plus passionnément. Ses mains descendent jusqu'à l'arrière de mes cuisses et il les agrippe, fort.

— Qu'est-ce que tu en penses ? Où est-ce que tu voudrais aller ? Bali ? l'île Maurice ?

Je ris.

— Je suis sérieux, dit-il en me repoussant légèrement pour me regarder dans les yeux. On le mérite, Anna. Tu le mérites. On a eu une année difficile, non ?

— Mais…

— Mais quoi ?

Il me fait son sourire de tombeur avant d'enchaîner :

— On trouvera bien une solution pour Evie, ne t'en fais pas.

— Tom, l'argent.

— On se débrouillera.

— Mais…

Je ne veux pas finir ma phrase, mais il le faut.

— Nous n'avons pas assez d'argent pour ne serait-ce que songer à déménager, mais nous en avons assez pour prendre des vacances à Bali ou à l'île Maurice ?

Il gonfle les joues et soupire longuement en s'écartant. J'aurais dû garder ça pour moi. Des craquements provenant du babyphone nous interrompent : Evie est réveillée.

— Je m'en occupe, dit-il, puis il se redresse et sort de la chambre.

Pendant le petit déjeuner, Evie fait son cinéma habituel. C'est devenu un jeu pour elle, maintenant, de refuser la nourriture : elle secoue la tête, le menton levé, les lèvres scellées, et de ses petits poings elle repousse le bol posé devant elle. Tom perd vite patience.

— Je n'ai pas le temps, me lance-t-il. Je te laisse faire.

Il se lève et me tend la petite cuillère, une expression agacée sur le visage.

Je prends une grande inspiration.

Ce n'est rien, il est juste fatigué, il a beaucoup de travail, il est de mauvaise humeur parce que je n'ai pas voulu jouer le jeu quand il s'est mis à rêvasser de vacances, ce matin.

Sauf que ce n'est pas rien, parce que, moi aussi, je suis fatiguée, et je voudrais avoir une discussion sérieuse au sujet de notre argent, une discussion qui ne s'arrête pas simplement quand monsieur décide de quitter la pièce. Mais, bien sûr, je ne dis rien. Au lieu de ça, je romps la promesse que je me suis faite à moi-même et je me lance : je lui raconte pour Rachel.

— Je l'ai encore vue dans les parages, alors je ne sais pas ce que tu lui as dit l'autre jour, mais ça n'a pas suffi.

Il me regarde, surpris.

— Qu'est-ce que tu veux dire, « dans les parages » ?

— Elle était là hier soir, dans la rue, elle se tenait pile en face de la maison.

— Avec quelqu'un ?

— Non. Elle était seule. Pourquoi tu me demandes ça ?

— Fait chier, grommelle-t-il, et son visage s'assombrit comme les fois où il est vraiment en colère. Je lui ai dit de nous foutre la paix. Pourquoi tu ne m'en as pas parlé hier soir ?

— Je ne voulais pas t'embêter, dis-je doucement.

Je regrette déjà d'avoir abordé le sujet.

— Je ne voulais pas t'inquiéter.

— Putain de merde ! s'exclame-t-il en lâchant sa tasse de café dans l'évier.

Elle rebondit bruyamment. Evie sursaute, effrayée, et se met à pleurer – ce qui n'arrange rien.

— Je ne sais pas quoi te dire, je ne sais plus. Quand je lui ai parlé, ça allait. Elle a écouté ce que j'avais à dire, elle m'a promis qu'elle ne viendrait plus dans le quartier. Elle avait l'air d'aller bien. Elle avait bonne mine, même, elle était presque normale...

— Bonne mine... ? je demande.

Et, avant qu'il ait eu le temps de se détourner, je lis sur son visage qu'il a compris qu'il venait de se trahir.

— Tu m'as dit que tu lui avais téléphoné.

Il prend une profonde inspiration, soupire longuement, puis se tourne à nouveau vers moi, impassible.

— Oui, c'est vrai, c'est ce que je t'ai dit, ma chérie, parce que je savais que tu ne serais pas contente que je la voie. Alors voilà, j'avoue tout : j'ai menti. J'ai choisi la facilité.

— Tu te fiches de moi ?

Il me sourit et s'avance vers moi en secouant la tête, les mains levées en signe de supplication.

— Je suis désolé, je suis désolé. Elle voulait qu'on discute en personne et j'ai pensé que ce serait peut-être mieux. Je suis désolé, d'accord ? On a parlé, c'est tout. On s'est retrouvés à Ashbury, dans un café miteux, et on a discuté un quart d'heure. Vingt minutes, maximum. D'accord ?

Il passe les bras autour de moi et m'attire contre son torse. J'essaie de lui résister, mais il est plus fort que moi et il sent bon, et je n'ai pas envie de me disputer. J'ai envie qu'on soit dans le même camp.

— Je suis désolé, souffle-t-il encore dans mes cheveux.

— C'est bon, je réponds.

Je le laisse s'en tirer parce que, maintenant, c'est moi qui ai pris tout ça en main. J'ai parlé à l'inspectrice Riley hier soir et, dès le début de la conversation, j'ai su que j'avais pris la bonne décision. Quand je lui ai dit que j'avais vu Rachel sortir de chez Scott Hipwell « à plusieurs occasions » (une légère exagération), cela a semblé vivement l'intéresser. Elle voulait savoir la date et l'heure pour chaque fois (j'ai pu lui en fournir deux, et je suis restée vague au sujet des autres), et elle m'a demandé s'ils se connaissaient avant la disparition de Megan Hipwell et si je pensais qu'ils avaient entamé une relation d'ordre sexuel. Je dois dire que l'idée ne m'avait pas traversé l'esprit – je n'imagine pas qu'on puisse passer de Megan à Rachel. Et, de toute façon, sa femme vient à peine d'être enterrée.

J'ai aussi mentionné à nouveau les histoires avec Evie (la tentative d'enlèvement), au cas où elle aurait oublié.

— Elle est très instable, ai-je insisté. Vous devez vous dire que je dramatise, mais je ne veux faire courir aucun risque à ma famille.

— Pas du tout, m'a-t-elle rassurée. Merci beaucoup de m'avoir appelée. Si vous voyez autre chose qui vous paraît suspect, n'hésitez pas à m'en parler.

Je n'ai pas la moindre idée de ce qu'ils vont faire. Ils vont peut-être simplement l'avertir qu'elle n'a plus à venir dans le coin ?

Quoi qu'il en soit, ça nous sera utile si on se décide à se renseigner pour une ordonnance restrictive. Mais j'espère pour Tom que nous n'aurons pas à en arriver là.

Après le départ de Tom, j'emmène Evie au parc. On joue sur les balançoires et les chevaux de bois à bascule et, dès que je la réinstalle dans la poussette, elle s'endort. C'est mon signal pour partir faire les courses. Nous prenons les petites rues pour revenir vers le grand Sainsbury's – ça nous fait faire un détour, mais c'est calme, il n'y a presque pas de voitures et, en plus, ça nous donne l'occasion de passer devant le trente-quatre, Cranham Road.

Encore aujourd'hui, ça me donne des frissons de croiser cette maison. J'ai soudain des papillons dans le ventre, un sourire s'étale sur mes lèvres et le rouge me monte aux joues. Je me souviens quand je me précipitais pour monter les marches du perron en espérant qu'aucun voisin ne me verrait entrer. J'allais ensuite me préparer dans la salle de bains, je mettais du parfum et des sous-vêtements, le genre de sous-vêtements qu'on enfile pour ne les garder que cinq minutes. Puis je recevais un texto, et il était à la porte, et nous avions une heure ou deux pour nous dans la chambre, à l'étage.

Il racontait à Rachel qu'il était avec un client ou qu'il buvait une bière avec des amis.

— Tu n'as pas peur qu'elle vienne vérifier ?

Il secouait la tête et balayait ma question d'un revers de main.

— Je sais mentir, m'a-t-il dit une fois avec un sourire espiègle.

Une autre fois, il m'a répondu :

— Même si elle vient vérifier, le truc, avec Rachel, c'est que demain elle ne se le rappellera déjà plus.

C'est à ce moment-là que j'ai commencé à comprendre à quel point ça n'allait pas.

Cependant, repenser à ces conversations finit par effacer mon sourire. Repenser à ces moments où Tom riait avec un air de conspirateur tout en caressant mon bas-ventre du bout des doigts, où il me souriait en me disant : « Je sais mentir. » C'est vrai qu'il sait mentir, il est très doué pour ça. Je l'ai vu en action : convaincre le personnel d'un hôtel que c'est notre lune de miel, par exemple, ou échapper à des heures supplémentaires au boulot en prétextant des problèmes familiaux. Tout le monde fait ce genre de chose, évidemment, mais, quand c'est Tom, on y croit.

Je songe au petit déjeuner de ce matin, mais justement, là, je l'ai pris sur le fait, et il l'a tout de suite admis. Je n'ai aucun souci à me faire. Il ne voit pas Rachel derrière mon dos ! C'est une idée ridicule. Elle était jolie, avant – j'ai vu des photos d'elle, de quand ils se sont rencontrés, et elle était vraiment belle, avec ses grands yeux noirs et ses courbes généreuses –, mais, maintenant, elle est juste grosse. De toute façon, il ne retournerait jamais avec elle, pas après tout ce qu'elle lui a fait, ce qu'elle nous a fait : le harcèlement, les coups de téléphone au milieu de la nuit, les fois où elle raccrochait immédiatement, les textos.

Je suis dans le rayon des conserves et, par chance, Evie dort encore dans sa poussette. Je me mets à repenser à ces coups de fil, à cette fois (ces fois, peut-être ?) où je me suis réveillée et que la lumière de la salle de bains était allumée. J'entendais la voix de Tom, douce et apaisante, derrière la porte fermée. Il la calmait, je le sais. Il m'a confié un jour que, parfois, elle était tellement furieuse qu'elle menaçait de venir à la maison, d'aller à son travail, de se jeter sous un train. Il sait mentir, très bien même, mais, moi, je sais quand il dit la vérité. Je ne m'y laisse pas prendre.

Soir

Sauf que, à y réfléchir, je m'y suis pourtant laissé prendre, non ? Quand il m'a dit qu'il avait eu Rachel au téléphone, qu'elle avait eu l'air bien, mieux, presque heureuse, je n'ai pas douté de lui un instant. Et quand il est rentré lundi soir, que je lui ai demandé comment s'était passée sa journée et qu'il a mentionné la réunion pénible qu'il avait eue le matin, je l'ai écouté, compatissante, et je n'ai pas soupçonné une seconde qu'il n'y avait jamais eu de réunion et que, pendant tout ce temps là, il était en réalité à Ashbury, dans un café, avec son ex-femme.

C'est à ça que je pense tandis que je vide le lave-vaisselle avec beaucoup de précautions, parce que Evie fait la sieste et que le bruit des couverts sur les assiettes risquerait de la réveiller. Je m'y laisse prendre, moi aussi. Je sais qu'il n'est pas toujours honnête à cent pour cent avec moi. Je me rappelle cette histoire au sujet de ses parents – qu'il les a soi-disant invités au mariage, mais qu'ils ont refusé de venir parce qu'ils lui en voulaient encore trop d'avoir quitté Rachel. J'ai toujours trouvé ça étrange, parce que, les deux fois que j'ai eu sa mère au téléphone, elle avait l'air vraiment contente de me parler. Elle était gentille, elle s'intéressait à moi, à Evie.

— J'espère qu'on pourra la voir bientôt, m'a-t-elle dit un jour.

Mais, quand j'en ai parlé à Tom, il n'a rien voulu entendre.

— Elle te manipule pour que je les invite, pour mieux refuser ensuite. Elle veut me montrer qui détient le pouvoir.

De ce que j'en avais entendu, elle n'avait pas l'air de vouloir me manipuler, mais je n'ai pas insisté. C'est tellement difficile de comprendre comment fonctionne la famille des autres. Il doit avoir de bonnes raisons de les maintenir à distance, j'en suis sûre, et c'est forcément pour notre bien, à Evie et à moi.

Alors pourquoi suis-je soudain en train de me demander si c'est vrai ? C'est cette maison, cette situation, tout ce qui s'est passé ici, ça me fait douter de moi, de nous. Si je ne fais pas attention, ça va finir par me rendre folle, et je vais finir comme elle. Comme Rachel.

Je suis assise, j'attends que le sèche-linge ait fini de tourner pour sortir les draps. Je songe à allumer la télévision pour regarder s'il n'y aurait pas un épisode de *Friends* que je n'ai pas déjà vu trois cents fois. Je songe à faire mes étirements de yoga. Je songe à aller prendre le livre sur ma table de nuit, un roman dont j'ai lu douze pages au cours des deux dernières semaines. Je songe à l'ordinateur portable de Tom, sur la table basse du salon.

Et là, je fais ce que je n'aurais jamais pensé faire un jour. Je prends la bouteille de vin rouge qu'on a ouverte hier pour le dîner, et je m'en sers un verre. Puis j'attrape son ordinateur pour m'installer à la table de la cuisine, je l'allume et je commence à essayer de deviner le mot de passe.

C'est ce qu'elle faisait : boire seule et l'espionner. Ce qu'elle faisait et qu'il ne supportait pas. Mais récemment – ce matin, à vrai dire – tout a changé. S'il commence à me mentir, alors je vais commencer à fouiller. Ça me paraît équitable, et j'estime que je mérite de savoir. Alors j'essaie de trouver son mot de passe. J'essaie des noms avec des combinaisons différentes : le mien et le sien, le sien et celui d'Evie, le mien et celui d'Evie, les trois ensemble, à l'endroit, à l'envers. Les dates importantes : nos anniversaires dans tous les sens possibles, la première fois qu'on s'est vus. Trente-quatre, pour la maison de Cranham Road ; vingt-trois, pour celle-ci. J'essaie de me servir de mon imagination – la plupart des hommes prennent le nom de leur équipe de foot favorite en mot de passe, je crois, mais Tom n'est pas vraiment football ; par contre, il suit le cricket. Je tape Boycott, Botham, Ashes[1], mais je ne vois pas quoi mettre d'autre. Je vide mon verre et m'en ressers un autre. Au final, je m'amuse bien à essayer de résoudre ma petite énigme. Je réfléchis aux groupes qu'il écoute, aux films qu'il regarde, aux actrices qu'il préfère. Je rentre « motdepasse », « 1234 ».

Un affreux crissement retentit dehors tandis que le train de Londres s'arrête au feu, comme des ongles sur un tableau noir. Je serre les dents et reprends une longue gorgée de vin, et c'est à ce moment-là que je remarque l'heure. Oh là là ! il est presque dix-neuf heures, Evie dort encore et il sera là d'une minute à l'autre,

---

1. Geoffrey Boycott et Ian Botham sont deux joueurs de cricket légendaires en Angleterre. The Ashes (« Les Cendres ») est une série annuelle de cinq matchs disputés entre l'Australie et l'Angleterre. *(N.d.T.)*

et c'est littéralement à la seconde où je me dis qu'il sera là d'une minute à l'autre que j'entends la clé tourner dans la serrure, et mon cœur s'arrête.

Je referme l'ordinateur d'un coup sec et je bondis sur mes pieds, mais, ce faisant, je fais tomber la chaise avec fracas. Evie se réveille et se met à pleurer. Je repose l'ordinateur sur la table basse avant qu'il soit entré dans la pièce, mais il se doute qu'il se passe quelque chose et me demande :

— Qu'est-ce qui t'arrive ?

Je réponds :

— Rien, rien, j'ai fait tomber une chaise sans faire exprès.

Il sort Evie de son berceau pour la réconforter et j'aperçois mon reflet dans le miroir de l'entrée : je suis toute pâle et j'ai les lèvres rouge foncé, à cause du vin.

RACHEL

Jeudi 15 août 2013

Matin

C athy m'a dégoté un entretien d'embauche. Une de ses amies vient de monter sa boîte de relations publiques et elle a besoin d'une assistante. Concrètement, c'est un boulot de secrétaire avec un titre ronflant et la paie est minable, mais ça m'est égal. Cette femme a accepté de me recevoir sans recommandations (Cathy lui a raconté que j'avais fait une dépression nerveuse mais que tout allait mieux maintenant). L'entretien aura lieu demain après-midi, chez elle – elle tient son entreprise dans un bureau de jardin qu'elle a fait installer derrière sa maison –, et il se trouve qu'elle habite à Witney. J'étais censée passer la journée à peaufiner mon CV et à répéter. C'est ce qui était prévu, sauf que Scott m'a téléphoné.

— J'espérais pouvoir discuter, a-t-il commencé.

— Nous n'avons pas... je veux dire, tu n'as pas besoin de dire quoi que ce soit. C'était... nous savons tous les deux que c'était une erreur.

— Je sais, a-t-il dit.

Il avait l'air tellement triste, pas comme le Scott furieux de mes cauchemars, plutôt comme le Scott brisé qui s'était assis sur mon lit et m'avait parlé de son enfant mort.

— Mais j'ai vraiment envie de te parler.

— Bien sûr, ai-je dit. Bien sûr qu'on peut discuter.

— En personne ?

— Oh.

Retourner dans cette maison était la dernière chose dont j'avais envie.

— Je suis désolée, mais ce n'est pas possible aujourd'hui.

— S'il te plaît, Rachel ? C'est important.

Il semblait désespéré et, malgré moi, il me faisait de la peine. J'essayais de trouver une excuse quand il a répété :

— S'il te plaît ?

Alors j'ai dit oui, et je l'ai regretté dès l'instant où le mot a franchi mes lèvres.

Il y a eu un article sur l'enfant de Megan dans les journaux – son premier enfant, celle qui est morte. Enfin, c'était au sujet du père, en réalité. Ils l'ont retrouvé : il s'appelait Craig McKenzie et il est décédé il y a quatre ans d'une overdose d'héroïne en Espagne, ce qui l'exclut de la liste. De toute manière, ça ne m'a jamais semblé une piste très crédible : si quelqu'un avait voulu la punir pour ce qu'elle avait fait à cette époque, cette personne l'aurait fait il y a des années déjà.

Alors qui cela nous laisse-t-il ? Toujours les mêmes : le mari, l'amant. Scott, Kamal. Ou alors un homme venu de nulle part qui l'aurait enlevée en pleine rue, un tueur en série en début de carrière ? Est-ce que Megan n'était que la première d'une série, une Wilma McCann, une Pauline Reade[1] ? Et puis, après tout, qui nous dit que l'assassin est forcément un homme ? Megan Hipwell n'était pas bien grande. Menue, un petit oiseau. On n'aurait pas eu besoin de beaucoup de force pour la maîtriser.

Après-midi

La première chose que je remarque lorsqu'il ouvre la porte, c'est l'odeur. La sueur et la bière, un mélange aigre, nauséabond,

---

1. Wilma McCann a été la première des treize victimes du tueur en série Peter Sutcliffe, en 1975 ; Pauline Reade a été la première des cinq victimes des tueurs en série Ian Brady et Myra Hindley, en 1963. *(N.d.T.)*

et, en dessous, quelque chose de pire. Une odeur de moisi. Il porte un pantalon de jogging et un T-shirt gris tout taché, il a les cheveux gras et la peau luisante, comme s'il avait de la fièvre.

— Ça va ? je lui demande.

Il me sourit. Il a bu.

— Oui, entre, entre.

Je n'en ai aucune envie, mais je m'exécute. Les rideaux des fenêtres côté rue sont fermés et cela plonge le salon dans une pénombre rougeâtre qui va avec la chaleur et l'odeur.

Scott se traîne jusqu'à la cuisine, ouvre le frigo et en sort une bière.

— Viens t'asseoir, dit-il. Bois un coup.

Il a un sourire figé, sans joie, macabre. Il y a une touche de cruauté dans son visage. Le mépris que j'y ai vu samedi, après que nous avons couché ensemble, ce mépris est toujours là.

— Je ne peux pas rester longtemps, dis-je. J'ai un entretien d'embauche demain, il faut que je me prépare.

— Ah oui ?

Il lève un sourcil, puis s'assoit et pousse une chaise vers moi d'un coup de pied.

— Assois-toi et bois un coup.

C'est un ordre, pas une invitation. Je m'assois en face de lui et il fait glisser la bouteille de bière devant moi. J'en prends une gorgée. Dehors, j'entends des cris – des enfants qui jouent dans un jardin – et, plus loin, le roulement familier du train.

— Ils ont eu les résultats des tests ADN, m'annonce Scott. L'inspectrice Riley est venue me voir hier soir.

Il attend ma réponse, mais j'ai trop peur de ne pas dire ce qu'il faut, alors je garde le silence.

— Ce n'est pas le mien. Ce n'était pas le mien. Mais, le plus drôle, c'est que ce n'était pas celui de Kamal non plus.

Il rit.

— Alors elle se tapait un troisième type. Tu y crois ?

Il a encore cet horrible sourire.

— Tu ne savais pas, pas vrai ? pour cet autre gars ? Elle ne t'a pas fait de confidences au sujet d'un autre homme, si ?

Le sourire s'évanouit peu à peu et je commence à avoir un mauvais pressentiment, un très mauvais pressentiment. Je me lève et fais un pas vers la porte, mais il se tient déjà devant moi, il m'attrape les bras, et il me force à me rasseoir.

— Reste assise.

Il m'arrache mon sac à main de l'épaule et le jette dans un coin de la pièce.

— Scott, je ne sais pas ce qui se passe...

— Mais enfin ! crie-t-il, penché sur moi. Si, Megan et toi, vous étiez d'aussi bonnes amies ! tu devais tout savoir sur ses amants !

Il sait. Et, tandis que j'en prends enfin conscience, ça doit se voir sur mon visage car il approche le sien plus près encore, et je sens son haleine rance sur moi quand il ajoute :

— Allez, Rachel. Dis-moi tout.

Je secoue la tête et sa main part brusquement sur le côté, et va frapper la bouteille de bière devant moi. Elle tombe, roule jusqu'au bord de la table et explose sur le carrelage.

— Tu ne l'as jamais vue de ta vie ! hurle-t-il. Tout ce que tu m'as raconté, c'était des mensonges.

La tête rentrée dans les épaules, je me lève en marmonnant :

— Je suis désolée, je suis désolée.

Je tente de faire le tour de la table pour reprendre mon sac à main, mon téléphone, mais il m'agrippe à nouveau le bras.

— Pourquoi tu as fait ça ? Qu'est-ce qui t'a poussée à faire ça ? C'est quoi, ton problème ?

Il me regarde, ses yeux braqués sur les miens, et je suis terrifiée mais, en même temps, je sais que ses questions sont justifiées. Je lui dois une explication. Alors je n'essaie pas d'enlever mon bras, je laisse ses doigts s'enfoncer dans ma chair, et je m'efforce de parler clairement et calmement. Je me retiens de pleurer. Je tâche de ne pas paniquer.

— Je voulais que tu saches, pour Kamal. Je les ai vus ensemble, comme je te l'ai dit, mais tu ne m'aurais pas prise au sérieux si je n'avais été qu'une fille dans le train. J'avais besoin.

— Besoin ?

Il me lâche et se détourne.

— Tu dis que tu avais besoin...

Sa voix s'est adoucie, il se calme peu à peu. Je respire profondément pour ralentir les battements de mon cœur.

— Je voulais t'aider, je reprends. La police soupçonne toujours le mari, et je voulais que tu saches... que tu saches qu'il y avait quelqu'un d'autre...

— Alors tu as inventé une histoire comme quoi tu connaissais ma femme ? Tu te rends compte que c'est dingue, ton truc ?

— Oui.

Je vais dans la cuisine prendre un torchon sur le plan de travail, puis je me penche pour nettoyer la bière renversée. Scott s'assoit, les coudes posés sur les genoux, la tête baissée.

— Ce n'était pas la femme que je pensais connaître, dit-il. Je n'ai pas la moindre idée de qui elle était.

J'essore le torchon au-dessus de l'évier et je laisse couler de l'eau froide sur mes mains. Mon sac à main n'est pas bien loin, au coin de la pièce. Je fais un mouvement vers lui, mais Scott lève les yeux et je m'immobilise. Je reste là, dos au plan de travail dont j'agrippe le bord. J'ai besoin de sa stabilité. De réconfort.

— C'est l'inspectrice Riley qui me l'a dit, reprend-il. Elle me posait des questions sur toi. Elle voulait savoir si on avait une liaison.

Il rit.

— Une liaison ! Et puis quoi encore. Je lui ai répondu : « Vous avez vu à quoi ressemblait ma femme ? Qui tomberait si bas aussi vite ? »

Mon visage me brûle, et de la sueur froide s'accumule sous mes aisselles et en bas de mon dos.

— Apparemment, Anna s'est plainte. Elle t'a vue traîner dans les parages. C'est comme ça qu'ils ont su. Je leur ai dit : « Ce n'est pas une liaison, c'est une amie de Megan, elle m'aide... »

Il rit à nouveau, doucement, un rire sans joie.

— Et elle m'a dit : « Elle ne connaît pas Megan. Ce n'est qu'une minable petite menteuse, une femme qui n'a pas de vie. »

Son sourire s'est évanoui.

— Vous n'êtes que des menteuses. Toutes autant que vous êtes.

Mon téléphone émet un bip. Je fais un pas vers mon sac à main, mais Scott me devance et l'attrape.

— Une minute, on n'en a pas encore fini.

Il vide le contenu de mon sac sur la table : téléphone, portefeuille, clés, rouge à lèvres, tampon, reçus de carte bancaire.

— Je veux savoir précisément sur quoi tu m'as raconté des conneries.

Il prend mon portable pour examiner l'écran, puis lève les yeux vers moi, l'air glacial. Il lit à voix haute :

— « Ceci est un message de confirmation de votre rendez-vous avec le Dr Abdic, lundi dix-neuf août à seize heures trente. Si vous ne pouvez pas vous présenter à ce rendez-vous, merci de nous en avertir au plus tard vingt-quatre heures à l'avance. »

— Scott...

— Mais qu'est-ce que c'est que ça ? demande-t-il d'une voix éraillée, à peine audible. Qu'est-ce que tu as fait ? Qu'est-ce que tu lui as raconté ?

— Je n'ai rien raconté du tout...

Il laisse tomber le téléphone sur la table et fonce sur moi, les poings serrés. Je recule jusqu'à un coin de la pièce et je me tasse entre le mur et la porte vitrée.

— Je voulais découvrir... Je voulais t'aider.

Il lève une main et je me recroqueville, la tête rentrée dans les épaules, j'attends qu'arrive la douleur et, à ce moment, je sais que j'ai déjà fait cela auparavant, que j'ai déjà ressenti tout cela, mais je ne me souviens pas quand, et je n'ai pas le temps d'y réfléchir parce que, même s'il ne m'a pas frappée, il m'a mis ses mains sur les épaules et il m'agrippe fort, ses pouces appuient sur ma poitrine et j'ai tellement mal que je pousse un cri.

— Tout ce temps, dit-il, les dents serrées, pendant tout ce temps j'ai cru que tu étais de mon côté, alors que tu travaillais contre moi. Tu lui as donné des informations, c'est ça ? Tu lui as raconté des trucs sur moi, sur Megs. C'était toi qui voulais que la police s'en prenne à moi. C'était toi...

— Non, je t'en prie, non. C'est faux. Je voulais t'aider !

Sa main droite remonte jusqu'à ma nuque, il attrape mes cheveux et tire.

— Scott, je t'en prie, non, s'il te plaît. Tu me fais mal. Je t'en prie.

Il me traîne vers la porte d'entrée. Une vague de soulagement m'envahit. Il va me jeter dehors. Dieu merci.

Sauf qu'il ne me jette pas dehors, il continue de me traîner derrière lui en me crachant des insultes. Il m'emmène à l'étage et j'essaie de résister, mais il est trop fort et je n'y arrive pas. Je pleure.

— Je t'en prie, non, je t'en prie !

Je sais qu'il va m'arriver quelque chose de terrible, je veux hurler, mais impossible, ça ne vient pas.

Je suis aveuglée par les larmes et la terreur. Il me pousse violemment dans une pièce et claque la porte derrière moi. J'entends la clé tourner dans la serrure. Une bile tiède remonte dans ma gorge et je vomis sur la moquette. J'attends, j'écoute. Il ne se passe rien, et personne ne vient.

Je suis dans la chambre d'amis. Dans ma maison, c'était le bureau de Tom – maintenant, c'est la chambre du bébé, la pièce avec les rideaux rose pâle. Ici, c'est un cagibi rempli de paperasse et de dossiers, avec un tapis de course pliable et un vieil ordinateur Apple. Il y a un carton plein de papiers recouverts de chiffres – de la comptabilité, peut-être pour l'entreprise de Scott – et un autre avec des piles de cartes postales vierges, avec des restes de Patafix au dos, comme si elles avaient été affichées sur un mur : les toits de Paris, des enfants qui font du skateboard dans une petite rue, des traverses de chemin de fer recouvertes de mousse, une vue sur la mer depuis l'intérieur d'une grotte. Je me plonge dans l'examen des cartes postales – je ne sais pas pourquoi, ni ce que je cherche, j'essaie simplement de ne pas me laisser envahir par la panique. J'essaie de ne pas penser au reportage montrant le corps de Megan qu'on extirpait de la boue. J'essaie de ne pas penser à ses blessures, à la frayeur qu'elle a dû ressentir quand elle a compris ce qui allait lui arriver. Je fouille dans le carton et, soudain, quelque chose me mord le doigt et je bascule en arrière, sur mes talons, avec un petit cri. J'ai une coupure bien nette au bout de mon index et du sang coule sur mon jean. J'arrête le saignement avec le bas de mon T-shirt, puis je me remets à fouiller, plus attentivement. Je repère immédiatement le coupable : il y a là une photo dans un cadre cassé, et un morceau de verre manquant tout en haut, où mon sang est étalé.

Je n'ai jamais vu cette photo auparavant. C'est une photo de Megan et Scott ensemble, leurs visages près de l'objectif. Elle rit et il la regarde avec adoration. À moins que ce ne soit de la jalousie ? Le verre est brisé en étoile depuis le coin de l'œil de Scott, alors j'ai du mal à interpréter son expression. Je reste assise par terre avec la photo devant moi et je pense à ces objets qu'on casse régulièrement et que, parfois, on ne trouve pas le temps de réparer. Je pense à toutes les assiettes qui ont été brisées lors de mes disputes avec Tom, à ce trou dans le plâtre du couloir, au premier étage.

Quelque part, derrière la porte, j'entends le rire de Scott, et mon corps entier se glace. Je me relève tant bien que mal pour me précipiter à la fenêtre, je l'ouvre, je me penche à l'extérieur et, mes doigts de pied touchant à peine le sol, j'appelle à l'aide. J'appelle Tom. C'est sans espoir, pathétique. Même si, par chance, il se trouvait dans son jardin, quelques maisons plus loin, il ne m'entendrait pas, c'est trop loin. Je jette un coup d'œil en bas et je suis prise de vertige, alors je rentre, l'estomac retourné, des sanglots dans la gorge.

— S'il te plaît, Scott! je crie. Je t'en prie.

Je déteste le son de ma voix, son ton enjôleur, désespéré. Mais un coup d'œil à mon T-shirt couvert de sang me rappelle que je ne suis pas encore à court de ressources. Je prends le cadre photo et je le retourne sur la moquette, puis je choisis le plus long des morceaux de verre et je le glisse précautionneusement dans la poche arrière de mon jean.

J'entends alors des pas monter les marches. Je me place dos au mur, le plus loin possible de la porte. La clé tourne dans la serrure.

Scott a mon sac à la main et le lance à mes pieds. Dans l'autre main, il tient un papier.

— Mais c'est madame Columbo! dit-il avec un sourire.

Il prend une voix efféminée et lit à voix haute :

— Megan « s'est enfuie avec son amant, que j'appellerai A ».

Il a un rire moqueur.

— « A lui a fait du mal... Scott lui a fait du mal... »

Il chiffonne le papier en boule et le jette par terre.

— Bon sang! t'es vraiment ridicule, tu sais?

Il examine la pièce, et aperçoit le vomi sur la moquette et le sang sur mon T-shirt.

— Mais putain, qu'est-ce que t'as fabriqué? Tu veux te foutre en l'air? Tu vas faire le boulot à ma place?

Il rit encore.

— Je devrais t'éclater la tête, mais, tu sais quoi, tu ne vaux pas la peine que je me fatigue.

Il s'écarte.

— Fous le camp de chez moi.

Je saisis mon sac et me jette sur la porte, mais, au même moment, il fait mine de s'avancer pour me frapper et, l'espace d'un instant, je crois qu'il va m'arrêter, m'attraper à nouveau. Il doit voir la terreur dans mes yeux car il s'esclaffe, il éclate d'un rire sonore. Je l'entends encore quand je claque la porte d'entrée derrière moi.

Vendredi 16 août 2013

Matin

J'ai à peine fermé l'œil. J'ai bu une bouteille et demie de vin pour tâcher de trouver le sommeil, pour empêcher mes mains de trembler, pour cesser de sursauter au moindre son, mais ça n'a pas vraiment fonctionné. Chaque fois que je commençais à sombrer, je me réveillais brusquement. J'étais certaine qu'il était dans la pièce, avec moi. J'allumais la lumière et je restais assise, à écouter les bruits de la rue, les bruits quotidiens des habitants de l'immeuble. Ce n'est que lorsque la lueur du jour a commencé à paraître que j'ai réussi à me détendre suffisamment pour dormir. J'ai encore rêvé que j'étais dans les bois. Tom était là, mais j'avais quand même peur.

J'ai laissé un petit mot à Tom, hier soir. Quand je suis sortie de chez Scott, j'ai couru jusqu'au numéro vingt-trois et j'ai tambouriné à la porte. J'étais tellement paniquée que ça m'était bien égal qu'Anna soit là, et qu'elle soit énervée de me voir devant chez elle. Personne n'est venu ouvrir, alors j'ai gribouillé quelques phrases sur un bout de papier que j'ai glissé dans la boîte aux lettres. Je m'en fiche qu'elle le voie – je crois même qu'au fond j'ai envie qu'elle le voie. Je suis restée vague : je lui ai dit que j'avais besoin de parler de l'autre jour. Je n'ai pas mentionné Scott, parce que je ne voulais pas que Tom aille le voir pour s'expliquer – Dieu sait ce qui pourrait arriver.

J'ai appelé la police presque à l'instant où je suis rentrée. J'ai d'abord bu deux verres de vin pour me calmer. J'ai demandé à parler au capitaine Gaskill, mais on m'a répondu qu'il n'était pas disponible, et je me suis retrouvée à parler à Riley. Ce n'était pas ce que je voulais. Je sais que Gaskill aurait été plus gentil avec moi.

— Il m'a retenue prisonnière chez lui, ai-je expliqué. Et il m'a menacée.

Elle m'a demandé pendant combien de temps j'avais été « retenue prisonnière ». Même au téléphone, je l'entendais mettre des guillemets autour des mots.

— Je ne sais pas, ai-je dit. Une demi-heure, peut-être.

Il y a eu un long silence.

— Et il vous a menacée. Pouvez-vous me dire la nature exacte de ces menaces ?

— Il a dit qu'il m'éclaterait la tête. Il a dit... il a dit qu'il devrait m'éclater la tête.

— Qu'il devrait vous éclater la tête ?

— Il a dit que c'était ce qu'il ferait mais que ça le fatiguait.

Un silence. Puis :

— Est-ce qu'il vous a frappée ? Est-ce que vous êtes blessée ?

— Des bleus. Juste des bleus.

— Il vous a frappée ?

— Non, il m'a agrippée.

Nouveau silence. Puis :

— Madame Watson, pourquoi étiez-vous chez Scott Hipwell ?

— Il m'a demandé de venir le voir. Il a dit qu'il avait besoin de me parler.

Elle a poussé un long soupir.

— Nous vous avons avertie de rester en dehors de tout cela. Vous lui avez menti, vous lui avez raconté que vous étiez une amie de sa femme, vous lui avez raconté tout un tas d'histoires, et... laissez-moi finir. Et il s'agit de quelqu'un qui, au mieux, subit en ce moment une énorme pression et est terriblement secoué. Au mieux. Au pire, il pourrait s'avérer dangereux.

— Il EST dangereux, c'est ce que je suis en train de vous dire, bordel !

— Vous ne rendez service à personne, en allant là-bas, en lui mentant et en le provoquant. Nous sommes au milieu d'une enquête pour meurtre, nous. Il serait temps que vous le compreniez. Vous mettez nos progrès en péril, vous risquez...

— Quels progrès ? l'ai-je sèchement interrompue. Vous ne faites pas le moindre progrès. Il a tué sa femme, je vous le dis. J'ai trouvé un cadre, une photo d'eux deux, brisée. C'est un homme enragé, instable...

— Oui, nous avons pris connaissance de cette photo. Toute la maison a déjà été fouillée. Je n'appellerais pas ça une preuve formelle.

— Alors vous ne comptez pas l'arrêter?

Une nouvelle fois, elle a poussé un long soupir.

— Venez au poste demain faire une déposition. Nous nous chargerons du reste. Et... madame Watson? Ne vous approchez plus de Scott Hipwell.

Cathy est rentrée et m'a trouvée en train de boire. Elle n'était pas contente. Qu'est-ce que j'aurais pu lui dire? Je ne pouvais pas lui expliquer. Je me suis contentée de dire que j'étais désolée et je suis montée dans ma chambre, comme une adolescente qui s'enferme pour bouder. Puis je suis restée éveillée, à essayer de dormir, à attendre un appel de Tom. Un appel qui n'est pas venu.

Je me lève de bonne heure, je regarde mon téléphone (pas d'appels manqués), je me lave les cheveux et je m'habille pour mon entretien, les mains tremblantes, des nœuds dans l'estomac. Je dois partir tôt pour passer d'abord au poste de police faire ma déposition. Je ne m'attends pas à ce que ça change quoi que ce soit. Ils ne m'ont jamais prise au sérieux, ce n'est pas maintenant qu'ils vont commencer. Je me demande ce qu'il leur faudrait pour qu'ils arrêtent de me voir comme une affabulatrice.

Sur le chemin de la gare, je n'arrête pas de jeter des coups d'œil par-dessus mon épaule; le hurlement soudain d'une sirène de police me fait littéralement bondir de frayeur. Une fois sur le quai, je marche aussi près que possible du grillage, les doigts glissant le long des fils de fer entrelacés, au cas où je devrais subitement m'y agripper. Je me rends bien compte que c'est ridicule, mais je me sens affreusement vulnérable maintenant que j'ai aperçu l'homme qu'il est; maintenant qu'il n'y a plus de secrets entre nous.

Après-midi

Je n'ai plus qu'à mettre toute cette affaire derrière moi. Pendant tout ce temps, j'ai cru qu'il y avait quelque chose à retrouver dans mes souvenirs, quelque chose qui manquait. Mais non. Je n'ai rien vu d'important, je n'ai rien fait de terrible. Je me trouvais simplement dans la même rue. Je le sais, désormais, grâce à l'homme aux cheveux roux. Et pourtant, j'ai toujours l'impression de rater un élément.

Ni Gaskill ni Riley n'étaient au poste de police ; j'ai fait ma déposition devant un officier blasé en uniforme. Elle va être classée et oubliée, j'imagine, à moins qu'on ne retrouve mon cadavre dans un fossé quelque part, un jour. Mon entretien avait lieu à l'opposé de là où habite Scott, mais j'ai quand même pris un taxi pour m'y rendre depuis le commissariat. Je ne veux prendre aucun risque. Tout s'est bien passé : le travail en lui-même est en dessous de mes capacités, mais, après tout, je semble moi-même en dessous de mes capacités depuis un an ou deux. Il faut que je revoie mes exigences à la baisse. Le plus gros inconvénient (en dehors de la paie merdique et de l'indignité du travail en lui-même), ce sera d'être obligée de venir à Witney chaque jour, d'arpenter ces rues en courant le risque de tomber sur Scott, ou Anna et son bébé.

Parce que, dans ce coin, on dirait que ça m'arrive tous les jours, de tomber sur les gens. C'est une des choses qui me plaisaient ici : la sensation de vivre dans un petit village accolé à Londres. On ne connaît peut-être pas tout le monde, mais chaque visage nous est familier.

Je suis presque à la gare, je passe devant le pub lorsque je sens une main sur mon bras. En me retournant brusquement, je glisse sur le trottoir et je me retrouve sur la route.

— Ouh là ! pardon. Je suis désolé.

C'est encore lui, l'homme aux cheveux roux, une pinte à la main, l'autre levée pour plaider l'innocence.

— Tu es un peu nerveuse, non ? ajoute-t-il avec un sourire.

Je dois avoir l'air vraiment effrayé, parce que son sourire s'évanouit.

— Ça va ? Je ne voulais pas te faire peur.

Il me dit qu'il a débauché tôt, et il me propose de prendre un verre avec lui. Je commence par refuser, puis je change d'avis.

— Je te dois des excuses, dis-je quand Andy (c'est son prénom) m'apporte un gin tonic. Pour la manière dont je me suis comportée dans le train, la dernière fois je veux dire. Je passais une sale journée.

— Pas de souci, répond Andy.

Il a un sourire décontracté, calme. Il ne doit pas en être à sa première pinte. Nous sommes assis face à face dans l'arrière-cour du pub ; je me sens plus en sécurité que côté rue. C'est peut-être ce sentiment qui me pousse à tenter ma chance.

— J'aurais voulu te parler de ce qui s'est passé le soir où on s'est rencontrés, dis-je. Le soir où Meg… le soir où cette femme a disparu.

— Oh. D'accord. Pourquoi ? Qu'est-ce que tu veux dire ?

Je prends une profonde inspiration. Je me sens rougir. Peu importe le nombre de fois où on a dû l'admettre, c'est toujours aussi embarrassant. Ça me fait toujours grimacer.

— J'étais vraiment ivre et je ne me souviens de rien. Il y a des éléments que je voudrais comprendre. Je veux juste savoir si tu as vu quelque chose, si tu m'as vue parler à quelqu'un, ce genre de chose…

Je garde les yeux rivés sur la table, incapable de croiser son regard.

Il me pousse gentiment le pied avec le sien.

— C'est rien, t'as rien fait de mal.

Je lève la tête. Il sourit.

— Moi aussi, j'étais bourré. On a un peu papoté dans le train, je ne me rappelle plus de quoi. Puis on est tous les deux descendus ici, à Witney, et tu ne tenais pas très bien debout. Tu as glissé sur les marches. Tu te souviens ? Je t'ai aidée à te relever et tu étais toute gênée, tu rougissais, comme en ce moment.

Il rit.

— On est sortis ensemble de la gare, et je t'ai proposé de m'accompagner au pub. Mais tu m'as répondu que tu devais aller retrouver ton mari.

— C'est tout ?

— Non. Tu ne te souviens vraiment de rien ? C'était un peu plus tard, je ne sais pas, une demi-heure après, peut-être ? J'étais venu m'installer ici, mais un pote m'a appelé pour me dire qu'il prenait un verre dans un bar de l'autre côté des rails, alors je me suis dirigé vers le passage souterrain. Je t'ai vue, tu étais tombée. Tu étais dans un sale état. Tu t'étais coupée. J'étais un peu inquiet, je t'ai proposé de te ramener chez toi, mais tu ne voulais rien entendre. Tu étais… tu n'allais pas bien du tout. Je crois que tu t'étais disputée avec ton mec. Il était en train de repartir dans la rue, et je t'ai dit que je pouvais aller le chercher si tu voulais, mais tu m'as dit non. Il est parti en voiture un peu après ça. Il était… euh… il n'était pas tout seul.

— Il était avec une femme ?

Il acquiesce et rentre légèrement la tête.

— Ouais, ils sont montés en voiture ensemble. Je me suis dit que ça devait être pour ça que vous vous étiez disputés.

— Et ensuite ?

— Ensuite tu es partie. Tu avais l'air un peu… perdue, je ne sais pas, et tu t'es éloignée. Tu n'arrêtais pas de répéter que tu n'avais pas besoin d'aide. Comme je te l'ai dit, j'étais plutôt éméché, moi aussi, alors j'ai laissé tomber. J'ai pris le passage souterrain et je suis allé retrouver mon pote au bar. C'est tout.

Tandis que je monte les marches qui mènent à l'appartement, je suis certaine de voir des ombres au-dessus de moi, d'entendre des pas. Quelqu'un m'attend sur le prochain palier. Il n'y a personne, bien sûr, et l'appartement est vide, lui aussi. Il semble intact, il sent le vide, mais ça ne m'empêche pas d'aller vérifier chaque pièce – et sous mon lit et sous celui de Cathy –, dans les penderies et dans le placard de la cuisine, qui serait pourtant trop petit pour dissimuler un enfant.

Enfin, après avoir fait trois fois le tour de l'appartement, j'arrête. Je monte au premier, et je vais m'asseoir sur mon lit pour repenser à la conversation que j'ai eue avec Andy, au fait que cela concorde en tous points avec ce dont je me souviens. Il n'y a pas eu de grande révélation : Tom et moi nous sommes disputés dans la rue, j'ai glissé et je me suis blessée, il est parti en colère et est monté en voiture avec Anna. Un peu plus tard, il est ressorti me chercher, mais j'étais déjà partie. J'ai pris un taxi, j'imagine, ou le train.

Je reste assise à regarder par la fenêtre, et je me demande pourquoi je ne me sens pas mieux. Peut-être que c'est simplement parce que je n'ai toujours pas de réponses. Peut-être que c'est parce que, même si ce dont je me souviens concorde avec ce dont les autres se souviennent, j'ai toujours l'impression que quelque chose ne colle pas. Puis cela me frappe : Anna. Non seulement Tom n'a jamais mentionné cet épisode, mais surtout, quand j'ai vu Anna s'éloigner de moi et monter dans la voiture, elle n'avait pas sa fille dans ses bras. Où était Evie à ce moment-là ?

Samedi 17 août 2013

Matin

Il faut que je parle à Tom, que j'arrive à remettre les choses en ordre dans ma tête parce que, plus j'y réfléchis, moins ça a de sens, et je ne peux pas m'empêcher d'y réfléchir. Et de toute façon je suis inquiète, parce que ça fait deux jours que je lui ai laissé le petit mot et il ne m'a toujours pas recontactée. Il n'a pas décroché son téléphone hier soir, et il n'a pas répondu non plus de la journée. Quelque chose ne va pas, et je ne parviens pas à me débarrasser de l'idée que cela a à voir avec Anna.

Je sais qu'il aura envie de me parler, lui aussi, quand il saura ce qui s'est passé avec Scott. Je sais qu'il voudra m'aider. Je n'arrête pas de penser à son attitude ce jour-là, dans sa voiture, à ce que j'ai ressenti entre nous. Alors je décroche le téléphone et je compose encore une fois son numéro, je suis tout émoustillée, comme avant, et l'impatience d'entendre le son de sa voix est aussi vive qu'elle l'était il y a des années.

— Oui ?

— Tom, c'est moi.

— Oui.

Anna est sûrement avec lui, c'est pour ça qu'il ne veut pas prononcer mon prénom. J'attends un moment, pour lui laisser le temps de passer dans une autre pièce, de s'éloigner d'elle. Je l'entends soupirer.

— Qu'est-ce qu'il y a ?

— Euh, je voulais te parler… Comme je l'ai écrit dans le mot…

— Hein ? demande-t-il d'un ton irrité.

— Je t'ai laissé un petit mot avant-hier. J'avais besoin de te parler…

— Je n'ai rien reçu.

Un autre soupir, plus profond.

— Et merde. Alors c'est pour ça qu'elle me fait la tronche.

Anna a dû le trouver, et elle ne le lui a pas donné.

— Qu'est-ce que tu me veux ?

J'ai envie de raccrocher, de rappeler et de recommencer depuis le début. De lui dire comme c'était agréable de le voir lundi, quand nous sommes allés dans les bois.

— Je voulais juste te poser une question.

— Quoi ? dit-il encore, l'air vraiment énervé maintenant.

— Est-ce que tout va bien ?

— Qu'est-ce que tu veux, Rachel ?

Envolée, toute la tendresse de l'autre jour. Je me maudis d'avoir laissé ce petit mot : de toute évidence, ça lui a attiré des ennuis à la maison.

— Je voulais te demander, ce soir-là, le soir où Megan Hipwell a disparu…

— Bon Dieu, on en a déjà discuté, tu ne vas pas me dire que tu as encore oublié.

— J'ai…

— Tu étais ivre, dit-il plus fort, la voix dure. Je t'ai dit de rentrer chez toi. Tu ne m'écoutais pas. Tu t'es éloignée. Je t'ai cherchée en voiture un bout de temps, mais je ne t'ai pas retrouvée.

— Où était Anna ?

— Elle était à la maison.

— Avec le bébé ?

— Avec Evie, oui.

— Elle n'était pas avec toi dans la voiture ?

— Non.

— Mais...

— Bon sang ! t'as pas encore fini ? Elle était censée sortir, et je devais garder la petite. Puis tu es arrivée, alors elle a annulé sa soirée. Résultat : j'ai encore perdu plusieurs heures de ma vie à te courir après.

Je regrette de l'avoir appelé. Voir mes faux espoirs lacérés ainsi m'anéantit.

— D'accord, dis-je. C'est juste que... je ne m'en souviens pas comme ça... Tom, quand tu m'as vue, est-ce que j'étais blessée ? Est-ce que... est-ce que j'avais une coupure à la tête ?

Un autre long soupir.

— Ça me surprend déjà que tu te souviennes de quelque chose, Rachel. Tu étais complètement saoule. Ivre morte, dégueulasse. Tu titubais à n'en plus pouvoir.

Je sens ma gorge se serrer en l'entendant prononcer ces mots. Je l'ai déjà entendu me tenir ce genre de propos avant, quand ça n'allait pas, quand les choses étaient au plus mal, quand il était épuisé, qu'il en avait marre de moi, que je le dégoûtais. Las, il reprend :

— Tu étais tombée dans la rue, tu pleurais, une épave. Pourquoi tu veux savoir ça ?

Je n'arrive pas à trouver une réponse assez vite, je mets trop longtemps à réagir. Il conclut :

— Écoute, il faut que j'y aille. Ne m'appelle plus, s'il te plaît. On en a déjà parlé. Combien de fois va-t-il falloir que je te le répète ? Ne m'appelle pas, ne me laisse pas de petits mots, ne viens pas ici. Ça dérange Anna. D'accord ?

Puis je n'entends plus que la tonalité du téléphone.

Dimanche 18 août 2013

Tôt le matin

J'ai passé la nuit en bas, dans le salon, avec la télévision allumée pour me tenir compagnie, et la peur qui venait et repartait au gré des heures. J'ai l'impression d'être revenue dans le temps, et la plaie apparue il y a des années s'est rouverte, comme neuve. C'est bête, je sais. J'ai été idiote de croire que j'avais une seconde chance avec lui, à cause d'une seule conversation, de quelques moments que j'ai pris pour de la tendresse et qui n'étaient probablement rien d'autre que du sentimentalisme et de la culpabilité. Mais j'ai tout de même mal. Et il faut que je m'entraîne à ressentir cette douleur parce que, sinon, si je continue de vouloir l'anesthésier, elle ne partira jamais pour de bon.

Et j'ai été idiote de croire qu'il existait une connexion entre Scott et moi, que je pouvais lui venir en aide. Donc je suis une idiote. J'ai l'habitude. Mais il n'est pas trop tard pour changer, n'est-ce pas ? Il n'est jamais trop tard. Je passe la nuit allongée là, et je me promets de reprendre les choses en main. Je vais déménager loin d'ici. Trouver un nouvel emploi. Récupérer mon nom de jeune fille, rompre les liens avec Tom. Ce sera plus difficile de me retrouver – si tant est que quelqu'un me cherche un jour.

Je n'ai presque pas dormi. Étendue là, sur le canapé, à faire des projets, chaque fois que je me sentais glisser vers le sommeil, j'entendais la voix de Tom dans ma tête, aussi clairement que s'il avait été là, juste à côté de moi, ses lèvres contre mon oreille : « Tu étais complètement saoule. Ivre morte, dégueulasse. » Et, chaque fois, je me réveillais en sursaut, submergée par la honte. La honte, mais aussi une forte sensation de déjà-vu, parce que j'avais déjà entendu ces mots-là auparavant, les mêmes mots.

Puis je n'arrivais pas à empêcher des scènes de tourner dans ma tête : un réveil avec du sang sur l'oreiller, l'intérieur de la bouche douloureux, comme si je m'étais mordu la joue, les ongles sales, une terrible migraine, Tom qui sort de la salle de bains avec cette expression sur son visage – mi-blessé, mi-furieux –, et la terreur qui m'envahit comme un déluge.

— Qu'est-ce qui s'est passé ?

Tom qui me montre les bleus sur son bras, sa poitrine, là où je l'ai frappé.

— Je ne te crois pas, Tom. Jamais je ne te frapperais. Je n'ai jamais frappé personne de ma vie.

— Tu étais complètement saoule, Rachel. Est-ce que tu as le moindre souvenir de ce qui s'est passé hier soir ? de ce que tu as dit ?

Puis il me racontait, et je n'arrivais toujours pas à y croire, parce que rien de ce qu'il me disait ne me ressemblait, rien. Puis l'histoire avec le club de golf, le trou dans le plâtre, blanc et gris comme un œil crevé qui me suivait chaque fois que je passais devant, alors que je ne parvenais pas à relier la violence dont il m'avait parlé avec la peur que je ressentais.

Ou dont je pensais me souvenir. Au bout d'un moment, j'ai appris à ne plus demander ce que j'avais fait, à ne plus contester quand il acceptait de me répondre, parce que je ne voulais pas connaître les détails, je ne voulais pas entendre le pire, les choses que je disais et que je faisais quand j'étais ivre morte, dégueulasse. Il menaçait parfois de m'enregistrer, pour me faire écouter le lendemain. Il ne l'a jamais fait – le seul point positif dans mon malheur.

Peu à peu, j'ai compris que, quand on se réveille dans cet état-là, on ne demande pas ce qui s'est passé, on se contente de dire qu'on est désolé : on est désolé de ce qu'on a fait et de ce qu'on est, et on ne se comportera plus jamais ainsi, jamais.

Et maintenant, je suis décidée. Je peux remercier Scott : désormais, j'ai trop peur pour sortir acheter à boire au milieu de la nuit. J'ai trop peur pour me laisser aller à nouveau, parce que c'est là que je suis la plus vulnérable.

Je vais devoir être forte, c'est tout.

Mes paupières sont lourdes et ma tête dodeline. Je baisse le son de la télévision pour qu'il ne reste qu'un murmure, je me tourne vers le dossier du canapé, je me recroqueville et je tire la couette au-dessus de ma tête, et je sombre, je le sens, je m'endors, et là... bang! Je vois le sol se précipiter vers moi et je relève brutalement la tête, j'ai la nausée. Je l'ai vu. Je l'ai vu.

J'étais dans le passage souterrain et il se dirigeait vers moi, une gifle puis son poing levé, des clés entre les doigts, et enfin une douleur intolérable quand le métal cranté s'est fracassé contre mon crâne.

ANNA

Samedi 17 août 2013

Soir

Je me déteste de pleurer, c'est tellement pathétique. Mais je suis épuisée, ces dernières semaines ont été trop dures pour moi. Et Tom et moi nous sommes encore disputés, immanquablement, au sujet de Rachel.

Ça n'était qu'une question de temps, j'imagine. Ça fait des jours que je me torture pour le petit mot et pour le fait qu'il m'a menti après l'avoir vue. Je n'arrête pas de me répéter que c'est complètement idiot, mais je n'arrive pas à me débarrasser de l'impression qu'il y a quelque chose entre eux. J'y reviens sans cesse, dans ma tête : après tout ce qu'elle lui a fait, ce qu'elle nous a fait, comment pourrait-il ? comment pourrait-il même envisager d'être à nouveau avec elle ? Je veux dire, si on nous mettait côte à côte, pas un homme sur Terre la choisirait, elle, plutôt que moi. Et ce, même sans parler de tous ses problèmes.

Puis je me dis... c'est pourtant ce qui arrive, parfois, non ? Les personnes avec qui on a un passé refusent de nous laisser partir, et on a beau essayer, on est incapable de s'en dépêtrer, de s'en libérer. Peut-être qu'après un certain temps on cesse de lutter.

Elle est passée jeudi, elle a tambouriné à la porte et appelé Tom à grands cris. J'étais furieuse, mais je n'ai pas osé ouvrir. Avoir un enfant vous rend vulnérable, faible. Si j'avais été toute seule, je n'aurais pas hésité à la regarder en face et à l'engueuler. Mais, avec Evie, je ne pouvais pas prendre ce risque. Je n'ai aucune idée de ce qu'elle peut faire.

Je sais pourquoi elle est venue. Elle n'était pas contente que j'aie parlé d'elle à la police. Je parie qu'elle venait pleurnicher auprès de Tom pour qu'il me dise de la laisser tranquille. Elle lui a laissé un mot : « Il faut qu'on parle, appelle-moi au plus vite, c'est important » (et elle a souligné « important » trois fois). Je l'ai mis directement à la poubelle. Un peu plus tard, je l'ai repêché pour le ranger dans le tiroir de ma table de nuit, avec l'horrible e-mail qu'elle a envoyé et que j'ai imprimé, et le carnet de bord que je tiens de tous ses appels et de toutes ses visites. Le carnet de bord du harcèlement. Mes preuves, si j'en ai besoin un jour. J'ai téléphoné à l'inspectrice Riley et je lui ai laissé un message pour lui dire que Rachel était encore venue chez nous. Elle ne m'a toujours pas rappelée.

J'aurais dû parler du mot à Tom, je sais que j'aurais dû, mais je ne voulais pas qu'il se fâche contre moi parce que j'avais contacté la police, alors je l'ai mis dans le tiroir et j'ai croisé les doigts pour que Rachel oublie, comme d'habitude. En vain, bien sûr. Elle l'a appelé ce soir. Quand il a raccroché, il était furieux.

— C'est quoi, ces conneries ? Cette histoire de mot ?

Je lui ai dit que je l'avais jeté.

— Je ne m'étais pas rendu compte que tu aurais envie de le lire, ai-je ajouté. Je pensais que, toi aussi, tu ne voulais plus entendre parler d'elle.

Il a levé les yeux ciel.

— Ce n'est pas la question et tu le sais très bien. Évidemment que je veux qu'elle disparaisse. Mais ce que je ne veux pas, c'est que tu commences à écouter mes conversations et à jeter mon courrier. Tu es…

Il a soupiré.

— Je suis quoi ?

— Rien, c'est simplement... c'est le genre de chose qu'elle faisait.

Ça a été un vrai coup de poing dans le ventre, une trahison. Bêtement, j'ai fondu en larmes et je me suis précipitée dans la salle de bains, à l'étage. J'ai attendu qu'il vienne me réconforter, m'embrasser pour qu'on se réconcilie, comme il le fait d'habitude, mais au bout d'une demi-heure il a crié :

— Je vais à la salle de sport, je reviens dans deux heures.

Et, avant que j'aie pu répondre, j'ai entendu la porte d'entrée se refermer.

Et maintenant, je me retrouve à agir exactement comme elle : je finis la demi-bouteille de rouge qui nous reste du dîner d'hier soir et je fouille son ordinateur. C'est plus facile de comprendre son comportement quand on ressent ce que je ressens en ce moment. Il n'y a rien de plus douloureux, de plus destructeur que le doute.

J'ai fini par trouver son mot de passe : Blenheim. C'était aussi inintéressant que ça, le nom de la rue où on habite. Je n'ai découvert ni e-mails compromettants, ni photos sordides, ni lettres passionnées. Je passe une demi-heure à lire des e-mails professionnels si abrutissants qu'ils en adoucissent même la brûlure de la jalousie, puis je referme le portable et je le range. Je suis très enjouée, maintenant, grâce au vin et au contenu soporifique de l'ordinateur de Tom. J'ai réussi à me rassurer : j'étais bête, voilà tout.

Je monte me brosser les dents – je ne veux pas qu'il sache que j'ai encore bu du vin toute seule –, puis je décide de changer les draps du lit, de vaporiser un peu d'Acqua di Parma sur les oreillers et d'enfiler la nuisette en soie noire qu'il m'a offerte pour mon anniversaire l'an dernier. Comme ça, quand il reviendra, je me ferai pardonner.

Je commence à retirer les draps, quand je manque de trébucher sur un sac noir fourré sous le lit : son sac de sport. Il a oublié son sac de sport. Il est parti depuis une heure et il n'est pas revenu le

chercher. J'ai un nœud dans l'estomac. Peut-être qu'il s'est simplement dit : «Et merde», et il a décidé d'aller au pub à la place.
Peut-être qu'il a des affaires de rechange dans un casier à la salle
de sport. Peut-être qu'il est au lit avec elle en ce moment même.

Je me sens mal. Je me mets à genoux pour fouiller dans le sac.
Toutes ses affaires sont là, propres et prêtes, son iPod, les seules
baskets qu'il met pour courir. Et autre chose : un téléphone portable. Un téléphone que je n'ai jamais vu.

Je m'assois sur le lit, le téléphone dans la main, et le cœur
qui cogne dans la poitrine. Je vais l'allumer, je ne vois pas
comment je pourrais résister, et pourtant je suis sûre que je vais
le regretter, parce que je ne peux y trouver que des problèmes. On
ne garde pas un téléphone portable planqué au fond d'un sac de
sport à moins d'avoir quelque chose à cacher. Une voix dans ma
tête me souffle : «Repose-le, laisse tomber», mais je n'y arrive
pas. J'appuie fort sur le bouton «marche» et j'attends que l'écran
s'allume. J'attends et j'attends. Plus de batterie. Une vague de
soulagement déferle dans mes veines comme de la morphine.

Je suis soulagée parce que, maintenant, je n'ai pas de moyen
de savoir, mais aussi parce qu'un téléphone déchargé, c'est un
téléphone dont on ne se sert pas, dont on se fiche, pas le téléphone d'un homme qui entretient une liaison passionnée. Un
tel homme garderait ce téléphone sur lui à chaque instant. C'est
peut-être un vieux portable qui est là depuis des mois et qu'il ne
pense jamais à jeter. Ce n'est peut-être même pas à lui : peut-être
qu'il l'a trouvé à la salle de sport, qu'il avait prévu de le donner à
l'accueil mais qu'il a oublié ?

Je laisse le lit à moitié défait et je descends dans le salon. Sous
la table basse, il y a deux tiroirs pleins du genre de bazar domes-
tique qui s'accumule au fil du temps : des rouleaux de Scotch,
des adaptateurs de voyage, des mètres ruban, des kits de couture,
et trois chargeurs de téléphone. Le deuxième correspond. Je vais
le brancher de mon côté du lit, derrière ma table de nuit. Puis
j'attends.

Des heures et des dates, surtout. Non, pas des dates, des jours. « Lundi 15 h ? » « Vendredi 16 h 30. » Parfois, un refus. « Peux pas demain. » « Pas mer. » Rien d'autre. Pas de déclarations d'amour, pas de propositions explicites. Juste des textos, une douzaine environ, tous provenant d'un numéro privé. Il n'y a pas de contacts enregistrés dans le répertoire et on a effacé le journal d'appels.

Je n'ai pas besoin des dates parce que le téléphone les garde en mémoire. Les rendez-vous remontent à des mois. Presque un an. Quand je m'en suis rendu compte, quand j'ai vu que le premier datait de septembre de l'année dernière, j'ai soudain eu une énorme boule dans la gorge. Septembre ! Evie avait six mois. J'avais encore des kilos en trop, j'étais épuisée, j'avais la peau rêche, on ne faisait plus l'amour. Puis je me mets à rire, parce que c'est ridicule, impossible : en septembre, nous étions merveilleusement heureux, amoureux, et fous de notre nouveau bébé. C'est impensable qu'il l'ait revue dans mon dos à cette période, c'est inconcevable qu'ils aient une relation depuis tout ce temps. Je l'aurais su. Ce n'est pas vrai. Ce téléphone ne lui appartient pas.

Et pourtant. Je sors mon carnet du tiroir de ma table de nuit et j'examine les appels pour les comparer avec les rendez-vous planifiés sur le téléphone. Je trouve des appels qui coïncident. Certains ont lieu un ou deux jours avant, certains un ou deux jours après. Certains ne correspondent à rien.

Est-ce qu'il aurait vraiment pu la fréquenter tout ce temps-là, me dire qu'elle le tourmentait et le harcelait, alors que, en réalité, ils prévoyaient de se retrouver et de se voir en cachette ? Mais, dans ce cas, pourquoi aurait-elle appelé aussi souvent sur le téléphone fixe si elle pouvait le contacter sur ce téléphone ? Ça n'a aucun sens. À moins qu'elle n'ait délibérément voulu que je sois au courant ? Qu'elle n'ait voulu semer la pagaille entre nous ?

Tom est parti depuis deux heures, maintenant, il ne va pas tarder à rentrer d'où il est allé. Je refais le lit, je range le carnet et le téléphone dans le tiroir de ma table de chevet, je redescends, je

me sers un dernier verre de vin que je bois rapidement. Je pourrais l'appeler, elle. La confronter à ses actes. Mais qu'est-ce que
je pourrais dire ? Je ne suis pas vraiment en position de feindre
l'indignation. Et je ne suis pas sûre que j'arriverais à supporter
le plaisir qu'elle prendrait à m'avouer que, tout ce temps, c'était
moi, le dindon de la farce. Ce qu'il a fait avec toi, il le refera avec
une autre.

J'entends quelqu'un approcher sur le trottoir et je sais que c'est
lui, je reconnais son pas. Je laisse mon verre de vin dans l'évier
et je reste là, appuyée au comptoir de la cuisine, le sang tambou-
rinant à mes tempes.

— Coucou, me dit-il en me voyant.

Penaud, il tangue très légèrement.

— Ils servent des bières, maintenant, à la salle de sport ?

Il sourit.

— J'ai oublié mes affaires. Je suis allé au pub.

C'est ce que je pensais. Ou c'est ce qu'il pensait que je
penserais ?

Il s'approche un peu plus.

— Qu'est-ce que tu fabriquais ? susurre-t-il, guilleret. Tu as un
air coupable.

Il passe les bras autour de ma taille et m'attire contre lui. Son
haleine sent la bière.

— Tu faisais des bêtises ?

— Tom…

— Chut, souffle-t-il.

Il m'embrasse sur la bouche, commence à déboutonner
mon jean. Il me retourne. Je n'ai pas envie, mais je ne sais pas
comment lui dire non, alors je ferme les yeux et je m'efforce de
ne pas penser à lui avec elle, j'essaie de repenser à ces premières
fois, quand on se précipitait dans la maison vide de Cranham
Road, essoufflés, prêts à tout, affamés l'un de l'autre.

Dimanche 18 août 2013

Tôt le matin

Je me réveille en sursaut ; il fait encore sombre. J'ai l'impression d'entendre Evie pleurer, mais, quand je vais la voir, elle dort profondément en serrant bien fort sa couverture dans ses poings fermés. Je me recouche, mais je n'arrive pas à me rendormir. Je n'arrête pas de penser au téléphone dans ma table de nuit. Je jette un coup d'œil à Tom : il est allongé sur le dos, le bras gauche sorti des draps, la tête en arrière. Au rythme de sa respiration, je devine qu'il n'est pas près de se réveiller. Je me glisse hors du lit, j'ouvre le tiroir et je prends le téléphone.

En bas, dans la cuisine, je le tourne et le retourne dans ma main, comme pour me préparer. J'ai envie de savoir, et je n'ai pas envie. J'ai envie d'en être sûre, mais j'ai tellement envie d'avoir tort. Je l'allume. J'appuie longuement sur la touche « un » jusqu'à ce que se déclenche la voix enregistrée du serveur vocal. J'entends que je n'ai pas de nouveaux messages ni de messages sauvegardés. Est-ce que je veux modifier mon annonce d'accueil ? Je raccroche, mais je suis soudain saisie d'une peur irrationnelle que le téléphone se mette à sonner et que Tom l'entende depuis le premier étage, alors j'ouvre la porte coulissante et je sors dans le jardin.

Sous mes pieds, l'herbe est humide, et je respire l'air frais empli du parfum de la pluie et des roses. Le grondement sourd d'un train résonne au loin, mais il ne sera pas au niveau de la maison avant un bout de temps encore. Je marche presque jusqu'au grillage avant de rappeler la boîte vocale : est-ce que je veux modifier mon annonce d'accueil ? Oui. Un bip, un silence, puis sa voix. Sa voix à elle, pas à lui. « Salut, c'est moi, laissez-moi un message. »

Mon cœur s'est arrêté de battre.

Ce n'est pas son téléphone à lui, c'est le sien, à elle.

Je réécoute l'annonce.

« Salut, c'est moi, laissez-moi un message. »

C'est sa voix.

Je n'arrive ni à remuer, ni à respirer. Je réécoute, encore et encore. La gorge serrée, je suis au bord de l'évanouissement, puis je vois la lumière s'allumer à l'étage.

RACHEL

Dimanche 18 août 2013

Tôt le matin

Chaque bribe de souvenir me menait au suivant. J'avais erré dans le noir des jours, des semaines, des mois, et je venais seulement de heurter quelque chose. C'était comme si je m'étais collée à un mur que je suivais du bout des doigts pour avancer de pièce en pièce. Les ombres qui se mouvaient dans ma tête ont enfin commencé à fusionner et, une fois mes yeux habitués à l'obscurité, j'ai réussi à voir.

Pas au tout début. Au tout début, même si cela avait l'air d'un souvenir, j'ai cru que c'était un rêve. Assise sur le canapé, je suis restée presque paralysée par le choc, à me répéter que ce n'était pas la première fois que mes souvenirs me jouaient des tours, que ce n'était pas la première fois que je pensais qu'une scène s'était déroulée d'une certaine manière, alors qu'en réalité les choses s'étaient passées différemment.

Comme la fois où nous étions allés à une fête organisée par un collègue de Tom et que, même si j'étais très saoule, nous avions passé une bonne soirée. Je me souviens d'avoir fait la bise à Clara en partant. C'était l'épouse du collègue en question, une femme adorable, chaleureuse et accueillante. Je me souviens qu'elle m'a dit que nous devions nous revoir ; je me souviens qu'elle a tenu ma main dans la sienne.

Je me le rappelais très clairement, et pourtant ce n'était pas vrai. J'ai su que ce n'était pas vrai dès le lendemain matin, quand

Tom m'a tourné le dos alors que j'essayais de lui adresser la parole. Je sais que ce n'est pas vrai parce qu'il m'a dit combien il était déçu et combien il avait honte de mon comportement, parce que j'avais accusé Clara de flirter avec lui et que j'avais agi de façon hystérique et agressive.

Quand je fermais les yeux, j'arrivais à sentir sa main tiède contre ma peau, mais ça n'était pas arrivé, en réalité. En réalité, Tom avait dû presque me porter hors de la maison tandis que je criais et hurlais tout le long du chemin, et que la pauvre Clara restait terrée dans la cuisine.

Alors quand j'ai fermé les yeux, quand j'ai sombré dans ce semi-rêve et que je me suis retrouvée dans le passage, oui, j'arrivais bien à sentir le froid et à retrouver l'odeur rance du souterrain, j'arrivais à percevoir une silhouette qui venait vers moi, vibrant de rage, le poing levé, mais ce n'était pas vrai. La terreur que je ressentais n'était pas réelle. Et quand l'ombre m'a frappée et m'a abandonnée là, au sol, en pleurs et en sang, ce n'était pas réel non plus.

Sauf que si, ça l'était. C'est si troublant que je peine à y croire, mais, alors que je regarde le soleil se lever, j'ai l'impression de voir un brouillard se dissiper. Il m'a menti. Ce n'était pas mon imagination, quand je l'ai vu me frapper. Je m'en souviens. Tout comme je me souviens d'avoir dit au revoir à Clara après la fête, avec sa main tenant la mienne. Tout comme je me souviens de ma peur, assise par terre à côté de ce club de golf – et je sais maintenant, je suis certaine que ce n'est pas moi qui l'ai brandi.

Je ne sais pas quoi faire. Je cours à l'étage, j'enfile un jean et des baskets, et je redescends au rez-de-chaussée. Je compose leur numéro, le téléphone fixe, je laisse sonner deux fois, puis je raccroche. Je ne sais pas quoi faire. Je me prépare un café que je laisse refroidir, je compose le numéro de l'inspectrice Riley, et je raccroche immédiatement. Elle ne me croira pas. Je le sais.

Je sors et marche jusqu'à la gare. Nous sommes dimanche, le premier train ne passera pas avant une bonne demi-heure, alors il ne me reste rien d'autre à faire que m'asseoir là, sur un banc, à osciller sans relâche entre l'incrédulité et le désespoir.

Tout n'est que mensonge. Ce n'était pas mon imagination, quand je l'ai vu me frapper. Ni quand je l'ai vu s'éloigner de moi rapidement, les poings serrés. Je l'ai vu se retourner, crier. Je l'ai vu redescendre la rue avec une femme, je l'ai vu monter en voiture avec elle. Ce n'était pas mon imagination. C'est alors que je comprends que c'est très simple, en réalité, tellement simple. Je me souviens, oui, mais j'ai mélangé deux souvenirs. J'ai introduit l'image d'Anna, qui s'éloignait de moi dans sa robe bleue, dans un autre scénario : Tom et une femme qui montent dans une voiture. Parce que, bien sûr, cette femme n'était pas vêtue d'une robe bleue, elle portait un jean et un T shirt rouge. C'était Megan.

ANNA

Dimanche 18 août 2013

Tôt le matin

Je lance le téléphone de l'autre côté du grillage aussi fort que je peux. Il atterrit vers le bord du pierrier au sommet de la berge, je crois que je l'entends dévaler la pente jusqu'aux rails. Je crois que j'arrive encore à entendre sa voix. « Salut, c'est moi, laissez-moi un message. » Je crois que je continuerai de l'entendre pendant longtemps.

Le temps que je rentre dans la maison, il est en bas des escaliers. Il me dévisage en clignant des yeux, le regard trouble, encore ensommeillé.

— Qu'est-ce qui se passe ?

— Rien, je réponds, mais j'ai la voix qui tremble.

— Qu'est-ce que tu faisais dehors ?

— J'ai cru entendre quelqu'un. J'ai été réveillée par un bruit. Je n'arrivais pas à me rendormir.

— Le téléphone a sonné, dit-il en se frottant les yeux.

Je joins mes mains pour les empêcher de trembler.

— Quoi ? quel téléphone ?

— Le téléphone.

Il me dévisage comme si j'étais devenue folle.

— Le téléphone a sonné. Ça s'est arrêté tout seul.

— Oh. Je ne sais pas. Je ne sais pas qui c'était.

Il s'esclaffe.

— Évidemment. Tu es sûre que ça va ?

Il me rejoint et passe les bras autour de ma taille.

— Tu as l'air bizarre.

Il me tient comme ça un instant, sa tête posée sur la mienne.

— Tu aurais dû me réveiller quand tu as cru entendre quelque chose, me dit-il. Tu ne devrais pas sortir comme ça, toute seule. C'est à moi de te protéger.

— Ça va, dis-je, mais je dois serrer les dents pour les empêcher de claquer.

Il m'embrasse sur les lèvres et enfouit sa langue dans ma bouche.

— Viens, on va se recoucher.

— Je crois que je vais plutôt prendre un café, dis-je en essayant de me défaire de son étreinte.

Il ne me laisse pas faire. Il me garde serré fort contre lui et, d'une main, il me tient par la nuque.

— Allez, viens, répète-t-il. Viens avec moi. Je ne veux rien entendre.

RACHEL

Dimanche 18 août 2013

Matin

Je ne suis pas sûre de ce que je veux faire, alors je sonne. Je me demande si j'aurais dû téléphoner avant de passer. Ce n'est pas poli de venir chez les gens si tôt un dimanche matin sans avoir prévenu, n'est-ce pas ? Je me mets à pouffer. Je me sens légèrement hystérique. Je ne sais pas trop ce que je fais là.

Personne ne vient ouvrir la porte. Cette sensation d'hystérie semble croître tandis que je remonte le petit chemin qui jouxte leur maison. J'ai un fort sentiment de déjà-vu. Ce matin-là, quand je suis venue chez eux, quand j'ai pris la petite fille. Je ne lui voulais aucun mal. J'en suis certaine, à présent.

Je l'entends babiller alors que j'avance à l'ombre fraîche de la maison, et je me demande si c'est mon imagination. Mais non, elle est là, et Anna aussi, assise sur la terrasse. Je l'appelle et je me hisse par-dessus la barrière. Elle me regarde. Je m'attends à la voir ébranlée, en colère peut-être, mais elle semble à peine surprise.

— Bonjour, Rachel, dit-elle.

Elle se lève, prend sa fille par la main et la tire vers elle. Elle me dévisage sans sourire, très calme. Elle a les yeux rouges et le visage pâle, sans maquillage.

— Qu'est-ce que tu veux ? demande-t-elle.

— J'ai sonné à la porte.

— Je n'ai rien entendu, répond-elle en prenant l'enfant dans ses bras.

Elle se détourne à moitié, comme pour entrer dans la maison, puis elle s'arrête. Je ne comprends pas pourquoi elle ne me crie pas dessus.

— Anna, où est Tom ?

— Il est sorti. Il devait retrouver ses copains de l'armée.

— Il faut qu'on s'en aille, Anna, dis-je.

Et elle se met à rire.

ANNA

Dimanche 18 août 2013

Matin

Je ne saurais pas expliquer pourquoi, mais cette situation me paraît soudain très drôle. Cette grosse vache de Rachel qui se tient là, dans mon jardin, toute rouge et en sueur, et qui me dit qu'il faut qu'on s'en aille. Qu'ON s'en aille !

— Et pour aller où ? je lui demande quand j'ai fini de rire.

Elle se contente de me regarder, interdite.

— Je n'ai pas l'intention d'aller où que ce soit avec toi.

Evie se tortille dans mes bras et se met à geindre, alors je la repose. J'ai encore la peau sensible de ce matin, quand je me suis frottée longuement le visage dans la douche ; l'intérieur de ma bouche, mes joues et ma langue, on dirait qu'on les a mordus.

— Quand est-ce qu'il sera de retour ? me demande-t-elle.

— Pas avant un bout de temps, je crois.

En réalité, je n'ai pas la moindre idée de quand il rentrera. Parfois, il peut passer des journées entières à la salle d'escalade. Ou, du moins, je croyais qu'il passait des journées entières à la salle d'escalade. Maintenant, je ne sais plus.

Par contre, je sais qu'il a pris le sac de sport ; il ne mettra pas longtemps à s'apercevoir que le téléphone a disparu.

J'ai songé à prendre Evie et à aller passer quelques jours chez ma sœur, mais cette histoire de téléphone me perturbe. Et si quelqu'un le trouvait ? Il y a toujours des ouvriers sur cette portion de la voie ferrée, l'un d'entre eux pourrait tomber dessus et le donner à la police. Il est couvert de mes empreintes.

Puis je me suis dit que ce ne serait peut-être pas bien difficile de le récupérer, mais je devrais attendre la tombée de la nuit pour éviter d'être vue.

Je suis consciente que Rachel continue de me parler, de me poser des questions, mais je ne l'écoute pas. Je suis tellement fatiguée.

— Anna, dit-elle en s'approchant pour capter mon regard de ses grands yeux noirs. Est-ce que tu les as déjà rencontrés ?

— Qui ?

— Ses amis de l'armée. Est-ce qu'il te les a déjà présentés ?

Je secoue la tête.

— Tu ne trouves pas ça étrange ?

Soudain, je me rends compte que ce qui est étrange, c'est qu'elle ait débarqué un dimanche matin, d'aussi bonne heure, dans mon jardin.

— Pas vraiment. Ils viennent d'une autre vie. Une autre de ses vies. Comme toi. Enfin, tu étais censée faire partie d'une autre vie, sauf que, apparemment, il est impossible de se débarrasser de toi.

Elle tressaille, blessée.

— Qu'est-ce que tu viens faire là, Rachel ?

— Tu sais pourquoi je suis là, répond-elle. Tu sais que... qu'il se passe quelque chose d'anormal.

Elle a pris un air sérieux, comme si elle s'inquiétait pour moi. Dans d'autres circonstances, je pourrais trouver ça touchant.

— Tu veux un café ?

Elle accepte. Je vais préparer le café, puis nous nous asseyons côte à côte sur la terrasse, dans un silence qui paraîtrait presque convivial.

— Qu'est-ce que tu sous-entends ? je demande alors. Que ses amis de l'armée n'existent pas ? que Tom les a inventés ? qu'il est avec une autre femme, en ce moment ?

— Je ne sais pas.

— Rachel ?

Elle me regarde et je lis la peur dans ses yeux.

— Est-ce que tu as quelque chose à me dire ?

— Tu as déjà rencontré la famille de Tom ? me demande-t-elle encore. Ses parents ?

— Non. Ils ne se parlent plus. Ils ont arrêté de lui parler quand il a voulu refaire sa vie avec moi.

Elle secoue la tête.

— Ce n'est pas vrai. Je ne les ai jamais rencontrés, moi non plus. Ils ne me connaissent même pas, pourquoi auraient-ils été concernés par notre divorce ?

Une noirceur a fait son apparition dans ma tête, tout au fond de mon crâne. J'essaie de la maîtriser depuis que j'ai entendu cette voix dans le téléphone, mais elle commence à croître, à s'épanouir.

— Je ne te crois pas. Pourquoi est-ce qu'il mentirait à ce sujet ?

— Parce qu'il ment pour tout.

Je me lève et m'éloigne. Je lui en veux de m'avoir dit ça, et je m'en veux, parce que je pense qu'elle a raison. Je pense que j'ai toujours su que Tom ment. Sauf que, par le passé, ses mensonges avaient tendance à m'arranger.

— C'est vrai, il sait mentir, je lui dis. D'ailleurs, tu n'avais pas la moindre idée de ce qui se passait entre nous, pas vrai ? Des mois et des mois durant, on s'est retrouvés régulièrement dans la maison de Cranham Road pour baiser jusqu'à n'en plus pouvoir, et, toi, tu ne soupçonnais rien.

Elle déglutit et se mord la lèvre, fort.

— Megan, reprend-elle. Et Megan ?

— Je sais. Ils ont eu une liaison.

Les mots me paraissent bizarres – c'est la première fois que je les prononce à voix haute. Il m'a trompée. Il m'a trompée, moi.

— Je suis sûre que c'est très amusant pour toi, je continue, mais maintenant elle n'est plus là, alors ça n'a plus aucune importance, si ?

— Anna...

La noirceur dans mon esprit s'agrandit ; elle appuie contre les parois de mon crâne et me brouille la vue. J'attrape Evie par la main et je commence à l'entraîner à l'intérieur, mais elle proteste avec véhémence.

— Anna...

— Ils ont eu une liaison. C'est tout. Rien de plus. Ça ne signifie pas nécessairement que...

— Qu'il l'a tuée ?

— Ne dis pas ça !

Je me suis mise à crier.

— Je t'interdis de dire ce genre de chose devant mon enfant.

Je donne à Evie son petit déjeuner et, pour la première fois depuis des semaines, elle mange sans faire d'histoires. C'est presque comme si elle comprenait que j'ai d'autres soucis en tête, et je lui en suis infiniment reconnaissante. Je suis bien plus calme quand je ressors avec elle, même si Rachel est toujours là, debout au fond du jardin près du grillage, regardant passer un train. Au bout d'un moment, quand elle se rend compte que je suis de retour, elle revient vers moi.

— Tu les aimes, hein ? dis-je. Les trains. Moi, je les déteste. Je les hais plus que tout.

Elle me fait un demi-sourire. Je remarque alors une fossette sur la gauche de son visage. Je ne l'avais jamais vue avant. Je suppose que je ne l'ai pas vue sourire très souvent. Pas une fois, en fait.

— Encore un mensonge, commente-t-elle. Il m'a dit que tu adorais cette maison, que tout te plaisait ici, même les trains ; il m'a dit que tu ne songeais pas une seconde à chercher un autre endroit où vivre, que c'était toi qui avais voulu emménager ici avec lui, même si j'avais été là avant.

Je secoue la tête.

— Pourquoi est-ce qu'il t'aurait raconté ça ? Ce sont des conneries. Ça fait deux ans que j'essaie de le convaincre de vendre cette maison.

Elle hausse les épaules.

— Parce qu'il ment, Anna. Tout le temps.

La noirceur m'envahit tout entière. Je prends Evie sur mes genoux et elle reste assise là, ravie. Elle commence à s'assoupir.

— Alors tous ces coups de téléphone...

C'est seulement maintenant que les choses se mettent en place dans mon esprit.

— Ce n'était pas toi ? Je veux dire, je sais que parfois, c'était toi, mais parfois...

— C'était Megan ? Oui, j'imagine.

C'est bizarre parce que je sais désormais que, tout ce temps, j'ai haï la mauvaise femme, et pourtant ça ne me rend pas Rachel plus sympathique. Pire : devant cette Rachel calme, préoccupée et sobre, je commence à discerner aussi ce qu'elle devait être avant, et je lui en veux d'autant plus, parce que j'aperçois ce qu'il devait voir en elle. Ce qu'il devait aimer.

Je jette un coup d'œil à ma montre. Onze heures passées. Il est parti aux alentours de huit heures, je crois. Peut-être même plus tôt. Il doit savoir pour le téléphone, maintenant. Il doit savoir depuis un bon moment. Peut-être qu'il pense qu'il est tombé de son sac. Peut-être qu'il s'imagine qu'il est sous le lit, en haut.

— Depuis combien de temps tu es au courant ? je demande. Pour la liaison.

— Je n'étais pas au courant, dit-elle. Pas avant aujourd'hui. Je veux dire, je ne sais pas ce qu'il y avait entre eux. Tout ce que je sais...

Heureusement, elle se tait. Heureusement, parce que je ne suis pas sûre que je pourrais supporter de l'écouter parler de l'infidélité de mon mari. L'idée qu'elle et moi – que cette grosse vache de Rachel et moi – sommes désormais dans le même bateau m'est insupportable.

— Tu penses que c'était le sien ? demande-t-elle. Est-ce que tu penses que le bébé, c'était le sien ?

Je la regarde sans la voir, je ne vois plus que la noirceur et je n'entends plus rien à part un rugissement dans mes oreilles, comme la mer, ou un avion qui traverserait le ciel.

— Qu'est-ce que tu as dit ?

— Le... Je suis désolée.

Elle est toute rouge, embarrassée.

— Je n'aurais pas dû... Elle était enceinte quand elle est morte. Megan était enceinte. Je suis vraiment désolée.

Sauf qu'elle n'est pas désolée du tout, j'en suis certaine, et je refuse de m'écrouler devant elle. Mais je baisse les yeux, je vois Evie et je me sens envahie d'une tristesse comme je n'en ai jamais ressenti, une tristesse qui m'engloutit comme une vague et me coupe le souffle. Le frère d'Evie, la sœur d'Evie. Disparu. Rachel s'assoit à côté de moi et passe un bras autour de mes épaules.

— Je suis désolée, dit-elle encore, et j'ai envie de la frapper.

La sensation de sa peau contre la mienne me dégoûte. J'ai envie de la repousser, de lui hurler dessus, mais je n'y arrive pas. Elle me laisse pleurer quelques instants, puis, d'une voix claire et déterminée, elle me dit :

— Anna, je pense que nous devrions partir. Je pense que tu devrais prendre quelques affaires pour Evie et toi. Ensuite, nous partirons. Tu peux venir chez moi pour le moment, jusqu'à... jusqu'à ce que nous ayons réglé tout ça.

Je m'essuie les yeux et m'écarte.

— Je ne compte pas le quitter, Rachel. Il a eu une aventure, il... Ce ne sera pas la première fois, après tout.

Je me mets à rire, et Evie rit aussi. Rachel soupire et se lève.

— Tu sais qu'il n'est pas uniquement question de cette liaison, Anna. Tu le sais aussi bien que moi.

— Nous ne savons rien, dis-je, mais seul un murmure s'échappe de mes lèvres.

— Elle est montée en voiture avec lui. Ce soir-là. Je l'ai vue. Je ne m'en souvenais pas – au début, je croyais que c'était toi. Mais je me souviens. Maintenant, je me souviens.

— Non.

Evie pose une petite main poisseuse contre ma bouche.

— Il faut qu'on parle à la police, Anna.

Elle s'avance vers moi.

— Je t'en prie. Tu ne peux pas rester là avec lui.

Je frissonne malgré le soleil. J'essaie de repenser à la dernière fois que Megan est venue à la maison, à la réaction de Tom quand elle a annoncé qu'elle ne pouvait plus travailler pour nous. J'essaie de me rappeler s'il avait l'air content ou déçu. Une autre image me vient spontanément à l'esprit : une des premières fois qu'elle est venue s'occuper d'Evie. J'étais censée sortir retrouver les filles, mais j'étais si fatiguée que je suis montée à l'étage faire une sieste. Tom a dû rentrer pendant que je dormais, parce que, quand je suis redescendue, ils étaient ensemble. Elle était appuyée contre le plan de travail dans la cuisine et il se tenait un peu trop près d'elle. Evie était assise dans sa chaise haute et pleurait, mais aucun des deux n'y prêtait attention.

J'ai soudain très froid. Est-ce que j'ai su, ce jour-là, qu'il avait envie d'elle ? Megan était blonde et belle – comme moi. Alors, oui, j'ai probablement su qu'il avait envie d'elle, tout comme je sais, quand je marche dans la rue, qu'il y a des hommes mariés accompagnés de leur femme, avec leur enfant dans les bras, qui me regardent et qui pensent la même chose. Alors, peut-être que je l'ai su. Il avait envie d'elle, et il a couché avec elle. Mais pas ça. Il ne pourrait pas faire ça.

Pas Tom. Un amant puis un mari, deux fois marié même. Un père. Un bon père, qui subvient aux besoins de sa famille sans se plaindre.

— Tu l'as aimé, je lui rappelle. Et tu l'aimes toujours, non ?

Elle secoue la tête sans conviction.

— Si, tu l'aimes. Et tu sais… tu sais que ce n'est pas possible.

Je me lève et prends Evie contre moi avant de m'approcher d'elle.

— Ce n'est pas possible, Rachel. Tu sais qu'il n'a pas pu faire ça. Tu ne pourrais pas aimer un homme capable d'une telle chose, après tout ?

— Et pourtant, je l'ai aimé, dit-elle. Nous l'avons aimé toutes les deux.

Des larmes coulent sur ses joues. Elle les essuie et, à cet instant, quelque chose change dans son visage et elle devient toute blanche. Ce n'est plus moi qu'elle regarde, ses yeux fixent quelque chose par-dessus mon épaule et, quand je me retourne, je le vois à la fenêtre de la cuisine, qui nous observe.

MEGAN

Vendredi 12 juillet 2013

Matin

Elle m'a forcé la main. Ou peut-être « il ». Mes tripes me soufflent que c'est une « elle ». Ou mon cœur, je ne sais pas. Je la sens, comme je l'ai sentie la fois d'avant, une graine dans sa cosse, mais cette graine-là sourit. Elle attend son heure. Je ne peux pas la détester. Et je ne peux pas m'en débarrasser. Impossible. Je pensais que j'en serais capable, je pensais que je voudrais l'arracher de là au plus vite, mais, quand je pense à elle, je ne vois plus que le visage de Libby, ses yeux noirs. Je respire l'odeur de sa peau. Je me souviens à quel point elle était froide, à la fin. Je ne peux pas me débarrasser d'elle. Je ne veux pas. Je veux l'aimer.

Je ne peux pas la détester, mais elle me fait peur. J'ai peur de ce qu'elle va me faire, ou de ce que je vais lui faire. C'est cette peur qui m'a réveillée en sursaut peu après cinq heures, ce matin, trempée de sueur malgré la fenêtre ouverte, et le fait que je suis seule. Scott est à une conférence dans le Hertfordshire, ou l'Essex, ou je-ne-sais-où. Il revient ce soir.

Qu'est-ce que c'est, mon problème ? Pourquoi ai-je toujours envie d'être seule quand il est là, alors que je ne peux pas supporter son absence ? Je ne supporte pas le silence. Je me mets à parler à voix haute uniquement pour le combler. Ce matin, dans mon lit, je n'arrêtais pas de me dire... et si la même chose se produit ? Qu'est-ce qui va se passer quand je serai seule avec elle ?

Qu'est-ce qui va m'arriver s'il ne veut pas de moi, de nous ? Et qu'est-ce qui se passera s'il devine qu'elle n'est pas de lui ?

Mais, après tout, elle l'est peut-être. Je ne sais pas, j'ai juste le sentiment que non. Comme j'ai le sentiment que c'est une « elle ». Et même si elle n'est pas de lui, comment le saurait-il ? Non, impossible. Je raconte n'importe quoi. Il sera tellement heureux quand je lui annoncerai, fou de joie. L'idée qu'elle n'est pas de lui ne lui traversera même pas l'esprit. Et ce serait cruel de le lui dire, ça lui briserait le cœur, et je ne veux pas lui faire de mal. Je n'ai jamais voulu lui faire de mal.

Je suis comme ça, je n'y peux rien.

— Mais tu restes tout de même responsable de tes actes.

C'est ce que dit Kamal.

J'ai appelé Kamal un peu après six heures. Le silence s'affaissait de plus en plus sur moi et je commençais à paniquer. J'ai songé à appeler Tara – je savais qu'elle accourrait –, mais je ne pensais pas pouvoir le supporter, elle aurait été trop collante, à vouloir me protéger. Je ne voyais pas qui d'autre contacter, à part Kamal. Je l'ai appelé chez lui. Je lui ai dit que j'avais des ennuis, que je ne savais pas quoi faire, que ça n'allait pas du tout. Il est venu immédiatement. Pas sans poser de questions, mais presque. J'ai peut-être donné l'impression que c'était plus grave que ça ne l'était. Peut-être qu'il a eu peur que je « fasse une bêtise ».

Nous sommes dans la cuisine. Il est encore tôt, à peine sept heures et demie passées. Il va bientôt devoir partir s'il veut arriver à l'heure pour son premier rendez-vous. Je le regarde, assis en face de moi à la table de la cuisine, les mains sagement posées l'une sur l'autre devant lui, ses yeux doux concentrés sur moi, et je sens son amour. Vraiment. Il a été tellement gentil avec moi, malgré les saletés que j'ai faites.

Il a pardonné tout ce qui s'est passé avant, comme je l'espérais. Il a balayé tous mes péchés. Il m'a dit que, tant que je ne me pardonnais pas à moi-même, cela ne cesserait pas, que je ne pourrais

jamais m'arrêter de courir. Et je ne peux plus courir, à présent!
Pas maintenant qu'elle est là.

J'ai peur, lui dis je. Et si je recommence à faire n'importe
quoi? Et si j'ai un problème? Si ça se passe mal avec Scott? Et
si je finis encore toute seule? Je ne sais pas si j'en suis capable,
j'ai trop peur d'être à nouveau seule – je veux dire, seule avec un
enfant...

Il se penche et pose une main sur la mienne.

— Tu ne feras pas n'importe quoi, je te l'assure. Tu n'es plus
une enfant endeuillée, perdue. Tu es quelqu'un de complètement
différent. Plus forte. Tu es une adulte, désormais. Tu n'as pas à
craindre d'être seule. Ce n'est pas ce qui peut arriver de pire,
n'est-ce pas?

Je ne réponds pas, mais je ne peux pas m'empêcher de me
demander si ce n'est pas pourtant ce qui peut arriver de pire.
Parce que, quand je ferme les yeux, j'arrive à conjurer le sentiment qui m'envahit quand je suis au bord du sommeil, celui
qui me ramène violemment à la conscience. C'est le sentiment
d'être seule dans une maison plongée dans le noir, à guetter ses
pleurs, dans l'attente d'entendre les pas de Mac sur le parquet
du rez-de-chaussée, tout en sachant pertinemment qu'ils ne
viendront jamais.

— Je ne peux pas te dicter ta décision pour Scott. Ta relation
avec lui... Bon, je t'ai déjà dit ce qui m'inquiétait, mais c'est à
toi de choisir ce que tu veux faire. Pour toi-même. C'est à toi de
voir si tu lui fais confiance, si tu veux qu'il prenne soin de toi et
de ton bébé. Il faut que ce soit ta décision. Mais je pense que tu
peux avoir confiance en toi, Megan. Tu sauras faire le bon choix.

Dehors, sur la pelouse, il m'apporte une tasse de café. Je la
pose et j'enroule mes bras autour de lui, je le rapproche de moi.
Derrière nous, un train arrive bruyamment au niveau du feu de
signalisation. Le bruit crée comme une barrière, un mur qui nous
entoure, et j'ai la sensation que nous sommes enfin vraiment
seuls. Il met ses bras autour de moi et m'embrasse.

— Merci, dis-je. Merci d'être venu, d'être là.

Il sourit, s'éloigne de moi, et me frotte la joue de son pouce.

— Tu vas très bien t'en sortir, Megan.

— Est-ce que je pourrais m'enfuir avec toi ? Toi et moi... est-ce qu'on ne pourrait pas simplement s'enfuir ensemble ?

Il rit.

— Tu n'as pas besoin de moi. Ni de continuer à t'enfuir. Tout ira bien. Toi et ton bébé, vous vous en sortirez très bien.

Samedi 13 juillet 2013

Matin

Je sais ce que j'ai à faire. J'y ai réfléchi toute la journée d'hier, et toute la nuit, aussi. Je n'ai presque pas dormi. Scott est rentré épuisé et d'une humeur de chien. Tout ce qu'il voulait, c'était manger, baiser et dormir. Pas le temps pour autre chose. Ce n'était certainement pas le bon moment pour parler de ça.

Je suis restée éveillée la majeure partie de la nuit, avec lui qui s'agitait à mes côtés, trop chaud. J'ai pris ma décision. Je vais faire le bon choix. Je vais tout faire comme il faut. Si je fais tout comme il faut, alors il ne pourra rien m'arriver. Ou, en tout cas, s'il arrive quelque chose, ça ne pourra pas être ma faute. Je vais aimer cet enfant, et je vais l'élever en sachant que j'aurai tout fait comme il faut dès le début. Bon, d'accord, peut-être pas depuis le tout début, mais dès le moment où j'ai su qu'elle était là. Je dois au moins ça à ce bébé, et je dois au moins ça à Libby. Je lui dois de tout faire différemment, cette fois.

Je reste allongée là et je pense à ce que ce professeur m'avait dit, à tout ce que j'ai été : enfant, adolescente rebelle, fugueuse, pute, amante, mauvaise mère, mauvaise épouse. Je ne sais pas si je peux me transformer en bonne épouse, mais en bonne mère, ça, je me dois d'essayer.

Ça va être dur. Ça risque même d'être la chose la plus difficile que j'aie jamais eu à faire, mais je vais dire la vérité. Finis les mensonges, les secrets, finie la fuite, finies les conneries. Je vais tout faire éclater au grand jour et, ensuite, on verra. S'il ne peut plus m'aimer après ça, eh bien d'accord.

Soir

D'une main sur son torse je pousse de toutes mes forces, mais je n'arrive plus à respirer et il est beaucoup plus costaud que moi. Son avant-bras appuie sur ma gorge, je sens le sang battre dans mes tempes, ma vision se brouille. Dos au mur, j'essaie de crier. J'arrache un pan de son T-shirt et il me lâche. Il se détourne et je m'affaisse le long du mur sur le sol de la cuisine.

Je tousse, je crache, les larmes roulent sur mes joues. Il est à quelques mètres de moi et, quand il se retourne, ma main remonte instinctivement sur ma gorge pour la protéger. Je vois la honte s'étaler sur son visage et j'ai envie de lui dire que c'est bon. Que ça va. J'ouvre la bouche, mais les mots refusent de sortir, je n'arrive qu'à tousser encore. La douleur est inimaginable. Il me dit quelque chose mais je ne l'entends pas, on dirait qu'on est sous l'eau, le bruit est étouffé, il ne m'arrive qu'en vagues floues. Je ne comprends pas un seul mot.

Je crois qu'il me dit qu'il est désolé.

Je me remets péniblement debout, je le repousse et je cours me réfugier à l'étage, puis je claque la porte de la chambre derrière moi et je la verrouille. Je m'assois sur le lit et j'attends, je le guette, mais il ne vient pas. Je me relève, j'attrape mon sac de voyage sous le lit et je me dirige vers la commode pour prendre des vêtements. C'est là que je m'aperçois dans le miroir. Je pose une main sur mon visage : elle est étonnamment blanche contre ma peau rougie, mes lèvres violacées et mes yeux injectés de sang.

Une partie de moi est sous le choc, car il n'avait jamais levé la main sur moi ainsi. Mais une autre partie de moi s'y attendait. Quelque part, au fond, j'ai toujours su que c'était une éventualité, que c'était là qu'on en arriverait. Là que je l'entraînais. Lentement, je sors des affaires des tiroirs – des sous-vêtements, deux T-shirts – et je les fourre dans le sac.

Je ne lui ai encore rien dit, en plus. J'avais à peine commencé. Je voulais d'abord lui dévoiler le pire avant de lui annoncer la bonne nouvelle. Je n'allais quand même pas lui parler du bébé pour lui dire ensuite qu'il y avait une possibilité que ce ne soit pas le sien. Ç'aurait été trop cruel.

Nous étions dehors, sur la terrasse. Il parlait de son travail et il s'est rendu compte que je ne l'écoutais pas vraiment.

— Je t'ennuie, peut-être ? a-t-il demandé.

— Non. Enfin, bon, peut-être un peu.

Il n'a pas ri.

— Non, je suis simplement distraite, parce qu'il faut que je te parle de quelque chose. De plusieurs choses, d'ailleurs, et certaines ne vont pas te plaire, mais d'autres…

— Qu'est-ce qui ne va pas me plaire ?

C'est là que j'aurais dû savoir que ce n'était pas le moment, il n'était pas dans de bonnes dispositions. Tout de suite, il est devenu soupçonneux, et il s'est mis à scruter mon visage à la recherche d'indices. C'est là que j'aurais dû savoir que tout cela était une très mauvaise idée. J'imagine que je le savais, mais qu'il était trop tard pour reculer. Et, de toute façon, j'avais pris ma décision. Je faisais le bon choix.

Je me suis assise à côté de lui au bord des dalles et j'ai glissé la main dans la sienne.

— Qu'est-ce qui ne va pas me plaire ? a-t-il répété, mais il n'a pas lâché ma main.

Je lui ai dit que je l'aimais et j'ai senti chaque muscle de son corps se contracter, comme s'il savait ce qui arrivait et qu'il s'y préparait. C'est ce qu'on fait, non, quand quelqu'un vous dit qu'il vous aime, comme ça ? Je t'aime, vraiment, mais… Mais.

Je lui ai dit que j'avais commis des erreurs et il a lâché ma main. Il s'est mis debout et a marché quelques mètres en direction des rails avant de se retourner vers moi.

— Quel genre d'erreur?

Il a parlé d'une voix égale, mais j'ai entendu l'effort que cela lui demandait.

— Viens te rasseoir près de moi, ai-je dit. S'il te plaît.

Il a secoué la tête.

— Quel genre d'erreur, Megan?

Plus fort, cette fois-là.

— J'ai eu... c'est fini, maintenant, mais j'ai eu... quelqu'un d'autre.

J'ai gardé les yeux baissés. J'étais incapable d'affronter son regard.

Il a fulminé quelque chose dans sa barbe, mais je n'ai pas entendu quoi. J'ai relevé la tête. Il me tournait le dos, il faisait de nouveau face à la voie ferrée, les mains sur les tempes. Je me suis levée et je l'ai rejoint, juste derrière lui j'ai posé les mains sur ses hanches, mais il a bondi et s'est écarté. Il s'est dirigé vers la maison et, sans me regarder, il a craché :

— N'essaie même pas de me toucher, sale petite pute!

J'aurais dû le laisser partir, à ce moment-là, j'aurais dû lui laisser un peu de temps pour se faire à cette idée, mais je ne pouvais pas. Je voulais en finir avec le pire pour pouvoir passer aux bonnes nouvelles, alors je l'ai suivi à l'intérieur.

— Scott, je t'en prie, écoute-moi, ce n'est pas aussi terrible que tu le penses. Et c'est terminé, maintenant. C'est complètement terminé, écoute-moi, je t'en prie, s'il te plaît...

Il a attrapé une photo de nous deux qu'il adore (celle que j'ai fait encadrer pour lui offrir à notre deuxième anniversaire de mariage) et l'a jetée aussi fort qu'il le pouvait vers ma tête. Tandis qu'elle éclatait sur le mur derrière moi, il a plongé en avant, m'a agrippée par le haut des bras, puis on a lutté tous les deux jusqu'à ce qu'il me pousse violemment contre le mur de l'autre côté de la pièce. Ma tête est partie en arrière et mon crâne a heurté le plâtre. Puis il s'est penché sur moi, son avant-bras appuyant sur ma gorge, plus fort, et encore plus fort. Il a fermé les yeux pour ne pas avoir à me regarder suffoquer.

Dès que j'ai fini de faire mon sac, je me mets à le déballer pour tout remettre dans les tiroirs. S'il me voit sortir d'ici avec une valise, il ne me laissera jamais faire. Il faut que je parte sans rien, juste un sac à main et un téléphone. Puis je change encore d'avis et je recommence à tout fourrer dans le sac. Je ne sais pas où je vais, mais je sais que je ne peux pas rester ici. Je ferme les yeux et je sens encore ses mains sur ma gorge.

Je n'ai pas oublié ma décision – finie la fuite, finis les secrets –, mais je ne peux pas rester ici cette nuit. J'entends des pas dans l'escalier, des pas lents, lourds. Il lui faut une éternité pour atteindre le palier. D'habitude il grimpe à toute vitesse, mais, aujourd'hui, on dirait un homme qui monte à l'échafaud. Je ne sais pas si c'est le condamné ou le bourreau.

— Megan ?

Il n'essaie pas d'ouvrir la porte.

— Megan, je suis désolé de t'avoir fait mal. Je suis tellement désolé de t'avoir fait mal.

J'entends des larmes dans sa voix. Ça me met en rage, ça me donne envie de sortir pour lui griffer le visage. Je pense alors : « Ne t'avise surtout pas de pleurer, pas après ce que tu viens de faire ! » Je suis furieuse contre lui, j'ai envie de lui hurler dessus, de lui dire de s'éloigner de cette putain de porte, de moi, mais je me retiens, parce que je ne suis pas idiote. Il a des raisons d'être en colère. Et il faut que je réfléchisse posément, clairement. Je réfléchis pour deux, à présent. Cette confrontation m'a donné des forces, de la détermination. Je l'entends derrière la porte, qui implore mon pardon, mais je ne peux pas m'occuper de ça pour l'instant. Pour l'instant, j'ai autre chose à faire.

Tout au fond de l'armoire, au bas de trois rangées de boîtes à chaussures soigneusement étiquetées, je prends une boîte gris foncé marquée « bottes compensées rouges », et dans la boîte se trouve un vieux téléphone portable, une antiquité avec un forfait prépayé que j'ai achetée il y a des années, et que j'ai gardée au cas où. Ça fait quelque temps que je ne m'en suis pas servie, mais le jour est venu. Je vais être honnête. Finis les mensonges, finis les secrets. Il est temps que papa affronte ses responsabilités.

Je m'assois sur le lit et j'allume le téléphone, priant pour qu'il ait encore un peu de batterie. L'écran s'illumine et je sens l'adrénaline qui fait bouillir mon sang, ça me donne le tournis, la nausée, même, mais ça me fait un peu planer aussi, comme si j'étais défoncée. Je commence à m'amuser, à apprécier l'anticipation de tout faire éclater au grand jour, de le mettre face – de tous les mettre face – à ce que nous sommes et à ce que nous avons fait. D'ici la fin de la journée, chacun saura quelle est sa place.

J'appelle son numéro. Sans grande surprise, je tombe tout de suite sur son répondeur. Je raccroche et lui envoie un texto : « J'ai besoin de te parler. URGENT. Rappelle-moi. » Puis je reste assise là, à attendre.

Je vais dans le journal d'appels. La dernière fois que je me suis servie de ce téléphone, c'était en avril. Beaucoup d'appels, tous sans réponse, début avril et fin mars. J'ai rappelé, rappelé et rappelé encore, et il m'a ignorée, il n'a même pas daigné répondre à mes menaces – je lui ai dit que j'irais chez lui, que je parlerais à sa femme. Mais, aujourd'hui, je pense qu'il va m'écouter. Je ne lui laisserai pas le choix.

Quand ça a commencé, ce n'était qu'un jeu. Une distraction. Je le voyais de temps en temps, il passait à la galerie, souriant, pour flirter. C'était inoffensif, après tout, il y avait beaucoup d'hommes qui passaient à la galerie pour sourire et flirter. Mais la galerie a fermé et je me suis retrouvée à m'ennuyer à la maison toute la journée. J'avais besoin d'autre chose. De quelque chose de différent. Puis, un jour où Scott était en déplacement, je l'ai croisé dans la rue, on a commencé à discuter et je l'ai invité à prendre un café chez moi. À la manière dont il me regardait, je savais exactement ce qu'il avait en tête, et c'est arrivé. Et puis c'est arrivé d'autres fois, même si je n'avais pas prévu que ça devienne une vraie relation, je n'en avais aucune envie. J'aimais juste être désirée, le sentiment d'avoir le pouvoir. C'était aussi bête que ça. Je n'avais pas envie qu'il quitte sa femme, mais je voulais qu'il en ait envie. Qu'il me désire à ce point-là.

Je ne me souviens pas à quel moment j'ai commencé à croire que ça pouvait être plus que ça, qu'on était faits pour être ensemble. Mais, dès l'instant où ça s'est produit, je l'ai senti s'éloigner. Il a arrêté de m'écrire, de répondre à mes appels. Jamais je ne m'étais sentie rejetée comme ça, jamais. Et j'ai détesté ça. Alors ça s'est transformé en autre chose : une obsession. Je comprends, maintenant. Et, à la fin, j'ai vraiment cru que je pouvais laisser tomber et reprendre ma vie, un peu meurtrie peut-être, mais sans avoir fait grand mal à personne. Aujourd'hui, ce n'est plus aussi simple.

Scott est encore devant la porte. Je ne l'entends plus mais je sens qu'il est toujours là. Je vais dans la salle de bains et je compose à nouveau le numéro. Je retombe sur la messagerie, alors je raccroche et je recommence, une deuxième fois, une troisième fois. Je chuchote un message :

— Décroche le téléphone ou j'arrive. Et je suis sérieuse, cette fois. Il faut que je te parle. Tu ne peux pas continuer de m'ignorer.

Je reste quelques instants dans la salle de bains, le téléphone posé sur le rebord du lavabo, à essayer de le faire sonner par la force de mon esprit. L'écran reste obstinément gris, vierge. Je me brosse les cheveux, je me lave les dents, je me maquille légèrement. Je commence à reprendre des couleurs normales. J'ai encore les yeux rouges et mal à la gorge, mais ça a l'air d'aller. Je me mets à compter. Si le téléphone n'a toujours pas sonné quand j'arrive à cinquante, j'irai là-bas, frapper à la porte. Il ne sonne pas.

Je range le téléphone dans la poche de mon jean, puis je traverse rapidement la chambre et j'ouvre la porte. Scott est assis sur le palier, les bras autour des genoux, la tête baissée. Il ne relève pas les yeux, alors je passe à côté de lui et je cours dans l'escalier, le souffle coincé dans la gorge. J'ai peur qu'il m'attrape par-derrière et qu'il me pousse. Je l'entends se mettre debout avant de m'appeler :

— Megan ! où tu vas ? Tu vas le rejoindre, lui, c'est ça ?

Arrivée en bas des marches, je me retourne.

— Il n'y a pas de « lui », d'accord ? C'est terminé.

— Attends, Mégan, s'il te plaît. S'il te plaît, ne pars pas.

Je n'ai pas envie de l'entendre me supplier, je n'ai pas envie d'entendre sa voix plaintive tandis qu'il s'apitoie sur lui-même alors que ma gorge me fait encore tellement mal que j'ai l'impression qu'on y a versé de l'acide.

— N'essaie pas de me suivre, dis-je d'une voix rauque. Sinon, je ne reviendrai jamais. Tu as compris ? Si je t'aperçois quand je me retourne, ce sera la dernière fois que tu me verras.

Je l'entends appeler mon nom au moment où je claque la porte derrière moi.

J'attends un peu dehors, sur le trottoir, pour m'assurer qu'il ne me suit pas, puis je m'éloigne. D'abord rapidement, puis je ralentis, et je ralentis encore. J'arrive devant le numéro vingt-trois et c'est là que je panique. Je ne suis pas prête à vivre cette scène. J'ai besoin d'une minute pour m'y préparer. De quelques minutes. Je continue de marcher, je dépasse la maison, le passage souterrain, la gare. Je continue jusqu'au parc, puis, encore une fois, je compose son numéro.

Je lui dis que je suis dans le parc, que je vais l'attendre ici, mais que, s'il ne vient pas, c'est fini, je débarquerai chez lui. C'est sa dernière chance.

C'est une belle fin de journée, il est sept heures passées mais il fait bon et il y a encore du soleil. Il reste quelques enfants qui jouent sur les balançoires et le toboggan, leurs parents non loin qui bavardent avec animation. Ça a l'air agréable, normal, et en les regardant j'ai la sensation écœurante que Scott et moi n'emmènerons jamais notre fille jouer ici. Je n'arrive pas à nous imaginer là, heureux, détendus. Plus maintenant. Pas après ce que je viens de faire.

Ce matin, j'étais tellement sûre que la meilleure solution était de tout mettre sur la table – pas juste la meilleure solution d'ailleurs, la seule. Finis les mensonges, finis les secrets. Et, quand il m'a fait mal, ça n'a fait que renforcer ma certitude. Mais maintenant, assise là, toute seule, sachant que Scott est furieux et, surtout, qu'il a le cœur brisé, je ne trouve plus que c'était la bonne chose à faire. Je n'ai pas été forte, j'ai été inconsciente, et il m'est impossible d'évaluer les dégâts que j'ai commis.

Peut-être que le courage qu'il me faut, ce n'est pas celui de dire la vérité, mais uniquement celui de partir. Pour elle et pour moi, désormais, l'heure est venue : je dois m'éloigner d'eux deux, de tout ça. Peut-être qu'en réalité je suis faite pour la fuite et les secrets.

Je me lève et fais le tour du parc. J'ai envie que le téléphone sonne mais, en même temps, j'en ai peur. Au bout du compte, je suis rassurée qu'il ne sonne pas. Je prends ça comme un signe. Je retourne sur mes pas, vers la maison.

Je viens de dépasser la gare quand je le vois. Il sort du passage souterrain d'un pas rapide, les épaules voûtées, les poings serrés, et, avant que je puisse m'en empêcher, je l'appelle.

Il se retourne vers moi.

— Megan ! Bordel de…

Son visage n'est que fureur, mais il me fait signe d'approcher.

— Viens, me dit-il une fois que je suis près de lui. On ne peut pas discuter ici. J'ai ma voiture juste là.

— Il faut que…

— On ne peut pas discuter ici ! répète-t-il, agacé. Viens.

Il me tire par le bras, puis reprend, plus calmement :

— On va aller dans un endroit calme, d'accord ? Un endroit où on pourra parler.

Tandis que j'entre dans la voiture, je jette un coup d'œil par-dessus mon épaule, dans la direction d'où il est venu. Le passage souterrain est plongé dans l'obscurité, mais j'ai l'impression qu'il y a quelqu'un, dans les ténèbres. Quelqu'un qui nous regarde partir.

RACHEL

Dimanche 18 août 2013

Après-midi

À la seconde où elle l'aperçoit, Anna tourne les talons et se précipite dans la maison. Avec le cœur qui cogne, je la suis prudemment et je m'arrête juste avant la porte coulissante. À l'intérieur, ils s'étreignent, il l'enveloppe de ses bras, l'enfant entre eux. Anna a la tête baissée et les épaules qui tremblent. Il lui embrasse les cheveux mais garde les yeux rivés sur moi.

— Qu'est-ce qui se passe ici ? demande-t-il, un demi-sourire aux lèvres. Je dois dire que je ne m'attendais pas en rentrant à vous trouver toutes les deux en train de papoter dans le jardin.

Il parle d'un ton léger, mais je ne m'y laisse pas prendre. Je ne m'y laisserai plus prendre. J'ouvre la bouche, mais je m'aperçois que je ne sais pas quoi dire. Je ne sais pas par où commencer.

— Rachel ? tu comptes me dire ce qui se passe ?

Il libère Anna de son étreinte et s'avance vers moi. Je fais un pas en arrière et il s'esclaffe.

— Qu'est-ce qui t'arrive, cette fois ? Tu es saoule ?

Malgré sa question, je vois dans ses yeux qu'il sait que je suis sobre et, pour une fois, je parie qu'il préférerait que ce ne soit pas le cas. Je glisse une main dans la poche arrière de mon jean pour toucher mon téléphone – il est là, compact et solide, réconfortant, mais je regrette de ne pas avoir eu le bon sens d'appeler à l'aide plus tôt. Qu'on me croie ou non n'a aucune importance :

si j'avais dit à la police que j'étais avec Anna et son enfant, des agents auraient accouru.

Tom n'est plus qu'à quelques dizaines de centimètres de moi – nous sommes chacun d'un côté de la porte, lui dedans et moi dehors.

— Je t'ai vu, dis-je.

Prononcer ces mots à voix haute libère alors en moi une satisfaction éphémère mais réelle.

— Tu crois que je ne me souviens de rien, mais tu as tort. Je t'ai vu. Après que tu m'as frappée, tu m'as abandonnée là, dans le passage souterrain, et...

Il commence à rire mais, désormais, je vois tout, et je me demande comment j'ai pu ne pas réussir à lire si clairement en lui auparavant. C'est de la panique qui est apparue dans ses yeux. Il se tourne vers Anna, mais elle ne croise pas son regard.

— De quoi est-ce que tu parles ?

— Dans le passage souterrain. Le soir où Megan Hipwell a disparu...

— Oh, et puis quoi encore ? m'interrompt-il en agitant la main avec lassitude. Je ne t'ai pas frappée. Tu es tombée.

Il prend la main d'Anna et l'attire vers lui.

— Ma chérie, c'est pour ça que tu es fâchée ? Ne l'écoute pas, elle raconte n'importe quoi. Je ne l'ai pas frappée. Je n'ai jamais levé la main sur elle de toute ma vie.

Il passe un bras autour des épaules d'Anna et l'attire plus près encore.

— Allons. Je t'ai prévenue qu'elle était comme ça. Elle ne sait pas ce qui se passe quand elle boit, alors elle invente la plupart de...

— Tu es monté dans la voiture avec elle. Je vous ai vus partir.

Il sourit toujours, mais sans la moindre conviction désormais, et je ne sais pas si c'est mon imagination, mais il me paraît plus pâle. Il serre Anna moins fort et la libère une nouvelle fois. Elle s'assoit à la table, dos à son mari, avec sa fille qui se tortille sur ses genoux.

Tom passe une main sur sa bouche et s'appuie contre le plan de travail de la cuisine, les bras croisés sur la poitrine.

— Tu m'as vu monter en voiture avec qui ?

— Avec Megan.

— Ah, d'accord !

Il recommence à rire, un rire sonore, forcé.

— La dernière fois qu'on en a discuté, tu m'as dit que tu m'avais vu monter en voiture avec Anna. Maintenant c'est Megan, c'est ça ? Et la semaine prochaine, ce sera qui ? Lady Di ?

Anna lève les yeux vers moi. Sur son visage, le doute laisse place à l'espoir.

— Tu n'en es pas sûre ? me demande-t-elle.

Tom se laisse tomber à genoux à côté d'elle.

— Mais évidemment qu'elle n'en est pas sûre ! Elle a tout inventé, c'est ce qu'elle fait en permanence. Ma chérie, s'il te plaît. Tu ne veux pas monter un moment à l'étage ? Je vais discuter avec Rachel. Et, cette fois...

Il me lance un regard avant de conclure :

— ... je te promets que je vais faire en sorte qu'elle ne nous embête plus.

Anna hésite, je le vois bien à sa façon d'étudier le visage de Tom à la recherche de la vérité, tandis qu'il garde les yeux rivés sur elle.

— Anna ! je m'écrie pour essayer de la ramener dans mon camp. Tu vois. Tu vois qu'il ment ! Tu sais qu'il couchait avec elle.

L'espace d'une seconde, personne ne dit rien. Anna passe de Tom à moi puis de moi à Tom. Elle ouvre la bouche, mais aucun mot n'en sort.

— Anna ! de quoi elle parle ? Il... il n'y avait rien entre Megan Hipwell et moi.

— J'ai trouvé le téléphone, Tom, dit-elle d'une voix si étouffée qu'elle en est presque inaudible. Alors arrête, s'il te plaît. Ne mens pas. Ne me mens pas.

La fillette se met à pleurnicher. Très délicatement, Tom la prend des bras d'Anna. Il marche jusqu'à la fenêtre en la berçant et en lui murmurant des paroles que je n'entends pas. La tête baissée, Anna laisse couler ses larmes, qui dégoulinent de son menton pour s'écraser sur la table de la cuisine.

— Où est-il? demande Tom en se retournant vers nous, sans plus aucune trace d'amusement sur le visage. Le téléphone, Anna. Tu le lui as donné?

Il se tourne vivement vers moi.

— C'est toi qui l'as?

— Je ne sais pas de quel téléphone vous parlez, je réponds, tout en regrettant qu'Anna ne l'ait pas mentionné plus tôt.

Tom m'ignore.

— Anna? est-ce que tu le lui as donné?

Anna secoue la tête.

— Où est-il?

— Je l'ai jeté. Par-dessus le grillage. Près de la voie ferrée.

— C'est bien, très bien, commente-t-il distraitement.

Il essaie de comprendre, de trouver le moyen de se sortir de là, et il me jette un regard. Un instant, il semble abattu.

Enfin, il se tourne vers Anna.

— Tu étais tout le temps trop fatiguée, dit-il. Plus rien ne t'intéressait. Il n'y en avait que pour le bébé. Hein, c'est vrai? Hein, qu'il n'y en avait que pour toi? Que pour toi!

Et le revoilà maître de la situation, revigoré, qui fait des grimaces à sa fille en lui chatouillant le ventre pour la faire sourire.

— Quant à Megan, elle était tellement... Elle était disponible. Les premières fois, on est allés chez elle. Mais elle était parano, elle avait peur que Scott nous surprenne. Alors on a commencé à se retrouver au Swan. C'était... eh bien, tu te souviens de comment c'était, n'est-ce pas, Anna? Au début, quand on allait dans la maison de Cranham Road. Tu comprends.

Par-dessus son épaule, il me fait un clin d'œil.

— C'est là qu'Anna et moi on se donnait rendez-vous, à l'époque.

Il déplace sa fille sur son autre bras pour la laisser poser sa tête sur son épaule.

— Tu dois me trouver cruel, mais ce n'est pas ça. Je dis simplement la vérité. C'est ce que tu veux, non, Anna ? Tu m'as demandé de ne pas mentir.

Anna ne relève pas la tête. Elle agrippe le rebord de la table, le corps tendu. Tom pousse un profond soupir.

— Pour être honnête, je suis soulagé.

C'est à moi qu'il parle, il me regarde droit dans les yeux.

— Vous n'avez pas la moindre idée d'à quel point c'est épuisant de devoir gérer des gens comme vous. Et, putain, c'est pas faute d'avoir essayé. J'ai tout fait pour vous aider, toutes les deux. Mais vous êtes... Je veux dire, je vous ai aimées toutes les deux, passionnément, mais qu'est-ce que vous pouvez être faibles, par moments !

— Va te faire foutre, Tom, s'écrie Anna en se levant. Je t'interdis de me mettre dans le même sac qu'elle !

Je la dévisage, et je me rends compte qu'ils vont vraiment bien ensemble, finalement, Anna et Tom. Elle lui convient cent fois mieux que moi, parce que c'est ça qui la dérange : pas que son mari soit un menteur et un assassin, mais qu'il ait osé la comparer à moi.

Tom s'approche d'elle et lui murmure d'une voix apaisante :

— Je suis désolé, ma chérie, c'était malhonnête de ma part.

Elle l'ignore et il s'adresse à moi :

— J'ai fait de mon mieux, tu sais. J'ai été un bon mari pour toi, Rach. J'ai dû supporter beaucoup de choses, ton alcoolisme, ta dépression. J'ai supporté tout ça longtemps avant de jeter l'éponge.

— Tu m'as menti, dis-je, et il paraît surpris. Tu m'as répété que tout était ma faute. Tu m'as fait croire que je n'étais bonne à rien. Tu m'as regardée souffrir, et tu...

Il hausse les épaules.

— Est-ce que tu imagines une seconde comme tu étais devenue chiante, Rachel ? et laide ? Trop triste pour te lever le matin, trop fatiguée pour prendre une douche ou te laver les cheveux, bordel !

Pas étonnant que j'aie perdu patience, si ? Pas étonnant que j'aie dû me mettre à chercher des distractions ailleurs. Tu ne peux t'en prendre qu'à toi-même.

Il passe du mépris à l'inquiétude lorsqu'il se tourne vers sa femme.

— Anna, avec toi, c'était différent. Promis. Ce truc avec Megan, c'était juste… juste pour m'amuser. Rien d'autre. J'admets que je n'en suis pas fier, mais j'avais besoin de relâcher la pression. C'est tout. Je n'avais pas l'intention que ça s'éternise. Ça n'aurait jamais dû interférer avec nous, avec notre famille. Il faut que tu le comprennes.

— Tu…

Anna essaie de dire quelque chose, mais elle n'arrive pas à formuler sa pensée. Tom pose une main sur son épaule et la serre doucement.

— Quoi, mon amour ?

— Tu l'as embauchée pour garder Evie ! crache-t-elle. Est-ce que tu la sautais pendant qu'elle travaillait ici ? pendant qu'elle s'occupait de notre enfant ?

Il enlève sa main, et son visage est l'image même du repentir.

— C'était terrible. Je pensais… je pensais que ce serait… Très franchement, je ne sais pas ce que je pensais. Je ne suis pas sûr que je pensais à quoi que ce soit, en réalité. J'ai eu tort. J'ai eu terriblement tort.

Son masque change encore : le voilà maintenant qui ouvre les grands yeux de l'innocence, et il plaide :

— Je ne savais pas, à ce moment-là, Anna. Il faut que tu me croies, je ne savais pas qui elle était. Je ne savais pas pour ce bébé qu'elle a tué. Je ne l'aurais jamais laissée garder Evie si j'avais su cela. Il faut que tu me croies.

Sans prévenir, Anna se lève d'un bond et fait tomber sa chaise par terre – le bruit du siège qui cogne contre le sol de la cuisine réveille leur fille.

— Donne-la-moi, dit Anna, les bras tendus.

Tom recule légèrement.

— Tout de suite, Tom, donne-la-moi. Donne-la-moi.

Mais il n'obeit pas, il s'éloigne tout en berçant l'enfant, il recommence à lui murmurer à l'oreille pour l'aider à se rendormir, alors Anna se met à crier. Au début, elle répète : « Donne-la-moi, donne-la-moi ! », puis ça se transforme en un hurlement inintelligible de fureur et de souffrance. Le bébé hurle, elle aussi. Tom tente de la calmer, il ignore Anna, alors c'est à moi de prendre celle-ci en main. Je l'entraîne à l'extérieur pour lui parler à voix basse.

— Il faut que tu te calmes, Anna, dis-je, pressante. Tu comprends ? Calme toi. Parle-lui, distrais-le pendant que j'appelle la police, d'accord ?

Elle secoue la tête sans s'arrêter. Elle m'attrape les bras, et ses ongles s'enfoncent dans ma chair.

— Comment a-t-il pu faire ça ?

— Anna ! écoute-moi. Il faut que tu ailles l'occuper un moment.

Enfin, elle me regarde, elle me regarde vraiment, et hoche la tête.

— D'accord.

— Va... je ne sais pas. Va l'éloigner de la porte et gagne du temps.

Elle repart à l'intérieur. Je prends une grande inspiration, puis je me retourne et fais quelques pas dans le jardin. Je ne vais pas trop loin, juste sur la pelouse. Je jette un coup d'œil derrière moi. Ils sont toujours dans la cuisine. Je m'éloigne encore. Le vent s'est levé, il fait lourd et un orage ne va pas tarder à éclater. Les martinets volent bas dans le ciel, et je sens l'odeur de la pluie qui arrive. J'adore cette odeur.

Je glisse la main dans ma poche arrière et j'en sors mon téléphone. Mes mains tremblent, il me faut un, deux, trois essais pour parvenir à déverrouiller mon clavier. Je voudrais appeler l'inspectrice Riley, quelqu'un qui me connaît, mais, lorsque je parcours mon journal d'appels, je ne retrouve pas son numéro, alors j'abandonne. Je vais simplement appeler le numéro d'urgence, le 999. J'en suis au deuxième « 9 » quand son pied percute le bas de ma colonne vertébrale et que je m'écrase face contre terre, le souffle coupé. Le téléphone m'échappe, et il s'en empare avant que j'aie pu me remettre à genoux ou même prendre une inspiration.

— Allons, allons, Rachel, dit-il en me prenant par le bras pour me relever sans difficulté. Évitons de faire n'importe quoi.

Il me ramène dans la maison et je le laisse faire, parce que je sais que ce n'est pas le moment de me débattre, je n'ai aucune chance de m'échapper ainsi. Il me pousse par l'ouverture de la porte coulissante, la referme derrière lui, puis la verrouille. Il jette la clé sur la table de la cuisine. Anna est debout, là, et me fait un petit sourire. Je me demande alors si c'est elle qui lui a dit que j'allais appeler la police.

Anna commence à préparer le déjeuner de sa fille, et met de l'eau à bouillir pour nous faire du thé. Dans cette mise en scène grotesque de normalité, j'ai l'impression que je pourrais presque faire poliment mes adieux puis traverser la pièce pour retrouver la sûreté de la rue. C'est si tentant que je me retrouve à faire un pas dans cette direction, mais Tom se place en travers de mon chemin. Il pose une main sur mon épaule, puis passe les doigts sous ma gorge, avec une très légère pression.

— Qu'est-ce que je vais faire de toi, Rachel ?

MEGAN

Samedi 13 juillet 2013

Soir

Ce n'est qu'une fois dans la voiture que je m'aperçois qu'il a du sang sur la main.

— Tu t'es coupé ?

Il ne répond pas. Sur le volant, ses jointures sont toutes blanches.

— Tom, j'avais besoin de te parler, dis-je.

J'essaie de prendre un ton conciliant, d'être adulte, mais j'imagine que c'est un peu tard.

— Je suis désolée de t'avoir harcelé comme ça mais, bon sang ! c'était le silence radio ! Tu...

—C'est rien, dit-il, radouci. Je ne suis pas... C'est autre chose qui m'a énervé. Ce n'est pas toi.

Il me regarde et tente de sourire, en vain.

— Des histoires avec mon ex, conclut-il. Tu sais ce que c'est.

— Qu'est-ce qui t'est arrivé à la main ? je demande.

— Des histoires avec mon ex, dit-il encore, la voix mauvaise.

Le reste du chemin jusqu'à la forêt de Corly se déroule en silence.

Nous allons nous garer sur le parking, tout au fond. Nous sommes déjà venus là. Il n'y a jamais grand monde le soir – parfois quelques ados avec des canettes de bière, mais c'est tout. Ce soir, nous sommes seuls.

Tom coupe le moteur et se tourne vers moi.

— Bon, de quoi tu voulais parler ?

Il y a encore des traces d'agressivité dans sa voix, mais elles sont plus diffuses, elles n'éclatent plus dans chaque syllabe. Cependant, après ce qui vient de se passer, je n'ai pas très envie de rester enfermée dans un espace clos avec un homme en colère, alors je lui propose qu'on aille marcher. Il lève les yeux au ciel avec un long soupir mais accepte.

Il fait encore bon ; des nuées de moucherons s'amassent sous les arbres, des rayons de soleil pénètrent à travers les feuilles et baignent le chemin d'une lumière qui paraît venir de sous nos pieds. Au-dessus de nous, des hirondelles bavardent avec frénésie.

Nous faisons quelques pas en silence, moi devant, Tom un peu en retrait. J'essaie de réfléchir à ce que je vais dire, à la façon dont je vais le formuler. Je ne veux pas empirer les choses. Je ne cesse de me répéter que j'essaie simplement de faire ce qu'il faut.

Je m'arrête et me retourne – il se tient tout près de moi.

Il pose les mains sur mes hanches.

— Là ? demande-t-il. C'est ça que tu veux ?

Il a l'air de s'ennuyer ferme.

— Non, dis-je en me dégageant pour repartir. Pas ça.

Le chemin descend légèrement, de ce côté. Je ralentis et il me rattrape.

— Quoi, alors ?

Grande inspiration. Ma gorge me fait encore mal.

— Je suis enceinte.

Il n'a pas la moindre réaction, son visage reste impassible. On croirait que je viens de le prévenir que je dois passer faire des courses en revenant ou que j'ai rendez-vous chez le dentiste.

— Félicitations, lâche-t-il enfin.

Une autre inspiration.

— Tom, si je te dis ça, c'est que... eh bien, il y a des chances qu'il soit de toi.

Il me dévisage quelques instants puis éclate de rire.

— Ah oui ? Quelle chance. Donc quoi, on va s'enfuir ensemble, tous les trois ? Toi, moi et le bébé ? Où est-ce que tu voulais aller, déjà ? En Espagne ?

— Je pensais qu'il fallait que tu sois au courant, parce que...

— Avorte, m'interrompt-il. Je veux dire, si c'est ton mari le père, tu fais ce que tu veux. Mais si c'est moi, tu t'en débarrasses. Je suis sérieux, il faut que tu arrêtes de déconner. Je ne veux pas d'autre enfant.

Il me caresse le visage.

— Et je suis désolé, mais tu n'es pas du genre à avoir la fibre maternelle, pas vrai, Megs ?

— Tu pourras avoir la place que tu veux dans sa vie...

— T'as entendu ce que je viens de dire ? crache-t-il avant de se retourner pour revenir vers la voiture à grandes enjambées. Tu serais une très mauvaise mère, Megan. Alors tu vas t'en débarrasser.

Je pars à sa suite, d'abord je marche rapidement, puis je cours, et, quand je suis assez près, je le pousse violemment dans le dos. Je lui crie dessus, je hurle, j'essaie d'arracher à coups d'ongles son sourire de connard arrogant, et il rit, il me repousse sans effort. Je commence à dire les pires choses qui me passent par la tête. J'insulte sa virilité, sa femme ennuyeuse à mourir, son bébé moche.

Je ne sais même pas pourquoi je suis si furieuse. Après tout, à quoi je m'attendais ? À de la colère, de l'inquiétude peut-être, de la contrariété. Mais pas à ça. Il ne me rejette même plus, il m'expédie. Tout ce qu'il veut, c'est que je disparaisse avec mon enfant, alors je lui dis, je lui hurle : « Je ne vais pas disparaître. Je vais te faire payer. Tu vas payer ça le restant de ta vie, connard. »

Il a cessé de rire, à présent.

Il s'approche. Il a quelque chose à la main.

Je suis tombée. J'ai dû glisser. Cogner ma tête sur quelque chose. Je crois que je vais vomir. Tout devient rouge. Je n'arrive plus à me lever.

Passe, passe, passera, la dernière y restera. Je suis bloquée là, je n'arrive pas à aller plus loin. J'ai la tête lourde de bruits, la bouche lourde de sang. *La dernière y restera.* J'entends les hirondelles, elles rient, elles se moquent de moi de leurs pépiements tapageurs. Une marée d'oiseaux de mauvais augure. Je les vois maintenant, noires devant le soleil. Mais non, ce ne sont pas des hirondelles, c'est autre chose. Quelqu'un vient. Quelqu'un qui me parle. « Tu vois ? tu vois ce que tu me fais faire ? »

RACHEL

Dimanche 18 août 2013

Après-midi

Dans le salon, nous sommes assis en triangle : sur le canapé, Tom, père aimant et mari dévoué, avec sa fille sur les genoux et sa femme à côté de lui. Et, en face, son ex-femme qui sirote une tasse de thé. Tout cela est très civilisé. Je suis installée dans le fauteuil en cuir qu'on a acheté chez Heal's juste après notre mariage. C'était le premier meuble qu'on s'offrait en tant que couple marié : un cuir beige clair, soyeux, cher et luxueux. Je me souviens comme j'étais excitée quand on l'a livré. Je me souviens que je me suis mise en boule dessus, que je me sentais heureuse, à l'abri, et que j'ai pensé : « C'est ça, être mariée : c'est être à l'abri, au chaud, et parfaitement bien. »

Tom me dévisage, sourcils froncés. Il réfléchit à ce qu'il peut faire pour arranger la situation. Il ne s'inquiète pas pour Anna, ça se voit. C'est moi, le problème.

— Elle était un peu comme toi, dit-il soudain.

Il s'appuie contre le dossier du canapé et déplace sa fille pour mieux l'installer sur ses genoux.

— Enfin, comme toi et à la fois rien à voir. Elle avait ce truc... C'était une fille à problèmes, tu vois. Je ne peux pas résister à ça.

Il me sourit.

— Tu me connais : j'aime voler au secours des demoiselles en détresse.

— Tu n'as jamais secouru personne, je réponds calmement.

— Enfin, Rach, tu exagères. Tu ne te souviens pas ? Pauvre Rachel, si triste que son papa soit mort, et qui voulait juste que quelqu'un soit là pour elle, que quelqu'un l'aime ? Je t'ai donné tout ça. Je t'ai donné la sécurité. Et puis tu as décidé de tout foutre en l'air, mais, ça tu ne peux pas me le reprocher.

— Je peux te reprocher un bon nombre de choses, Tom.

— Non, non.

Il agite l'index devant mes yeux.

— On ne va pas réécrire l'histoire. J'ai été gentil avec toi. J'ai pris soin de toi.

Ce n'est qu'à ce moment que je comprends enfin : il se ment à lui-même autant qu'il me ment à moi. Il y croit. Il est réellement persuadé qu'il a été gentil avec moi.

La fillette se met soudain à pleurer très fort, et Anna se lève aussitôt.

— Il faut que je la change, annonce-t-elle.

— Pas maintenant.

— Elle est trempée, Tom. Elle a besoin d'être changée. Ne sois pas cruel.

Il étudie Anna avec méfiance mais finit par lui tendre l'enfant. J'essaie de lui faire passer un message, mais elle ne me regarde pas. Lorsqu'elle se retourne pour partir à l'étage, un espoir naît en moi, mais il est anéanti quand Tom se lève précipitamment pour lui poser une main sur le bras.

— Ici. Tu peux le faire ici.

Anna traverse la cuisine et change la couche de sa fille sur la table. L'odeur d'excréments emplit la pièce et me retourne l'estomac.

— Tu vas finir par nous expliquer pourquoi ? je demande alors.

Anna interrompt son geste et relève la tête. La pièce est toujours aussi silencieuse, à l'exception du babillage d'Evie.

Tom s'est rassis et il secoue la tête, comme s'il n'y croyait pas lui-même.

— Elle avait tendance à faire comme toi, Rach. Elle refusait de lâcher l'affaire. Elle ne comprenait pas quand elle avait perdu.

Elle... elle refusait d'écouter. Tu te souviens, quand on se disputait, tu voulais toujours avoir le dernier mot ? Megan était
pareille. Elle n'écoutait pas.

Il remue sur son siège pour se pencher en avant, les coudes sur
les genoux, comme s'il me racontait une histoire.

— Quand ça a commencé, c'était sympa, ce n'était que du
sexe. Elle m'a fait croire que c'était ce qu'elle attendait, elle aussi.
Et puis elle a changé d'avis. Je ne sais pas pourquoi. Elle était
détraquée, cette nana. Il suffisait d'une sale journée avec Scott,
ou qu'elle s'ennuie un peu, et elle se mettait à me proposer de
nous enfuir tous les deux, de commencer une nouvelle vie, de
quitter Anna et Evie. Et puis quoi encore ! Et si je n'accourais pas
dès qu'elle en avait envie, elle était furieuse, elle appelait à la
maison, elle me menaçait, elle me disait qu'elle allait débarquer
pour tout révéler à Anna.

« Et puis ça s'est arrêté. J'étais tellement soulagé. J'ai cru
qu'elle avait enfin réussi à faire rentrer dans sa petite tête que
je n'étais plus intéressé. Mais ce samedi-là elle m'a appelé, elle
m'a dit qu'elle avait besoin qu'on discute, qu'elle avait quelque
chose d'important à m'annoncer. Au début, je l'ai ignorée, alors
elle a recommencé à me menacer de venir à la maison, ce genre
de chose. Au début, ça ne m'a pas trop inquiété, parce que Anna
était censée sortir. Tu te rappelles, chérie ? Tu devais aller dîner
avec les filles, et je devais rester garder la petite. J'ai cru que ce
ne serait peut-être pas si mal, au final : elle passerait ici et on
pourrait s'expliquer. Je lui ferais comprendre. Mais c'est là que tu
as débarqué, Rachel, et que tu as tout foutu en l'air.

Il se laisse aller en arrière sur le dossier du canapé, les jambes
bien écartées, il joue à l'homme important, celui qui prend de la
place.

— C'était ta faute. Tout ça, en réalité, c'est ta faute, Rachel.
Anna n'a pas voulu aller dîner avec ses copines, elle est revenue
au bout de cinq minutes, affolée et furieuse, parce qu'elle t'avait
vue avec un type devant la gare, torchée, comme d'habitude, et

que tu tenais à peine debout. Elle a eu peur que tu viennes par ici. Elle avait peur pour Evie. Alors, au lieu de régler cette histoire avec Megan, j'ai dû sortir m'occuper de toi.

Un sourire mauvais apparaît sur ses lèvres.

— Bon Dieu, tu étais dans un état... Tu avais une tête de déterrée, tu puais la vinasse... Tu as essayé de m'embrasser, tu t'en souviens ?

Il fait mine d'avoir un haut-le-cœur puis se met à rire. Anna rit, elle aussi, et je n'arrive pas à savoir si c'est parce qu'elle trouve ça drôle ou parce qu'elle cherche à l'apaiser.

— Il fallait que je parvienne à te faire comprendre que je ne voulais plus que tu t'approches de moi. De nous. Alors je t'ai emmenée au bout de la rue, dans le passage souterrain, pour éviter que tu ne me fasses un scandale en public. Et je t'ai dit de nous foutre la paix. Tu pleurais, tu geignais, alors je t'ai mis une gifle pour que tu la fermes, mais tu t'es contentée de pleurer et de geindre encore plus.

Il serre la mâchoire en parlant, je vois les muscles se contracter sur son visage.

— J'étais hors de moi, je voulais juste que vous partiez et que vous nous foutiez la paix, Megan et toi. J'ai une famille. J'ai une belle vie.

Il jette un coup d'œil à Anna, impassible, qui essaie de faire asseoir la petite fille dans la chaise haute.

— Je me suis construit une belle vie, malgré toi, malgré Megan, malgré tout.

« C'est après ça que Megan est arrivée. Elle se dirigeait vers Blenheim Road. Je ne pouvais pas la laisser aller à la maison. Je ne pouvais pas la laisser parler à Anna, quand même ! Je lui ai proposé d'aller discuter quelque part, et c'était tout ce que je comptais faire, je vous assure. Alors on a pris la voiture et on est allés à Corly, dans les bois. C'était là qu'on allait parfois, avant, si on ne trouvait pas de chambre. On faisait ça dans la voiture.

Depuis mon fauteuil, je vois Anna tressaillir.

— Il faut me croire, Anna, je n'ai jamais prévu que les choses se passeraient comme ça.

Tom la regarde puis se penche en avant et examine la paume de ses mains.

— Elle a commencé à me parler du bébé, elle ne savait pas s'il était de moi ou de Scott. Elle voulait tout révéler, et elle disait que, s'il était de moi, elle accepterait que je le voie... Et moi, je lui disais : « J'en ai rien à faire de ton bébé, ça n'a rien à voir avec moi. »

Il secoue la tête.

— Elle s'est mise en colère, mais, quand Megan est en colère... ce n'est pas Rachel. Elle ne va pas pleurer ni geindre. Elle m'a hurlé dessus, elle m'a insulté, elle disait des saloperies, qu'elle irait voir Anna directement, qu'elle ne se laisserait pas ignorer, qu'elle n'accepterait pas que son enfant soit abandonné... Et, putain, elle ne voulait pas fermer sa gueule. Alors... Je ne sais pas, je voulais juste qu'elle arrête. Alors j'ai ramassé une pierre...

Il observe sa main droite comme s'il y voyait la pierre en ce moment même.

— Et j'ai...

Il ferme les yeux et pousse un long soupir.

— Je ne lui ai donné qu'un coup, mais ça a suffi à...

Il gonfle les joues et expire lentement.

— Je n'ai pas voulu ça. Je voulais juste qu'elle se taise. Elle saignait beaucoup. Elle pleurait, elle faisait un bruit affreux. Elle a essayé de ramper, de s'éloigner de moi. Il n'y avait rien à faire. J'étais obligé d'en finir.

Le soleil a disparu, la pièce est plongée dans l'obscurité. Le silence règne, à l'exception de la respiration de Tom, pénible et saccadée. Aucun son ne nous parvient depuis la rue. Je ne me souviens plus de la dernière fois que j'ai entendu un train passer.

— Je l'ai mise dans le coffre de la voiture, reprend-il. Je me suis enfoncé dans les bois, je suis sorti de la route. Il n'y avait personne. J'ai dû creuser...

Sa respiration s'accélère et se fait encore plus irrégulière.

— J'ai dû creuser à mains nues. J'avais peur.

Il me regarde, les pupilles dilatées.

— Peur que quelqu'un n'arrive. Et ça faisait mal, j'avais les ongles qui accrochaient dans la terre. Ça m'a pris longtemps. J'ai dû m'interrompre pour appeler Anna et lui dire que j'étais en train de te chercher.

Il s'éclaircit la gorge.

— Le sol était assez meuble, mais je n'ai quand même pas réussi à creuser aussi profond que je le voulais. J'avais tellement peur que quelqu'un n'arrive... Je me suis dit que j'aurais toujours l'opportunité de revenir un peu plus tard, une fois le calme retrouvé. J'ai cru que je pourrais la déplacer à ce moment-là, la mettre... autre part. À un meilleur endroit. Mais, à cause de la pluie, je n'ai pas pu.

Il me dévisage, sourcils froncés.

— J'étais quasiment certain que la police s'en prendrait à Scott. Elle m'avait raconté combien il était parano à l'idée qu'elle le trompe, qu'il lisait ses e-mails, qu'il la surveillait. Je pensais... J'avais prévu de cacher le téléphone chez eux à un moment. Je ne sais pas. Je pensais que je pourrais passer prendre une bière, ce genre de chose, un truc que pourrait faire un voisin sympa. Je ne sais pas. Je n'avais pas de plan. Je n'avais pas réfléchi à tous les tenants et aboutissants. Ce n'était pas un truc prémédité. C'était juste un horrible accident.

Puis son attitude change à nouveau. On dirait des nuages qui traversent le ciel, un coup sombres, un coup clairs. Il se lève et marche lentement jusqu'à la cuisine, où Anna est désormais assise à table pour nourrir Evie. Il l'embrasse sur le haut du crâne puis sort sa fille de la chaise haute.

— Tom, proteste Anna.

— Ce n'est rien.

Il lui sourit.

— J'ai juste envie d'un câlin. Pas vrai, ma chérie ?

Il va ouvrir le frigo, sa fille posée sur un bras, et en sort une bière. Il me jette un regard.

— Tu en veux une ?

Je secoue la tête.

— Non, vaut mieux pas, j'imagine, commente-t-il.

Je l'entends à peine. Je suis occupée à calculer si j'ai le temps de courir d'ici à la porte de la maison avant qu'il puisse me rattraper. S'il n'a que mis le loquet, je crois que je pourrai sortir. S'il l'a verrouillée, ça risque de très mal se passer pour moi. Je me jette en avant et fonce. J'atteins l'entrée, j'ai presque la main sur la poignée de la porte quand je sens la bouteille entrer en collision avec l'arrière de mon crâne. Une explosion de douleur m'aveugle et je m'effondre à genoux. Il prend une poignée de cheveux dans laquelle il enroule ses doigts, puis il tire et me traîne jusqu'au salon avant de me lâcher. Il se tient au-dessus de moi, un pied de chaque côté de mes hanches. Il a encore sa fille dans les bras, mais Anna est collée à lui et tente de la lui retirer.

— Donne-la-moi, Tom, s'il te plaît. Tu vas lui faire mal. S'il te plaît, donne-la-moi.

Il rend à Anna une Evie en pleurs.

J'entends Tom parler, mais il me semble très, très loin, c'est comme si j'avais la tête sous l'eau. J'arrive à distinguer ses mots, mais ils ne s'appliquent pas à moi, à ce qui m'arrive. Tout ce qui m'arrive me paraît détaché de moi.

— Va au premier, dit-il. Va dans la chambre et ferme la porte. Et ne téléphone à personne, d'accord ? Je ne plaisante pas, Anna. Ce ne serait pas très malin d'appeler quelqu'un. Pas alors qu'Evie est là. Je ne voudrais pas qu'il vous arrive malheur.

Anna ne me regarde pas. Elle serre l'enfant contre sa poitrine, m'enjambe et part précipitamment.

Tom se penche, passe les mains dans la ceinture de mon jean pour me soulever et me tirer sur le sol de la cuisine. Je me débats, je donne des coups de pied, j'essaie de m'accrocher à quelque chose, mais en vain. Je n'arrive pas à voir correctement, j'ai des

larmes qui me piquent les yeux et tout est flou. Les élancements dans ma tête sont insoutenables chaque fois que je cogne par terre, et je sens la nausée monter. Un objet s'écrase contre mon crâne et une terrible douleur survient. Puis plus rien.

ANNA

Dimanche 18 août 2013

Soir

Elle est étendue sur le sol de la cuisine. Elle saigne, mais je ne pense pas que ce soit grave. Il n'a pas encore fini. Je ne suis pas sûre de ce qu'il attend. J'imagine que ça ne doit pas être facile pour lui. Après tout il l'aimait, autrefois.

J'étais à l'étage, en train de coucher Evie, et je me suis dit : c'est ce que je voulais, non ? Rachel enfin disparue une bonne fois pour toutes, Rachel qui ne reviendrait plus jamais. J'avais rêvé de ce genre de chose. Bon, pas exactement ce genre de chose, bien sûr. Mais je voulais qu'elle s'en aille. Je rêvais d'une vie sans Rachel, et, maintenant, je pouvais l'avoir. Il n'y aurait plus que nous trois, Tom, Evie et moi, les choses seraient enfin comme elles devraient être.

L'espace d'un instant, je me suis laissé bercer par ce doux rêve, puis j'ai baissé les yeux pour regarder ma fille endormie et j'ai su que ce n'était rien de plus : un doux rêve. J'ai embrassé le bout de mes doigts puis je les ai posés sur ses parfaites petites lèvres, et j'ai su que nous ne serions jamais plus en sécurité. Je ne serai jamais plus en sécurité, parce que je sais tout, et qu'il ne pourra pas me faire confiance. Et qui me dit qu'une autre Megan ne fera pas son apparition ? ou, pire, une autre Anna, une autre moi ?

Je suis redescendue et il était assis à la table de la cuisine, devant une bière. Au début, je ne l'ai pas vue, puis j'ai repéré ses pieds, et j'ai tout d'abord cru que c'était fait, mais il m'a dit qu'elle allait bien.

— Ce n'est qu'un petit coup, a-t-il ajouté.

Cette fois, il ne pourra pas prétendre que c'était un accident. Alors nous avons attendu. Je me suis pris une bière, moi aussi, et nous avons bu ensemble. Il m'a dit qu'il était vraiment désolé pour Megan, pour sa liaison. Il m'a embrassée et m'a promis qu'il se ferait pardonner, qu'on allait s'en sortir, que tout s'arrangerait.

— On va déménager loin d'elle, comme tu l'as toujours voulu. On ira où tu voudras. N'importe où.

Il m'a demandé si je pouvais lui pardonner, et j'ai répondu oui, avec un peu de temps, et il m'a crue. Je pense qu'il m'a crue.

L'orage a éclaté, comme l'avait annoncé la météo. Le grondement du tonnerre la réveille, elle revient à elle. Elle se met à faire du bruit, à remuer par terre.

— Tu devrais y aller, me dit-il. Retourne en haut.

Je l'embrasse sur la bouche et le laisse, mais je ne remonte pas à l'étage. À la place, je prends le téléphone de l'entrée, je m'assois sur la première marche et, le combiné à la main, j'écoute, j'attends le bon moment.

J'entends Tom lui parler à voix basse, puis je l'entends, elle. Je crois qu'elle pleure.

RACHEL

Dimanche 18 août 2013

Soir

J'entends un bruit, un sifflement. Un éclair de lumière. Je comprends que c'est la pluie qui tombe à verse. Il fait sombre, dehors, un orage a éclaté. Des éclairs. Je ne me souviens pas du moment où l'obscurité est tombée. La douleur dans mon crâne me fait revenir à moi, j'ai des haut-le-cœur. Je suis sur le carrelage. Dans la cuisine. Je parviens péniblement à lever la tête et à me redresser sur un coude. Il est assis à la table de la cuisine et il observe l'orage, une bouteille de bière à la main.

— Qu'est-ce que je vais faire, Rachel ? demande-t-il quand il me voit lever la tête. Ça va faire presque… une demi-heure que je suis là, à me poser cette question. Qu'est-ce que je suis censé faire de toi ? Qu'est-ce que tu me laisses comme choix ?

Il prend une longue gorgée de bière et m'examine, pensif. Je réussis à m'asseoir, le dos contre les placards de la cuisine. J'ai la tête qui tourne, la bouche remplie de salive. J'ai l'impression que je vais vomir. Je me mords la lèvre et j'enfonce mes ongles dans la paume de ma main. Il faut que je me sorte de cette torpeur, je ne peux pas me permettre d'être faible. Je ne peux compter sur personne d'autre. Je le sais. Anna ne va pas appeler la police. Elle n'irait pas mettre sa fille en danger pour moi. Tom continue de parler :

— Tu dois admettre que tu es la seule responsable, dans cette histoire. Réfléchis : si tu nous avais laissés tranquilles, tu ne te serais jamais retrouvée dans cette situation. Je ne me serais pas retrouvé dans cette situation. Aucun d'entre nous. Si tu n'étais pas venue, ce soir-là, si Anna n'avait pas accouru ici après t'avoir aperçue à la gare, alors j'aurais sûrement pu tout arranger avec Megan. Je n'aurais pas été aussi... énervé. Je n'aurais pas perdu mon sang-froid. Je ne lui aurais pas fait de mal. Rien de tout cela ne serait arrivé.

Je sens un sanglot monter du fond de ma gorge, mais je le ravale. C'est ça, c'est ce qu'il fait tout le temps, il est passé maître en la matière : il me fait croire que tout est ma faute, que je ne vaux rien.

Il finit sa bière et fait rouler la bouteille vide sur la table, puis il secoue tristement la tête et se met debout, marche jusqu'à moi et me tend les mains.

— Accroche-toi. Allez, Rachel, debout.

Je le laisse me relever. J'ai le bas du dos contre le plan de travail de la cuisine et il se tient face à moi, contre moi, ses hanches appuyées contre les miennes. Il porte une main jusqu'à mon visage pour essuyer de son pouce les larmes qui coulent sur mes joues.

— Qu'est-ce que je vais bien pouvoir faire de toi, Rach ? Qu'est-ce que tu penses que je devrais faire ?

— Tu n'es pas obligé de faire quoi que ce soit, lui dis-je en tâchant de sourire. Tu sais que je t'aime. Je t'aime toujours. Tu sais que je ne vais rien raconter à personne... Je ne pourrais pas te faire ça.

Il sourit, ce large sourire, ce beau sourire qui me faisait fondre, autrefois, et je me mets à sangloter. Je n'arrive pas à y croire, à croire qu'on en soit arrivés là, que le plus grand bonheur que j'aie connu – ma vie avec lui – n'ait été qu'une illusion.

Il me laisse pleurer quelques minutes, mais ça doit vite l'ennuyer, parce que son sourire éclatant disparaît et se transforme en un rictus mauvais.

— C'est bon, Rach, ça suffit maintenant, dit-il. Arrête de pleurnicher.

Il fait un pas vers la table pour y attraper une poignée de mouchoirs dans une boîte.

— Mouche-toi.

Je m'exécute. Il m'observe; son visage respire le mépris.

— L'autre jour, quand on est allés au lac, reprend-il. Tu as cru que tu avais une chance, non?

Il se met à rire.

— J'ai raison, pas vrai? Tu me regardais avec tes grands yeux implorants... J'aurais pu te sauter, n'est-ce pas? C'est tellement facile, avec toi.

Je me mords la lèvre, fort. Il se rapproche à nouveau.

— Tu ressembles à ces chiens abandonnés, ceux qui se sont fait maltraiter toute leur vie. On peut les frapper encore et encore, ils reviennent toujours en remuant la queue. Ils reviennent quémander en espérant que, cette fois, ce sera différent, que, cette fois, ils feront ce qu'il faut et qu'on les aimera enfin. Tu es exactement comme ça, pas vrai, Rach? Un clébard.

Il passe une main dans mon dos et pose sa bouche sur la mienne. Je le laisse glisser sa langue entre mes lèvres et j'avance mes hanches contre les siennes. Je le sens se durcir.

Je ne sais pas si les objets sont toujours à la même place que lorsque j'habitais là. Je ne sais pas si Anna a réarrangé les placards, mis les spaghettis dans un autre bocal, déplacé la balance du placard en bas à gauche au placard en bas à droite. Je ne sais pas. Mais, tandis que je glisse une main dans le tiroir derrière moi, je prie pour qu'il n'en soit rien.

— Tu as peut-être raison, tu sais, dis-je à la fin du baiser.

Je lève la tête pour le regarder bien en face.

— Peut-être que, si je n'étais pas venue à Witney ce soir-là, Megan serait toujours en vie.

Il acquiesce, et ma main droite se referme sur un objet familier. Je souris et me laisse aller contre lui, plus près, plus près, et ma main gauche s'insinue dans son dos. Puis je lui murmure à l'oreille :

— Mais comment peux-tu sérieusement penser que c'est moi la responsable, quand c'est toi qui lui as défoncé le crâne ?

Il recule, et c'est à ce moment que je plonge de tout mon poids sur lui. Déséquilibré, il va buter contre la table de la cuisine, j'écrase mon pied sur le sien aussi fort que je le peux et, lorsqu'il se plie en deux sous le coup de la douleur, je lui attrape les cheveux derrière le crâne et je l'attire vers moi tout en levant mon genou pour le frapper au visage. Je sens un cartilage craquer et il pousse un cri. Je l'envoie basculer par terre, je me saisis des clés sur la table et je franchis la porte coulissante avant qu'il ait eu le temps de se remettre à genoux.

Je me précipite vers la barrière, mais je glisse dans la boue et tombe, et, déjà, il me rattrape. Il me tire en arrière, agrippe mes cheveux, me griffe le visage, et me hurle des insultes qui volent parmi les gouttes de sang :

— Connasse ! espèce de sale connasse, tu ne peux pas nous laisser tranquilles ? Tu ne peux pas me foutre la paix ?

Je parviens à nouveau à me dégager, mais je n'ai nulle part où aller. Je n'arriverai jamais à retraverser toute la maison ni à atteindre la barrière. J'appelle à l'aide, mais personne ne peut m'entendre avec la pluie, le tonnerre et le bruit du train qui approche. Je cours jusqu'au fond du jardin, près de la voie ferrée. Je suis coincée. Je me tiens à l'endroit où, il y a à peine plus d'un an, je me tenais avec son enfant dans les bras. Je me retourne, dos au grillage, et je le regarde s'avancer à grands pas vers moi, résolu. Il s'essuie la bouche avec l'avant-bras et crache du sang par terre. Je sens les vibrations des rails dans le grillage derrière moi, le train est presque là, on croirait qu'il pousse un hurlement. Les lèvres de Tom remuent, il me dit quelque chose mais je ne l'entends pas. Je le regarde s'approcher, je le regarde, je reste immobile jusqu'au moment où il fond sur moi, et c'est là que je frappe. Je lui plante le tire-bouchon dans le cou.

Les yeux écarquillés, il s'effondre sans un bruit. Il porte une main à sa gorge en me dévisageant. On dirait qu'il pleure. Je le fixe jusqu'à ce que je n'y arrive plus, puis je lui tourne le dos. Tandis que le train passe, je vois des visages derrière les vitres illuminées, des têtes penchées our un livre, un téléphone, des voyageurs bien au chaud et à l'abri qui s'en retournent chez eux.

Mardi 10 septembre 2013

Matin

On le sent, comme le bourdonnement sourd d'une lumière électrique, ce changement d'atmosphère quand le train s'arrête au feu de signalisation. Je ne suis plus la seule à regarder, maintenant. J'imagine que je ne l'ai jamais été. J'imagine que tout le monde le fait – observer les maisons qu'on croise –, mais on ne les voit pas tous de la même manière. On ne les voyait pas tous de la même manière. Désormais, tout le monde voit la même chose. Parfois, on entend les gens en parler :

— Là, c'est celle-là. Non, non, celle-là, à gauche. Là. Celle avec les rosiers le long de la barrière. C'est là que ça s'est passé.

Les maisons elles-mêmes sont vides, le numéro quinze et le numéro vingt-trois. Ça ne se voit pas, les stores sont relevés et les portes ouvertes, mais c'est parce qu'on les fait visiter. Elles sont toutes les deux en vente, mais, à mon avis, elles n'attireront pas d'offre sérieuse avant un bon bout de temps. Je suppose que les agents immobiliers n'escortent guère dans ces pièces que des curieux morbides qui meurent d'envie de voir cet endroit de près, l'endroit où il est tombé et où son sang a abreuvé la terre.

Ça me fait mal de les imaginer arpentant cette maison, ma maison où, autrefois, j'avais encore de l'espoir. J'essaie de ne pas repenser à ce qui s'est passé par la suite. J'essaie de ne pas repenser à ce soir-là. En vain.

Côte à côte, trempées de son sang, nous nous sommes assises sur le canapé, Anna et moi. Les deux épouses qui attendaient l'ambulance. C'est Anna qui a prévenu, elle a appelé la police, tout. Elle s'est occupée de tout. Les médecins urgentistes sont arrivés, trop tard pour Tom, puis, juste derrière, les policiers en uniforme, et enfin les supérieurs, Gaskill et Riley. Ils en sont restés littéralement bouche bée en nous voyant. Ils nous ont posé des questions, mais j'arrivais à peine à comprendre les mots qu'ils prononçaient. J'étais presque incapable de bouger ou même de respirer. C'est Anna qui a parlé, calmement, avec assurance :

— C'était de la légitime défense. J'ai tout vu depuis la fenêtre. Il s'est précipité sur elle avec le tire-bouchon. Il l'aurait tuée. Elle n'avait pas le choix. J'ai essayé...

Ça a été son seul moment de faiblesse, la seule fois que je l'ai vue pleurer.

— J'ai essayé d'arrêter l'hémorragie, mais je n'ai pas réussi. Je n'ai pas réussi.

Un des policiers en uniforme est allé chercher Evie qui, par miracle, était restée profondément endormie pendant toute la scène, et ils nous ont toutes emmenées au poste de police. Ils nous ont installées dans deux pièces séparées, Anna et moi, et nous ont encore posé des questions dont je ne me souviens plus. J'avais beaucoup de mal à répondre, à me concentrer. À articuler le moindre mot. Je leur ai dit qu'il m'avait attaquée, qu'il m'avait frappée avec une bouteille. Je leur ai dit qu'il m'avait sauté dessus avec le tire-bouchon. Je leur ai dit que j'avais réussi à lui prendre son arme et que je m'en étais servie pour me défendre. Ils m'ont examinée : ils ont étudié les blessures que j'avais à la tête, mes mains, mes ongles.

— Ça ne se voit pas tant que ça, que vous avez dû vous défendre, a fait remarquer Riley, soupçonneuse.

Ils sont sortis et m'ont laissée là avec un policier en uniforme, celui avec des boutons dans le cou qui était venu chez Cathy à Ashbury, dans une autre vie. Il est resté sur le pas de la porte sans croiser mon regard. Un peu plus tard, Riley est revenue.

— Madame Watson a confirmé votre version, Rachel. Vous pouvez y aller.

Elle non plus n'a pas voulu me regarder dans les yeux. Un policier en uniforme m'a conduite à l'hôpital pour faire recoudre la plaie que j'avais au crâne.

Il y a eu beaucoup d'articles sur Tom dans les journaux. J'ai appris qu'il n'avait jamais fait l'armée. Il avait essayé de l'intégrer, mais on l'avait recalé deux fois. L'histoire de sa brouille avec son père était fausse, elle aussi, il l'avait complètement déformée. Il avait emprunté toutes les économies de ses parents et avait tout perdu. Ils lui ont pardonné, mais il a coupé les ponts avec eux quand son père a refusé de prendre une seconde hypothèque sur leur maison pour pouvoir lui prêter à nouveau de l'argent. Il mentait tout le temps, pour tout. Même quand il n'en avait pas besoin, même quand ça n'avait aucun intérêt.

J'ai encore ce souvenir très vif de Scott qui me dit, à propos de Megan : « Je n'ai pas la moindre idée de qui elle était. »

C'est exactement ce que je ressens. La vie entière de Tom était bâtie sur des mensonges, des malhonnêtetés et des semi-vérités censées le faire passer pour quelqu'un de supérieur, de plus fort et de plus intéressant qu'il ne l'était. Et j'ai tout gobé. Anna aussi. Nous l'aimions. Je me demande si nous aurions aimé cette autre version de lui, plus faible, plus banale, avec ses défauts. Je crois que oui. J'aurais su lui pardonner ses échecs et ses erreurs. J'en ai suffisamment commis moi-même.

Soir

Je suis dans un hôtel d'un petit village de la côte du Norfolk. Demain, je continuerai ma route vers le nord. Édimbourg, peut-être, ou plus loin encore. Je n'ai pas encore décidé. Je veux juste m'assurer que je mets suffisamment de distance entre moi et ce que je laisse derrière. J'ai de l'argent. Quand elle a appris tout ce que j'avais enduré, maman s'est montrée très généreuse, alors je n'ai pas à m'inquiéter. Pas avant un bon moment.

J'ai loué une voiture pour me rendre à Holkham cet après-midi. Juste à la sortie du village, il y a une église où sont enterrées les cendres de Megan, près des ossements de sa fille, Libby. Je l'ai lu dans les journaux. Il y a eu une controverse au sujet de l'enterrement, à cause du rôle supposé de Megan dans la mort de son enfant. Mais, au final, on l'a autorisé, et je trouve que c'est ce qu'il fallait. Quoi qu'elle ait fait, elle a été suffisamment punie.

Quand je suis arrivée, il commençait à pleuvoir et il n'y avait pas âme qui vive, mais j'ai quand même garé la voiture pour aller marcher dans le cimetière. J'ai trouvé sa sépulture dans le coin le plus éloigné, presque cachée sous une rangée de sapins. On ne devinerait jamais qu'elle est là, sauf si on sait où chercher. La pierre tombale ne porte que son nom et ses dates de naissance et de décès, pas de « À la mémoire de », pas de « Épouse/mère/fille bien-aimée ». La stèle de sa fille n'indique que « Libby ». Au moins, maintenant, elle a une vraie tombe ; elle n'est plus toute seule près de la voie ferrée.

La pluie s'est mise à tomber plus fort. Quand je suis repartie vers l'église, j'ai aperçu un homme qui se tenait sur le seuil de la chapelle et, l'espace d'une seconde, j'ai imaginé qu'il s'agissait de Scott. J'ai essuyé les gouttes dans mes yeux puis regardé à nouveau, et j'ai vu que c'était un prêtre. Il a levé la main pour me saluer.

J'ai presque couru jusqu'à la voiture, effrayée sans aucune raison valable. Je repensais à la violence de ma dernière confrontation avec Scott, de l'homme qu'il était devenu, vers la fin : emporté, paranoïaque, au bord de la folie. Il ne retrouvera plus jamais la paix, maintenant. Comment le pourrait-il ? Je songe à cette idée, et à l'homme qu'il était avant – le couple qu'ils formaient tous les deux, le couple que j'imaginais –, et je suis envahie par le chagrin. C'est d'eux aussi que je fais le deuil.

J'ai envoyé un e-mail à Scott pour m'excuser de tous les mensonges que je lui ai racontés. Je voulais aussi m'excuser pour Tom, parce que j'aurais dû savoir. Si j'étais restée sobre, toutes ces années durant, l'aurais-je su ? Peut-être que, moi non plus, je ne pourrai jamais trouver la paix.

Il n'a pas répondu à mon message. Ça ne m'a pas étonnée.

Je rends la voiture de location, puis je vais prendre la clé de ma chambre à l'hôtel et, pour m'empêcher de songer combien ce serait agréable de m'asseoir, un verre de vin à la main, dans un des fauteuils en cuir du bar de l'hôtel, si accueillant avec son doux éclairage, je vais me promener jusqu'au port.

Je suis parfaitement capable d'imaginer le bien-être que je ressentirais au moment de ce premier verre. Pour repousser cette sensation, je compte le nombre de jours depuis le dernier : vingt-deux. Vingt-trois avec aujourd'hui. Plus de trois semaines : ma plus longue période d'abstinence depuis des années.

Fait assez curieux, c'est Cathy qui m'a servi mon dernier verre. Quand la police m'a ramenée à la maison, pâle comme la mort et ensanglantée, et qu'on lui a expliqué ce qui s'était passé, elle est allée chercher une bouteille de Jack Daniel's dans sa chambre et elle nous en a servi à chacune une large dose. Elle n'arrêtait pas de pleurer, de répéter à quel point elle était désolée, comme si c'était sa faute, quelque part. J'ai bu le whisky et je l'ai vomi aussitôt ; je n'ai plus touché à une goutte depuis. Ça ne m'empêche pas d'en avoir envie.

Quand j'atteins le port, je prends à gauche pour le longer jusqu'à une petite plage sur laquelle je pourrais marcher et rejoindre Holkham, si je le voulais. La nuit est presque tombée, désormais, et il fait froid près de la mer, mais je continue mon chemin. J'ai envie de marcher jusqu'à ce que je sois épuisée, si fatiguée que je n'arriverai plus à penser. Peut-être qu'à ce moment-là je réussirai à dormir.

La plage est déserte, et il fait si froid que je dois serrer les dents pour les empêcher de s'entrechoquer. Je marche rapidement sur les galets, je dépasse les cabines de plage, si jolies à la lumière du jour mais sinistres dans cette obscurité. Quand le vent se lève, elles prennent vie et leurs planches craquent les unes contre les autres, et, sous le bruit des vagues, des murmures trahissent un mouvement : quelqu'un ou quelque chose s'approche.

Je me retourne et me mets à courir.

Je sais qu'il n'y a rien, là, rien dont je doive avoir peur, mais ça n'empêche pas la terreur d'enfler de mon ventre à ma poitrine jusqu'à ma gorge. Je cours aussi vite que je peux. Je ne m'arrête pas avant d'avoir rejoint le port, sous la lumière vive des réverbères.

Une fois de retour dans ma chambre, je m'assois sur mon lit, les mains sous les fesses pour qu'elles cessent de trembler. Puis j'ouvre le minibar, et j'en sors une bouteille d'eau et un sachet de noix de macadamia. Je ne touche pas au vin ni aux petites bouteilles de gin, même si je sais qu'ils m'aideraient à dormir, qu'ils me laisseraient sombrer dans le néant, réchauffée et détendue. Même si je sais qu'ils me permettraient d'oublier, un instant seulement, le souvenir de son visage quand je me suis retournée pour le regarder mourir.

Le train venait de passer. J'ai entendu un bruit derrière moi, et j'ai vu Anna sortir de la maison. Elle a marché lentement vers nous et, quand elle est arrivée près de lui, elle s'est agenouillée pour poser les mains sur sa gorge.

Il avait cette expression de choc, de douleur, sur le visage. J'ai eu envie de dire à Anna :

— Ça ne sert à rien, tu ne peux plus rien pour lui maintenant.

Mais je me suis rendu compte qu'elle n'essayait pas d'arrêter l'hémorragie. Elle était venue vérifier. Elle continuait d'enfoncer le tire-bouchon, de plus en plus profondément, pour lui déchirer la gorge et, pendant ce temps-là, elle lui parlait, tout doucement. Je n'ai pas entendu ce qu'elle disait.

La dernière fois que je l'ai vue, c'était au poste de police, quand on nous a emmenées faire notre déposition. On l'a appelée dans une pièce et moi dans une autre, mais, juste avant qu'on nous sépare, elle m'a effleuré le bras.

— Fais attention à toi, Rachel, a-t-elle dit.

Il y avait, dans la manière dont elle a prononcé cette phrase, quelque chose qui l'a fait ressembler à un avertissement. Nous sommes liées, elle et moi, pour toujours, par l'histoire que nous avons racontée à la police : que je n'avais pas d'autre choix que de lui planter ce tire-bouchon dans le cou, et qu'Anna avait tout fait pour le sauver.

Je me couche et j'éteins les lumières. Je ne parviendrai pas à dormir, mais il faut que j'essaie. Au bout d'un moment, j'imagine que les cauchemars s'arrêteront et que je n'aurai plus à revoir la scène en boucle dans ma tête, mais, pour l'instant, je sais que c'est une longue nuit qui m'attend. Et il faut que je me lève tôt demain pour prendre le train.

REMERCIEMENTS

Beaucoup de personnes ont aidé à l'écriture de ce roman, mais aucune plus que mon agent, Lizzy Kremer, une femme merveilleuse et d'excellent conseil.

Un grand merci également à Harriet Moore, Alice Howe, Emma Jamison, Chiara Natalucci et tous les autres chez David Higham, ainsi qu'à Tine Neilsen et Stella Giatrakou.

Je suis extrêmement reconnaissante à mes formidables éditeurs des deux côtés de l'Atlantique : Sarah Adams, Sarah McGrath et Nita Provonost. Mes remerciements également à Alison Barrow, Katy Loftus, Bill Scott-Kerr, Helen Edwards, Kate Samano et l'équipe fantastique de Transworld – vous êtes trop nombreux pour que je vous cite tous.

Merci Kate Neil, Jaime Wilding, maman, papa et Rich pour votre soutien et vos encouragements.

Enfin, merci aux voyageurs de la banlieue de Londres qui font la navette chaque jour et m'ont offert la petite étincelle de l'inspiration.

Ouvrage réalisé par Cursives à Paris
Imprimé en France par Normandie Roto Impression à Lonrai
Dépôt légal : mai 2015
N° d'impression : 1501245
ISBN 978-2-35584-313-6